COLLECTION FOLIO

Robert Mallet

Ellynn

Gallimard

Robert Mallet a mené de front une double carrière : littéraire et universitaire. Professeur de littérature française, premier doyen de la faculté des lettres de Madagascar, puis recteur de l'Académie d'Amiens, il est nommé, après les événements de 1968, recteur de l'Académie et chancelier des Universités de Paris, fonctions qu'il a assumées pendant onze années. Parmi nombre d'activités culturelles, il a été président de l'Association des universités de langue française, président-fondateur du Mouvement universel de la responsabilité scientifique, et il est à la tête du comité permanent des mondialistes de France.

Son œuvre littéraire, importante et variée, est faite d'essais, de pièces de théâtre, de romans, de recueils d'aphorismes et d'ouvrages poétiques qui lui ont valu plusieurs prix, notamment le prix de la Critique (*Une mort ambiguë*), le prix Pelman du Théâtre (*L'équipage au complet*), le Grand Prix du disque (*Entretiens avec Léautaud*), le Grand Prix de poésie de l'Académie française, le Grand Prix de la Société des poètes français (pour l'ensemble de son œuvre poétique). *Ellynn* a obtenu en 1986 le prix de la Fondation de France et le prix des Libraires.

Aubry avait écrit un jour à Édith : « Il ne faut pas expliquer pourquoi l'on aime. On risque de tuer le mystère. »

Eh bien, qu'il me pardonne : son histoire, je voudrais essayer de la comprendre et de la raconter, parce qu'elle réveille des visages battus de pluies et de vents, caressés d'éclaircies, dans des lieux libres et secrets qui leur ressemblent; parce qu'elle offre la tendresse absolue comme une violence du bonheur, une provocation de l'innocence, une nostalgie de ce qu'on ne sait pas nommer; parce qu'il existe des mystères qui meurent de ne pas être interrogés; parce qu'on ne peut pas oublier Ellynn.

I

Les bruyères blanches

Aubry désire des murs anciens, la solitude sans le désert, un paysage vaste sans monotonie, un village proche, mais invisible. Déjà tenté, il n'a jamais été satisfait : la maison regardait la mer, mais une route passait derrière ; tantôt ruinée, tantôt trop moderne, elle offrait un panorama abstrait à force d'étendue, ou bien elle bordait une belle plage qui attirait les baigneurs.

Et voilà qu'au détour d'une voie tranquille épousant les sinuosités de la baie de Dunmanway, il découvre, accrochée à un poteau télégraphique, une pancarte : « MAISON À VENDRE », avec une flèche qui vise sur les hauteurs une tache claire. Il s'arrête net. Un instinct le lui commande.

Sans hésiter, il gare sa voiture et entreprend de grimper à pied. Le chemin caillouteux par lequel on accède à la maison ne permet pas à deux véhicules de se croiser. Aubry se réjouit du parcours aussi raide que sinueux : seuls doivent l'emprunter ceux qui en ont vraiment besoin. À chaque détour, il aperçoit le toit, mais les détours sont nombreux. L'objet convoité l'assure de sa présence tout en se dérobant. Aubry marche un quart d'heure avant de pouvoir considérer la maison entière. Posée sur une sorte de plate-forme, d'un côté elle fait corps avec la montagne, de l'autre avec l'espace. Devant elle, une petite cour entourée d'un muret de pierre. Elle est au balcon.

Aubry tourne autour, il la détaille : ses parois de granit sont enduites d'un crépi, blanchi à la chaux voici bien longtemps, qui a pris le ton gris clair des roches, elle n'a qu'un étage. Six ouvertures mesurées, profondément enfoncées dans l'épaisseur de la maçonnerie, percent sa façade. De l'autre côté, elle surveille la montagne par deux petits orifices vitrés. Ses pignons aveugles accueillent le corps de deux cheminées qui surmontent, de leurs socles trapus, un toit sans lucarne, à forte pente, recouvert d'écailles de pierres plates et rugueuses. Les boiseries bleues des fenêtres et de la porte ont été délavées par les pluies qui, ruisselant de son toit sans gouttière, ont creusé une rigole régulière autour de ses murs comme un trait qui la ceinture et lui rappelle ses limites. Fière mais prudente, patinée mais solide. Modeste, mais décidée à résister aux tempêtes. Les arbres ont fui son site, les ajoncs s'y courbent, les hautes herbes s'y couchent. Elle se dresse, attentive. Elle commande le paysage. C'est une maison qui regarde, et qu'on regarde.

Elle semble considérer Aubry tandis qu'il découvre lui-même le panorama. À l'est, toute la baie s'offre en enfilade, cernée de montagnes qu'elle baigne comme un lac innocemment pénétrant. À l'ouest, entre les pointes des deux péninsules qui l'enserrent, l'eau libre épouse l'océan. À i'endroit de l'accouplement, le ton du bleu change un peu. Il est plus foncé, plus uni dans la baie, plus moiré vers le large et parcouru par les stries des courants.

Juste sous la maison, au-delà d'un glacis de roches érodées, garnies d'ajoncs et de bruyères, s'étale une haute plaine qui domine la baie par des falaises trouées de criques. Quelques fermes ont pris possession des creux, entourées de bouquets d'arbres et séparées les unes des autres par des parcelles vert tendre ou jaune selon qu'elles servent de pâturage ou produisent de l'orge. La géométrie spontanée des vieux héritages paysans, que définissent les murs de pierre sèche, surplombe les eaux. Et l'œil passe, de cet échiquier complexe né de l'histoire des hommes, à l'étendue marine désertique où il peut plonger pour fuir les images de l'essaim, à moins qu'il ne préfère le spectacle des travaux et des jours à l'apparence du rien.

Aubry n'a jamais su sa préférence. Il ne peut dire où se situent exactement le réconfort et l'inquiétude. Il sait qu'il aime tout découvrir d'un même regard, pour n'avoir rien à refuser d'entrée de jeu, et pour se livrer, selon l'heure ou l'humeur, à ce qu'il est tenté d'aimer. Sa certitude, c'est que les paysages de terres et d'eaux appariés naturellement (loin des grands ports où les océans s'échouent en bassins d'usines hérissés de grues) lui donnent le sentiment du plus durable et du mouvant à travers la force et la précarité de toute vie qui prend des risques. Il ne doute pas qu'ici, dans l'immense embrasure, s'offriront à lui les chances de se retrouver en se renouvelant.

La lumière et la douceur de ce beau matin d'été sont sans doute rares sur l'île, mais Aubry sait qu'il aimera le paysage dans le vent, les nuées et la pluie.

D'emblée, il s'accorde avec lui pour ce qu'il est, non pour ce qui peut le rendre plus attrayant aujourd'hui, comme avec ces êtres exceptionnels qui émeuvent lorsqu'on les découvre. Ils retiennent et engagent au-delà du moment.

Il informera Édith de sa découverte et de sa décision car il désire avoir l'entière liberté de son choix. C'est une des conditions de ce bien-être ou, plutôt, de ce mieux-être qu'il est venu chercher en Irlande parce que, plus tard, il vivra seul ici. Ne demander l'avis de personne, se laisser aller à l'irrésistible, puis se faire approuver. Et, le cas échéant, accepter qu'on ne vous approuve pas, sans en souffrir. Non par indifférence aux autres, pour être logique avec soi.

Il a compris et apprécié sur-le-champ la maison avec ce qu'elle a de mesuré, d'insolite aussi, cette combinaison de sagesse et de fantaisie qui écarte l'ennui comme l'aventure. Il lui fait confiance pour l'intérieur. Il n'a plus qu'une envie : rencontrer celui qui la vend.

Dans le pré voisin, un homme sur un tracteur fauche les herbes. Aubry le rejoint, le salue. L'homme arrête sa machine.

— Pardon de vous déranger. Connaissez-vous le propriétaire de la maison ?

— C'est moi.

— On peut la visiter ?

— Pour sûr.

Il descend aussitôt du tracteur. Apparemment bien disposé. Grand gaillard dans la quarantaine. Cou de taureau, visage massif et coloré, menton ferme, crinière blonde avec des yeux bleus d'enfant et un sourire malin.

— Alors, vous cherchez une maison par ici ? Pour les vacances ?

— Non. Pour toute l'année.

Aubry, d'un pas pressé, se dirige vers la maison. L'homme le suit, pesant et souple. Il demeure silencieux, puis :

— Vous aimez la solitude ?

— Oui, beaucoup.

— Alors, vous serez servi.

— J'aime aussi les belles vues.

— Il paraît que celle-ci est très belle. Moi, je n'y fais plus attention, mais, quand je la regarde, je pense que vous avez raison.

Nouveau petit silence.

— Vous n'êtes pas Irlandais ?

La phrase est plus un constat qu'une question.

— Non, répond Aubry, comme s'il avait à s'en excuser. Je suis Anglais.

L'homme, jovial :

— Nous n'avons rien contre les Anglais quand ils viennent dans l'Irlande libre. Nous les aimons mieux que ceux qui veulent rester dans l'Ulster.

— Je vous comprends. Moi, c'est l'Irlande qui m'a conquis.

— Voilà un heureux événement !

Ils rient, et atteignent la maison. L'homme ouvre la porte sans user de clé.

— La maison n'est pas fermée ?

— Comme vous voyez.

— Et vous y avez laissé des meubles ?

— Ici, on ne ferme pas les maisons. C'est le vent qui s'en charge.

Deux grandes pièces composent le rez-de-chaussée. On entre directement dans la plus grande qui sert de cuisine et salle commune. Ses murs sont blancs, elle est pavée de dalles de schiste, avec une cheminée si vaste qu'on peut placer des sièges de chaque côté pour se chauffer. La chambre attenante offre un petit foyer de brique au ras du mur. Le lit y est demeuré, face à la baie qu'encadrent des buissons de fuchsia en fleur. Un escalier de bois part de la salle et dessert les trois pièces de l'étage ouvertes sur le panorama, en plein sud.

Aubry sait tout de suite comment il s'installera, quelle destination il donnera à chaque espace.

Il demande le prix. L'homme répond :

— Venez chez moi, on parlera. J'habite la ferme que vous voyez là-bas, au bord de l'eau. Il faut que j'achève mon travail. Dans deux heures si vous voulez. Comme ça, vous pourrez mieux voir les lieux. Je vends aussi les anciennes étables à côté. La propriété mesure un peu plus de deux acres entourées par ce mur.

Aubry va rester là pendant le temps que lui a octroyé le propriétaire. Il ne se lasse pas de contempler la vue. Il imagine sa tranquillité, la joie du retirement sur le balcon. Il sera isolé, mais il ne tournera pas le dos au monde. Il pourra l'observer, y participer sans s'y mêler. Tout près du rivage, au-dessus de la ferme du propriétaire, une mince volute grise monte. Voilà ce qu'il lui faut : l'assurance de la vie des autres, le signe que le lointain est habitable, et habité, qu'on peut le rallier, si le besoin s'en fait sentir. Un lointain qui dit le feu d'une famille, la chaleur d'une communauté et non une foule enveloppée de fumées et de bruits dans la multitude anonyme des toits.

Il visite les bâtiments voisins. De granit brut, une

grange et un bûcher. La grange est garnie de bottes et le bûcher plein de tourbe. Odeurs de foin et de terre mêlées, de ce qui prend sa valeur par la privation des sèves, providentiel dessèchement puisqu'il donne nourriture et chaleur hivernales. Aubry ne s'y attarde pas.

Protégé par le muret, devant la maison, un rosier porte des fleurs d'un rouge vif que des liserons vigoureux enlacent et menacent d'étouffer. Voilà la saveur immédiate, l'attrait de ce qui fuse, les beaux risques de l'instant. Aubry arrache la plante envahissante et respire profondément les roses. Non que déjà il se les approprie. Il aime à protéger les fleurs, où qu'il soit. Elles ne lui appartiennent pas. Il leur appartient. Et la maison, s'il songe à la faire sienne, c'est que déjà elle le possède.

*

Le propriétaire l'accueille très cordialement chez lui. Son épouse lui offre, au choix, thé ou whisky, dans un petit salon meublé de gros fauteuils confortables. On entend tinter des bidons de lait et l'on voit passer un troupeau de vaches. Des enfants jouent dans la cour. Un chien et un mouton sont couchés côte à côte devant la porte. Le fermier a retiré ses bottes pour ne pas salir la moquette.

L'affaire ne traîne pas. Les deux partenaires savent exactement ce qu'ils désirent : l'un pour la valeur des choses, l'autre pour celle du rêve. Ils se mettent très vite d'accord sur le prix. Comme une sorte de prime, le propriétaire propose spontanément de réparer une partie du mur de pierre qui s'est effondré, parce qu'Aubry lui a dit qu'il aimait ce mur et l'entretiendrait. L'Irlandais sait se battre pour un penny de son temps et faire cadeau de beaucoup de son temps. Il faut qu'on lui plaise, qu'on n'ait pas l'air de vouloir l'impressionner. Et puis, s'il ne joue pas les sentimentaux, il ne déteste pas qu'on fasse preuve de sentiment ; à l'occasion, il en rajoute.

Aubry désirerait connaître le passé de la maison, et pourquoi elle a été mise en vente. Le fermier, content de l'intérêt que prend Aubry à l'histoire du bien qu'il achète, lui apprend que les bâtiments portent le nom de la montagne aux flancs de laquelle ils se situent : Mount Auburn. Construits vers 1850, ils appartenaient à l'un de ses oncles demeuré célibataire et récemment décédé.

— Aucune femme sans doute n'avait voulu aller vivre si loin de tout ?

— Non, c'est lui qui ne voulait pas de femme. Il était pourtant bel homme. Pendant plus d'un mois parfois il ne descendait pas au village. Il faisait son pain et son fromage. Il achetait sa bière et son whisky par caisses. Il ne parlait que le gaélique, il parlait surtout à son chien. Il n'avait jamais vu le médecin. Il y a trois mois, on l'a trouvé mort dans un champ. Il avait soixante-huit ans.

Aubry imagine l'existence quotidienne de cet homme dont il va prendre la succession.

— Qu'est devenu son chien ?

— Il a été recueilli.

— Il ne possédait pas d'autres bêtes ?

— Oui, des vaches et des moutons. Mon frère et moi, nous les avons repris.

La femme du fermier ajoute :

— Il avait aussi deux chats. Mais ils n'ont pas

voulu quitter Mount Auburn. Je les ai emmenés pour les garder ici. Ils sont remontés.

— Alors, de quoi vivent-ils ?

— De ce qu'ils trouvent, dit le fermier.

Aubry, comme s'il réfléchissait à haute voix :

— On peut se demander si, dans ces cas-là, il ne vaudrait pas mieux les empêcher de souffrir.

La fermière :

— Je pense comme vous. Mais mon mari me dit : « Les chats se débrouillent toujours. » Chaque fois qu'il va travailler par là, je lui donne quand même de la nourriture pour qu'il la mette dans l'étable.

L'homme rit :

— Et j'accomplis ma mission. Les chats ont de la chance que j'aime ma femme !

Aubry s'enquiert d'un hôtel dans les parages.

— Pas à moins de quinze milles. À quatre milles vous avez une ferme qui fait bed and breakfast. Mais si le cœur vous en dit, vous pouvez coucher à Mount Auburn. Comme vous avez vu, il reste un lit. On vous fournira des draps, des couvertures et des bougies. L'eau arrive directement d'une source sur l'évier. Pour le feu, il y a les fagots et la tourbe.

— Et je vous donnerai de quoi dîner, ajoute la fermière. On ne peut tout de même pas vous traiter moins bien qu'un chat !

On rit, on trinque. Le fermier, après avoir prononcé le rituel « slainte » :

— Je m'appelle Pat, ma femme Lilian. Et vous ?

— Aubry.

On n'a pas échangé les noms de famille. L'acte de vente les mentionnera. L'acte d'amitié s'en passe.

À la tombée de la nuit, Aubry est assis sur la terrasse de *sa* maison. Le soleil se couche derrière elle. Le ciel est tout rouge d'un côté, et, de l'autre, il a la teinte des prairies ombreuses qui se confondent avec la baie. Alors, très loin, du noir de l'océan, surgit un point lumineux. Il disparaît après deux étincellements et renaît quelques secondes plus tard. Les lueurs caressent la façade de la maison. Aubry est heureux d'avoir la compagnie de ces feux projetés d'un récif en pleine mer. Ils lui rappellent la présence du large, car les marins ne sont pas les seuls qu'il faille rassurer. Les terriens sédentaires peuvent se perdre au coin de l'âtre, risquer d'y périr corps et biens. Ils doivent, eux aussi, savoir se repérer pour retrouver, s'ils le désirent, les chemins de l'aventure.

Aubry songe à sa vie passée, à ce qui lui a dicté de se détacher de son milieu et à rechercher en Irlande la croisière en même temps que l'ancrage. Non pas la fuite, non pas l'abandon, mais la volonté de changer d'air, de décor, de visages. Oui, le dépaysement. On ne se dépayse que par comparaison avec ce qu'on n'oublie pas. Ici, il savait, pour l'avoir éprouvé lors d'un trop court voyage dans sa jeunesse, que la mesure du temps n'était pas la même qu'ailleurs. On y vivait, disait-on, avec cinquante ans de retard. Il disait, lui : avec un demi-siècle de protection supplémentaire. Avant de penser au progrès économique et scientifique, les Irlandais avaient dû consacrer toutes leurs énergies à leur progrès politique. Ils s'étaient enfin installés, Dieu sait à quel prix, dans le confort de la liberté. Ils s'en contentaient encore, semblait-il. Sans doute pour peu de temps. L'autre fatalité de l'Irlande, après l'assujettissement, avait été et demeurait l'intempérie avec un I majuscule, une singularité du climat qui devenait presque mythique à force d'être spectaculaire et constante. Pouvait-on imaginer l'Irlande autrement que battue des vents et des pluies, ruisselante comme le pont d'un grand navire après le passage des lames ? Bienheureuse destinée océane qui lui épargnait les brouillards stagnants et les gels ravageurs. Elle lui valait un vivace manteau végétal et ne l'empêchait pas de connaître, entre deux averses, la plus riche des lumières, qu'elle fût filtrée par des nuages légers ou qu'elle s'imposât à eux dans les espaces d'un bleu vigoureux, non pas tombé du ciel mais comme aspiré par lui du tréfonds de la mer. Le soleil commercial attirait la clientèle vers les plages fortunées ou les déserts qui se couvraient de cités artificielles, tandis que l'Irlande, forte de sa mine ingrate, demeurait à l'abri des invasions saisonnières et ne se donnait qu'à ceux qui la méritaient. Elle exigeait et justifiait la confiance. Au-delà des apparences, elle savait changer ses rudesses en raffinements.

Aubry, une fois encore, compare la possession d'un paysage à celle d'une femme. Il a beaucoup voyagé. Il a apprécié bien des endroits, il n'a fait corps qu'avec quelques-uns d'entre eux, en dehors de la présence d'un être. Il se méfie des lieux qu'on se prend à aimer parce qu'on s'y trouve en compagnie d'une femme qu'on aime. Il se méfie encore davantage des femmes qu'on ne peut détacher d'un décor, qu'on désire à cause du cadre où elles évoluent et dont on se souviendra pour cette seule raison. De là l'utilité des voyages de noces, et leur danger. Aubry sera-t-il plus heureux dans cette maison si Édith vient l'y retrouver et partage son engouement ? Il préfère ne pas s'appesantir. Il sait qu'il va décider de son mode de vie, ici, en se mettant d'accord avec elle, la maison. Que viendra faire Édith entre eux ?

C'est maintenant la nuit. Aubry est toujours assis, dehors, sur la terrasse. Les faisceaux du phare éclairent fugitivement son visage. Il rentre dans la salle où achève de se consumer le feu qu'il a allumé, non parce qu'il avait froid mais pour devenir déjà l'habitant de la maison. Les derniers tisons de la flambée d'ajoncs craquent. Il a éteint la bougie : les papillons de nuit venaient s'y brûler les ailes. La clarté de la lune remplit l'espace d'un fluide luisant. Il se déshabille, dispose ses vêtements sur une table de cuisine. Après ses ablutions, il va se sécher près des braises qui rougissent encore, puis se dirige vers la chambre avec les pas de l'habitude. Il est chez lui.

Il ouvre toute grande la fenêtre et s'étend sur le lit, face au large. Les lueurs, toutes les huit secondes — il a compté — pénètrent dans la pièce, y provoquent une sensation de chaleur lorsqu'elles effleurent le mur peint en rose. Il n'oubliera jamais les clins d'yeux du phare dans le visage de la nuit et le message fraternel sur les parois du hasard.

Aubry décide de ne pas retourner à Londres afin d'y chercher le reste de ses affaires. Il a demandé à Édith de les lui expédier par bateau. Rentrer et repartir, à quoi bon ? Renouveler les au revoir, recommencer à s'expliquer sur une détermination que beaucoup ne comprennent pas, qu'Édith seule peut saisir dans la complexité des sentiments qui le lient à elle, pour quoi faire ? Au bout d'un mois, Aubry a aménagé la maison, conservé quelques meubles de l'ancien fermier, trouvé le complément chez un brocanteur de Bantry. Il a l'eau à discrétion. Il se passera de l'électricité. Construire une ligne spéciale pour lui ? Trop coûteux et insolent dans le paysage. Il a acheté une cuisinière à gaz et un réfrigérateur à pétrole, comme au Nigeria où il a vécu plusieurs mois. Son atelier, il l'a installé sur la face nord en incorporant une verrière dans la couverture de lauzes. Ainsi la lumière viendra du bon côté, mais il ne se privera pas de la vue sur la baie à travers la fenêtre. Un homme recommandé par Pat l'a aidé dans ses travaux, un ouvrier agricole temporaire qui loue ses services pour avoir de quoi vivre, mais pas au-delà. Un sage. Aubry l'envie, mais ne saurait l'imiter. Il peint, lui, parce qu'il aime peindre. Ce n'est pas un labeur. Il a dû transformer sa vocation en gagne-pain, non sans mal. Il a fini par s'imposer précisément en raison de son refus des modes. Il n'a jamais pu faire les choses « parce qu'il faut les faire ». Il les a toujours faites selon ses désirs et ses goûts, du moins en art.

Pour lui, la réalité surgit, le peintre la capture, l'incorpore et la restitue avec la liberté de l'interprétation face à l'insolite du quotidien. Ce n'est pas plus effacer le mystère que le pénétrer, c'est l'éclairer.

Il a donné aux différentes péninsules élancées et à leurs baies profondément découpées la forme de bras multiples, issus d'un corps penché sur l'océan, sorte de dieu Çiva provoquant l'apaisement ou la fureur des flots. L'arête montagneuse de la péninsule de Dunmanway, longue d'une trentaine de milles, s'achève par une main effilée, ouverte face au ciel, et Mount Auburn se situe à l'endroit du poignet.

Aubry commence à explorer la paume. C'est un promontoire d'une hauteur de cent mètres environ dont les parties les plus escarpées dominent les rivages rocheux. Dans les creux, comme dans des nids, se sont formés de petits lacs, véritables œufs offerts par cette chair minérale aux ailes des vents sauvages pour l'impossible couvaison, à l'extrême des affrontements.

Les arbres n'y ont plus droit d'asile, même les arbustes ne résistent pas aux violences de l'air ; mais s'ils ont renoncé à leur taille normale, ils n'ont pas renoncé à l'existence. Ils se sont transformés en végétation naine. Les aulnes rampants et les touffes d'ajoncs rabotés se mêlent aux résistantes bruyères pour faire un tapis de verdure drue sur les faces que flagellent les vents. Dans les zones un peu protégées, où les pluies s'infiltrent, une herbe épaisse foisonne, que broutent vaches et moutons. Quelques masures de pierre ponctuent le paysage ; leurs toitures de chaume, pour résister aux bourrasques, sont coiffées de grands filets fixés à des crochets sur les murs. Quand la tempête souffle, les masses de paille frémissent comme de grands poissons capturés. Là demeurent les gardiens des troupeaux avec leurs chiens. On les voit, bottés, coiffés de bonnets de laine, vêtus à la façon des marins, rester immobiles pendant des heures ou parcourir lentement les pentes. On croirait des statues qui bougent.

Au sommet d'une butte rocheuse surplombant l'ultime pointe de la presqu'île, se dressent les ruines d'un château fort. Il faut être tout proche d'elles pour les discerner parmi les éboulis naturels. De loin, à la tombée du jour, une rumeur étrange filtre des murs avec quelques sonorités de métal : un berger en a fait l'abri de son troupeau. Vieilli par une barbe grisonnante mal taillée, ses yeux compensent sa barbe, il a le regard vif d'un écureuil en train de lorgner une belle noix. Il se coiffe d'un feutre à larges bords, et ne se sépare jamais d'une canne sculptée. Debout ou assis, il est toujours penché en avant, comme absorbé par une lecture. Il couche dans une pièce souterraine voûtée. Il y a placé une porte, et, sur la porte, il a tracé au goudron le mot PRIVÉ. Il fait sa cuisine en se servant de grosses pierres plates, dans le manteau d'une cheminée monumentale que le temps a respectée sur la paroi de la salle des gardes. Il a fini par se croire propriétaire des lieux dont il défend l'accès, mais que personne ne songerait à lui disputer. On l'appelle « le Baron » sans moquerie parce qu'il est de la race des conquérants et des mainteneurs.

Aubry l'a rencontré à l'épicerie de Mr Murphy où, comme tous les habitants du cap, il vient chercher son ravitaillement. Il remporte ses provisions dans de grandes hottes accrochées aux flancs d'un âne, ces hottes de bois tressé qui servent au transport de la tourbe. Aubry a remarqué que l'épicier a l'habitude de lui donner des piles de vieux journaux. Un certain jour, après l'avoir gratifié d'un paquet particulièrement volumineux, Mr Murphy lui a dit :

— Eh bien, Baron, voilà de quoi vous nourrir la tête pendant des semaines.

Et lui, s'adressant à Aubry autant qu'à l'épicier :

— Ah, les journaux, je n'en ai jamais trop, parce qu'après la lecture, je m'en sers pour allumer le feu, nettoyer mes chaudrons. Je ne fais pas de différence entre les opinions !

Puis il a interpellé une cliente qui venait d'arriver :

— J'ai un colis à déposer chez vous, vous le trouverez à votre retour. Je ne vous le donne pas maintenant. C'est toujours ça que vous aurez de moins à porter.

— Merci, Kilian. Vous direz aux enfants que je rentrerai tard, et qu'ils ne m'attendent pas pour dîner.

— Aux ordres de votre seigneurie.

Il a retiré son chapeau cérémonieusement, en s'inclinant bien bas devant elle, qui riait. Puis il s'est recoiffé, il a donné avec sa canne une tape sur la croupe de l'âne et il est parti d'un pas allongé qui s'accordait au rythme d'une chanson qu'il fredonnait. C'est alors que l'épicier a expliqué à la femme :

— Comme je ne savais pas si vous viendriez, je l'ai chargé de vous rapporter ce que vous m'aviez commandé.

Aubry a regardé cette habitante de la presqu'île. Solide silhouette mal définissable sous les vêtements de pluie, avec un visage encore jeune, une peau hâlée, des yeux perçants dont la couleur échappe dans l'ombre du chapeau de marin, une bouche très charnue et un air de bonne santé un peu insolent.

Avec un mouvement d'épaules plein d'aisance, elle a fait glisser par terre son sac à dos, l'a ouvert pour donner à Mr Murphy des bottes de navets et des salades. Avec la même aisance, elle a enfourché un petit cheval qui, sans avoir été attaché, l'attendait à la porte de l'épicerie, les yeux, comme ceux de sa patronne, cachés par la visière de sa coiffure : une frange de longs poils frisés du même roux que sa crinière. Un léger coup de talon, et la monture a pris le trot sur la route qui mène au centre du village. Aubry, un peu intrigué :

— Quelle est cette personne ?

— Elle habite par là (l'épicier montre la pointe de la péninsule), de l'autre côté de Mount Auburn, sur le chemin de Ballyroon. Elle n'est pas du pays, elle est veuve. Elle vit seule avec ses enfants. Ah, elle est courageuse ! C'est elle qui me fournit les moules que je vends, et quelques légumes.

Mr Murphy et son épouse sont gent d'accueil et de bonne humeur. Leur amabilité n'est pas liée à leur intérêt. Seuls commerçants du village, à l'exception des tenanciers de pubs, ils sont à la fois épiciers, charcutiers, crémiers, droguistes, quincailliers. On trouve chez eux des cannes à pêche et des selles de cheval. Ils tiennent le dépôt de pain, la pompe à essence, la cabine téléphonique, et font office de bureau de poste. On ne saurait se passer d'eux, à moins d'aller très loin, vers l'intérieur.

Mr Murphy ressemble à un juge débonnaire. Il règne sur les lieux avec l'autorité de sa stature et de son humour. Mrs Murphy a la distinction d'une lady qui, le dimanche, s'occupe de son jardin. Ses cheveux blanchissants et bien propres ont des reflets bleus.

Les fermiers se rencontrent dans leur magasin, y échangent les nouvelles, n'y achètent parfois presque rien mais en repartent toujours chargés d'informations. Qu'on désire un sachet d'allumettes ou un stock de boîtes de conserve, on est reçu avec la même cordialité. Les portes du magasin sont en permanence ouvertes à deux battants. C'est un endroit pour ainsi dire public. Les enfants s'y réfugient lorsqu'il pleut, et les moineaux ne se gênent pas pour venir, n'importe quand, picorer miettes et graisses, ce qui explique les petites crottes qu'on découvre, ici et là, sur les objets. Mrs Murphy ne chasse pas les oiseaux. Elle dit : « Il faut bien que chacun vive. » Elle paraît heureuse de la confiance que lui témoignent tous ses visiteurs. La boutique est un énorme fouillis qui sent le savon, la toile cirée, les épices et le poisson fumé. Le couple évolue avec aisance dans ce désordre bien organisé où il finit toujours par trouver le produit désiré. Les comptes se font à la main sur un bout de papier d'emballage. On recommence l'addition avec le client si l'on n'est pas sûr du résultat.

Aubry est le seul étranger qui vienne se ravitailler

ici. La presqu'île, à l'écart des circuits touristiques, n'offre pas de grandes routes, pas de plages de sable, les quelques maisons neuves sont occupées par des Irlandais à la retraite. Mr et Mrs Murphy n'ont pas eu à provoquer les confidences de ce client inattendu. C'était inutile : ils savaient tout de son installation à Mount Auburn par des voies personnelles. Mais ils n'ont pas voulu le lui laisser voir. Ils ont attendu qu'Aubry fît le premier pas, le jour où il a désiré acheter un badigeon contre l'humidité.

Mr Murphy a dit alors, comme s'il allait de soi qu'il fût parfaitement renseigné :

— Pourtant votre maison est sur le roc, et elle ne manque pas de courants d'air pour la sécher.

— Oui, mais les courants d'air sont mouillés.

— J'ai ce qu'il vous faut, une bonne peinture à l'eau.

— Mélangée à du whisky, je pense ?

— Bien sûr.

On a ri. De part et d'autre, on jouait le jeu. On se renvoyait la balle. On pourrait continuer. Et l'on continue. Maintenant Aubry est devenu un ami. Des cadeaux ont été échangés : il a donné à Mrs Murphy, qui a la fibre jardinière, un livre consacré aux plantes en pots et il a reçu d'elle des pieds de tritoma, ces hautes fleurs fuselées, rouge-orange, que l'on voit jaillir, comme des lances de feu, dans les encoignures abritées.

Ainsi Aubry, tandis qu'il explore la presqu'île, en découvre les habitants. Avec les êtres autant qu'avec les paysages, il éprouve l'impression que produisent les reliefs auxquels on ne s'attendait pas. Ici chaque arpent de terre se détache, se caractérise, et les gens, quelle que soit leur condition, sortent de l'ordinaire.

La solitude rend à la fois mystérieux et proches habitants et demeures. Elle les rend également nostalgiques et vigoureux, comme les étendues de landes et de rocailles, balayées par les vents, qui révèlent, si l'envie prend de les connaître, des coins d'abondance herbeuse recherchés par les troupeaux, comme les montagnes désertiques où des failles profondes cachent, sous le foisonnement des iris jaunes, les sources dont s'alimentent les lacs.

Un quart d'heure de marche sépare Mount Auburn du plus proche de ces lacs. Un sentier qui serpente à flanc de coteau, parmi les hautes fougères, y conduit. On ne distingue rien d'autre devant soi qu'un moutonnement de verdure. Et soudain, on débouche sur un promontoire qui domine un cirque de petites montagnes où le dessin du lac s'inscrit comme une piste. On est au spectacle : une eau claire s'exhibe, ceinte d'un liseré de roseaux, mouchetée de nénuphars et parfois d'oiseaux assoupis, livrée aux signes du ciel changeant. De l'autre côté, sur les gradins, une maison est aussi spectatrice : grise, de la couleur des roches d'où elle est issue, avec la tache blanche de sa porte, son chapeau de chaume brun et la fine fumée rousse qui sort de sa cheminée, au milieu d'un pâturage très vert, entouré de grosses pierres. Quelques brebis, un cheval broutent l'herbe. On ne voit personne, on n'entend aucun bruit, mis à part le murmure de l'océan qui donne au lac toute sa vertu de silence. On ne peut que participer à ce paysage, ou le fuir, comme celui de Mount Auburn. C'est d'un pas précautionneux qu'Aubry avance, pour ne pas introduire un son indiscret dans cet instant et cet espace à la fois libres et définis où l'intimité de la nature s'accorde si étonnamment avec celle de l'homme. Il descend vers le lac, s'approche de ses berges. Des mouettes s'envolent, un couple de canards va se cacher dans les roseaux. Le sentier s'infléchit vers la maison, mais n'y mène pas directement. Un autre sentier, très court, en part pour desservir la demeure. Quand Aubry arrive à sa hauteur, des têtes d'enfants se montrent derrière la vitre d'une fenêtre. Il les regarde, leur sourit, et aussitôt elles disparaissent. Aubry d'instinct accélère le pas. Une femme alors sort de la maison. Grande, habillée en homme, il la reconnaît : c'est la cliente qui l'a intrigué à l'épicerie. Il la salue, en inclinant la tête, sans lui parler. Elle répond par un « hello » accompagné d'un geste de la main. Il poursuit son chemin. Quelques instants plus tard, à la faveur d'un tournant du sentier, il s'aperçoit que la femme est restée devant la porte de sa maison et le regarde s'éloigner. Arrivé de l'autre côté du lac, il continue droit devant lui. Au sommet de la pente, il aborde une lande où paissent les moutons du Baron. Quelques bêtes isolées qu'il apeure s'enfuient en bêlant. Le berger, assis sur un rocher, lisait un journal. Il lève la tête. Ses chiens aboient et grondent à la vue d'Aubry. Le Baron les rappelle, ils obéissent. Aubry lui dit merci. L'homme, de la main, esquisse un geste et se replonge dans sa lecture. La silhouette du château-bergerie se profile sur le ciel déjà teinté des couleurs du couchant. Le troupeau, très lentement, se dirige vers son refuge nocturne. Le berger se lève et suit. Il brandit sa canne et fait signe aux chiens de ramener les moutons attardés. Aubry s'arrête pour considérer le spectacle. Il voit le Baron se retourner vers lui, cherchant à savoir la direction qu'il prend. Il décide de rebrousser chemin. Quand il repasse devant la maison du lac, sa porte est close, elle est éclairée faiblement, sans doute par une lampe à pétrole. Le cheval, toujours dehors, hennit. La porte s'ouvre dans le dos d'Aubry. Il l'entend à peine, mais il en est sûr : on regarde.

Aubry, qui découvre et cherche à comprendre la solitude des autres, est, lui aussi, un solitaire dont la présence inexpliquée étonne en ce terroir où chaque personne a sa raison de vivre qui correspond d'abord à l'absence du désir de vivre ailleurs. Cet Anglais d'une jeune cinquantaine, on sait qu'il est artiste et qu'il ne manque pas de moyens matériels. Pourquoi donc a-t-il quitté son pays et s'est-il retiré sur cette montagne du comté de Cork, à l'écart du monde, en un lieu où il faut vraiment être Irlandais pour avoir envie de se fixer ? Il vit seul, il ne parle pas de sa famille. Est-il célibataire, divorcé, veuf ? On l'ignore. Il a installé sa maison pour une résidence permanente. Il a dit à Mr Murphy qu'il se plaisait beaucoup à Mount Auburn et qu'il y avait trouvé « la tranquillité et l'émotion » dont il avait besoin pour peindre. Il a dit aussi qu'il voulait respecter les matériaux traditionnels du pays, et c'est ainsi que Pat a charrié chez lui les massives ardoises d'une ferme en ruine et qu'un spécialiste a remonté l'un de ses murs de pierres sèches. Il aurait ajouté : « Je ne comprends pas que certaines personnes démolissent les murs autour de leurs maisons pour les remplacer par des barrières de bois. Quand on a la chance de posséder une aussi belle matière, il ne suffit pas de la préserver, il faut la mettre en valeur. »

Mr Murphy lui aurait répliqué avec ironie :

— Eh bien, vous pourrez les prendre pour modèles !

Et, très sérieusement, Aubry lui aurait répondu :

— Vous avez raison, ces pierres m'inspirent.

De fait, leur consistance variée, grise ou rose, parfois veinée de blanc et de vert, leurs formes arrondies ou anguleuses, résultat de l'érosion ou de la taille, offrent des motifs qui peuvent faire rêver, considérés dans la particularité de chacune, ou dans la texture d'un mur. Et la vue ne saurait échapper au quadrillage méthodique des champs, aux éboulis de roches. On vit parmi les pierres qui vivaient en terrain conquis. On leur a repris des espaces, on les a domestiquées. Il a fallu se défendre d'elles, puis on leur a demandé protection. Maintenant on leur préfère le ciment, on méprise leur noblesse naturelle. Aubry les protège et leur rend hommage.

Les Irlandais n'ont pas ri de cet amour des pierres. Ils le portent en eux, sans même en être conscients. Il est lié à toute leur histoire, à leurs habitats, à leurs labeurs, à leurs embuscades. Ils ont trouvé sympathique l'étranger qui, de ses mains, reconstituait des murs après avoir pris les leçons des derniers experts, et l'artiste qui prenait intérêt à la consistance de leur plus vieux matériau.

Ils se sont étonnés lorsqu'ils ont remarqué, au-dessus et autour de la maison de Mount Auburn, des oiseaux qui, d'habitude, ne fréquentent pas ces lieux. Puis ils ont appris qu'Aubry donne à manger aux passereaux. Parfois on voit des oiseaux de mer isolés — plus affamés que d'autres ou plus audacieux ? — s'aventurer vers sa maison. On parle même d'un jeune goéland blessé qu'il a soigné et remis en liberté, mais qui reste attaché à la demeure.

Après des incursions sur la baie, il partage, avec les chardonnerets et les rouges-gorges, la nourriture posée sur le rebord des lucarnes de la grange. Si l'ami des oiseaux a choisi cet endroit pour les nourrir, c'est qu'il est aussi l'ami des chats perdus.

Les deux chats de l'ancien propriétaire décédé ont tout naturellement retrouvé leur subsistance là où ils avaient vécu. Ils ont repris leurs habitudes sédentaires et libres. Couchés sur le muret par beau temps, ou dans le fenil quand il pleut, ils se risquent parfois à l'intérieur de la maison. Aubry ne les y invite pas, il porte leur pâtée dans la grange mais ils sont attirés par lui, par cette présence tutélaire qui n'impose rien et leur fait désirer plus que la nourriture : le son de la voix amicale qui, déjà, pour eux est caresse.

Afin d'éviter qu'ils n'aient la tentation de guetter les oiseaux, Aubry ne se contente pas de les nourrir bien. Il met les oiseaux hors de leur portée. Les vieux instincts de la chasse habitent tous les animaux, même les mieux repus. Aubry le sait, il se connaît assez bien. Il voudrait jouer à son propre égard le rôle du sage qui ordonne les justes distances entre l'homme et ses inutiles proies.

Les fermiers des environs ont donc commencé par s'étonner de ces vols d'oiseaux insolites autour de la maison de Mount Auburn. Quand ils en ont compris la raison, ils n'ont pas raillé l'Anglais, eux qui avaient apprécié son respect pour les pierres. Pat a dit :

— Il aime les bêtes, pas seulement avec des paroles.

Lilian a ajouté :

— Il n'aime pas qu'elles souffrent.

Et l'épicière :

— Celles qui sont chez lui doivent être heureuses. Je sais ce qu'il achète, il les gâte comme des enfants.

Aubry a écrit à Édith pour lui apprendre qu'il ne comptait pas revenir à Londres. Elle a compris sa décision. Du moins le lui a-t-elle dit. Une fois de plus, il doit apprécier les qualités de cette femme, qui sont de véritables mérites. Il a connu tant de personnes dont les qualités n'avaient aucun mérite ! Édith ne manque jamais à la compréhension et à l'effacement si la situation l'exige. C'est cette conduite qui lui a valu de devenir celle qu'on ne peut pas quitter. Pourquoi la quitterait-on, puisqu'elle est à la fois si attachante et si soucieuse de la liberté de l'autre ? Elle ne met à sa façon d'être aucune complaisance qui risquerait de l'humilier en même temps que son partenaire. Aubry a fait d'elle, depuis plus de dix ans, sa compagne, étant entendu que ce mot pour lui s'applique à la femme dont il aime être accompagné mais avec laquelle il ne vit pas. Elle l'a accepté tel qu'il était, avec sa passion d'artiste, sa volonté d'indépendance, mais aussi avec la profondeur de sa tendresse et le charme de sa vitalité généreuse. Elle lui a donné la beauté de ses trente ans, précédés de quelques déceptions amoureuses qui l'ont fait réfléchir, des sentiments brûlants qu'elle a transformés en chaleur douce et une attention qui ne se traduit jamais par une emprise. Aubry en est venu ainsi à ne pas pouvoir imaginer la vie sans elle, mais à préserver dans cette vie des heures qui demeurent intangiblement secrètes. Édith ne souhaite pas mieux : tant qu'Aubry ne lui révélera rien, elle peut être rassurée. Il n'est pas homme à dissimuler ce qui lui paraîtrait essentiel. Aussi a-t-elle compris que le départ pour l'Irlande n'était pas fantaisie mais besoin vital. Non le refus de vivre moins intensément, mais de vivre autrement.

Les raisons qu'on a de ne pas accepter son temps et les lieux où le destin nous a placés sont de tous les temps, de tous les lieux, et de beaucoup d'esprits. Le plus souvent, on essaie de s'adapter. Pour réagir en cherchant à adapter à soi le cadre et les circonstances, il faut les moyens. Ceux de la volonté réfractaire, ceux du courage, d'abord. Ainsi pense Aubry, par ce début de l'automne, au coin de son feu où la tourbe se consume silencieusement.

Il y faut aussi, quand on n'a pas assez d'audace confiante en soi, les moyens matériels. Aubry ne peut se flatter d'avoir tout risqué à vingt ans, quand pourtant il éprouvait déjà le sentiment d'étouffer dans son milieu.

Peu à peu, il a pris ses distances avec le monde où il devait trouver sa place, non sans beaucoup lui concéder. Aujourd'hui, précisément grâce à sa patience, le voici en mesure d'affirmer et d'imposer ses refus. Ni misanthrope ni anarchiste, avec un besoin de liberté aussi grand que le refus du désordre, curieux de son prochain, aimant à l'aimer, revenu de bien des choses, désireux d'aller vers beaucoup d'autres, choqué par ici, captivé par là, tiraillé entre la réflexion et l'enthousiasme, peu porté au scepticisme, souvent blessé, jamais désabusé, toujours charnel mais de plus en plus exigeant. Il ressent un besoin accru de se trouver en plein accord avec ses goûts profonds, de choisir et non plus de subir, à l'écart des vanités mondaines, des partisaneries politiques, des fausses hiérarchies, et des faux paysages campagnards. Le contraire de l'inertie et du renoncement. Un irrésistible élan pour respirer un air dont on a appris qu'il permet — celui-là et pas un autre — la meilleure façon de dilater ses poumons. Avec, en contrepoint, la conscience d'aborder le versant moins bien exposé, la sensation de l'inexorable flux, qui accroissent l'exigence de ne plus perdre un instant, et donnent à la luminosité des êtres et des jours, perçue parmi tant d'ombres en marche, la saveur pathétique des derniers cadeaux du soleil.

« Allons, pas de lyrisme, pas d'emphase », se dit Aubry. Et pourtant, c'est bien vrai : il n'a pas choisi de vivre sous un des climats qui favorisent l'oubli du noir, l'allégresse du corps et font l'esprit plus léger grâce aux magnificences solaires. Il a voulu une réalité sans tricherie, sans les secours d'aucun divertissement. Il a voulu les conditions où peuvent se fortifier les clartés intérieures avec le juste prix dont il faut les payer. Il a voulu tout cela. Mais pour Édith qu'a-t-il voulu ? Il l'a mise en face de sa décision, sans la consulter. Elle a eu l'air d'accepter si facilement qu'il en est soulagé. Ainsi a-t-il moins mauvaise conscience et se libère-t-il davantage.

La tourbe brûle sans flamme, elle s'embrase de l'intérieur, rougeoie comme une brique de braise et se transforme en cendre fine, délicatement. Pour confectionner le feu, on dispose dans l'âtre deux mottes côte à côte, puis deux autres mottes en croix au-dessus d'elles. Au fur et à mesure que l'étage du bas donne sa rougeur vive, proche de la cendre avant de s'effondrer, on replace des mottes sur le haut de la construction, et le foyer, de relais en relais, fait ainsi son métier durant des heures avec intensité et discrétion. Aubry apprécie cette combustion. Elle épargne les moments de flambée qui, même merveilleux, portent les lueurs de l'incendie. Voilà ce qu'il aime en Édith. Alors, pourquoi ne pas souhaiter qu'elle soit près de lui au coin du feu ? « Est-ce ton avis, mon vieux Moby ? », semble-t-il dire en caressant le chien qui dort à ses pieds, comme pour l'associer à ses réflexions. Le griffon noir tourne vers son maître sa tête hirsute. À travers les longs poils brillent deux yeux vifs. Aussitôt, l'autre chien, qui dormait au coin opposé de la cheminée, se lève et vient chercher sa caresse. C'est Dick, étrange résultat de l'union d'un fox à poil ras et d'un basset. Aubry pose sa main sur l'un et l'autre de ses compagnons. Le premier, il l'a ramassé sur la route, une nuit de pluie, trempé, boueux, avec un collier sans médaille. Il marchait au milieu de la chaussée, condamné à se faire écraser. Le second est venu, un soir, rôder autour de la maison, efflanqué, à bout de forces, sans collier. Aubry lui a donné à manger. Le bâtard est resté. Les deux mâles s'entendent bien, à condition qu'Aubry accorde à chacun même nourriture et même attention. Il désire que leurs relations avec les chats soient, sinon cordiales, du moins correctes. Ce sont les chats qui font peur aux chiens. Ils étaient là avant eux. Ils ont les droits des premiers occupants. À force de patience et de justice, Aubry est parvenu à créer le sentiment de la communauté.

Il ne s'est décidé à les garder qu'après avoir questionné l'épicier et les fermiers voisins pour savoir s'ils connaissaient leurs maîtres. Il a même publié une petite annonce dans le journal du comté qui a donné leur signalement, avec son adresse. Personne ne s'étant déclaré, il les a adoptés et baptisés.

Le problème de l'auto, où chacun voulait l'accompagner, il l'a résolu en ne les emmenant ni l'un ni l'autre. Comme ils sont traités de la même manière, Moby et Dick acceptent de rester ensemble à la maison. Mais avec quelle joie égale, ils escortent leur maître lors de sa promenade à pied quotidienne ! Aubry, après avoir exploré les lieux, s'est tracé de nombreux itinéraires qui n'empruntent que des sentiers ou des chemins de culture. Tantôt il parcourt l'extrémité du cap, tantôt il se dirige vers l'intérieur, selon son humeur ou celle des vents. Mais il a une préférence pour la pointe, là où la nature domine, où les pierres ne sont pas servantes, où les végétaux s'amenuisent pour survivre, où les rares habitations abritent des êtres solitaires, silencieux, et des couples énigmatiques.

Le Baron a consenti à échanger quelques mots avec lui. D'abord à propos du temps :

— Beaucoup de pluie. Belle journée. Un sacré vent ! La tempête pour demain.

Puis il a parlé de son métier :

— Les bêtes aiment cette lande, l'herbe y est plus tendre. Mes chiens, c'est moi qui les ai dressés.

Aubry n'avait pas encore les siens. Le jour où il est apparu sur les lieux du pâturage avec ses deux pensionnaires, il a pris soin de les tenir en laisse. Le Baron a reconnu là, et apprécié, une prudence et aussi une courtoisie vis-à-vis de son métier, des chiens au travail et des moutons, toujours craintifs. Le premier contact entre les chiens du berger et les deux autres n'a pas été facile. On grondait des deux côtés. Aubry a dit au Baron :

— Ce serait tout de même dommage que nos chiens nous empêchent d'être des amis.

Alors le Baron, désignant Dick et Moby :

— Ce sont des chiens qui servent à quoi ?

— À rien, a répondu Aubry. Ils étaient perdus, je n'ai pas pu faire autrement que de les recueillir.

Et le Baron, changeant de ton :

— Ceux que nous secourons nous sont utiles simplement parce qu'ils nous rendent charitables. Je ne sais plus qui a dit ça, mais il avait raison.

Il s'est adressé à ses chiens avec grande douceur, comme à des personnes, pour les rassurer sur les nouveaux venus. Les chiens se sont tus. Aubry, imitant le Baron, a parlé à Moby et à Dick, les a sermonnés. Le berger a flatté leur pelage. Le calme est revenu.

— Les animaux, c'est comme les gens, a dit le Baron. Ils montrent les dents quand ils ont peur ou quand ils ont faim.

Depuis ce jour, les chiens ont pu se rencontrer sans incident, mais en restant sur leurs gardes. Les relations des hommes sont devenues très confiantes. Le Baron, par bribes, a raconté sa vie. Il est né au village. Ses parents possédaient une petite propriété rurale. Mais ils avaient quatre enfants. Deux étaient partis pour les États-Unis, l'aîné avait repris la ferme et lui, il s'était installé à Cork où il avait trouvé un emploi de jardinier dans un collège catholique. Il n'était pas malheureux chez les prêtres qui le traitaient bien. C'est là qu'il avait pris le goût de la lecture. Il avait cru pouvoir se marier avec une fille qui travaillait comme serveuse dans un pub. Mais il s'était aperçu qu'elle n'en avait qu'à son argent. Il était revenu à Kilcrohane.

— Alors je me suis marié avec tout ça... a-t-il conclu en étendant sa canne au-dessus du paysage où s'inscrivaient son troupeau et les ruines féodales.

Après un petit silence :

— Vous aussi, vous devez aimer ce pays, puisque vous êtes venu y vivre.

Aubry a compris que c'était une invite à fournir quelques éclaircissements sur lui-même. Il a dit qu'en effet, il aimait l'Irlande et les Irlandais, qu'il avait été séduit par la beauté sauvage de la baie de Dunmanway tandis qu'il cherchait un lieu de résidence pour y peindre loin de l'agitation de Londres. Il a dit aussi qu'il n'était pas marié.

Le Baron a hoché la tête :

— Eh bien, il y aura maintenant quatre célibataires sur la presqu'île.

Il a expliqué quels étaient les deux autres : le gardien des sémaphores et l'exploitant d'une tourbière qui fournissait du combustible aux habitants du village. Il a ajouté :

— Vous serez le premier étranger, ou plus exactement le premier homme étranger.

Et, ayant pointé sa main vers le sud-est :

— Dans la maison au bord du lac, vous avez dû voir une femme qui vit avec trois enfants. Elle n'est pas du pays. Il y a quelques années, un gars de Kilcrohane, qui s'était engagé dans la marine, l'a ramenée avec lui et il s'est installé là pour faire la pêche. Elle parle très bien l'anglais mais elle est danoise.

Aubry savait qu'elle était veuve. Il voulait en savoir davantage :

— Et son mari ?

— Il a disparu en mer un jour de tempête, il y a deux ans. Elle est restée là.

— De quoi vit-elle ?

— De pas grand-chose. Elle ramasse des moules et les vend. Elle vend aussi des légumes. Elle a un grand jardin qu'elle travaille comme un homme. Ah, elle a oublié d'être paresseuse, la diablesse !

L'avis du Baron rejoignait donc celui de l'épicier.

Aubry, en promenade, chaque fois qu'il rencontre cette femme, la salue d'un « bonjour, madame » auquel elle répond aimablement, sans plus. Quant aux trois enfants, dès qu'ils l'aperçoivent, ils rentrent en courant dans la maison, comme des lapins au terrier.

Un jour qu'il descend à pied au village, il est dépassé par celle qu'on appelle communément « la veuve ». Montée sur son cheval, elle va livrer des moules aux amateurs. Il a grande envie de moules. Pourquoi n'en achèterait-il pas dès maintenant ? Il fait signe à la femme. Elle s'arrête. Oui, bien sûr, elle lui en procurera avec plaisir. Mais pas tout de suite. Celles qu'elle transporte sont promises. S'il veut bien venir chez elle demain soir, il en aura. Elle ne cherche pas à prolonger la pause, adresse à Aubry un petit salut de la main et talonne sa monture. Sous le chapeau à larges bords, il n'a toujours pas vu les yeux. Mais il a remarqué cette fois encore la bouche vigoureuse et l'élégante robustesse du corps.

Le lendemain, avant le coucher du soleil, il se rend à la maison du lac, assez curieux d'en découvrir l'intérieur et de mieux connaître sa voisine. Quand il arrive, elle est en train d'étriller son cheval d'une main ferme :

— Vous permettez que je termine ?

Tandis qu'elle poursuit son travail, Aubry l'observe. Pour la première fois, il la voit sans ses vêtements de marin. Élancée, avec des formes pleines, elle a de longs cheveux châtain clair qu'avivent des reflets roux et qu'elle attache sur sa nuque à l'aide d'un nœud de cuir. Son nez ferme et droit doit savoir humer les choses. Sa peau hâlée se marie avec des yeux couleur de noisette. Sa bouche épaisse, très mobile, révèle des dents bien plantées. Sur son pantalon, elle porte un gros chandail de laine bleue qui la moule. Tous ses mouvements sont rapides, bien ajustés. Elle dit, montrant son cheval :

— Si je ne lui fais pas sa toilette, le soir, il n'est pas content.

— Comment le savez-vous ?

— Il a l'air triste, il baisse la tête.

Elle rit et donne une grande tape sur la croupe du cheval qui tourne vers elle ses yeux pensifs et doux. On dirait qu'il la remercie.

Les trois enfants apparaissent sur le seuil de la maison.

— Et vous, votre toilette est terminée ? leur crie-t-elle.

— Oui, répond l'aînée, j'ai tout rangé.

Quelques instants plus tard, Aubry est introduit dans la maison. Les enfants, intimidés et muets, se sont assis près de la cheminée sans oser regarder le visiteur pendant que leur mère est allée chercher un sac de moules. Aubry s'approche. Les deux jeunes se serrent contre l'aînée.

« De vrais petits sauvageons à apprivoiser », pense Aubry qui s'apprête à leur donner les bonbons qu'il a apportés pour eux. Mais leur mère revient avec les moules. Aubry les prend, lui demande combien il doit.

— Rien, monsieur, c'est le cadeau de la bienvenue !

Puis, sans lui laisser le temps de remercier, et lui indiquant un siège :

— Vous prendrez bien quelque chose ?

Aubry s'assied, lui dit que son geste le touche beaucoup, et qu'il trinquera volontiers avec elle afin de célébrer leurs relations de bon voisinage.

Elle apporte deux grands verres qu'elle remplit à moitié :

— Oh, c'est trop pour moi ! fait Aubry.

— Eh bien, vous laisserez, dit-elle péremptoirement.

Les trois enfants, toujours silencieux, regardent maintenant ce monsieur qu'ils ont vu passer plusieurs fois devant leur maison et dont ils avaient peur. Aubry donne à chacun son paquet. Les deux plus jeunes, un garçon de quatre ans et une petite fille de deux ans, le prennent très vite, comme des animaux peu gâtés à qui l'on propose ce qu'ils aiment. L'aînée, une petite fille, de six à sept ans peut-être, ne tend pas la main et baisse la tête.

— Allons, prends ce qu'on te donne, la rabroue sa mère, ne fais pas la timide, et commence par être polie.

Puis, se tournant vers Aubry :

— Une compliquée, monsieur ! tout le contraire des deux autres.

La petite fille, sans lever les yeux, prend le paquet et va s'asseoir dans le coin le plus sombre de la pièce. Sa mère :

— As-tu dit merci ? Je n'ai pas entendu.

— Merci, dit la petite fille qui n'avait pas remercié.

Les deux autres enfants commencent à croquer des bonbons. La petite fille a posé son sac près d'elle sans l'ouvrir.

La veuve lève son verre, prononce le toast irlandais et avale une grande gorgée.

— À votre santé, dit Aubry, et à celle de vos enfants.

— Ah ! La santé, on n'en manque pas, mais il vaut mieux en avoir trop que pas assez.

— On m'a dit que vous vendiez aussi des légumes. Pourriez-vous m'en procurer ?

— Ça dépend de ce que vous désirez. Ma spécialité, c'est la salade. Ici, ça pousse tout seul, mais les gens ne sont pas jardiniers. Ils ne cultivent que les pommes de terre et les choux. Et pourtant ils aiment la salade. Allez comprendre !

Elle part d'un grand rire.

Quelques minutes plus tard, Aubry sait tout ce qu'il pourra acheter à la veuve, depuis les radis jusqu'aux quartiers de mouton, car elle élève quelques bêtes et livre leur viande non pas au boucher mais à des particuliers. C'est le gardien des sémaphores qui vient tuer les moutons et lui donner un coup de main pour les découper. Aubry la croyait renfermée et maussade, elle se montre très animée et bavarde. Le whisky y est peut-être pour quelque chose.

À brûle-pourpoint, elle lui demande :

— Alors, vous êtes peintre ? Le pays vous inspire ?

— Je travaille bien ici. J'aime la presqu'île. Comme vous, je pense. Sans cela, vous ne seriez pas là.

— Je n'avais pas le choix. Harry ne possédait que sa maison et quelques acres autour. Moi je n'avais rien, à part mes bras et mes jambes, pour travailler. Avec trois gosses. Vous voyez ça d'ici !

— Oui, je peux imaginer !

Il ne sait comment enchaîner. La femme s'en charge :

— Pour ce qui est de l'endroit, c'est vrai que je m'y plais. Ça tombe bien, puisque j'ai été obligée d'y rester...

Elle rit de nouveau. Un peu trop fort, pense Aubry, tout en n'étant pas insensible à cette rudesse franche, à cette exubérance sauvée de toute vulgarité par le naturel d'un corps robuste et sain, image de la bonne vie animale.

« J'aimerais avoir cette femme comme modèle, se dit-il, le soir, en évoquant sa journée. Ce ne serait pas impossible, je crois. » Et le voilà qui rêve de dessiner la belle veuve solitaire. Il ne va pas au-delà. Il n'a que l'ambition du peintre. Mais il lui semble que cette femme, dans ce pays, trouvera inconvenante, sinon scandaleuse, sa requête, même s'il la présente comme la démarche normale d'un peintre privé de modèles professionnels. Cela ne doit pouvoir se demander ici que si l'on a eu les relations les plus intimes avec celle qu'on veut faire poser, et encore… Il se souvient de certaines de ses maîtresses qui ont refusé d'être ses modèles. Les femmes les moins pudiques en amour ne consentent pas forcément à prendre la pose devant leur amant, conscientes peut-être d'une immobilité qui risque de mettre en évidence leurs défauts physiques. « Je suis belle, ô mortels, comme un rêve de pierre », eh oui : la vraie beauté est celle qui peut se passer de mouvement.

Il revient à la veuve : « Je commencerai par lui demander de poser habillée », puis il imagine l'été prochain, par un des rares jours très chauds de l'année, une baignade dans une des criques désertes, entre deux remparts de roches. Il a toujours aimé unir les lignes du corps et celles de matières naturellement abstraites. L'Irlande apportera-t-elle à sa peinture l'occasion d'une telle rencontre ?

Le lendemain, il n'échafaude plus de projets. Les choses se font ou ne se font pas, parce qu'elles doivent ou non se faire. Il verra bien comment évolueront ses relations avec la veuve. En venant ici, il a voulu fuir les complications, il ne va pas s'en créer, il a assez de motifs de peinture pour se passer de modèles nus. En outre, il se demande si, hier soir, il n'a pas exagéré l'intérêt que présente la veuve, en mêlant à ses vœux de peintre, sans avoir voulu se l'avouer, une attention instinctive pour une femme appétissante et libre, à portée de la main.

Depuis son adolescence, Aubry a d'abord été épris de liberté. Voilà sa première exigence. Ensuite, il y met ce qu'il veut, ou ce qu'il peut. La liberté, à ses yeux, ce n'est pas faire n'importe quoi, mais faire ce qu'il croit être le meilleur pour lui, et pour les autres. Il n'a donc jamais eu une vie amoureuse désordonnée, même s'il a été l'objet de pulsions et d'attirances nombreuses. La liberté, c'est d'avoir le droit aux tentations, puis de choisir celle qui en vaut la peine, pour la satisfaire. Il ne faut jamais « succomber à la tentation », il faut s'y élever, parce qu'elle le mérite. On ne succombe que lorsqu'on a mal choisi.

Il est donc capable d'ascétisme sans être, pour autant, un homme chaste. La chasteté implique une sorte de force de l'esprit qui chasse les images troublantes, peut-être même une loyauté dont il a la nostalgie parce qu'il n'en a pas les moyens, ces moyens que ses éducateurs religieux ont voulu lui donner et qu'il n'a jamais acquis malgré ses efforts. La loyauté, il la trouve en lui, il se l'accorde à lui-même, en ne se refusant aucune pensée, aucune rêverie, mais en renonçant à bien des actes. Son directeur de conscience lui disait non seulement : « ce sont les mauvaises pensées qui conduisent nos mauvaises actions », mais : « les mauvaises pensées sont de mauvaises actions ». Il a appris depuis lors à faire la différence entre les « mauvaises pensées » qui contiennent les poisons de la mort, et celles qui ne contiennent que les excès des ferments de la vie. Son confesseur mêlait les deux. Les premières seules constituent le péché de l'esprit.

En allant passer une soirée chez Pat en compagnie de quelques fermiers, il a rencontré le curé de Kilcrohane, un homme d'une quarantaine d'années dont la compréhension généreuse et le sens qu'il donnait au véritable manquement à l'esprit l'ont rassuré. On parlait d'une jeune fille du village, étudiante à Dublin, qui avait eu l'audace de venir en vacances, ici, avec un garçon, son compagnon de tente. Ses parents avaient refusé de les recevoir. Parmi les habitants de Kilcrohane, les uns avaient pris le parti des parents, les autres celui du couple. L'affaire divisait le village. Le curé avait estimé de son devoir de s'en mêler. Il était allé trouver les parents et il avait plaidé la cause de la fille. Il leur avait dit : « Le scandale est le non-amour. Vous semblez refuser votre affection à votre fille parce que les sentiments qu'elle éprouve pour un garçon ne sont pas en ce moment assortis d'une perspective de mariage. Mais vous risquez de commettre un péché contre l'esprit plus grave que celui de votre fille. »

Les parents, gens fort honnêtes, l'avaient finalement accueillie avec son ami, qui avait eu l'intelligence de ne pas jouer les offensés. Le curé n'avait pas ébruité sa démarche, mais tout le village l'avait sue. Ce qu'il avait affirmé officiellement, un dimanche, en chaire, au cours d'un sermon sur la respectabilité de l'amour, c'était le devoir de rechercher la signification du couple et de comprendre la richesse spirituelle qu'il portait en lui. Il avait dit que l'opinion se trompait en condamnant à la légère les unions que les élans sincères avaient créées, mais qu'il fallait alors que le couple donnât l'image d'une entente profonde et non celle d'une aventure, qu'il fût le premier à se respecter pour inspirer le respect. Chacun pouvait y trouver son compte, et son profit.

Donc, ce soir-là, après avoir évoqué le trouble apporté dans le village par l'arrivée du jeune couple en vacances, une fermière dénonça les dangers que faisaient courir à leur communauté, encore très attachée aux principes de la morale traditionnelle, certaines personnes venues de l'extérieur qui commençaient à s'installer dans le pays.

Aubry, riant :

— Les étrangers comme moi ?

— Ah, cher monsieur, répondit la fermière, s'ils étaient tous comme vous, nous pourrions rendre grâce au Seigneur !

Il entendit alors, pour la première fois, parler d'un jeune Anglais infirme qui cherchait à se fixer à Kilcrohane en compagnie de sa femme. Il vivait dans une caravane et désirait trouver un emplacement non loin de la route principale pour construire une maison et pratiquer l'artisanat : lui le tissage, son épouse la poterie. Pat dit :

— Il a été paralysé à la suite d'un accident de moto. Sa fiancée n'a pas renoncé à l'épouser. Mais ils vivaient déjà en marge chez eux. Ils attirent maintenant leurs amis ici. Et c'est plutôt de la mauvaise graine : des filles et des gars, habillés comme des mendiants, qui n'ont pas de métier et jouent de la guitare. On se demande de quoi ils vivent. Il y en a qui passent dans les fermes pour demander de l'argent ou des produits. Et si vous ne leur donnez rien, ils vous insultent.

La femme de Pat renchérit :

— Ils peuvent avoir la plus mauvaise influence sur les jeunes de chez nous. Qu'en pensez-vous, monsieur le curé ?

Le prêtre commença par dire sa compassion pour le jeune infirme anglais auquel il souhaitait qu'on rendît service. Puis il parla de la société en évolution trop rapide qui engendrait, dans tous les pays du monde, des marginaux de plus en plus nombreux.

— On en avait assez d'une comme ça avec la veuve, s'écria une autre fermière.

— Elle vit loin de tout, elle a trois enfants et ne gêne personne, dit le curé.

— Ah, poursuivit la femme, si elle vit aussi loin du village, c'est que ça lui est commode.

Le curé fit comme s'il n'entendait pas. Mais Aubry enregistra le propos.

Quelques jours après cette conversation, Mike, le fermier, se présente chez Aubry assez étonné de sa visite car son exploitation se situe de l'autre côté du village, vers l'intérieur. L'homme, visiblement, ne sait pas comment engager le dialogue. C'est Aubry qui, après les salutations, lui dit :

— Puis-je quelque chose pour vous ?

— Je viens vous voir pour l'infirme anglais. La tempête hier a fait tomber une grosse branche sur le toit de sa caravane. Une chance que lui et sa femme n'aient pas été blessés. Mais la pluie a inondé les couchettes et nous les avons recueillis chez nous. On va les garder encore quelques jours, mais ça ne pourra pas durer, car la réparation va demander du temps. J'ai dû mettre trois de mes enfants dans une seule chambre. Alors, on a pensé, monsieur, que peut-être vous voudriez bien les loger dans votre grange, provisoirement. Il y a une cheminée, m'a dit Pat, à côté de l'étable, là où couchait autrefois le berger.

Aubry n'hésite pas une seconde :

— C'est entendu, je les hébergerai autant de jours que ce sera nécessaire. Ils pourront venir dès demain. Je préparerai une chambre dans la maison.

— Oh, monsieur, merci ! Pat m'avait dit que vous saviez rendre service. Mais je craignais un empêchement. Comme ils vont être heureux !

— C'est tout naturel. Je vis seul. Si j'avais été informé de l'accident, je l'aurais proposé moi-même.

Le lendemain, Margaret, la femme de l'infirme, monte en voiture jusqu'à Mount Auburn. On a placé difficilement son mari, Howard, sur le siège à côté d'elle. Pat les a précédés afin de leur montrer le chemin et d'aider à porter le paralysé.

Aubry les attend sur le seuil de sa maison. Il a aménagé pour eux la chambre du bas et s'est installé dans la pièce du haut, à côté de son atelier.

Pat est tout étonné de cette décision ; le jeune ménage en paraît confus mais heureux. Aubry plaisante :

— La grange, c'est l'hôtel des chiens, je n'allais tout de même pas les déloger !

Bien sûr, il ne dit pas que c'est lui qui a changé de logement. Margaret a vingt-deux ans, un visage avenant, un corps menu mais musclé, autant d'énergie que de gentillesse. Elle se dévoue à son mari, lequel, très beau avec un collier de barbe noire, un torse d'athlète, ne quitte plus son lit que pour un fauteuil roulant. L'un et l'autre, pendant les trois semaines de leur séjour, vont s'efforcer de déranger le moins possible Aubry. Celle-ci, entre son atelier, ses travaux de jardinage et ses promenades, utilise peu le rez-de-chaussée de la maison, mais les repas sont pris en commun et l'on passe ensemble les soirées. Margaret fait la cuisine pour les trois et le ménage de toute la maison. Elle aime les animaux qui l'ont très vite adoptée. On dirait que plus elle se dépense, plus elle est heureuse. Howard, après la diversion que lui a procurée son installation imprévue à Mount Auburn, montre un visage très triste. Il essaie de sourire par courtoisie envers Aubry. Il lit beaucoup, écoute la radio, pratique les mots croisés. Souvent il reste silencieux et regarde dans le vide. Il dépend complètement de Margaret qui, pour qu'il se sente moins assujetti, s'emploie à ne pas lui laisser voir sa propre dépendance.

Aubry, le soir, aime à écouter de la musique classique. Les jeunes gens partagent son goût. Les trois corps dans la pièce peu éclairée s'immobilisent, les visages se figent, avec parfois de petites lueurs jaillies du foyer qui semblent les animer. Howard peut-il alors oublier sa destinée affreuse ? Margaret peut-elle ne pas songer à l'avenir du couple qu'elle forme avec Howard ? On ne saura jamais, pense Aubry, ce qui habite des amateurs de musique en proie à leurs tourments. Ou bien c'est la miraculeuse évasion, ou bien c'est, réveillée par la mélodie, exacerbée par le lyrisme, l'angoisse absolue de l'emmurement.

Aubry éprouve pour le jeune homme une sympathie fraternelle et pour la jeune femme de l'admiration. Il n'évoquera jamais avec eux l'accident qui a rendu infirme Howard, mais il y songe. Il le voit casqué, botté, ganté, motocycliste en tenue de chevalier, projetant sur les routes le tonnerre de sa vitesse, et soudain foudroyé lui-même, étendu au bord d'un fossé, allongé comme un gisant. Et Margaret, penchée sur lui, qui murmure son serment : « Je t'épouserai. »

Comment la vie intime du couple se réalise-t-elle ? Il se pose la question sans chercher à lui donner de réponse, par respect.

Un jour, Margaret, très simplement, lui a demandé :

— Est-ce que cela vous gênerait qu'un de nos amis vienne nous voir ?

— Recevez-le comme si vous étiez chez vous.

L'ami est donc venu, un grand garçon mal rasé, vêtu d'un blue-jean élimé et d'un blouson plus que fatigué, avec un bandeau pour tenir ses longs cheveux. Le type de l'intellectuel qui affirme son émancipation par les signes extérieurs du laisser-aller. Il a interrompu ses études dans une université anglaise afin de vivre plus librement sur le sol irlandais. En fait, il y mène une existence très difficile : chambre sans confort à Cork, participation à un orchestre qui joue dans les bals publics, voyages en stop. Bien sûr il rend responsable la société.

Aubry se dit qu'il est venu en Irlande pour les mêmes raisons que ce garçon, mais après avoir acquis les moyens de le faire. Sans doute a-t-il eu la chance de pouvoir les acquérir. C'est pourquoi il ne jettera jamais la pierre à ceux qui vont à la dérive. Il a de l'indulgence, et même de la sympathie, pour les ratés. Nous sommes tous si près de l'être ou de l'avoir été, à supposer que, sans nous en rendre compte, nous ne le soyons pas tous, plus ou moins.

Aubry écoute les diatribes du jeune homme. Il ne le contredit pas. Howard et Margaret, au diapason, semblent très contents, l'un et l'autre, de sa visite et de ses propos. C'est comme s'il disait ce qu'eux-mêmes doivent taire dans ce pays où — les préjugés étant ce qu'ils sont — on ne les traite pas avec indifférence. Il demeure toute une journée. Le soir, il est trop tard pour qu'il rentre à Cork. Aubry lui propose d'occuper la pièce chauffable de la grange, et lui offre un sac de couchage. Margaret installe Howard dans sa chambre, puis va aménager la pièce pour l'ami et y allumer un feu. Aubry, s'apercevant qu'il a oublié de donner du linge de toilette au jeune homme, redescend de sa chambre et se dirige vers la grange. Il pousse la porte et trouve la jeune femme allongée sur le sac de couchage dans les bras de l'ami. Il dépose les serviettes par terre, sans un mot, et revient très vite.

Le lendemain, après le départ de l'invité, Margaret attend qu'Aubry, parti pour se promener, soit assez loin de la maison. Elle le rejoint en courant et, tout essoufflée :

— Je ne voudrais pas que vous me jugiez mal, monsieur. Je crois avoir des excuses.

Aubry ne sait comment réagir. Il dit simplement :

— Bien sûr, Margaret, votre existence est si dure !

Et il lui passe la main sur la joue. Margaret, posant sa main sur celle d'Aubry :

— Il faut que je vous dise la vérité. J'aime Howard, monsieur. Je n'aime pas ce garçon, mais il s'intéresse à moi, vous comprenez !

Elle se met à pleurer et se blottit contre Aubry.

— Comme vous êtes bon !

Aubry sans doute est bon, mais il est homme. Il s'écarte de Margaret, sans la repousser :

— Vous pouvez compter sur moi, je vous aiderai.

Il la regarde qui court pour rejoindre Howard à la maison. Il continue sa promenade, profondément troublé de s'être trouvé si vulnérable, à l'improviste, mais heureux d'avoir eu, d'instinct, le réflexe qu'il fallait.

Quand le ménage anglais quitte Mount Auburn au bout d'un mois, Aubry est à la fois soulagé et triste. La vision de ce couple impossible et soudé l'a atteint. Le charme de Margaret l'a ému. L'élan qu'elle avait eu vers lui était celui d'une enfant cherchant protection auprès d'un homme qui aurait pu être son père. Si elle y avait ajouté, ne fût-ce que quelques secondes, un peu de tendresse pour l'homme, quel beau cadeau inattendu !

Les journées d'automne, après le départ de Margaret et Howard, paraissent assez longues à Aubry qui doit, pour peindre, se contenter de l'éclairage du jour. Et le jour tombe vite.

Quel que soit le temps, il ne renonce pas à ses promenades, ponctuées de rencontres avec ceux qui vivent et travaillent sur la presqu'île. Même les ramasseurs de varechs, particulièrement rudes et peu bavards, se sont familiarisés avec lui. Plantés dans leurs hautes bottes mouillées, couverts de leurs cirés gris qui luisent, lorsqu'ils se courbent pour ratisser les algues, on les prendrait eux-mêmes pour des algues. Ils utilisent de petits tombereaux tirés par des chevaux à leur mesure qu'ils protègent d'un manteau de caoutchouc parce que les bêtes restent longtemps immobiles. On voit les véhicules revenir le soir, lourdement chargés, accompagnés des hommes qui portent leurs longs râteaux sur le dos. Aubry a dessiné ces cortèges lents d'hommes et d'animaux solidaires dans l'effort, qui se détachent sur le rebord de la falaise à l'heure du couchant et qui semblent effectuer quelque retraite tragique en emportant on ne sait quelle moisson de viscères.

Plusieurs fois, il a installé son chevalet près du Baron, non sans lui avoir demandé si sa présence ne le gênait pas. Il aime entendre parler ce taciturne qui use de formules concises et pleines comme des dictons, par exemple : « Les moutons sont plus raisonnables que les hommes, ils ne pâturent plus quand ils ont assez mangé. » Ou : « Je ne lis que les vieux journaux. Ça ne me coûte rien. Et le résultat est le même. L'actualité ne rend pas les nouvelles plus intéressantes. »

Ces formules sont tellement bien frappées qu'Aubry se demande si le Baron ne les a pas retenues en les lisant. En tout cas, qu'il récite ou qu'il invente, il a raison : ce qu'on apprend, même avec beaucoup de retard, fait l'effet du nouveau.

Ainsi, ce qu'Aubry a appris sur la veuve, il y a quelques jours seulement, l'a intéressé et troublé comme une nouvelle toute fraîche. La fermière, qui, chez Pat, avait parlé énigmatiquement de cette femme, va comme tout le monde à l'épicerie des Murphy. C'est là qu'Aubry l'a rencontrée. Elle s'appelle Mrs Bradlow, elle a une cinquantaine d'années, elle n'est pas belle. Son visage pointu qu'elle agrémente d'un peu de rose et de poudre, sous les lunettes, est celui d'une personne qui se sait dame, mais serait une dame musaraigne avec des yeux d'oiseau de nuit. Elle parle sur un ton très doux, en détachant ses mots pour leur donner plus de valeur. Frileuse, elle s'habille comme une Laponne, et porte continûment une toque qu'elle protège, soit du soleil, soit des ondées, avec un parapluie. On raconte que, tous les deux ans, elle se fait confectionner une nouvelle toque par une couturière à façon qui habite Bantry. La forme est toujours la même, seule la parure change : tantôt des plumes, tantôt des fleurs ou bien un nœud, ou encore une escarboucle. Son allure est de comédie humoristique, mais son personnage est de tragédie. Et son langage susurré, accompagné de mines cachottières, laisse entendre un tas de choses au-delà des mots. On la redoute parce qu'elle est informée de tout et parce que ses silences donnent l'impression de dissimuler une partie de ce qu'elle sait, et qu'elle pourrait dire, mais qu'elle ne veut pas dire, à moins que... Toujours est-il que, bavardant avec Aubry sur le seuil de l'épicerie, elle lui glisse à l'oreille comme une question confidentielle mais toute simple :

— Alors, votre voisine du lac, vous avez compris de quoi elle vit ?

Décontenancé, il répond :

— Elle vend des moules et des légumes.

— Oui, elle vend aussi des moules et des légumes.

Et elle tourne les talons.

Aubry, rentré à Mount Auburn, revoit, réentend la scène dont il a été l'acteur involontaire avec pour partenaire la commère. Il essaie, à partir de cette révélation, de se remémorer tout ce qu'il a observé, tout ce qu'il a appris depuis qu'il se fournit en légumes chez la veuve et entretient avec elle des rapports de voisinage. Après la soirée où il était venu chercher des moules, il ne faisait plus fuir les enfants lorsqu'il passait sur le chemin. Ils étaient presque toujours seuls. Leur maman travaillait dans l'enclos de son jardin, assez éloigné de la demeure, ou ramassait des moules sur la côte, ou livrait ses produits à Kilcrohane. Aubry s'était aperçu que les enfants n'avaient que très peu de jouets, et fort abîmés. Un jour, il avait acheté à Cork une poupée pour l'aînée, une auto électrique pour le garçon, un canard qui battait du tambour pour la dernière. Et il était monté au lac en portant les jouets dans un sac passé en bandoulière, comme un facteur. Quand les enfants, qui s'amusaient devant la maison, l'avaient vu arriver, ils s'étaient rapprochés de la route, sans toutefois oser venir jusqu'à lui. Il était allé vers eux :

— Je suis sûr que vous avez été sages, alors je vous ai apporté des jouets.

Il avait posé son sac par terre, et il en avait extrait le canard, l'auto, la poupée, sous leurs yeux émerveillés. Si vive était leur surprise qu'ils n'avaient pas exprimé leur joie par des cris mais par l'intensité de leurs regards sur les objets. Aubry avait donné à chacun celui qui lui revenait. Les deux plus jeunes s'en étaient emparés prestement. L'aînée, comme pour les bonbons, avait d'abord paru troublée par le geste inattendu qui lui valait un tel cadeau. Elle n'osait pas lever les yeux sur la grande poupée qu'Aubry lui présentait. Il lui avait dit avec douceur :

— Prends cette poupée. Elle est pour toi.

Comme elle ne la prenait pas :

— Tu n'en as pas envie ?

La petite fille avait fait signe avec la tête qu'elle en avait envie.

— Alors, prends-la.

Il la lui avait mise dans les mains. L'enfant l'avait portée avec précaution, puis s'était assise sur le seuil de la maison afin de la contempler en silence. Elle tâtait le visage et les bras comme pour s'assurer de la réalité qui lui était offerte. La poupée penchée en arrière avait fermé les yeux. Alors, la petite fille l'avait serrée contre elle dans un geste tout naturellement maternel, et elle l'avait bercée, en fermant les yeux elle aussi, tandis que le canard battait le tambour et que l'auto vrombissait. Aubry n'avait plus qu'à se faire oublier. Il s'était éclipsé.

Mais quelques jours plus tard, lorsqu'il était repassé devant leur maison, les trois enfants avaient couru jusqu'à lui, et l'aînée lui avait dit :

— On s'amuse bien avec ce que vous nous avez donné.

Et lui, sortant un petit sac de sa poche :

— Je ne vous ai pas oubliés. Voilà des bonbons que vous vous partagerez.

Il avait tendu le sac à la petite fille qui, cette fois-ci, l'avait pris sans hésitation.

— Ouvre-le, je vais compter les bonbons avec toi, et j'en donnerai autant à chacun.

La petite fille avait ouvert le sac, répandu sur une dalle de pierre les bonbons enveloppés de papier. Aubry avait commencé l'opération. Très attentive, elle le regardait et l'écoutait sans participer. Aubry comprit qu'elle ne devait pas savoir compter. Mais il ne lui fit aucune remarque :

— Voilà, il y a quarante-sept bonbons. Cela en fait quinze pour chacun. Les deux autres seront pour Moby et Dick.

Il les donna aux chiens qui les croquèrent avec la même ardeur que les deux plus jeunes enfants. L'aînée ôta un bonbon de son papier et le porta à sa bouche délicatement en souriant à Aubry. Elle n'avait pas dit merci, mais son sourire valait tous les remerciements.

— Eh bien, dit Aubry, je vais reprendre ma promenade. Au revoir, les enfants.

Alors, la petite fille courut vers lui, un bonbon à la main.

— Vous n'en avez pas eu, vous.

Aubry sait qu'il ne faut jamais refuser la générosité d'un enfant et qu'on le prive beaucoup plus en n'acceptant pas son cadeau qu'en l'acceptant, même si ce cadeau lui est coûteux.

— Merci, tu es une gentille petite fille. Je suis très content que tu ne m'aies pas oublié.

Par la suite, ses relations avec la veuve s'étaient précisées. Alors que, sous une pluie fine et froide, il passait devant sa maison, elle l'avait invité à entrer chez elle.

— Mes enfants m'ont montré ce que vous leur avez donné. Vous êtes un vrai père Noël. Venez donc boire quelque chose de chaud.

Il avait accepté de bon cœur. Elle l'avait fait asseoir près du feu dans un vieux fauteuil à bascule un peu défoncé. Il avait détaillé le mobilier pendant qu'elle préparait un café à l'irlandaise. Un second fauteuil aussi fatigué que le premier, un buffet et une table en sapin teinté avec quatre chaises paillées, une cuisinière à gaz, près de l'évier. En haut du buffet, un gros bouquet de fleurs des champs dans un cruchon. Sur la cheminée, des pots de faïence contenant des épices.

Au mur, un portemanteau garni d'habits, une étagère pour un poste de radio, une niche pour un panier de couture, une grande photo sous verre représentant un paysage marin. Dans les coins opposés à la cheminée, deux lits d'enfant. Au plafond, une lampe à pétrole sans abat-jour. De la pauvreté, mais de l'ordre. La veuve avait sans doute remarqué le regard d'Aubry.

— Il a fallu que je fasse avec ce que j'avais. Et je n'avais pas grand-chose. Nous vivons dans trois pièces. À l'ouest, c'est ma chambre. De l'autre côté, à l'est, c'est là que je range les vêtements et les provisions. J'y ai mis le lit de l'aînée. Les deux autres couchent dans cette pièce.

— Et comment vous chauffez-vous ?

— Eh bien, avec cette cheminée. Elle suffit à la maison.

Elle avait commandé à sa fille d'aller dans le réduit pour peler des pommes de terre. La petite n'avait pas répondu et n'était pas partie tout de suite, ce qui avait provoqué de la part de Martha une violente colère :

— Va ! Tu n'en feras jamais autant que moi à ton âge.

S'adressant à Aubry :

— Une vraie feignante !

L'enfant était sortie. La mère l'avait poursuivie de ses paroles :

— Et que ce soit bien fait, sinon, tu seras privée de dessert !

Aubry avait cru percevoir des petits sanglots étouffés. La mère, comme aux aguets, avait couru vers la pièce voisine :

— Assez de ces pleurnicheries ! Tu n'es plus un bébé. Je ne veux plus t'entendre, tu as compris ?

Elle avait dit cela d'une voix amortie où l'on sentait la violence contenue.

Ce jour-là, la veuve s'était confiée à Aubry. Elle avait connu à Copenhague, sa ville natale, Harry, l'Irlandais qui l'avait ramenée chez lui :

— Moi, je voulais rester au Danemark, lui il voulait retrouver son Irlande. Je l'ai suivi. Et trois ans après, il a disparu en mer. Vous savez, monsieur, quand on perd quelqu'un qui disparaît, ce n'est pas comme s'il reposait dans un cimetière. On ne peut pas arriver à croire qu'il est mort. Le curé a eu raison d'organiser un service funèbre, avec un cercueil. Il a fait un sermon pour dire que les morts, qu'ils soient enterrés ou noyés, c'est dans le cœur qu'ils vivent... Ah, l'eau est bouillante !

Elle s'était brusquement levée pour préparer le café irlandais. Il doit être servi brûlant quand on y verse le whisky, puis on le recouvre d'une couche de crème froide, de manière à laisser filtrer la chaleur alcoolisée sous la fraîcheur onctueuse qui parfume au passage le liquide en lui apportant un peu de sa substance. Elle avalait cela par petites gorgées sans se presser, mais sans tarder, car, tiède, le café irlandais n'est plus qu'un café au lait rehaussé d'un goût de whisky. On voyait qu'elle savait à la fois comment on le fait et comment on le consomme, à la manière d'une vraie Irlandaise. Aubry, après l'avoir félicitée :

— Vous vous êtes bien adaptée au pays, mais vous n'avez jamais eu envie de retourner au Danemark pour retrouver votre famille ?

— Je n'ai pas de famille là-bas.

Puis, avec animosité :

— Je n'en ai jamais eu. J'ai toujours dû me débrouiller seule.

Aubry n'avait pas osé lui demander les circonstances qui l'avaient privée ou séparée de ses parents. Il lui avait parlé de ses enfants. Quels âges avaient-il exactement ?

— Ellynn a sept ans, John et Priscilla quatre et trois ans.

Il avait remarqué qu'elle avait nommé séparément sa fille aînée. Puis il avait senti qu'elle ne souhaitait pas continuer sur ce sujet. Ils avaient alors parlé du prix de la vie, de la différence de saveur entre moules naturelles et moules d'élevage, et de la clientèle de...

— Au fait, quel est votre prénom ? dit Aubry.

— Martha. Moi, je sais que vous vous appelez Aubry, Aubry Clark. Mais vous, vous n'avez sûrement jamais entendu dire mon prénom. Les gens d'ici m'appellent Burkley qui était le nom de famille de mon mari. Le plus souvent, ils disent « la veuve ». Ce n'est pas vrai ?

Aubry avait dû reconnaître qu'en effet certaines personnes l'appelaient ainsi, mais il avait ajouté que c'était plutôt rare, et que l'on employait surtout son nom de famille. Cela ne correspondait pas à la réalité, mais il ne voulait pas l'ancrer dans une impression qui, certainement, lui était désagréable.

— On vous a parlé de moi ?

— Oh, pas tellement. Je ne suis pas à l'affût de ce qu'on dit des autres. Et je ne suis pas très bavard. Vous voyez, avec vous, je fais une exception.

Elle avait paru rassurée et contente. En partant, après l'avoir remerciée de son hospitalité, il lui avait adressé un cérémonieux « Au revoir, madame ».

— Appelez-moi Martha, ce sera plus simple.

Il aurait dû renvoyer en écho : « Et vous, appelez-moi Aubry. » Mais il n'avait pas envie d'accentuer son intimité avec la veuve.

— Je mets longtemps avant d'appeler quelqu'un par son prénom.

— Eh bien, monsieur le peintre, j'espère que vous resterez assez longtemps ici pour dire Martha !

Et elle avait éclaté de rire. Il avait ri, lui aussi, en s'y forçant. Sur le chemin du retour, il avait analysé l'attitude de Martha. Quelque chose le gênait chez cette femme, malgré la sympathie qu'on pouvait éprouver pour son tempérament sain et vigoureux. Non pas qu'il dût se méfier de sa sincérité. C'était tout le contraire : un instinct lui disait qu'il devait craindre sa nature, et précisément sa nature sans fard et sans contrainte. Ses brusques accès de gaieté, sa façon abrupte de passer de la confidence grave à l'activité ménagère, révélaient des humeurs vives, en prise avec le plus immédiat. Mais surtout ses emportements à l'égard de sa fille aînée prouvaient un manque de contrôle affectif, et sans doute une dureté qu'on ne pouvait pas confondre avec son énergie mais qui en était comme l'aboutissement fâcheux.

Aubry se demande ce que cette femme attend de lui. Peut-être ne se pose-t-elle même pas la question. Il est son voisin et son client. Il a eu des attentions pour ses enfants. Elle l'en a remercié très spontanément.

Pourtant, la phrase de Mrs Bradlow à l'épicerie revient sans cesse à son oreille. À travers l'apparence du mystère, ce qu'a voulu signifier la musaraigne est très clair : la veuve a un autre moyen de se procurer de l'argent qu'en vendant les produits de sa pêche et de son jardin. Et ce moyen, bien sûr, c'est sa complaisance envers les hommes.

Il a constaté lui-même à plusieurs reprises qu'elle était absente sans travailler dans son jardin et sans se trouver au village. Évidemment elle pouvait être sur la côte, pour récolter des moules. Mais il l'a vue revenir plusieurs fois de l'extrémité du cap, où l'on ne trouve pas de moules, car les rochers y sont battus par des vagues trop fortes. Par là habite l'exploitant des tourbières, par là aussi le gardien des sémaphores, deux célibataires tout en muscles et en souplesse comme les chevaux qui vivent à demi sauvages sur la lande. Chacun à sa manière gagne bien sa vie, le premier parce que sa tourbe est de bonne qualité, le second parce qu'il est agent de l'État. Celui-ci aime à dire qu'il n'a pas besoin de venir souvent au village puisqu'il trouve sur place tout ce qu'il lui faut. Le tourbier, lui, ne dit rien. Il se contente de sourire quand un habitant du village lui lance :

— Alors, toujours célibataire ?

Aubry, piqué au jeu, veut en savoir davantage. Il dispose de deux informateurs de choix avec Mr Murphy et le Baron. Il a éliminé la vipérine Mrs Bradlow de même que Mrs Murphy, trop généreuse et ingénue, trop absorbée par ses comptes pour se mêler aux conversations de l'épicerie et colporter des bruits. Les deux hommes, eux, ne sont pas fielleux. Ils aiment dire ce qu'ils savent, et ils savent beaucoup de choses, mais ils ne cherchent pas à en faire étalage, encore moins à nuire. Ils racontent tout simplement quand on les interroge, ou si l'occasion s'en présente. Un jour, à l'épicerie, Aubry surprend cette question de Mr Murphy à Martha :

— Vous n'envoyez toujours pas Ellynn à l'école ?

— Vous savez bien que le car ne peut pas monter chez nous. Et la petite ne va pas faire six kilomètres, aller et retour, par jour, à pied, toute seule. Elle n'a encore que sept ans. Et je lui apprends à lire. L'an prochain, je verrai.

Elle répond cela d'un air bourru mais qui ne laisse pas supposer que la question de Mr Murphy l'ait choquée. Puis, sans prolonger le dialogue, peut-être parce qu'Aubry est là, elle prend congé de l'épicier. Celui-ci, se tournant alors vers Aubry :

— Il faut parfois dire aux gens ce qu'ils n'aiment pas entendre. La veuve nourrit bien ses enfants, mais elle ne s'occupe pas assez d'eux, surtout de l'aînée.

— Pourquoi surtout de l'aînée ?

— Parce que la petite n'est pas d'Harry. La veuve l'a eue avant de le connaître, d'un homme peu intéressant, à ce qu'elle dit. Elle avait gardé l'enfant parce qu'il lui avait promis le mariage. Et puis il l'a abandonnée avant même qu'elle accouche. Alors, la petite lui rappelle tout ça.

— Harry l'avait acceptée facilement ?

— Oh, c'était un brave garçon. Il l'aimait bien ; autant que ses enfants, je crois. Mais depuis qu'il n'est plus là, Martha mène la vie dure à la petite.

— Comment peut-on savoir ?

— Par exemple, elle emmène souvent les deux plus jeunes au village. Elle laisse toujours l'aînée à la maison. Elle dit qu'elle ne peut pas mettre trois enfants sur son cheval et que les deux petits tiennent facilement dans les hottes. C'est vrai. Mais elle a assez d'herbe pour entretenir un poney. Et Ellynn apprendrait facilement à le monter.

— Un poney coûte cher !

— Croyez-moi, elle pourrait si elle voulait. Ce qui lui manque, c'est l'idée.

Mr Murphy dit cela avec beaucoup d'assurance,

en pesant ses mots. Puis il va s'occuper d'un autre client. Visiblement, il ne veut rien ajouter.

C'est au tour du Baron d'éclairer la lanterne d'Aubry qui saisit l'occasion de lui parler de la veuve lorsque, dessinant auprès de lui, il la voit, montée sur son cheval, se diriger vers la pointe du cap au beau milieu d'un après-midi. Il feint d'ignorer que c'est l'endroit de la côte où l'on ne trouve pas de coquillages.

— Elle va chercher des moules, sans doute ?

— Ou autre chose…

— Que voulez-vous dire ?

— Je veux dire qu'elle pourrait avoir des raisons d'aller par là qui ne sont pas les raisons qu'on croit.

— Et vous, qu'est-ce que vous croyez ?

— Moi, je ne crois que ce que je vois.

— Vous avez pu voir ici plus que les autres.

— Vous savez, j'ouvre tout grands les yeux pour surveiller mes moutons, je les ouvre un peu moins grands pour lire les journaux. Et je les garde à moitié fermés quand passent les voisins.

Aubry sent qu'il ne peut pas aller plus loin dans ses questions. Mais sans doute a-t-il déjà dépassé la limite d'une banale curiosité, car le Baron, d'un air cordialement moqueur :

— Alors, elle vous intéresse, la veuve ?

— Oh, répond Aubry, j'ai entendu dire tant de choses sur elle ! Alors je voudrais savoir ce qui est vrai.

— Il n'y a qu'une personne qui peut le savoir, c'est elle ! Vous voyez ce qui vous reste à faire.

Aubry prend le parti de la plaisanterie :

— Vous avez raison, Baron. Je m'informerai auprès d'elle.

Poursuivant son enquête, aussi discrètement que possible, en lui donnant l'apparence de simples questions nées d'un intérêt bien naturel pour son prochain, Aubry amène Lilian, la femme de Pat, à réagir sur le nom de Martha. On parle des légumes de la saison.

— Ah, les salades de Martha sont très belles. Et elle en a pendant toute l'année. Elle sait cultiver.

— Oui, si au moins elle ne cultivait que ça !

Aubry joue les ignorants et regarde Lilian d'un air étonné.

— Comment, vous ignorez la vie qu'elle mène ? On n'avait pas besoin d'une femme comme elle pour empoisonner le pays !

Pat assiste à la conversation. Il ne dit rien. Le lendemain, Aubry le rencontre seul.

— Alors, c'est vrai que Martha provoque le scandale ?

Et Pat, hochant la tête, avec un clin d'œil où la malice s'accompagne d'un air rêveur :

— Oh, il ne faut pas exagérer. Une femme libre, qui n'est pas vilaine, ça fait toujours jaser.

— Qu'en pense monsieur le curé ?

— Il est bien ennuyé, le pauvre. Il a toutes les bigotes à ses trousses, qui voudraient obtenir qu'on la fasse partir. Ce serait possible, à ce qu'il paraît. Elle n'est pas en règle avec l'administration parce qu'elle n'était pas la femme légitime d'Harry. La maison qu'elle habite ne lui appartient pas, ni les terres qu'elle cultive. Mais comme Harry n'avait pas d'autres héritiers que ses enfants, on ne lui cherche pas d'histoire. Le curé la défend. Il parle de sainte Madeleine, de la miséricorde de Jésus et des charges maternelles de la veuve.

Aubry, se souvenant des paroles et des réticences du Baron, se demande s'il ne s'est pas permis, lui aussi, quelques privautés avec la veuve, car les moutons qu'elle possède, c'est par lui qu'elle les a eus. C'est le gardien des sémaphores qui vient abattre chez elle les moutons qu'elle vend. Et c'est le tourbier qui lui procure sa provision de combustible. Puis Aubry s'en veut de ces pensées qui rabaissent Martha jusqu'à n'être plus qu'une femelle animée par son seul intérêt. Comment d'ailleurs connaître la nature exacte des sentiments qu'elle a pour ces hommes qui lui rendent service ? Qu'est-ce qui permet de croire et d'affirmer qu'elle s'est donnée à eux ? De toute façon, elle a le droit de faire ce qu'elle veut, d'autant plus qu'elle ne porte tort à personne. Elle ne se compromet qu'avec des célibataires. La révélation de la musaraigne traduit la méfiance et la crainte des femmes du pays vis-à-vis d'une des leurs, libérée de tous liens. Qu'elle vive isolée, indépendante et disponible, constitue en soi une provocation. Elle est l'image même du péché possible. Par elle, les pensées troubles prennent corps, et la tentation s'insinue, pensent les mères de famille. En l'occurrence, il semble que tout le monde profite d'une situation pour imaginer à plaisir, les hommes comme les femmes. Les uns étalent les faits supposés, mais sans crier au scandale, comme s'ils trouvaient leur compte à évoquer certaines choses dont ils sont privés. Les autres s'indignent au nom de la morale outragée. Cela tient de la médisance, de la nostalgie et du mythe.

Aubry, lorsqu'il cherche à savoir, est animé par un désir tout naturel de saisir la réalité pour avoir son opinion sans se soumettre aux racontars, et pour les contredire, le cas échéant. Il ne prétend intervenir, ni comme juge, ni même comme arbitre. Si Martha habitait de l'autre côté du village, il ne se poserait aucune question. Il se montre simplement soucieux d'exactitude et d'équité quant à une personne dont il est le plus proche voisin, dans une solitude qui rend forcément plus vives les curiosités entre les rares habitants d'un même territoire. C'est du moins ce qu'il s'affirme à lui-même, sans aller vraiment au fond de ses pensées. Il prend à la vie intime de Martha un intérêt d'où n'est sans doute pas absent l'attrait qu'exerce sur lui une femme dont il ne veut pourtant rien attendre. Voilà bien ce qui rend son attitude ambiguë. Il pourrait attendre d'elle quelque chose. Elle lui plaît assez pour cela. Mais il ne le veut pas.

Ne va-t-on pas, à cause de leur voisinage, ajouter son nom au palmarès des conquêtes de la veuve ? C'est possible. Et alors, quelle importance y attacher ? Celle qu'on attache à la vérité de ce qui se dit. Certes, comme la veuve, il n'a de compte à rendre à personne. Mais, qu'il le veuille ou non, il appartient à une communauté, et il doit reconnaître qu'il a souhaité être adopté par elle.

Il ne saurait donc échapper à l'effet des jugements qu'on portera sur tout ce qui concerne ses relations, bonnes ou mauvaises, avec les habitants du village. Il s'agit bien de l'effet des jugements et non des jugements eux-mêmes. Si, par exemple, on commentait le séjour d'Édith chez lui, il n'y prêterait pas attention, car il se situerait alors dans sa marge personnelle.

Venu en Irlande afin de se soustraire aux contraintes d'une certaine vie de société, va-t-il se créer ici de nouvelles obligations, se trouver astreint à quelque décision qui l'engage, soit en se moquant du qu'en-dira-t-on, soit en le subissant ? La solitude, pour nous donner toutes ses possibilités d'autonomie, aboutit à l'isolement. Quelle erreur de croire que vivre en solitaires parmi quelques-uns nous rend indépendants ! Nous sommes au contraire exposés sans cesse à leur regard. C'est la solitude dans la foule qui procure le sentiment de passer inaperçu. Mais à quel prix ! De toute manière, il faut payer. Aubry a choisi : il aime mieux faire les frais de la solitude visible, aérée, que ceux de la solitude secrète, étouffée.

Quand Édith le rejoindra ici, sa présence alimentera les conversations et l'on se posera des questions. Mais, avant qu'elle ne révèle son existence, il se passera sans doute plusieurs mois. Son travail, ses obligations personnelles, la retiennent à Londres. Et puis la maison n'est pas suffisamment aménagée pour l'accueillir avant le printemps. Aubry sait bien qu'elle serait venue le voir sans attendre, pour quelques jours seulement, dans une demeure même inconfortable, et qu'il n'a tenu qu'à lui qu'elle fît le voyage. Les raisons qu'il avait invoquées afin de retarder sa venue l'avaient convaincue. Elle tenait trop à lui pour ne pas aller dans son sens. Il aurait été très peiné de penser qu'elle n'avait pas eu envie de venir en Irlande plus tôt. Il le lui avait dit. Et elle avait été touchée de cette confidence, comme d'une marque d'allégeance. Heureuse Édith, si raisonnablement satisfaite d'être indispensable à un homme au moment où il décide de changer de mode d'existence avec tous les risques d'autres changements que cela peut comporter. Mais elle le connaît : il n'est jamais cynique. À n'en pas douter, elle lui manquera, peut-être plus qu'il ne lui manquera, s'il veut bien continuer à lui écrire une fois par semaine comme il l'a toujours fait au cours de ses absences, sans exiger d'elle une pareille régularité dont elle ne serait sans doute pas capable. De nature indépendante, elle aussi, Édith sait, tout autant qu'Aubry, la valeur des accompagnements sans chaîne, et la vertu des beaux souvenirs qui demeurent présents chez deux êtres séparés mais sûrs de se retrouver, avec l'espoir d'augmenter leur collection d'heureux moments partagés.

Mount Auburn, en ce début d'automne, prend la teinte qui lui a valu son nom. De la masse des fougères rousses jaillissent les rochers dénudés de son sommet, comme l'expression d'une nature qui veut bien accepter la parure donnée par les humus, mais exige de se préserver, au plus haut, dans sa substance originelle pour y affirmer la durée par la pureté.

Aubry, pendant des heures, observe les volumes et les lignes de la montagne, les ondes que propage sur ses flancs la cavalcade des nuages ou des averses, et les mouvantes plaques de clartés et d'ombres qui l'animent selon l'heure. À midi, si le soleil s'en mêle avec le vent, s'éploie une crinière triomphante sur l'encolure de la presqu'île et, le soir, quand le couchant l'éclaire à contre-jour, s'assoupit une chevelure lisse et ténébreuse nimbée de rose. Au bas de cette encolure, la baie palpite de toutes ses écailles argentées, comme le corps d'un poisson gris-bleu dont le gigantisme en sa souplesse épouse les moindres contours des rives hospitalières qui l'accueillent. La roche et la cavale, la mer et le poisson, au cœur de ce paysage fluide et minéral, se rejoignent et se soudent, grâce à l'unité rêveuse d'une vision qui ne cherche pas les images mais se les voit imposer par le spectacle.

Le carnet de croquis se remplit des métamorphoses de la montagne et de la baie, et les tableaux naissent, qui projettent, au-delà des variations de la réalité capturée, les évasions du peintre vers les formes et les couleurs de son imaginaire inspiré.

Qu'Aubry se promène ou dessine, ses chiens l'accompagnent. Quand il marche, ils vont et viennent, courent, s'amusent, flairent et suivent des traces. Quand il s'assied, ils se couchent à ses pieds et ne bronchent plus. Cette aisance à s'adapter aux faits et gestes du maître ne cesse de l'étonner. Elle n'est pas soumission, pense-t-il, mais besoin de protection, bonheur spontané à suivre le rythme de celui qu'on aime. Et si le maître use de la laisse, la docilité demeure sans doute parce que la laisse est un cordon ombilical. Tu me tiens, mais je te tiens. Pas de communauté plus sûre. L'abandon est impossible.

Parfois, quand Aubry ne travaille pas loin de sa maison, une chatte lui fait escorte, mais elle ne vient que selon son humeur. Il n'est pas rare non plus qu'un corbeau évolue dans le sillage d'Aubry. Tombé de son nid, encore tout petit, après une nuit de tempête, et incapable de voler, il a été recueilli, réchauffé, nourri et placé dans une grande boîte garnie de foin au-dessus d'un bahut, avec toutes possibilités de fausser compagnie à son bienfaiteur. Aubry l'a imposé aux chats qui ont appris à leurs dépens ce qu'est la force et la rapidité d'un bec au bout de deux pattes agiles. Et l'oiseau, libre de reprendre son vol, est demeuré près de la maison où il trouve asile quand il le désire. Il pénètre parfois dans la salle, pendant les repas, pour essayer de chiper quelque aliment. Il se pose même sur l'épaule d'Aubry qui l'a appelé Nestor (sans savoir pourquoi), et il répond à son nom.

Par une de ces limpides journées sans rutilance, quand la lumière semble sourdre de l'intérieur des choses, Aubry est venu avec son chevalet s'asseoir au bord du sentier, là où se découvre le lac. Il dessine l'ovale gorgé des reflets du ciel ondoyant, dominé par le rectangle de la maison grise, cerné par les murets de pierre. Les éléments de géométrie volontaire dus aux hommes donnent aux courbes de la nature toute leur valeur de belle fatalité.

Aubry peint, encadré par ses chiens qui dorment, la chatte joue au milieu des hautes herbes sèches. Nestor, posé sur une aubépine, semble surveiller tout le monde.

Et voici qu'apparaissent dans le sentier trois petites formes qui trottinent et s'approchent. Ce sont les enfants de Martha. De leur enclos, ils ont aperçu Aubry, et ils viennent vers lui avec la spontanéité des attirances animales où, mystérieusement, le plaisir et l'intérêt se mêlent, mais précédés et justifiés par le don essentiel : celui de la confiance.

Les trois enfants avancent, Ellynn au milieu. La plus petite trébuche parce que les deux autres marchent vite, alors Ellynn la prend dans ses bras. Peut-être veut-elle montrer comme elle est forte. Elle dépose sa petite sœur et reste immobile tout près d'Aubry, le regardant en silence avec un sourire. C'est lui qui demande :

— Vous vous promenez ?

— Non, dit Ellynn. On est venu vous voir.
— C'est gentil.
— Qu'est-ce que vous faites ?
— Je peins.
Visiblement elle ne sait pas ce que cela veut dire. Aubry explique :
— Les choses que je vois et que je trouve belles, j'essaie de les dessiner avec ce crayon, et puis je mets de la couleur avec ce pinceau. Quand tu iras à l'école, on t'apprendra tout cela.
Ellynn baisse la tête sans répondre.
— Tu aimerais y aller ?
— Oh oui ! Mais maman dit que je suis encore trop petite.
Son frère et sa sœur se sont assis par terre et s'amusent à barbouiller des feuilles de croquis avec les crayons de couleur d'Aubry. Ellynn, campée derrière lui, considère la toile.
— C'est quoi, ça ?
— Le lac.
— Et ça ?
— Ta maison.
— Ah, bon.
Un petit silence, puis :
— C'est joli.
« Le dit-elle parce qu'elle le pense ou pour me faire plaisir ? », se demande Aubry. De toute façon, il en éprouve du plaisir.
Ellynn s'assied à son tour près des chiens. Elle caresse l'un d'eux qui se met sur le dos, de contentement, pour encourager d'autres caresses.
— Il s'appelle comment ?
— Moby.
— Nous, on n'a pas de chien à la maison.

— Pourquoi ?

— Parce que maman n'en veut pas. Elle dit que ça ferait encore quelqu'un à nourrir. Mais moi, j'aime bien les chiens.

Elle met sa tête sur les flancs de Moby qui ne se dérobe pas.

— Et l'autre, comment il s'appelle ?

— Dick.

Dick, entendant son nom, se lève et vient vers Aubry pour avoir une caresse.

— Vous mangez avec eux ?

— Oui. Je leur donne leur pâtée au moment où je prends mes repas. Au dessert ils ont droit à un morceau de sucre.

Et Aubry raconte comment il a adopté les chiens perdus. Il parle de tous ses pensionnaires, de la misère des bêtes qu'on ne peut pas faire autrement que de recueillir. Il montre la chatte qui guette on ne sait quoi dans les herbes, et Nestor que l'arrivée des enfants a incité à aller se poser un peu plus loin sur un rocher. C'est un beau conte qu'Ellynn écoute avec une attention qui semble tendre tout son être vers les paroles. Quand Aubry a fini, elle dit :

— Alors, c'est comme votre famille ?

— Eh oui.

— Vous aimez Nestor autant que vos chiens et vos chats ?

— Bien sûr.

La petite fille se tait, l'air songeur, puis elle intervient pour séparer son frère et sa sœur qui se disputent. Elle leur parle avec le ton d'une maman, et les assagit. Elle s'assied dans l'herbe, prend sur ses genoux Priscilla qui s'assoupit. Le petit garçon continue à tracer des ronds et des traits sur les feuilles blanches. Ellynn se trouve juste devant le chevalet, elle ne bouge pas pour préserver le sommeil de sa sœur. Elle se situe exactement dans le champ de vision d'Aubry et se détache sur la maison. Tout naturellement, il passe du paysage au visage. Ce qui frappe d'abord, c'est le bleu pervenche des yeux d'Ellynn, de grands yeux attentifs où se lit l'ingénuité mais aussi la hardiesse de la franchise ; et, dans la sève continue de leur transparence, passent les flux de l'innocence pensive, interrogeante, inquiète. Son front bombé est encadré par la blondeur des cheveux lisses qui tombent sur ses épaules frêles. Son nez est encore presque d'un bébé. Menu, un peu retroussé, moqueur, croirait-on, alors que la bouche est déjà d'une adulte qui sait le sérieux de ce qu'elle dit. Des taches de rousseur rehaussent le hâle de ses joues. La gracilité de son corps de sept ans frise la maigreur. Elle porte une robe légère, par ce jour ensoleillé, et montre des bras et des jambes minces, dorés, d'une vivacité d'animal.

Aubry substitue à sa toile une grande feuille pour croquis et dessine ce visage que le hasard lui a proposé sans que son modèle le sache. Il va vite, vite, pour capter l'essentiel, et sa main court sur le papier comme si elle était heureuse d'une telle aubaine et de son aisance inspirée. Elle a raison : la pose ne sera pas longue. Priscilla remue, Ellynn la remet sur ses pieds. Aubry pense alors à offrir aux enfants des tranches de cake, et ils ne se font pas prier pour les prendre. Ellynn donne un peu de son gâteau à Dick et à Moby. Puis elle va égrener des miettes sur le haut du mur de pierre en appelant « Nestor, Nestor ! ». De son morceau, elle a gardé pour elle moins qu'elle n'a offert. Le corbeau fixe la pitance de ses yeux tout ronds, sans bouger. Ellynn, le visage chaviré :

— Pourquoi il ne mange pas ? C'est peut-être qu'il ne m'aime pas !

— Il t'aime sûrement, dit Aubry. Tout le monde t'aime.

— Oh non, pas tout le monde.

Aubry, comme s'il n'avait pas entendu :

— Nestor a sans doute l'estomac trop plein pour se donner la peine de venir manger tes miettes de gâteau. Mais elles ne seront pas perdues, il y a tous les autres oiseaux qui ont faim.

— Les oiseaux qui ont faim n'ont plus de papa et de maman ? Ils ont été abandonnés ?

— Non. Ils vivent loin de leurs parents parce qu'ils sont devenus des grandes personnes. Tu sais, les oiseaux restent petits, mais ils vieillissent comme les autres.

— Comment on voit qu'ils sont vieux ?

Aubry n'a pas le temps de trouver une réponse difficile. À ce moment précis surgit Martha, essoufflée, très en colère, qui crie à ses enfants :

— Ah, vous êtes là ! Je vous cherchais partout ! Vous savez bien que vous n'avez pas le droit de sortir de l'enclos quand je ne suis pas à la maison. Qu'est-ce qui vous a pris de partir comme ça ?

John, fondant en larmes : « C'est Ellynn !... »

Martha se tourne vers Ellynn, le regard mauvais :

— C'est encore toi qui as désobéi, qui as entraîné ton frère et ta sœur ! Au lieu de préparer le déjeuner !

Elle secoue par le bras Ellynn qui ne dit rien mais se débat pour lui tourner le dos.

— Et insolente avec ça ! dit la mère en lui envoyant une gifle.

Ellynn vacille sous le coup et part à toutes jambes vers la maison, sans se retourner. Comme cela, on ne verra pas ses larmes.

Aubry essaie d'apaiser Martha, de lui expliquer que ses enfants s'étaient peu éloignés de leur maison et qu'Ellynn n'avait pas commis une faute qui méritait une telle sévérité. D'ailleurs, pouvait-on appeler faute son initiative ?

— Je ne veux pas qu'ils sortent à cause du lac ! Elle le sait bien.

— Il faut lui pardonner. Elle ne s'est pas approchée de l'eau. Elle est venue directement vers moi avec son frère et sa sœur pour me dire bonjour.

— Oui ! Pour avoir des bonbons ! Vous les gâtez trop. Ils n'en ont jamais assez, les enfants, quand on les écoute. Ellynn est l'aînée. Elle doit donner l'exemple. Au lieu de ça, elle se conduit comme une petite mendiante ! Avec des minauderies pour amadouer le monde. Ah, elle réussira dans la vie, mais pas sur le bon chemin. De la mauvaise graine, voilà ce qu'elle est !

Aubry, soudain grave :

— Ne la punissez pas en rentrant, Martha. Cette enfant est sûrement très fragile.

— Fragile, fragile ! Vous me faites rire ! Une volonté d'homme ! Elle a de qui tenir.

— Calmez-vous et promettez-moi de ne pas revenir sur sa conduite.

— Oui, c'est ça : il faut que ce soit moi qui cède en face de cette gamine. Mais si je ne parlais plus de rien, c'est elle qui me forcerait à le faire.

— Comment cela ?

— Parce qu'elle me provoque. Elle a beau ne pas répondre, je sais tout ce qui passe dans sa tête quand elle me tourne le dos.

Martha découvre soudain le croquis d'Aubry.

— Évidemment, si vous faites son portrait, elle va se prendre pour je ne sais qui ! Voyez-vous ça, mademoiselle a pris la pose !

Aubry, aussi véhément que Martha :

— Elle n'a pas su que je la dessinais ! Je vous en prie, Martha, ne dites pas n'importe quoi, et écoutez-moi.

Il la regarde droit dans les yeux, pose sa main sur son épaule. Pour protéger Ellynn, il va aller plus loin qu'il ne faudrait peut-être :

— Martha, je suis votre ami. Si vous voulez que je le demeure, promettez-moi de ne pas punir votre fille.

Martha, comme désarmée, baisse la voix, rend le regard qu'on lui donne :

— Aubry (c'est la première fois qu'elle l'appelle par son prénom), je vous le promets.

Les jours qui suivent, Aubry n'a l'occasion de revoir ni Martha, ni ses enfants. Il s'arrange plutôt pour que l'occasion ne se présente pas. Il ne passe pas devant la maison du lac et évite d'aller à Kilcrohane les jours où Martha fait les livraisons à ses clients.

Une semaine s'écoule. Un soir, rentrant d'une longue course vers l'intérieur, il trouve devant sa porte un panier d'osier rempli de coquilles Saint-Jacques. Il se souvient d'avoir dit à Martha qu'il regrettait de ne pouvoir s'en procurer. Il l'a dit aussi à Pat. Aucun message n'accompagne le cadeau. Pourtant, un détail fournit l'indication de son origine : les traces fraîches des sabots d'un cheval.

Martha a voulu prouver à Aubry qu'elle ne lui gardait pas rancune de sa semonce. Il en est heureux. Il déteste les animosités, surtout lorsqu'il pense qu'il a contribué à les susciter, même pour la bonne cause. Mais il ne se hâte pas d'aller remercier Martha. Il estime qu'il serait fâcheux de montrer trop d'empressement à lui savoir gré de son attention. Non par coquetterie. Par simple réserve, afin de ne pas donner le sentiment d'une impatience à sceller la réconciliation. D'ailleurs, il n'est pas impatient. Il se rend compte de l'autorité qu'il peut avoir sur cette femme. Il en est satisfait, mais il n'en escompte rien de précis, sinon qu'il sera mieux à même de la conseiller quant à Ellynn.

Il projette de rapporter à Martha son panier garni de petits cadeaux : pour elle un flacon de lavande portant la marque d'un bon parfumeur, pour les plus jeunes enfants un lapin en peluche, un oiseau automate et pour Ellynn une batterie de cuisine miniature.

Une semaine plus tard, en fin de journée, il frappe à la porte de la maison du lac. Les enfants sont à table, autour d'une soupe. La lampe à pétrole du plafond éclaire le halo de vapeur de la soupière qui fume. Le feu de braise émet une lueur rose. La chaleur ombreuse de la pièce a l'odeur de la tourbe, de la soupe au chou et du poisson grillé. Les enfants sourient en voyant Aubry entrer. Martha, debout, la louche à la main, salue son arrivée comme si elle l'attendait :

— Soyez le bienvenu. Et prenez un siège pour dîner avec nous.

Aubry remercie, décline l'invitation, s'excuse d'être arrivé ainsi à l'improviste.

— Restez avec nous. Les enfants en seront si heureux.

— Oh oui ! dit Ellynn d'une voix étouffée.

Et elle se lève d'un bond pour chercher une assiette.

— Ah, quand elle a envie de quelque chose, celle-là, elle va vite !

Aubry fait comme s'il n'avait pas entendu la réflexion de Martha. Il sort les paquets du panier puis les distribue.

— Voilà. J'ai trouvé, un soir, des coquilles Saint-

Jacques dans ce panier qu'une bonne fée avait déposé devant ma porte. Je les ai mangées avec beaucoup de plaisir. Et le lendemain matin, le panier était rempli de ces choses qu'une autre fée avait apportées pendant la nuit.

— Comment avez-vous su qu'elles étaient pour nous ?

— Parce que je suis dans la confidence des fées.

Les enfants écoutent Aubry avec ravissement. Chacun prend son paquet, défait les papiers et admire ce qu'il a reçu par l'intermédiaire du magicien. Martha débouche le flacon, respire profondément :

— Ça sent le soleil !

Humant le parfum, son visage exprime une toute naturelle sensualité heureuse. Et le spontané du mot plaît à Aubry qui regarde Martha avec les yeux du peintre auquel était venue l'idée de la prendre pour modèle.

Le repas se compose, après la soupe, d'un maquereau grillé sur la braise, d'un morceau de cheddar et d'une pomme. Les enfants boivent du lait, Martha de la bière qu'elle offre à Aubry. Il n'a pas besoin de parler, Martha s'en charge pour deux. Elle répète ce qu'elle a entendu raconter la veille au village, à propos des jeunes gens qui vivent ensemble sans être mariés.

— Miss Barry dit que monsieur le curé a mal agi en prenant leur défense et qu'il encourage la perversité. Miss Barry ne s'est pas mariée. Aucun homme n'a voulu d'elle. Alors, elle déteste les amoureux. Ce n'est pas votre avis ?

— Si, sûrement. Elle se venge de sa chasteté forcée.

— Vous n'avez jamais entendu parler de moi ?

— Je vous l'ai déjà dit : je n'écoute pas les commérages.

— Vous avez raison. Mais tout le monde n'est pas comme vous. Un jour de Toussaint, quand je sortais de l'église, Miss Barry m'attendait pour s'indigner : « Ah, les gens sont bien méchants ! Ainsi Mrs Bradlow a osé me dire, après vous avoir vue à l'office des défunts : " Qu'est-ce qu'elle vient faire là ? Elle est si contente d'être veuve ! " » Miss Barry a ajouté : « Une honte ! Il ne faut pas vous laisser abattre par des choses comme ça. » Dans mon pays, on traiterait les Barry et les Bradlow de viande pourrie et on leur tournerait le dos. Ici, on les laisse parler. On les méprise mais on les écoute, pour passer le temps. Il y en a même qui leur posent des questions.

— Vous oubliez ceux qui ne permettent pas qu'on salisse quelqu'un devant eux.

— Vous me les indiquerez. Moi, je ne les connais pas.

— Vous êtes injuste, Martha. Mr et Mrs Murphy, par exemple, sont indulgents pour les autres, et ne tolèrent pas les médisances.

— Oui, c'est vrai, concède-t-elle.

Puis avec un sourire qui déplaît à Aubry :

— Mais ils sont commerçants !

— Ce sont d'abord des personnes charitables.

La réplique d'Aubry claque comme un coup de semonce. Martha la reçoit ainsi et baisse les yeux.

— Il faut me pardonner. J'ai été maltraitée par tant de gens.

— Alors, justement, sachez reconnaître ceux qui vous veulent du bien.

Le ton d'Aubry s'est adouci.

— Vous avez raison, fait Martha dont le regard, maintenant, cherche celui d'Aubry.

Puis ils se taisent tous les deux en achevant le repas. Les enfants ont déjà quitté la table pour jouer avec leurs cadeaux. Martha va jeter une brassée de bois mort dans le feu, et de grandes lueurs traversent la pièce, projettent sur le mur l'ombre de la jeune femme qui, maintenant, s'affaire près du fourneau pour préparer un café crémeux. Aubry considère ce corps de bonne charpente, ce visage aéré, aux contours fermes, et ce buste généreux qu'accentue la minceur de la taille. Pour la première fois, il la voit en jupe, et la jupe est courte, elle dégage des jambes nues à la juste mesure du corps, des jambes modelées par l'endurance et l'équilibre. Martha doit ressembler aux compagnes des Vikings qui suivaient les hommes dans leurs expéditions et n'hésitaient pas à les encourager, l'arme à la main, pendant les assauts. Des conquérantes intrépides, violentes et vindicatives, de solides partenaires, toujours en appétit, pour le repos du guerrier.

Martha approche un des deux fauteuils du feu :

— Asseyez-vous là, Aubry. Je vous apporte votre whisky.

Aubry obéit avec une sorte de passivité dont il éprouve l'agrément. Martha achève de préparer la boisson brûlante et, à l'aide d'une cuillère, dépose sur elle la crème froide. Elle tend un verre à Aubry, lève vers lui le sien, prononce le mot rituel, puis s'assied par terre, jambes croisées, le dos appuyé au fauteuil d'Aubry.

Ellynn, qui a étalé sur le sol sa batterie de cuisine, se rapproche d'eux, après s'être emparée du flacon donné à sa mère. Elle l'a ouvert et l'applique contre son nez, laissant s'échapper un peu de parfum. Martha s'en aperçoit. D'un geste brusque, elle arrache l'objet des mains d'Ellynn :

— Laisse ça tranquille ! Tu as ton cadeau !

Et elle garde entre ses genoux le flacon. Ellynn est prête à pleurer. Aubry pose sa main sur ses cheveux :

— Si tu es sage, tu en auras toi aussi.

— Qu'elle commence d'abord par être sage ce soir ! dit Martha.

Aubry change de conversation :

— D'où provenaient les coquilles Saint-Jacques que vous m'avez données ?

— Le gardien des sémaphores me les avait procurées. Il connaît bien les fonds où elles se trouvent. Je lui fournis des légumes en échange de ses poissons.

Aubry parle alors des variétés de poissons qu'on trouve dans la baie, puis il raconte son tête-à-tête inattendu avec un phoque dont le corps avait émergé tout près de lui, alors qu'il se reposait sur une plage.

— Il m'a regardé sans avoir peur. Je n'ai pas bougé, j'ai souri. On aurait dit qu'il comprenait que je lui disais bonjour et que j'étais son ami. Ça a duré quelques instants. Il s'est allongé sur l'eau comme pour se détendre. Il m'a encore regardé. Puis il a replongé.

Martha rit :

— Je suis sûre que vous aviez envie de l'ajouter à votre collection d'animaux !

— Non, répond très sérieusement Aubry, parce qu'il était libre et heureux dans la mer. Mais si je l'avais trouvé blessé sur une plage, j'aurais essayé de le soigner avant de le remettre à l'eau.

Ellynn, silencieuse, écoute intensément. Entourée

de ses petites casseroles, elle reste immobile, les yeux tournés vers le feu comme au spectacle. La voix d'Aubry est douce et grave. Elle remplit sans effort tout l'espace, elle lui donne une chaleur sonore. Quand elle se tait, le rêve qui l'accompagne prend possession du temps. Martha doit rêver elle aussi, et l'on peut imaginer par quel cheminement elle est amenée à dire :

— Est-ce vrai que vous avez logé chez vous un homme qui s'était égaré sur la lande ?

— Oui.

— Il paraît que c'était un évadé de la prison de Cork.

— Je ne lui ai rien demandé. Il avait faim et froid, c'est tout ce que j'ai su.

— Et vous n'avez pas eu peur de l'introduire chez vous ?

— Il avait simplement l'air d'être misérable. L'a-t-on repris ?

— Oui, le lendemain.

— Ah, fait Aubry comme s'il pensait : c'est dommage.

De nouveau, un silence s'établit, où l'image de l'homme traqué s'impose dans les brumes du songe. Soudain la voix d'Ellynn retentit, toute menue mais très claire :

— Est-ce que vous avez soigné des phoques blessés ?

Le « tais-toi, Ellynn » de Martha est suivi aussitôt de cette réponse d'Aubry :

— Non, je n'ai pas eu l'occasion de rencontrer de phoques blessés. Mais j'ai soigné un pingouin qui avait eu l'aile cassée.

— C'est gentil, un pingouin, dit Ellynn enhardie par l'attention qu'Aubry lui a prêtée.

Le regard excédé de Martha se perd dans l'ombre, mais Ellynn l'a saisi au vol. C'est Aubry qui enchaîne et, là encore, on peut comprendre le fil de la pensée. Il demande à Martha :

— Savez-vous ce que sont devenus Howard et Margaret ?

— Non. C'est plutôt vous qui devriez avoir de leurs nouvelles. Ils ne vous ont donc pas écrit depuis leur départ ?

— Je n'ai rien reçu d'eux. Alors je m'inquiète.

— Ah, vous n'avez pas à vous inquiéter. Des ingrats, voilà ce qu'ils sont. Vous faites toujours trop confiance aux gens. Et pourtant, la Margaret, elle vous aimait bien, elle ne jurait que par vous ! À la place d'Howard j'aurais été jaloux.

— Le pauvre garçon, il pouvait être rassuré.

— Avec vous peut-être. Mais pas avec tous ceux qui venaient les voir.

— Martha, n'imitez pas Mrs Bradlow !

De nouveau, Aubry a été cinglant. Et Martha, une seconde fois, accuse le coup. Elle ne trouve rien à répondre et il perçoit à un léger frémissement de son corps qu'elle a été atteinte. Alors, comme il l'a fait pour Ellynn, il pose la main sur sa chevelure.

— Vous ne ressemblerez jamais à Mrs Bradlow. Je plaisantais, Martha.

Elle s'appuie un peu plus librement sur le fauteuil d'Aubry dont les genoux accueillent, sans l'avoir voulu, les flancs de la jeune femme. Ellynn continue à regarder le feu, sans bouger. Son frère et sa sœur se sont endormis sur les dalles tièdes. La braise encore vive se consume avec de brusques petites lueurs où s'affaissent les tisons.

Aubry se sent bien. L'effet du café sans doute.

Celui de la chaleur du foyer. La chaleur aussi de ce corps, qui se communique à lui tout naturellement. Et ces enfants qui lui font confiance.

Un gros bouquet de bruyères blanches posé sur le haut du buffet attire son regard dans les brusques éclairages du feu. Les fleurs s'embrasent alors l'espace d'un instant et projettent leur éclat dans la pièce.

Aubry dit :

— Ces bruyères blanches poussent sur le cap ? J'aimerais en avoir. Où peut-on les cueillir ? Ce ne sont pas des bruyères dégénérées, au moins !

— Non. C'est une espèce très rare. On la trouve au sud, de l'autre côté des ruines de Ballyroon, sur une pente abrupte, et seulement là, tout en haut des rochers qui surplombent la mer. Il faut bien connaître l'endroit et ne pas avoir le vertige.

— En somme, ce sont des fleurs qui se méritent.

— Eh oui...

— Alors j'essaierai de les mériter.

— Ne vous risquez pas là-bas. Si vous êtes un peu patient, vous en aurez.

Que Martha ait l'intention de lui donner ces fleurs n'est pas pour déplaire à Aubry, et pourtant, il ne tient pas à être l'objet de trop de prévenances de la part d'une femme dont il ne veut rien attendre. Les deux plus jeunes enfants sont profondément endormis sur le sol, l'un contre l'autre. Ellynn adossée à la paroi de l'âtre demeure immobile, les yeux grands ouverts. Parfois, elle regarde sa mère, toujours assise par terre et appuyée contre les genoux d'Aubry.

— Ah ! dit Aubry, il se fait tard. Il faut que je rentre.

En se levant, il pose la main sur les épaules de Martha qui lui sourit.

— Merci pour cette bonne soirée.

Ellynn a vu le geste d'Aubry.

— Au revoir, Ellynn. Tu dois avoir sommeil, lui dit-il.

— Non, j'ai pas sommeil.

— Eh bien, tu vas débarrasser la table pendant que je coucherai ton frère et ta sœur, lui commande Martha.

La petite fille ne répond rien. Aubry l'attire vers lui, la soulève et l'embrasse. Elle s'accroche à son cou. Il la berce quelques instants puis la repose par terre. Martha a observé la scène :

— Tu pourrais au moins dire merci à Aubry pour son cadeau.

Ellynn détourne son visage et reste silencieuse.

— Elle est fatiguée, fait Aubry.

— Non, je suis pas fatiguée, dit-elle en commençant à débarrasser la table.

Martha, agacée, hausse les épaules. Elle accompagne Aubry jusqu'à la porte :

— Il faudra revenir souper avec nous.

Ellynn interrompt son travail afin d'écouter les propos. Elle n'entend pas la réponse d'Aubry que sa mère guide jusqu'au chemin avec une lampe électrique. Il a simplement dit un oui de courtoisie. Au moment de se séparer de Martha, il lui prend la main d'un geste franc et cordial. La main presse la sienne un peu plus qu'il ne serait normal. Aubry, comme s'il ne s'en apercevait pas :

— À bientôt, Martha !

Il s'enfonce dans le noir avec précaution. Martha le rattrape.

— Vous n'avez pas de lampe ! Prenez la mienne.

— Je n'en ai pas besoin. Et je ne veux pas vous en priver.

Elle insiste :

— J'en ai une autre. Vous me rapporterez celle-ci quand vous voudrez.

Aubry ne peut qu'accepter. L'obscurité est profonde mais il n'aime pas les contraintes. Il sait déjà qu'il s'arrangera pour rendre la torche à Martha lorsqu'elle sera absente de sa maison. Les yeux fixés sur le rayon lumineux qui le précède, il s'amuse à observer les reliefs du sentier qu'il aurait dû découvrir et dominer simplement en les palpant du pied. Il s'amuse aussi à épiloguer : « Le noir fait de nous des audacieux inconscients, et cela ne nous empêche pas d'aller de l'avant. Parfois, au contraire, la vue trop précise des choses et de leurs risques nous retient d'avancer. Peut-être vais-je moins vite avec cette lumière qui met en évidence tous les caprices du chemin. »

Il entend la voix d'Édith : « Oui, mais sans elle, gare à l'entorse ! » Et il s'entend lui répondre : « Plutôt risquer de tomber que d'être asservi à quelque chose. » La voix lui réplique : « Voilà bien une formule abstraite d'intellectuel ! Un éclairage est le contraire de la tyrannie. » Et il sait que la discussion se prolongerait et qu'il ne viendrait pas à bout de cette intelligence bien équilibrée qui finissait toujours par avoir raison.

Avait-il tort d'être là, à la pointe extrême d'un pays économe de ses éclairages et assez pauvre encore pour se fier à ses instincts ? Il se retrouve devant sa maison sans avoir eu conscience de la longueur du trajet. Les chiens, dans la grange, le reconnaissent, aboient joyeusement. Il s'approche de la porte et, sans l'ouvrir, il leur parle comme à des enfants :

— Oui, Moby, oui, Dick, je suis rentré, je suis content de vous retrouver. Taisez-vous maintenant. À demain !

Dans la grande pièce, les chats dorment près du feu mourant. L'un d'eux — la femelle tigrée — miaule doucement. Aubry ranime la braise, allume la lampe, prend un livre et se carre dans son fauteuil. La chatte s'étire, d'un bond saute sur les genoux d'Aubry et ronronne. Il passe la main sur son pelage. L'autre chat, réveillé à son tour, vient se frotter aux jambes d'Aubry qui distribue à chacun sa ration de caresses et de mots affectueux. Puis il dépose les deux bêtes sur leurs sièges respectifs où elles se rendorment. Il n'ouvre pas son livre. Les yeux mi-clos, il essaie de se lire entre tout ce que les uns et les autres attendent de lui, et ce qu'il en attend lui-même.

Deux jours plus tard, après s'être assuré que Martha est descendue à Kilcrohane, Aubry dépose la lampe électrique sur le seuil de la maison du lac avec un carton portant le mot MERCI, suivi de l'initiale de son prénom. Il a marché tout doucement pour ne pas attirer l'attention, mais pas assez sans doute puisque, dès qu'il a tourné le dos, il entend la porte qui s'ouvre, puis la voix d'Ellynn :

— C'est la lampe de maman ?

— Oui. Ta maman n'est pas là ?

Il le sait, mais son hypocrisie ne le gêne pas, elle entre dans le jeu.

— Maman est au village.

— Et toi, qu'est-ce que tu fais ?

— Je garde mon frère et ma sœur et je prépare le déjeuner.

Aubry se rend compte de la sottise qu'il a commise en donnant une batterie de cuisine miniature à une petite fille qui est une vraie cuisinière usant de vraies casseroles pour des repas de grandes personnes. Mais Ellynn le rassure :

— Je m'amuse bien avec les casseroles que vous m'avez données.

— Elles te servent à quoi ?

— Je mets des choses dedans pour faire manger ma poupée.

— Qu'est-ce que tu mets ?

— De la farine, du lait, du sucre, et puis aussi un peu d'eau.

— Pourquoi de l'eau ?

— Parce que c'est plus économique.

— Et elle aime ça ?

— Oh, oui, elle aime beaucoup !

Aubry ne sait plus jusqu'où aller dans une fiction qui pour Ellynn est aussi vraie, peut-être davantage, que la soupe du déjeuner qu'elle prépare.

— Eh bien, bon appétit à toute la famille.

— Vous reviendrez à la maison ?

— Oui, bien sûr !

Il s'en va. Ellynn ramasse la lampe et le carton. Puis elle crie en sautant : « Au revoir Aubry ! » Il se retourne, lui sourit, agite les bras en signe d'adieu et reprend sa marche.

Par ces premiers jours de décembre, des vols d'oiseaux migrateurs commencent à passer. Sur le lac, Aubry distingue une dizaine de cygnes qui ne paraissent pas effrayés quand il se rapproche d'eux. Tout juste nagent-ils vers la rive opposée avec une allure tranquille. L'interdiction de les tuer, très strictement observée, les a rendus moins farouches que les autres oiseaux de passage. Aubry s'assied, prend son carnet de croquis et dessine l'arc de cercle de l'eau, d'un mauve que rosissent les pentes garnies de fougères sèches. Il en fait jaillir les hampes des roseaux comme les cils d'un œil entrouvert, et les taches blanches des cygnes flottent dans le regard sans pupille.

— Qu'est-ce que c'est? dit Ellynn qu'il n'a pas entendue venir derrière lui et qui bondit à ses côtés.

— Rentre vite chez toi! Tu sais bien que ta maman ne veut pas que tu quittes la maison quand elle n'est pas là.

Ellynn a couru, il a parlé fort. Les cygnes se sont envolés. Aubry en est fâché .

— Tu vois, les cygnes ont eu peur! Allez, rentre à la maison!

Ellynn a envie de pleurer. Aubry s'en veut aussitôt de son agacement et de son ordre qui ressemble à ceux qu'il donne à ses chiens. Il la prend par la main pour la reconduire. Elle serre très fort sa main dans celle d'Aubry. Ils restent silencieux l'un et l'autre. Arrivés devant la porte, elle lui dit d'une toute petite voix :

— Je vous demande pardon. Je ne recommencerai plus.

Avant qu'il ait pu réagir, elle ouvre la porte et la referme tout doucement sans se retourner. Il rentre à son tour chez lui, songeur, plus contrarié par la fuite de la petite fille que par celle des cygnes.

Édith a écrit à Aubry, lui rappelant qu'il avait envisagé de revenir à Londres pour y passer la fin de l'année. Aujourd'hui, il craint de retrouver l'ambiance factice des fêtes, les invitations qu'il ne pourra pas refuser, les effusions sur commande, et cette agitation urbaine où les illuminations commerciales attirent la foule non pour la réjouir mais pour l'appâter. Il sait que s'il ne va pas là-bas, Édith, très attachée aux traditions et à son milieu amical, ne le rejoindra pas en Irlande, à moins qu'il ne le lui demande. « Si elle vient, ce sera plus pour moi que pour elle », pense-t-il. Alors, il ne faut pas qu'il le lui demande. Il ne faut pas qu'il se comporte en égoïste. Mais est-il dupe de cette attention qui, finalement, satisfait son impérieux besoin de solitude ? La générosité serait de faire miroiter aux yeux d'Édith les charmes de Noël à Kilcrohane, et de la persuader de l'y rejoindre. Pourquoi ne pas s'avouer que, dès lors qu'on se réclame de l'altruisme, on est sorti de l'épure amoureuse où seuls l'envie, le besoin de revoir l'autre entraînent les décisions, où l'égoïsme correspond à ce que souhaite cet autre puisqu'il nous pousse irrésistiblement vers lui ?

Aubry décide de renoncer à son séjour à Londres. Mais il ne propose pas à Édith de le retrouver à Kilcrohane. Sans doute n'agirait-il pas ainsi s'il risquait par son attitude de la perdre. Il ne s'est pas encore demandé comment il passerait les jours de fête. En réalité, il a surtout envie de franchir cette période sans la célébrer, pour oublier tout ce qu'elle signifie, tout ce qu'elle dissimule derrière les guirlandes. Chaque jour est un anniversaire, chaque jour une nouvelle année commence. Alors, pourquoi se soumettre aux ordres du calendrier, quand les devoirs familiaux ne vous y astreignent pas ?

Il ne pourra pas dire cela à Édith, bien sûr. Il parlera des nécessités de son travail, de la difficulté d'abandonner sa maison en plein hiver, sans compter que le problème de la garde et de la nourriture de ses animaux se poserait. Mais, sur ce chapitre, il se taira. Édith lui dirait : « Préférerais-tu la compagnie de tes bêtes à la mienne ? » Il pourra aussi prétexter des dépenses de voyage excessives pour un séjour bref. Mais ce serait mesquin. Enfin, il trouvera d'autres raisons, même si aujourd'hui elle ne se présentent pas toutes à son esprit.

À travers les vitres, la baie, d'un bleu-vert transparent, miroite malgré de gros nuages vagabonds. Des champs de ciel pur apparaissent et disparaissent, selon les assauts du vent. On perçoit des clairières qui ne demandent qu'à gagner de l'espace. Ici, les intempéries s'inscrivent dans une lumière qui ne se laisse jamais oublier. Dans tant d'autres pays européens, c'est le mauvais temps qui semble dominer, c'est lui qui contient le beau temps, et qui, lorsqu'il le libère, le menace constamment. En Irlande, où le mauvais temps s'affirme plus souvent qu'ailleurs, on vit sans cesse, mieux qu'avec l'espoir des éclaircies, parmi les signes jamais perdus de la clarté. Ainsi certains climats ont-ils plus d'esprit que de soleil. Et quand cet esprit s'accorde à celui de l'habitant, que d'étincelles dans la bourrasque, quelles lueurs dans la brume !

*

Botté, vêtu d'un ciré à capuchon, Aubry se propose, ce matin-là, d'aller jusqu'à la mer afin de contempler, au-delà de Ballyroon, les effets de la marée au « gouffre de la désolation ». Entre deux immenses parois, les vagues s'élancent à l'assaut du cap et s'enfoncent dans une brèche pour rejaillir cent mètres plus loin, au milieu d'une lande, par l'orifice d'un puits qui crache l'eau comme une énorme fontaine en éruption, avec des éclats de tonnerre. La vision est si étrange, si naturellement féerique, qu'Aubry, les jours de grand vent, vient au spectacle. Les fermiers et les bergers, même par beau temps, s'écartent de la faille où l'on discerne le clapotis des vagues. On raconte que des troupeaux entiers s'y sont engloutis et que, voici une centaine d'années, Duff et Daly, deux fiancés que la vie ne pouvait unir, s'étaient jetés dans le gouffre pour se rejoindre en mourant ensemble. La marée les avait emportés vers l'océan. C'est pourquoi, depuis ce temps, on pouvait voir, la nuit, à travers les éclaboussements de l'eau, briller de petites lumières.

Aujourd'hui, Aubry veut capturer dans ses croquis cette exubérante floraison marine au cœur des terres arides. Et voici qu'ouvrant sa porte pour sortir, il découvre sur le seuil un vrai bouquet de fleurs : des bruyères blanches, presque une petite botte, que l'on a ficelée avec un ruban rose. Il reconnaît le ruban, c'est celui qui entourait ses cadeaux à Martha et aux enfants. On a déposé une grosse pierre plate sur les tiges du bouquet afin qu'il ne soit pas bousculé par le vent.

Aubry saisit le présent anonyme avec un sourire qui trahit un intérêt amusé, et une satisfaction qui ne manque pas d'être un peu narquoise à son propre égard. Il dispose aussitôt les fleurs dans une vasque profonde, les assemble, les aère, les organise. Il les place sur la table au milieu de la grande salle. Et, avant de fermer la porte derrière lui, il se retourne pour regarder complaisamment le décor que le charme du bouquet neuf a transformé.

Le lendemain, il se dit qu'il lui faudrait aller chez Martha pour la remercier. Mais il hésite, comme il l'a déjà fait le jour où elle lui a offert des coquilles Saint-Jacques. Il ne voudrait pas, en s'y rendant tout de suite, exagérer l'importance qu'il attache au geste. Il n'aura pas longtemps à tergiverser. Martha, descendant à Kilcrohane, passe sur le chemin et tourne son regard vers la maison. Aubry ouvre sa porte et l'appelle :

— Bonjour, Martha. Pouvez-vous entrer chez moi un instant ?

Martha, aussitôt, descend de son cheval, l'attache à un anneau sur le mur de la maison. (« Tiens, se dit Aubry, c'est qu'elle n'a pas l'intention de repartir très vite. ») Elle pénètre dans la salle. Aubry lui montre le bouquet de bruyères blanches :

— Vous voyez, je les ai mises à la place d'honneur. Elles sont vraiment très belles.

Le visage de Martha s'assombrit :

— Ah, vous n'avez pas pu attendre que je vous les donne ! Je vous les avais pourtant promises !

Elle a parlé avec émotion et rudesse. Aubry reste un instant muet. Puis :

— Oui, j'en avais grande envie. J'ai cherché l'endroit que vous m'aviez indiqué. Et voilà !

Martha, immobile, ne dit plus rien. Aubry lui propose une tasse de café.

— Non merci, dit-elle, je suis en retard, on m'attend au village.

Elle sort aussitôt, détache prestement son cheval, d'un saut vif se remet en selle, et part sans se retourner.

Les bruyères blanches de Ballyroon éclairent la salle. Ce soir, Aubry peindra deux fleurs bleu-mauve nichées dans un bouquet d'écume.

*

Les derniers jours de l'année approchent. Aubry a reçu une réponse d'Édith à la lettre dans laquelle il lui disait son intention de demeurer en Irlande pour les fêtes, et ne lui demandait pas de l'y rejoindre, en évoquant le moment où elle viendrait, un peu plus tard, quand la maison serait mieux aménagée. Et il n'avait pas menti lorsqu'il avait exprimé le plaisir qu'il aurait à l'accueillir. Il n'avait pas été non plus sans penser que cette expression sincère était opportune.

Il ne changera rien à son emploi du temps. Il franchira passivement les heures fatidiques. C'est du moins ce qu'il a décidé. Mais, très vite, il comprend que, même en se calfeutrant dans sa maison, il n'échappera pas aux échos de la fête. Et saura-t-il résister à la tentation de mettre quelques lueurs de joie dans des regards d'enfants ?

Sur la place du village, on a dressé un grand sapin, garni de rubans d'or et d'argent, qui, le soir, s'illumine. Deux jours avant Noël, dans la plupart des maisons, apparaissent derrière les fenêtres de la façade, tous rideaux écartés, des arbustes en pot et des bouquets de fleurs parfois accompagnés d'une statue ou d'une croix qu'encadrent des chandeliers et des guirlandes de lampes multicolores. À l'abri du porche de l'église, on a installé une crèche avec des personnages de taille normale. Le bœuf et l'âne ne sont pas reproduits en entier, car ils auraient été trop volumineux pour l'espace. On voit leurs têtes penchées sortir de la paroi, comme si elles contemplaient, en même temps que les fidèles, le nouveau-né auréolé sur sa couche de paille.

Aubry observe l'enchantement des enfants que leurs parents ont menés devant la crèche. Aussitôt, il songe à ses trois petits voisins. Sans doute leur mère ne leur a-t-elle jamais offert ce spectacle. Alors, oubliant d'un cœur prompt ses intentions de retraite, il propose à Martha de conduire ses enfants en auto à Kilcrohane. Martha qui, en effet, n'a jamais pu les transporter ensemble au village, accepte l'offre, sans enthousiasme :

— Vous êtes vraiment gentil pour eux. Mais après ça, ils voudront retourner au village.

— Il faudra bien qu'ils y retournent ! Dès la rentrée prochaine, Ellynn devra aller en classe.

— On n'y est pas encore. Et je sais ce que j'aurai à faire, répond Martha avec humeur.

Autrement dit : « Occupez-vous de ce qui vous regarde », pense Aubry, qui s'est surpris lui-même à s'occuper de ce qui ne le regardait pas. Il ne poursuit pas la discussion et se contente de mettre au point le rendez-vous. Le lendemain, Ellynn, John et Priscilla découvrent la crèche avec ravissement. Martha ne les a pas accompagnés. Aubry, du reste, ne le lui a pas demandé. Elle peut comprendre les nuances de ce genre.

C'est lui qui, de Mount Auburn, ramène les enfants jusqu'à la maison du lac. Martha ne l'invite pas à partager leur dîner. Cela tombe bien, il n'aurait pas accepté.

Mais Ellynn dit :

— Vous ne dînez pas avec nous ?

Martha jette un coup d'œil furieux vers sa fille. Aubry, très vite :

— Non, ce soir, il faut que je rentre tout de suite.

— Oh ! font Ellynn et John déçus.

Il les embrasse, se dirige vers la porte. Martha l'accompagne dehors :

— Merci de leur avoir donné votre temps.

— C'était autant pour mon plaisir.

Il sent que Martha désirerait parler, et hésite. Il lui dit :

— Je vous souhaite un bon Noël.

— Justement, je voulais vous demander, Aubry, ce que vous ferez le soir de Noël.

— Je n'ai rien prévu. Je resterai chez moi.

— Pourriez-vous venir dîner ici, les enfants seraient si contents !

— Merci, Martha. Je préfère, ce soir-là, rester seul.

Il a dit cela avec une telle conviction que Martha n'insiste pas.

— Mais, continue-t-il, si vous, vous voulez bien

passer demain soir, je vous donnerai les cadeaux que j'ai préparés pour vos enfants et que vous mettrez dans leurs souliers de la part du père Noël.

— Oh, comme vous les gâtez !

C'est lui qui maintenant hésite à prononcer une phrase. Elle le sent et attend.

— Dites, Martha... ne grondez pas Ellynn parce qu'elle m'a demandé de rester dîner.

Martha se rembrunit et, sur le ton du plus vif agacement :

— Mais non, je ne la gronderai pas, votre petite protégée ! À demain.

Elle rentre aussitôt chez elle. Aubry s'éloigne sans se presser. Il entend quelques instants plus tard la porte de la maison s'ouvrir. Instinctivement, il se retourne et, dans le rai de lumière, il voit passer une silhouette d'homme.

*

Le lendemain, Martha vient chercher les cadeaux pour ses enfants. Aubry lui remet un quatrième paquet à son intention.

— Le père Noël pense parfois aux mamans qui n'ont plus de parents.

Martha prend le paquet, le palpe, ne l'ouvre pas, le serre contre elle. Son regard ravi dit merci à Aubry. Puis elle sort de sa sacoche un gâteau enveloppé d'un papier d'argent :

— Je l'ai fait pour vous, pour votre dîner de demain soir.

Et toujours imprévue, comme si elle voulait éviter d'entendre Aubry la remercier, elle se sauve. Puis, bien en selle, tenant ferme les brides de son cheval, elle dit, très fort :

— Le jour de Noël, on vous laissera tranquille, monsieur le peintre. Mais le lendemain, est-ce qu'on aura le droit de vous rendre visite ?

— Bien sûr, je préparerai un goûter pour les enfants.

Un coup de talon, et le cheval bondit sur le chemin qui mène au lac et, plus loin, vers le cap où vivent d'autres hommes solitaires.

La nuit de réveillon sera pour Aubry le contraire de l'indifférence à l'événement. Il faudrait pouvoir se désolidariser sans l'avoir prémédité, par le concours des circonstances, ou par un réel oubli. Il faudrait surtout ne pas épiloguer.

Après un repas frugal, la lecture de quelques pages de Rabindranath Tagore (en voilà un qui savait concilier la recherche de soi avec celle des autres), Aubry sort sur sa terrasse et regarde la plaine où brillent les lumières de toutes les fermes d'habitude éteintes à cette heure tardive. Il se demande sous quel éclairage Édith passe son réveillon.

Brusquement, il rentre chez lui, et entreprend la toilette de la salle. Puis il dispose devant la fenêtre, de chaque côté de la plante verte, deux flambeaux avec des bougies neuves. Il accroche des guirlandes de papier multicolore autour de la suspension et prépare, sur sa plus grande table, les assiettes, les couverts et les verres pour cinq personnes. Le vase qui contient les bruyères blanches reste bien en évidence au milieu du bahut. Tout est prêt pour accueillir ses invités.

Il s'est trompé : c'est seulement le lendemain de

Noël qu'ils doivent venir. Il ne s'en apercevra qu'à son réveil, et passera une journée mélancolique au diapason du ciel voilé que le soleil éclaire sans le transpercer. Mais, le matin suivant, règne une fraîcheur lumineuse. Les voiles déchirés se sont transformés en légers nuages criblés de bleu. Un vent nonchalant ride la baie et lisse la toison des fougères. Les micas du granit brillent sous le suintement ensoleillé de la pluie nocturne.

Au début de l'après-midi, Martha et ses trois enfants arrivent. Elle porte autour du cou le foulard qu'Aubry lui a donné. Et la fête commence aussitôt pour Ellynn, John et Priscilla qui font honneur au goûter, tandis qu'Aubry et Martha assis près du feu boivent du mousseux français acheté à l'épicerie de Kilcrohane. Martha considère le bouquet de bruyères blanches avec attention. Elle se lève pour le voir de plus près :

— Vous les avez mises dans l'eau. Elles ne vont pas se conserver ! Il faut les piquer dans des pommes de terre crues, et alors elles dureront très longtemps. Donnez-moi des pommes de terre. Je vais les arranger.

Ellynn, entendant parler des bruyères, a dressé la tête et regardé sa mère avec une expression de violence et d'hostilité qu'Aubry a décelée bien des fois sur le visage de Martha. Il a remarqué la réaction d'Ellynn, et il dit aussitôt à Martha :

— Je le ferai moi-même dès ce soir. Merci de votre conseil.

On entend alors sur le chemin du village des cris et des rires, et l'on voit apparaître une bande d'enfants et d'adolescents maquillés ou masqués, quelques-uns avec des perruques, qui portent des branches de sapin. Arrivés sur la terrasse de la maison, ils s'alignent et chantent en chœur. On distingue les mots « oiseau, démon, bonheur, malheur », le reste des paroles se perd dans les interjections et les mimiques.

Aux rameaux que les chanteurs agitent sont accrochés par les pattes des petits oiseaux morts qui pendent lamentablement. Quand le chant est fini on tend les bonnets. De tout ce qu'a vu et entendu Aubry, c'est cela le plus clair. Il va chercher de la monnaie, et distribue des pièces. Un des masques les plus exubérants touche Ellynn avec son trophée, pour s'amuser. Elle recule, effrayée. Le masque avance vers elle, secoue la branche sous son nez, et l'un des oiseaux frappe son visage. Elle pousse un grand cri et se réfugie dans le fond de la pièce en sanglotant :

— Les petits oiseaux sont morts ! Ils ont tué les petits oiseaux !

La bande d'enfants, toujours tapageuse, comptant son butin, dégringole la pente vers le village. Ellynn continue à pleurer très fort. Martha s'approche d'elle et la secoue :

— Allons. Tu vas finir ! Tu vas te taire ! On en a assez de tes cris. Toujours vouloir faire l'intéressante !

Ellynn pleure de plus belle parce que sa mère la rudoie.

— Tu m'entends. Je veux que tu te taises !

Martha, au comble de la colère, ne se maîtrise plus et gifle Ellynn. La petite Priscilla, impressionnée, se met à pleurer à son tour. John a fui sur la terrasse. Aubry prend Ellynn dans ses bras pour la soustraire à Martha qui lui crie :

— C'est ça ! Et maintenant vous allez la consoler !

Aubry la force à s'asseoir, et lui dit d'un ton ferme :

— Il ne faut plus pleurer.

Il s'assied lui-même en prenant sur ses genoux Priscilla, pour la rassurer. Ellynn s'est tue. Martha s'est calmée. John est rentré dans la pièce. Aubry a décidé de jouer jusqu'au bout les dompteurs magnanimes. Il est satisfait d'avoir aussi vite rétabli la paix dans cette ménagerie, et demande à Martha si elle connaît le sens de la lugubre mascarade :

Oui. Elle l'a appris de son mari. Au cours de la nuit qui suit Noël, on attrape dans les landes des roitelets en les éblouissant avec des lampes, parce que les roitelets sont les oiseaux du démon. Ils ont voulu surpasser tous les autres, être les rois. L'un d'eux s'est perché sur les ailes d'un aigle et quand l'aigle, à bout de forces, n'a pas pu monter plus haut, le roitelet s'est envolé et l'a dominé. On tue les roitelets pour tuer les démons. On les exhibe et l'on reçoit sa récompense le lendemain de Noël, à la Saint-Étienne. Voilà la légende, et ce qu'on en a fait. Martha ajoute que, si le roitelet est damné, le rouge-gorge au contraire est sacré parce qu'il a caressé la poitrine de Jésus en croix. C'est ce qui a ensanglanté sa gorge.

Ellynn, qui n'a pas perdu un mot de l'explication :

— Moi, je veux pas qu'on tue les roitelets !

— Tu as raison, dit Aubry. Mais il ne faut pas avoir autant de chagrin.

Il l'embrasse. Et il embrasse ensuite Martha, John et Priscilla. S'il paraît assuré de l'apaisement momentané, il n'est pas sans inquiétude pour la suite. Aussi, sur le pas de la porte, au moment du départ, retient-il Martha, tandis que les enfants sont sortis, et, très gravement :

— Il ne faut plus vous laisser aller à des colères comme celle-là ! Vous m'entendez, Martha ? Ellynn est une petite passionnée fragile. Elle ne pourra pas le supporter.

Après cette séance mouvementée, Aubry éprouve plus que jamais son besoin de retraite. Mais il ne peut éviter d'aller au village car il veut envoyer un télégramme à Édith. Il en profite pour offrir ses vœux aux épiciers. Mrs Murphy, à cette occasion, lui serre la main :

— Que Dieu préserve ceux qui pratiquent la bonté.

— Alors, que Dieu vous préserve, vous et Mr Murphy.

— Avec vous ! ajoute Mr Murphy en lui posant la main sur l'épaule.

Ces mots et cette main amicale sont de belles étrennes, pense Aubry qui regagne Mount Auburn, bien obligé de reconnaître que l'on ne peut se soustraire, quoi qu'on fasse, aux chronologies, à moins de vivre en solitaire au fin fond du désert : crèches, guirlandes, présents et gestes sont là pour les rappeler. Comme les roitelets morts. Comme la dépêche qu'il a expédiée à Édith, et celle qu'il attend d'elle.

Il ne la recevra pas. Édith lui écrira une longue lettre en lui expliquant pourquoi elle ne lui a pas envoyé ses souhaits par télégramme : elle pensait qu'il n'irait pas au bureau de poste pendant la période des fêtes et que personne ne se chargerait de lui porter la dépêche. Aubry soupçonne Édith de n'avoir pas songé à lui télégraphier. La chaleur qu'elle met à le remercier de l'attention qu'il a eue, en se justifiant de n'avoir pas eu la même, semblerait l'indiquer. Il n'en est pas affecté, bien au contraire, comme si la défaillance d'Édith le soulageait des efforts qu'il avait faits lui-même pour paraître attentif.

Finie la froidure venteuse où les nuages noirs et bas venus du nord-est ont charrié des neiges dont ils se sont délivrés sans blanchir la terre, le paysage ce jour-là baigne dans une quiétude qui donne aux choses l'apparence d'une vigueur sereine. Aubry renonce à descendre au village pour ses courses. Il veut profiter de la limpidité de l'air, grimper jusqu'au château fort et le dessiner sur un glacis d'océan qui rend illimitée sa rencontre avec l'étendue lisse du ciel. Le Baron, profitant lui aussi de l'ensoleillement, s'est installé devant une petite glace accrochée à une paroi extérieure du château pour se raser et tailler sa barbe.

— Alors, Baron, on se fait beau ?

— Oh, vous savez, en cet endroit, ce n'est plus qu'à moi que je cherche à plaire.

— Se plaire ! Ce n'est pas si facile que ça.

— Vous avez raison, monsieur, les autres sont parfois moins exigeants que nous. Moi, je ne me suis jamais trouvé beau. Et parfois je me suis laissé dire que je l'étais. Pour la jugeote, c'est le contraire : je crois que je n'en manque pas. Eh bien, on ne me l'a jamais dit.

— Moi, je vous le dis.

— Merci pour le compliment ! Mais mon chien est aussi intelligent que moi.

— Je veux bien le croire. Vous êtes deux personnes intelligentes.

— Vous connaissez le proverbe : « À vivre avec un chien, on apprend à mordre. » Ce sont des imbéciles qui ont inventé ça, des imbéciles qui ne connaissent pas les animaux. Moi je pense qu'à vivre avec un chien on apprend à aimer. Vous n'êtes pas de mon avis ?

— Ah, pour sûr.

Les chiens du Baron et d'Aubry, comme pour illustrer les propos de leurs maîtres, se sont salués en remuant la queue, puis ont exécuté des gambades d'amitié, eux qui se montraient les crocs lors de leur première rencontre. Aubry rit, se souvenant des efforts du berger et des siens, pour créer la paix entre leurs chiens :

— Est-ce que vous ne croyez pas qu'on pourrait dire aussi : « À vivre avec les hommes, les chiens apprennent à aimer » ?

— Non, monsieur, ils apprennent à mordre !

— Sauf quand ce sont vos chiens.

Le Baron rit à son tour. Le savon à raser a coulé de ses joues sur sa barbe. Avec sa houppelande, il a l'air d'un père Noël.

— Qu'est-ce qui vous amène ici aujourd'hui ?

— Le beau temps, pour dessiner le château.

— Ça ne serait pas plutôt pour dessiner la veuve ?

Surpris, Aubry ne réagit pas.

— Oui, elle est en train de ramasser les moules par là.

Une fois de plus, Aubry décide de prendre la plaisanterie en plaisantant lui-même :

— Merci pour le renseignement, Baron. Une autre fois, je ne dis pas. Mais aujourd'hui, c'est le château que je suis venu voir.

Il demeure plusieurs heures sur le promontoire, et ses aquarelles fixent les irruptions de la roche dans les épanchements du ciel et de la mer confondus. Vers le milieu de l'après-midi, il a vu Martha qui rentrait chez elle, sur son cheval chargé de sacs. Il ne s'est pas montré. Il revient à la tombée du jour après avoir saisi l'instant où le soleil, comme absorbé par les montagnes, illumine l'envers du paysage. Lorsqu'il passe devant la maison du lac éclairée, il aperçoit une petite ombre à l'extérieur et reconnaît Ellynn.

— Bonsoir, Ellynn. Qu'est-ce que tu fais là ?

— Je m'amuse.

— Tu t'amuses dans le noir ! Tu vas attraper froid.

— Non, j'ai pas froid.

Il lui prend les mains. Elles sont glacées. Il la regarde. Elle a les yeux rouges.

— Tu as du chagrin ?

— Non.

— Qu'est-ce que tu as ?

— Rien.

Et la petite fille se sauve vers la maison sans y rentrer.

Aubry a compris. Elle a été mise à la porte par sa mère. Il pourrait intervenir. Mais ce serait sûrement attiser la colère de Martha. Et livrer l'enfant, quand il ne serait plus là, à des représailles. Il hésite, s'arrête, aperçoit Ellynn qui s'est plaquée contre le mur du pignon de la maison. Il continue son chemin, mal à l'aise, le cœur serré, avec le sentiment de son impuissance qui prend l'allure d'une faute.

*

Les soirées sont longues. Chaque semaine, Aubry va jusqu'à Durrus pour passer la soirée dans un pub où l'on chante des ballades. Il aime les conteurs irlandais qui savent si bien dire les choses du réel en les rendant poétiques. Leurs mots, tout simples, servent la violence des drames, et le récit devient épique sans que change leur ton.

La fumée et le brouhaha des conversations enveloppent les amateurs de bière et de chanson. Les hommes debout se pressent contre le bar. Les autres consommateurs sont assis sur des banquettes le long du mur, devant des tables basses. Et là se trouvent, mêlées aux hommes, des femmes, filles jeunes et mères de famille, accompagnées parfois de leurs enfants. Dans les coins, isolés parmi les autres, quelques hommes demeurent silencieux, penchés sur leur pinte, la casquette cachant leurs yeux, comme des images figées. Ils ne contrarient pas, ils ne refusent pas tout ce mouvement, bien plus, ils l'apprécient, ils y participent sans avoir à bouger. Aubry serait plutôt de cette espèce d'amateurs. Il vient là pour l'ambiance, avec tout ce qu'elle procure : se sentir solidaire des autres, réchauffé par eux et pourtant maître de sa propre rêverie, capable de s'évader au plus profond de soi parmi la foule. Aubry devient très Irlandais. On le connaît, on le salue, mais on respecte son désir de solitude.

La salle se tait dès que retentit un accord de guitare. Et le chanteur, qui s'est levé parmi les consommateurs, se délivre de sa ballade comme s'il se l'offrait avant de la donner à l'auditoire. Il ne fait presque aucun geste. Son visage exprime les sentiments, sans exagération. Mais les voix sont vibrantes.

Hommes et femmes, jeunes et vieux, se succèdent, généralement des habitants du coin. Parfois, les talents ne sont pas à la hauteur des ambitions. Mais personne ne se moque. Quand un professionnel se présente, sans rien dans sa mise qui le distingue des autres, les consommateurs crient les titres des chansons qu'ils désirent entendre. Le chanteur sait choisir le titre le plus bruyamment réclamé. Les accents nostalgiques dominent, inspirés par l'amour, l'absence, la rébellion, le passé. Ils provoquent un silence absolu. Si la chanson est gaie, les rires fusent, et les quolibets. Il arrive que la salle reprenne en chœur un refrain. Alors, on sent passer un courant de chaleur fraternelle et de parenté atavique qui exalte les cœurs de tous.

Ce jour-là, on a appris la mort d'un gréviste de la faim dans une prison de l'Ulster. Les murs du pub tremblent quand s'enfle la voix populaire pour chanter comme voici cent ans :

Gloire, gloire à la vieille Irlande
Gloire à notre fière patrie
Gloire à ceux qui ont combatu et sont morts
« Pas de reddition » est le cri de guerre
de la Première Brigade de Cork !

Aubry aime ce tempérament vigoureux qui, dans les ténèbres du combat pour sa survie, sut exprimer sa fierté et son espérance avant sa haine.

Rentrant chez lui après l'une de ces soirées, il s'interroge : il ne pourrait plus, c'est sûr, mener l'existence citadine qu'il a fuie. Mais saura-t-il s'accommoder d'une vraie solitude ? Et comment apprendra-t-il à se passer de tout dialogue ? Se contentera-t-il de ses conversations occasionnelles avec le berger, le curé, l'épicier et l'épicière, ses voisins les fermiers et Martha sa voisine, sans oublier les commères ? Fera-t-il de ce pub qu'il fréquente une fois par semaine une sorte de club ?

Il trouve à Mount Auburn un vent aigre qui souffle par rafales. Des cavalcades de nuages passent devant la pleine lune brillante, la dissimulent et la découvrent dans un mouvement incessant. On croirait que c'est la lune qui roule dans l'espace. Sa maison s'est refroidie. Il allume la lampe à pétrole qu'il a disposée sur un guéridon, près de l'entrée et, comme à l'accoutumée, il ranime le feu. Dans les bruits du soufflet, il lui semble percevoir des coups contre sa porte. C'est peut-être un des chiens, qui s'est échappé de la grange et qui, voyant de la lumière dans la maison, essaie de se faire ouvrir. Il se lève, s'approche de la porte :

— Qui est là ?

Il n'entend qu'une succession de petits coups sur la paroi de bois. Il crie plus fort. Le silence lui répond. Alors il manœuvre la plaque de fer qui obture le judas. Et il aperçoit, un peu au-dessous de l'orifice, des cheveux blonds. Il ouvre la porte :

— Comment, toi, à cette heure, par ce temps ?

Ellynn grelotte. Aubry la fait entrer, la conduit près du feu.

Elle pleure sans parler.

— Allons, ne pleure plus. Et dis-moi pourquoi tu as quitté ta maison.

Entre deux sanglots, il entend :

— Parce que maman m'a battue, et m'a mise à la porte.

— Depuis quand es-tu dehors ?

— Depuis avant le dîner.

— Mais où es-tu allée ?

— Je suis venue tout de suite à votre maison. Vous n'étiez pas là, alors je me suis cachée dans la grange.

— Et ta maman, elle doit te chercher partout !

— Non ! Je lui ai dit, quand elle m'a poussée dehors : « Je vais te quitter. » Et elle a dit : « Eh bien, tant mieux, va où tu veux. »

— Elle a dit ça parce qu'elle était en colère. Maintenant, elle est sûrement inquiète.

Ellynn n'a pas l'air de vouloir en convenir. Elle hausse les épaules.

— Réchauffe-toi. Je vais te donner quelque chose à manger. Et après, je te ramènerai chez ta maman.

— Non, je ne veux pas.

Ellynn recommence à pleurer. Elle hoquette :

— Je veux rester ici.

— Ce n'est pas possible, Ellynn. Il faut que tu rentres à ta maison. Je te promets que je m'occuperai de toi.

— Mais maman va me battre si je rentre.

— Non, elle ne te battra pas. Ne crains rien, je t'accompagnerai.

— Et quand vous serez parti ?

— Je lui ferai promettre de te pardonner.

— Je veux pas lui demander pardon !

— Tu n'auras pas à le lui demander.

Soudain, on frappe à la porte. Ellynn, affolée :

— C'est maman !

— Oui, ne bouge pas.

Aubry se dirige vers la porte, l'ouvre et se trouve en face de Martha. Il sort pour lui parler. Ellynn entend les voix. Elles résonnent d'abord très fort, puis elles s'apaisent. Au bout de quelques minutes, Aubry rentre seul dans la pièce :

— Voilà. Ta maman est très contente de t'avoir retrouvée. Elle pouvait être fâchée que tu te sois sauvée. Il y avait de quoi. Mais elle ne te punira pas. Elle ne te grondera même pas. Elle est rentrée chez elle. C'est moi qui vais te raccompagner. En attendant, mange ce que je t'ai préparé.

Il lui donne un verre de lait chaud avec un biscuit. La petite fille commence par refuser, mais Aubry, d'un ton ferme, l'amène à céder.

— Si tu veux que je m'occupe de toi, Ellynn, il faut me promettre de faire ce que je te demanderai.

— Oui, je vous promets.

Ellynn boit et mange sans rien dire. Elle s'est accroupie au coin de la cheminée. Elle ne se presse pas. Aubry feint de ne pas s'en apercevoir. Quand elle a fini, elle caresse le chat couché sur un fauteuil près du feu. Elle pose sa tête contre ses flancs et lui parle. On entend mal ses paroles un peu étouffées. Aubry distingue seulement : « Toi, tu dors ici, petit chat ? » Aubry, la touchant à l'épaule, tout doucement :

— Il va falloir que tu rentres chez toi.

— J'ai encore un peu froid.

— Bon, rapproche-toi du feu. Retire tes bottes pour te réchauffer les pieds.

Cette fois, Ellynn ne se fait pas prier. Il remarque qu'elle porte des chaussettes de coton.

— Tu n'as pas de chaussettes de laine ?

— Non.

Il se garde de lui demander pourquoi. Ellynn, d'une voix claire et posée :

— Je n'ai pas de chaussettes de laine parce que maman ne veut pas m'en acheter.

— Eh bien, je t'en achèterai.

Ellynn, assise par terre, tend ses jambes vers le feu en songeant sans doute aux belles chaussettes qu'Aubry lui offrira.

— J'aime bien les chaussettes rouges.

— Entendu, je m'en souviendrai.

Quelques instants se passent encore. Ellynn voudrait sûrement les faire durer, mais Aubry lui dit :

— Allons, remets tes bottes. Nous devons partir.

Le visage d'Ellynn soudain se ferme, elle obéit mais avec beaucoup de lenteur. Aubry ne la brusque pas. La nuit est froide. Il va chercher un plaid dont il lui couvre le corps comme d'une cape. Il la prend par la main avant de sortir. Il sent les petits doigts s'accrocher aux siens. Il marche un peu trop vite pour elle et, plusieurs fois, elle ne peut empêcher le plaid de glisser sur ses épaules. Il faut s'arrêter pour le rajuster. Puis elle repart, raide et trébuchante.

— Qu'est-ce que tu as ?

— J'ai peur que maman me batte.

— Rassure-toi, je t'ai déjà dit qu'elle ne te gronderait pas. Et je ne te quitterai que lorsque tu seras au lit.

— C'est vrai ?

— Mais oui !

— Et demain ?

— Eh bien, demain, je viendrai vous faire une petite visite.

— Et après ?

— Écoute, Ellynn, après, c'est loin !

— Non, c'est pas loin.

— Je te promets que je serai là et que je m'occuperai de toi.

Les jambes d'Ellynn se raffermissent, son corps accepte d'être de la partie. À flanc de coteau, on aperçoit maintenant la lumière de la maison. Plus on se rapproche d'elle, plus la main de la petite fille serre fort celle d'Aubry. Quand il frappe à la porte, il sent les ongles qui s'enfoncent dans sa peau. Au moment où la porte va s'ouvrir, il dit précipitamment à Ellynn : « Embrasse ta maman », et la pousse devant.

— Voilà, dit Aubry, elle a mangé chez moi, il faut qu'elle aille tout de suite se coucher. Elle est fatiguée.

Martha, très calme, sans regarder Ellynn à qui elle ne tend pas les bras :

— C'est bien ce que je pense. Son lit l'attend.

Ellynn ne cherche pas à embrasser sa mère, elle avance vers le fond de la salle. Elle ne baisse pas la tête, elle va, toute droite, à petits pas, encore enveloppée du plaid qu'elle tient serré sur elle, comme une grosse poupée mécanique.

Martha tend un fauteuil à Aubry et lui offre une tasse de menthe. Aubry engage la conversation sur les différentes sortes d'infusions et sur les vertus particulières de la menthe que les Irlandais affectionnent et qu'ils mettent en sauce pour accompagner leurs gigots de mouton. Toutes les autres infusions leur paraissent fades. Aussi ajoutent-ils à la menthe des jardins les feuilles de la menthe sauvage un peu poivrée.

Aubry boit sans se presser. Martha en fait autant. Ils se taisent tandis qu'on entend à peine Ellynn qui se déshabille et se couche dans la pièce du fond. Quand il pense que les nerfs sont calmés de part et d'autre, il se lève en remerciant Martha pour cette « menthe virile » qui l'a revigoré et il se dirige vers le lit d'Ellynn. Elle est allongée, les yeux ouverts, derrière le rideau de ses cheveux, sa poupée contre elle. Elle a disposé le plaid sur ses pieds, comme une couverture supplémentaire. Martha s'en aperçoit. Elle va le saisir, mais Aubry prévient son geste :

— Gardez-le ! Il est juste à la mesure de son lit.

Ellynn n'a pas bronché. Il se penche vers elle, pose la main sur son front, écartant ses cheveux pour voir ses yeux.

— Bonne nuit, Ellynn, et sois bien sage.

La petite fille ouvre plus grands les yeux en le regardant intensément dans la pénombre, comme si elle lui répondait ainsi. Il applique une fois encore sa main sur le visage et découvre des joues toutes mouillées.

— Je reviendrai demain.

Le réflexe d'Ellynn est de fermer les yeux en replaçant ses cheveux devant sa figure, comme pour s'endormir, bien protégée, par ces paroles. Aubry se dirige vers la porte, sans un mot, et fait signe à Martha de sortir en même temps que lui. Quand il a refermé la porte :

— Soyez douce avec elle, vous verrez, les choses s'arrangeront. Sinon, elle repartira.

— Douce, douce ! C'est facile à dire. Il faut aussi qu'elle m'obéisse !

— Ce n'est pas une enfant que la peur fait obéir. Vous dites qu'elle tient de son père. Mais vous, croyez-vous qu'on vous materait par la violence ?

Martha, bousculée par cette réflexion inattendue, ne répond rien.

— Vous vous souvenez de votre promesse, Martha ?

— Je m'en souviens.

— Alors, nous sommes deux à nous en souvenir. Au revoir. Je passerai demain, à la fin de la journée, si vous voulez bien.

— Oui, à demain.

Il lui serre la main. Elle le regarde partir. Puis brusquement elle crie :

— Et vous, on vous obéit pourquoi ?

La porte claque.

L'intérêt qu'on prend aux autres ne va pas sans déranger ou compliquer nos vies. À moins qu'il ne s'agisse que d'un intérêt de rencontre, d'occasion, d'épiderme. Et même… Tout animal perdu dont on ne supporte pas la vue nous trouble, soit qu'on veuille le secourir, soit qu'on y renonce. La meilleure façon de s'alléger de soi, c'est encore de partager le poids de l'autre. Mais la satisfaction de devenir indispensable se transforme vite en fardeau excessif. Et l'on retrouve promptement le besoin de la plus libre légèreté de soi.

Aubry éprouve tout cela, lorsque, le lendemain, en fin de journée, il retourne, comme il l'a promis, vers cette maison qui lui est devenue familière en restant insolite. Porte grande ouverte, porte qui se referme, porte qui s'entrouvre, porte qui claque dans les humeurs du vent et de la femme. Ce grand corps indompté, ce petit corps qui ne se soumet pas, et lui, au milieu, sans le moindre désir d'y être, mais ne pouvant faire autrement que de jouer un rôle par le seul effet d'une attention qu'on lui a trop bien rendue. Le visage mouillé de larmes et le regard de l'angoisse apaisée par sa promesse : « Je reviendrai demain » l'emportent sur tout le reste. Et il obéit, au-delà des raisonnements, à quelque chose de vital qui donne à ses pas leur assurance et leur élan.

Martha est en train de préparer le souper. Elle paraît détendue :

— Bonsoir, Aubry, nous vous attendions.

Les enfants, autour du foyer, surveillent des pommes de terre enveloppées de papier d'argent qui cuisent dans la cendre. Aubry pose la main sur la tête de chacun d'eux. Ellynn ne bouge pas, ne dit rien. Mais, comme il reste debout, près du feu, elle passe un bras autour d'une de ses chevilles. Aubry ne change ni de place ni de position pour ne pas donner à Ellynn l'impression qu'il se débarrasse d'elle. Martha a remarqué le manège mais n'a pas réagi. Aubry a perçu qu'elle l'avait remarqué sans vouloir le laisser paraître. Ellynn demeure silencieuse et possessive. Aubry prend le parti de s'asseoir à côté des enfants. Martha l'invite à partager le repas. Aidée par Ellynn, elle apporte les assiettes et les couverts qu'elle pose par terre. La petite fille demeure silencieuse, mais son visage est souriant. Et elle s'applique à bien faire. Le cercle se forme autour du feu comme dans les huttes ancestrales. Aubry se charge de dépiauter les pommes de terre brûlantes et découvre, entre le papier et la peau, des branches de menthe, au grand étonnement de Martha qui, aussitôt, regarde Ellynn :

— Oui, c'est moi, maman.

— Voilà une bonne idée, dit Aubry.

Et Martha, sur le ton du reproche :

— Tu aurais dû me demander la permission.

— Aubry a dit qu'il aimait la menthe.

— Tu ne savais pas s'il allait souper avec nous !
— Si, je le savais.
— Il te l'avait dit ?
— Non, intervient Aubry, je ne le lui avais pas dit. Mais elle savait que vous m'inviteriez et que je resterais. N'est-ce pas Ellynn ?
Ellynn fait oui en hochant la tête. Martha :
— Quelle chance d'avoir une enfant aussi intelligente !
On mange des pommes de terre avec des harengs fumés. La menthe mi-confite, mi-torréfiée, les parfume. Aubry n'en dit rien, mais complimente Martha pour la qualité du poisson. On entend des petits aboiements qui se font insistants.
— Ah, ce sont les chiens qui m'avaient suivi. Ils me rappellent qu'ils sont là.
Ellynn se précipite vers la porte. Martha l'arrête :
— Où vas-tu ?
— Je vais leur dire bonjour.
Sans s'attarder à ce que pourra penser sa mère, elle ouvre la porte et la referme très vite. Cris et jappements joyeux se mêlent. Martha, exaspérée :
— Elle veut vous montrer qu'elle aime les chiens. Je lui ai pourtant dit une fois pour toutes que je n'en aurai pas !
— Eh bien, laissez-la être l'amie des miens !
Il se lève pour partir. Martha le remercie d'avoir accepté son repas. Il lui répond que c'est à lui de la remercier et la complimente encore sur l'excellence de ses poissons. Il gagne du temps afin que la colère maternelle s'apaise. Quand il sort, escorté de Martha, Ellynn est assise par terre, entre Moby et Dick. Elle leur raconte une histoire, une histoire de chien

perdu qui se termine bien. Elle parle à voix presque basse, comme si elle leur faisait des confidences, mais avec des gestes et des mines très expressives. On entend :

— Son maître ne lui donnait pas à manger, alors il est parti.

Dick et Moby semblent s'intéresser à ce qu'elle leur dit. Martha hausse les épaules, et rentre dans la maison. Aubry, aux chiens :

— Vous l'aimez bien, Ellynn, n'est-ce pas ?

Il donne une tape amicale à chacun d'eux et, tout naturellement, sa main se pose ensuite sur la chevelure d'Ellynn :

— Termine ton histoire.

— Non, elle est trop longue. Je la continuerai une autre fois.

Sans doute veut-elle conserver le secret de ce qu'elle invente. Aubry rit :

— Ils vont avoir encore plus envie de te revoir !

Elle reste assise et, sans parler, lève les yeux vers Aubry. La clarté des pervenches qui s'offrent suffit à tout lui dire.

Il reprend le chemin de Mount Auburn précédé de Dick et Moby. Il se retourne pour faire un signe à Ellynn. Celle-ci joue avec son frère et ne le voit pas. Et c'est Martha, postée dans l'embrasure de la porte, qui reçoit le geste, et le rend.

Aubry rentre chez lui avec le sentiment rassurant du devoir accompli, lié à une émotion qui l'exalte et l'inquiète : le regard d'Ellynn, lorsqu'il l'a quittée, lui a dit l'heureux assujettissement par la confiance absolue. Avait-elle vu dans son propre regard tout ce qu'il voulait lui donner ?

Les jours qui suivent, il les vit studieusement. Il dessine dans son atelier et ne sort que pour faire des promenades avec ses chiens, sans aller au village, car son réfrigérateur est gorgé de provisions. Il passe quotidiennement devant la maison du lac, en calculant bien son moment pour être sûr d'y voir Martha. Souvent, les enfants sont dehors. Il s'arrête et leur parle. Ellynn est très peu bavarde. Elle lui a montré les pousses vertes qui commencent à sortir du pot où elle a planté l'oignon de jacinthe qu'il lui a donné. Elle a dit simplement :

— Je l'aime bien.

Et elle a caressé la boule granuleuse qui niche au milieu des premières feuilles, porteuse et déjà révélatrice de la fleur. Et elle a ajouté :

— C'est comme un œuf qui pousse.

Martha, chaque jour, a échangé quelques mots courtois avec Aubry. Aucun d'eux n'a prononcé le nom d'Ellynn. Aubry pourrait penser que l'apaisement règne et que sa présence, sa vigilance, d'une certaine manière, y ont contribué. Mais...

Un des matins suivants, il est surpris très tôt par Martha qui, tout essoufflée, vient lui demander si Ellynn est chez lui. Non, Ellynn n'est pas là. Il ne l'a pas vue. Alertés par l'arrivée de Martha, les chiens aboient si fort qu'on ne s'entend plus. Aubry va vers la grange pour les libérer, et découvre Ellynn dans le foin, à côté d'eux. La petite fille, réveillée par le tintamarre, entrouvre les yeux. Martha, très violente :

— Ah, la voilà ! Qu'est-ce qui lui a encore pris de se sauver ?

Elle s'apprête à saisir par le bras Ellynn apeurée qui s'est mise à pleurer. Aubry l'en empêche. Il dit à Ellynn en la soulevant doucement :

— Va t'asseoir près du feu. Je te retrouve.

Martha :

— Toujours la même comédie ! Pleurer, pleurer, elle ne sait faire que ça !

Ellynn court d'un trait vers la maison. Un des chiens l'accompagne en gambadant.

— Alors, qu'est-ce qui s'est passé, Martha ?

— Elle a recommencé à me désobéir, et elle m'a dit des choses qu'une mère ne peut pas entendre.

Le regard d'Aubry sur Martha exprime qu'il se demande ce qu'elle, la mère, a pu faire ou dire.

— Je vous jure, Aubry, que je ne l'ai pas touchée ! Elle n'a pas reçu une gifle.

— Alors ?...

— Alors, hier soir, quand je l'ai privée de dessert parce qu'elle m'avait mal répondu, elle a laissé tomber son assiette qui s'est cassée. Je suis sûre qu'elle l'a fait exprès. Elle m'a dit que non. Je ne l'ai pas crue. Je lui ai dit de ramasser les morceaux de l'assiette. Elle n'a pas voulu. Alors, je lui ai dit : « Tu es une méchante petite fille. » C'est vrai, j'ai dit ça, mais je ne l'ai pas touchée. Et elle m'a répondu : « Et toi tu es une mauvaise maman, une mauvaise maman ! » Et elle le répétait, et moi je n'en pouvais plus. Alors je ne sais plus ce que je lui ai dit, elle a commencé à pleurer, à sangloter. Ça n'en finissait pas. Son frère et sa sœur se sont réveillés. Ça ne pouvait plus durer. Je lui ai dit : « Si tu veux continuer à pleurer, va le faire ailleurs », et je l'ai conduite à l'écurie. Là, elle ne pouvait pas avoir froid, il y a du foin et la chaleur du cheval.

— Et c'est comme ça que je l'ai retrouvée ce matin dans le foin de ma grange avec mes chiens.

Aubry a prononcé cette phrase sans la moindre

ironie, sans intention de dureté à l'égard de Martha, comme une conclusion grave qui le laisse perplexe.

— Eh bien, Martha, maintenant regagnez votre maison. Moi, je vais parler à Ellynn. Et nous verrons ensuite ce que nous pourrons envisager. Mais j'ai peur que, cette fois-ci...

Il n'achève pas.

— Vous avez peur de quoi ?

— Qu'elle ne veuille plus retourner chez vous.

— Alors, qu'est-ce qui se passera ?

Aubry lève les yeux et les bras, sans répondre. Martha, très énervée :

— Ça ne peut pas continuer comme ça ! Ah, je n'aurais jamais dû la garder quand il me l'a faite !

— Ne dites pas des choses pareilles, Martha.

Martha, d'un pas agité, prend le chemin de sa demeure. Elle pleure.

Aubry retrouve Ellynn au coin de son feu. Très calme maintenant, elle caresse le chien qui s'est couché près d'elle. Aubry s'installe dans un fauteuil et la prend sur ses genoux.

— Raconte-moi ce qui t'est arrivé.

Alors, Ellynn, de nouveau révoltée :

— Je ne veux plus retourner chez maman !

— Bon, nous verrons. Ce n'est pas ce que je te demande. Pourquoi as-tu quitté ta maison cette nuit ?

— Parce que maman m'a dit des choses méchantes. Elle a dit que j'avais fait exprès de casser mon assiette. Et c'était pas vrai. Elle a dit que j'étais une mauvaise petite fille parce que je voulais pas ramasser les morceaux.

— Et pourquoi tu n'as pas voulu ?

— Parce que c'était pas vrai.
— Et toi, qu'est-ce que tu as dit à ta maman ?
— Je lui ai dit que c'était une mauvaise maman. Et elle a dit qu'elle aurait mieux fait de ne pas m'avoir. Alors c'est comme si je n'avais plus de maman.

Elle se met à sangloter :

— Je veux pas rentrer à la maison.
— Ellynn, sois raisonnable ! Il faudra bien que tu retrouves ta maman.
— Non, je veux pas.
— Qu'est-ce que tu feras alors ?
— Si vous me gardez pas, je m'en irai.
— Mais où iras-tu ?
— Je sais pas. Je trouverai peut-être des gens qui me prendront dans leur maison.
— Ne dis pas de bêtises, Ellynn !
— Je veux pas retourner chez maman. Je veux rester avec vous.

Elle le serre très fort avec ses bras en appuyant sa tête sur sa poitrine, et elle pleure convulsivement.

— Allons, Ellynn, ne pleure plus. Aujourd'hui, tu restes ici. Et demain aussi. J'irai chercher tes affaires chez ta maman.
— C'est vrai, je reste ? Je couche dans votre maison ?
— Oui, Ellynn.

Le visage luisant de larmes s'illumine soudain et s'enfouit au creux de l'épaule d'Aubry. Tout le corps se pelotonne contre lui et, détendu, demeure immobile. Aubry n'a jamais tenu ainsi un enfant dans ses bras. Il n'a jamais éprouvé un tel élan de vie qui s'abandonne. Il ne sait que faire, que dire. Il se contente de ne pas bouger, de se taire. Le temps passe qu'il ne pourrait évaluer. Il est, ils sont en dehors du temps. Il a devant lui le bleu profond de la baie qu'il fixe machinalement dans la saveur de ces instants sans pensée. Puis il baisse les yeux sur le visage d'Ellynn. Elle s'est endormie en suçant son pouce. Il se lève doucement, tout doucement et la dépose avec précaution, avec lenteur, comme pour ne pas la casser, sur un fauteuil. Il la couvre d'un manteau. Elle ne s'est pas réveillée. Il attend qu'elle le soit pour aller chez Martha, après lui avoir donné un bol de lait chaud :

— Repose-toi, je vais revenir dans une heure. Les chiens te tiendront compagnie.

Il dit à Dick et à Moby qui s'apprêtaient à le suivre :

— Vous, restez ici avec Ellynn. Je vous la confie.

Les chiens sûrement comprennent. Ils se couchent devant l'âtre, Ellynn s'assied à côté d'eux, les caresse. Elle fait un signe de la main à Aubry pour lui dire au revoir.

Comme tout paraît simple, pense-t-il, en se hâtant vers les complications. Il trouve Martha sombre, rétive, prête à l'agressivité pour se défendre. Mais il ne l'accuse de rien, évite tout commentaire quant aux raisons de la fugue d'Ellynn. Il se contente de constater l'état nerveux de la petite fille sans répéter, bien sûr, ses propos concernant sa mère, mais sans cacher l'intention qu'elle a manifestée de s'enfuir de nouveau si l'on voulait la forcer à rentrer chez elle. Il insiste sur le caractère résolu d'Ellynn, sur le risque qu'elle ne mette à exécution ce qu'elle a dit. Martha l'écoute silencieusement, ne l'interrompt pas, puis, quand il a fini, sur un ton d'angoisse profonde :

— Alors qu'est-ce qu'on peut faire ?

— Je crois qu'il faut que je la garde en ce moment chez moi.

La phrase a été prononcée de la manière la plus naturelle. Le visage de Martha se décrispe, elle paraît soudain toute soulagée. Que pouvait-il suggérer d'autre ? Martha n'a aucun parent à qui confier Ellynn, et lui imposer de la reprendre aujourd'hui aurait des conséquences dramatiques. Maintenant, Martha est au-delà de l'amour-propre et de l'autorité. Elle ne sait plus comment faire face à la rébellion de sa fille, et elle a peur de ce qui pourrait arriver. Elle dit à Aubry aussi simplement qu'il a parlé :

— Vous nous rendrez un grand service.

Aubry ne peut s'empêcher de penser : « Et si je n'avais pas été là, il aurait bien fallu que les choses s'arrangent sans moi. » Mais il ne peut pas non plus éviter de se demander s'il n'a pas joué auprès d'Ellynn un rôle involontaire en lui permettant de comparer sa façon de vivre et de sentir avec celle de sa mère. Il a été comme une image nouvelle qu'elle a opposée à l'autre. Se serait-elle sauvée de sa maison s'il n'avait pas habité tout près de là, s'il n'avait pas pris plaisir à se familiariser avec les trois enfants et avec Martha elle-même, autrement dit s'il avait été un autre homme que celui qu'il est ?

Assurément, un solitaire bardé d'indifférence, installé en voisin à Mount Auburn, n'aurait rien connu de cette aventure. Alors ?

Alors Aubry se comporte comme Aubry. Il répond à Martha :

— Je suis heureux de pouvoir vous aider, mais il

faudra que vous m'écoutiez, que vous acceptiez mes conseils, que vous soyez raisonnable.

— Par exemple ?

— Que vous n'en vouliez pas à Ellynn si, momentanément, elle semble vous repousser, et qu'ensuite vous ne la repoussiez pas vous-même, quand elle aura un mouvement vers vous.

— Un mouvement vers moi ? ça m'étonnerait.

— Pas moi. Ellynn a une nature qu'on ne saurait forcer en rien. Imaginez qu'on veuille l'empêcher de revoir son frère ou sa sœur ?

— Elle ne les aime pas.

— Elle les aime à sa manière. Et puis elle me trouvera peut-être trop sévère.

— Oh, elle vous adorera !

— Attendons pour savoir. C'est peut-être moi qui aurai du mal à la supporter.

— Avec vous elle sera la petite enjôleuse qu'elle est quand elle le veut.

Aubry est décidé à tout prendre bien.

— Alors, vous croyez que nous ferons bon ménage ?

— Oui, je le crois.

— Eh bien, tant mieux, car ce soir l'expérience commence.

Aubry rentre aussitôt à Mount Auburn pour y précéder Martha qui va apporter les affaires de sa fille. La fumée sort, vigoureuse, de la cheminée. Ellynn a ranimé le feu. Elle est assise dans le fauteuil d'Aubry, les chiens sont couchés à ses pieds. Elle regarde les images d'un hebdomadaire.

— Viens m'aider à arranger ta chambre.

Ellynn se précipite derrière Aubry qui prépare son lit, un lit de grande personne, dans la pièce attenante à la salle, celle qu'il avait attribuée au couple anglais. Quand il entend le bruit des sabots du cheval, il dit à Ellynn de ne pas sortir de la maison et va décharger ce que contiennent les hottes de la monture pour le porter dans « la chambre d'ami ». Il montre à Ellynn le placard où elle devra ranger ses affaires.

— Et ma poupée ? Où elle est ? Et ma batterie de cuisine ?

Il sort pour demander à Martha ce qu'elle a fait de ces jouets.

— Ils sont encore à la maison. Je ne pense pas qu'elle en ait besoin ce matin !

— Il vaut mieux qu'elle les ait avec elle dès maintenant.

— Eh bien, venez les chercher ! dit Martha en repartant au trot de sa monture.

Une heure plus tard, Aubry est de retour à Mount Auburn. Dans le sac qu'il avait emporté pour mettre les jouets, Martha a ajouté spontanément un gros colis de légumes. Elle n'a presque pas parlé, Aubry non plus. Aujourd'hui tout a été dit, les gestes suivent.

Ceux d'Ellynn aussi. Elle a nettoyé la toile cirée, disposé le couvert pour le déjeuner, épluché des pommes de terre qu'elle a fait cuire. Quand Aubry rentre, elle achève sa toilette. Devant la glace de sa chambre, se haussant sur la pointe des pieds, elle donne de grands coups de peigne à ses cheveux où étaient demeurés des brins d'herbe sèche qui tombent. Il remarque qu'elle les ramasse et va les jeter dans le feu.

Elle s'empare avec empressement de ce que lui a rapporté Aubry. Elle pose la poupée près de son oreiller, après l'avoir embrassée. La batterie de cuisine, elle la place sur une étagère de la grande salle, auprès de la vaisselle.

Aubry lui dit :

— Nous allons déjeuner. Comment veux-tu que je prépare les œufs ?

— Ça m'est égal.

— As-tu déjà mangé des œufs brouillés ?

— Qu'est-ce que c'est, des œufs brouillés ?

— Tu vas voir.

Aubry casse les œufs, les bat, met du beurre, des petits morceaux de champignons et remue le tout pendant la cuisson au bain-marie. Ellynn suit ses gestes avec attention. Il lui donne une chaise sur laquelle il a posé un coussin pour qu'elle soit à bonne hauteur, et lui sert les œufs. Elle les goûte et dit qu'elle les aime beaucoup. Puis viennent des pommes de terre sautées qu'elle a l'air d'apprécier également :

— Jamais à la maison on ne mange des pommes de terre comme ça.

— Chez moi, j'en mange très souvent. C'est un ami français qui m'a appris à les faire.

— Vous êtes Anglais, vous ?

— Oui.

— Pourquoi vous êtes venu ici ?

— Parce que j'aime bien l'Irlande.

— Oui. Mais pourquoi vous êtes venu ici, à Mount Auburn ?

— Parce que j'y ai trouvé cette maison à acheter.

— Alors, si vous aviez trouvé une maison à un autre endroit, vous ne seriez pas venu ici ?

— Peut-être...

Ellynn reste songeuse. Aubry ramène la conversation sur des sujets plus immédiats.

— Qu'est-ce que tu fais chez ta maman, d'habitude ?

— Je joue avec mon petit frère et ma sœur. C'est moi qui les garde.

— Tu vas t'ennuyer d'eux ?

— Non.

— Mais tu les aimes bien ?

— Oh oui.

— Et qu'est-ce que tu fais d'autre ?

— Quand maman n'est pas là, je nettoie la maison, j'épluche les légumes, je donne à manger aux lapins, et j'ai mon jardin. Je pourrai avoir un jardin ?

— Bien sûr.

— Tiens, on a oublié de m'apporter mes pots de fleurs !

— Eh bien, tu iras les chercher cet après-midi.

— Non. Je ne veux pas y aller.

— Alors tu iras demain.

— Non.

— Et pourquoi tu ne veux pas ?

— Parce que.

Aubry n'en pourra rien tirer d'autre. Il demeure silencieux et pensif. Ellynn, plus charmeuse qu'implorante :

— Vous irez les chercher, mes pots de fleurs, Aubry ?

— Pas aujourd'hui. Un autre jour. Quand j'aurai le temps.

La réponse d'Aubry a été prompte, incisive, sans appel. Ellynn baisse la tête, ne dit plus rien. Aubry, aussitôt, craint de l'avoir peinée. Mais il a la sagesse de ne pas perdre le bénéfice de son effet d'autorité. Sans un mot, il commence à desservir en portant les assiettes et les verres sur l'évier. Ellynn se lève aussitôt et l'aide avec beaucoup de zèle :

— Je vais laver la vaisselle. Après je balaierai.

— C'est gentil ! Pendant ce temps, moi, je pourrai monter dans mon atelier. Tu sauras trouver les torchons, le balai, les produits de nettoyage ?

— Oui, je saurai !

— Je te fais confiance.

À peine a-t-il le temps de poser sa main sur la tête de ce petit bout de femme, de cette ménagère que la vie lui a donnée à l'improviste ; elle s'échappe déjà pour s'emparer des ustensiles du ménage et prouver qu'elle mérite cette confiance.

Tout est arrivé simplement, inévitablement. Aubry ne s'en étonne que lorsqu'il réfléchit. Et tout s'est décidé dans la crise, dans l'urgence de trouver une solution. Maintenant, que de problèmes pose la solution !

Dès son réveil, la charmante image de son souci s'offre à lui : Ellynn en chemise de nuit, assise sur le pas de la porte, joue avec sa poupée comme si elle était chez elle. Et elle est chez elle. Il faut qu'elle le soit pour que la vie à Mount Auburn reprenne un cours normal. Mais peut-on parler de « cours normal » lorsque la présence d'Ellynn est en soi une extravagance du destin ?

Elle a disposé sur la table deux tasses et deux assiettes, du pain, du beurre et de la confiture. Elle a sorti du réfrigérateur un pot de lait et elle a préparé la théière. Quand elle entend Aubry descendre l'escalier, elle court vers lui pour l'embrasser en gardant sa poupée dans ses bras.

Il faut qu'au plus vite il voie Martha afin de définir l'emploi du temps d'Ellynn, qui modifiera forcément ses propres habitudes. Aussitôt après le breakfast, il dit à Ellynn :

— Je vais chez ta maman. Fais ta toilette et attends-moi.

Le regard d'Ellynn devient soudain celui d'un animal apeuré.

— Je veux pas retourner avec maman.

— Tu resteras ici, Ellynn. Mais seulement si tu es raisonnable. Ta maman est toujours ta maman. Et ton frère et ta sœur ont besoin de toi.

— Qu'est-ce que vous allez dire à maman ?

— Tu le sauras quand je reviendrai. Et tu feras ce que je te dirai de faire. C'est ça, être raisonnable.

Son ton est ferme, n'admet pas de réplique. Ellynn rentre dans sa chambre sans dire un mot. Aubry a employé la même expression avec la mère qu'avec la fille. Il leur a dit qu'il ne pourrait rien pour elles si elles n'étaient pas raisonnables. Et lui, se demande-t-il, qui lui dictera d'être raisonnable ?

Il aborde sur-le-champ avec Martha la question essentielle : comment devront être maintenus les liens entre elles, ses deux autres enfants et Ellynn pour ne pas rendre public le refus de la petite fille de vivre chez sa mère et sa prise en charge par lui ? Martha, elle aussi, a songé à cela. Elle ne veut pas qu'on l'accuse d'avoir abandonné Ellynn. Il faut en outre que celle-ci continue à garder son frère et sa sœur pendant qu'elle, Martha, s'absente pour travailler.

Martha et Aubry parlent calmement comme deux personnes qui ont des intérêts communs et sont prêtes chacune à mettre du sien pour trouver la meilleure formule. Ellynn couchera à Mount Auburn, elle ira chez sa mère en fin de matinée, et elle reviendra le soir pour le dîner chez Aubry. Ils décident que l'on n'informera personne de cette situation.

Quand Aubry regagne Mount Auburn, chargé de deux pots de fleurs, il est tard dans la matinée. Ellynn a préparé le feu et disposé le couvert pour le lunch. Dès son retour, comme si elle voulait le rendre témoin de son acte, elle met sa poupée sous le nez des chiens :

— C'est ma fille, elle s'appelle Betty. Il faudra être gentils avec elle. Si vous la mordez, gare à vous !

Puis, s'adressant à sa poupée :

— Lui, c'est Moby, et lui c'est Dick. Ils sont mes amis. Il faudra que tu les aimes beaucoup.

Les chiens flairent la poupée avec intérêt, en remuant la queue. Ellynn dépose Betty sur une chaise dans la salle. Et le repas est pris avec, en plus des deux chiens et des deux chats, une nouvelle présence, attentive à sa manière. Ellynn ne pose aucune question à Aubry, elle n'attend rien, semble-t-il. Mais il ne veut pas qu'elle se tourmente et, très vite, il lui apprend les décisions qui ont été prises, en lui expliquant que sa maman sera contente de la revoir tous les jours comme le seront John et Priscilla, comme il le sera lui-même en la retrouvant tous les soirs.

— Et toi, ajoute-t-il, je pense que tu seras heureuse de faire plaisir à tout le monde.

— Oui, dit Ellynn qui a écouté silencieusement.

Son oui, accompagné d'un regard clair, est profond. C'est celui d'une grande personne qui s'engage. Aubry se sent délivré d'un énorme poids. Et, comme si tout son cœur passait dans son sourire :

— Tu seras ici chez toi.

— Ça sera ma maison ?

— Oui, ta maison.

Ellynn ne dit plus rien. Elle reçoit la parole. Aubry, silencieux lui aussi, reçoit la joie d'Ellynn. Puis on parle des pots de fleurs, on choisit l'endroit où l'on va les poser.

Tandis qu'Aubry, après le repas, les yeux mi-clos, au coin du feu, songe à tout ce qu'il reçoit parce qu'il a donné un peu, il entend Ellynn murmurer à sa poupée, en la berçant :

— Tu peux dormir tranquille, Betty, c'est notre maison.

*

Voici les premiers jours du printemps. Les fougères rousses de Mount Auburn, que les pluies ont détrempées et cassées, se tassent les unes sur les autres, se mêlent, se désagrègent. Elles vont devenir humus en s'ajoutant à toutes les couches des vies et morts millénaires. Au plus bas de leurs tiges, commencent à poindre les crosses vert tendre de la nouvelle génération. Sur les talus, comme si quelque jardinier les avait disposées, les touffes de primevères font des taches jaune clair, et les fleurs d'ajoncs en bouton ressemblent à de gros bourdons d'or, ailes repliées, prêts à l'envol, tandis que les carrés d'orge en herbe prennent un ton plus chaud que celui des pâturages où s'accentue la vigueur des verdures. Quant au ciel, il accueille des plages de bleu qui conquièrent des espaces sur la marée des nuages, et les déferlements de vent ont de singulières douceurs qui favorisent, au creux très protégé du hameau d'Ahakista, l'espérance des mimosas.

Bientôt ce sera Pâques et la visite d'Édith. Aubry

va lui écrire pour organiser son séjour. Il sait ce que seraient ses commentaires, s'il lui révélait la présence d'Ellynn chez lui : « Ah, cet Aubry, vraiment incorrigible. Incapable de ne pas se mettre dans des situations difficiles par sa façon de vivre qui le conduit — elle dirait peut-être qui le condamne — à s'intéresser à la vie des autres. Il est allé en Irlande pour simplifier son présent, échapper à toutes les contraintes qu'il avait accumulées ici, et déjà, il se trouve mêlé là-bas à une histoire qui l'encombre et dans laquelle il s'est peut-être engagé par sa faute... »

Ce genre de réflexion a visité, travaillé Aubry. Il s'en est débarrassé. Est-on responsable du hasard qui vous fait assister à un accident ? Imaginons qu'Ellynn, rendue à sa mère, se soit enfuie et perdue ? Qu'au mieux, les services de l'assistance publique l'aient prise en charge ? Il aurait toujours eu le sentiment d'avoir manqué à son devoir. Mais, les choses étant ce qu'elles sont, comment en informer Édith ?

« Pas tout de suite. Je verrai plus tard. Je trouverai une explication. En ce moment, je pare au plus pressé. »

Il adresse donc une lettre à Édith en lui demandant de retarder un peu sa venue : « Les réparations ne sont pas encore terminées, l'hiver se prolonge, ce sera tellement plus joli dans quelques semaines. » Peut-être, se dit-il, Ellynn aura-t-elle alors regagné la maison maternelle ?

Un emploi du temps régulier s'est institué de la manière la plus naturelle. Le matin, Aubry vide les cendres, ranime le feu, prépare le petit déjeuner. Quand tout est prêt, il réveille Ellynn qui le rejoint dans la salle. Elle se charge ensuite de la vaisselle et du ménage du bas de la maison avec balayage et coup de chiffon. C'est elle qui donne leurs pâtées aux chiens et aux chats. Puis elle fait sa toilette. Pendant ce temps, Aubry travaille dans son atelier. Il descend vers dix heures et conduit Ellynn jusqu'à la maison de Martha où il la laisse en compagnie de son frère et de sa sœur. Elle passe avec eux la journée, tandis que Martha est à la pêche ou dans son jardin. Il va rechercher Ellynn en fin d'après-midi. Il a demandé à Martha de ne jamais parler à Ellynn de sa conduite, de ne lui adresser aucun reproche et de ne pas être trop exigeante dans ses nouveaux rapports avec elle. Quant à Ellynn, il lui a fait promettre d'obéir à sa mère et de lui répondre gentiment. Martha et Ellynn n'ont eu aucun mouvement spontané l'une vers l'autre. Aubry a cru ressentir chez la mère la crainte de provoquer une ruade de la fille, mais sans en être peinée, car ses gestes d'affection auraient été plus de raison que de besoin. Et chez Ellynn, il était évident que le refus la possédait tout entière, d'une manière irréfléchie.

Elles se sont retrouvées comme si de rien n'était. Martha a confié à Ellynn des tâches dont elle s'est très bien acquittée, non sans exprimer parfois ses avis qui n'ont pas été mal reçus. On revivait ensemble, mais on pouvait s'entendre, se supporter parce que ce n'était que provisoire. Aubry analyse ainsi les rapports entre ce qu'il appelle la « vigueur contenue » de l'une et la « fougueuse fragilité » de l'autre.

Ellynn va chez sa mère un peu comme on se rend à un travail régulier. Il faudra bien un jour l'envoyer à l'école. Encore une difficile affaire à régler. Aubry n'en doute pas, mais il ne veut pas voir si loin. C'est à la prochaine rentrée scolaire, en septembre, qu'une solution s'imposera. En attendant, il doit faire face à un problème immédiat : le séjour d'Édith qu'il a déjà retardé mais qu'il ne peut sous aucun prétexte annuler, à moins d'effectuer lui-même un voyage en Angleterre. Cette solution provisoire ne ferait que reporter la venue d'Édith et, dans l'immédiat, à Mount Auburn, créerait de nouveau l'inextricable.

Aubry a d'ailleurs reçu une réponse d'Édith. Elle comprend très bien les raisons invoquées afin qu'elle puisse mieux profiter de son séjour, et elle propose des dates, s'étant arrangée pour s'absenter en dehors du temps des vacances de Pâques. Elle pourra demeurer plus de quinze jours. Quelle joie elle se promet de découvrir « le petit paradis » où Aubry a su, enfin, se protéger : « Sois sûr que ma présence s'efforcera d'être légère, légère. Je serai un regard auprès de toi, je ne te regarderai pas. »

C'étaient des phrases comme celle-là qui avaient attiré Aubry vers Édith, qui l'avaient attaché à elle, une Édith toujours très sincère dans ce qu'elle disait et dont les yeux attentifs, à cause de leur intelligente discrétion, avaient pris tant d'importance pour lui.

Il sait qu'ici, à Mount Auburn, elle ne se mêlera de rien. Elle se rendra utile, elle participera, avec la possibilité de dire pourquoi elle admire ou d'admirer en silence. Tout dépendra de lui. C'est bien cela qui l'inquiète. Il sait que son attitude vis-à-vis d'Édith, la qualité de son accueil, la détermineront à revenir à Mount Auburn ou lui feront comprendre qu'elle n'y est pas nécessaire, que peut-être même elle n'y est pas désirée autant qu'elle l'aurait souhaité. L'idée de revivre en Angleterre sans elle ne saurait l'effleurer.

Mais il ne peut imaginer de lui laisser jouer un rôle dans sa vie irlandaise. Il a pris possession ici d'un domaine réservé dont il prétend rester le seul maître. Les rythmes de son temps physique et mental se sont créés sans qu'il les ait préconçus, organisés, comme s'il retrouvait en eux, par la grâce des lieux et des instants, « l'homme nu » qu'il n'avait jamais pu être ailleurs. Et ce qu'il appelle les « péripéties de Mount Auburn » ne sont que la conséquence de cette sincérité reconquise. Va-t-il la perdre en recevant Édith ? Eh bien non, il sera fidèle à lui-même, à l'essentiel d'un passé qu'il ne renie pas, à cette femme qui lui a permis de ne pas avoir mauvaise conscience en s'éloignant d'elle (car elle aurait pu, même soucieuse de sa propre liberté, le mettre mal à l'aise, l'embarrasser de scrupules, alors qu'au contraire, elle l'a encouragé à se déterminer). Il recevra Édith, elle sera la seule personne qu'il accueillera à Mount Auburn. Il a déjà échappé à des irruptions d'amis en voyage, à des intrusions de journalistes. Son absence est entourée de mystère, elle est protégée. Elle peut le demeurer précisément grâce à Édith qui partage le secret et dont il ne saurait se passer pour conserver les liens avec ce monde auquel il a tourné le dos sans pouvoir renoncer à dépendre de lui.

Sa décision est donc prise. Il confirme à Édith qu'il ira la chercher à l'aéroport de Cork dans la dernière semaine d'avril. Il lui reste plus d'un mois pour trouver la réponse à la question : « Que faire d'Ellynn ? » Mais cette question va se poser à lui bien avant l'arrivée d'Édith.

*

D'habitude très prompte à se lever, Ellynn, un matin, reste au lit. Aubry va la voir et la trouve somnolente, les yeux brillants, le pouls rapide.

— Tu ne te sens pas bien ?

— J'ai mal à la tête, et puis au ventre.

Jusqu'à ce jour, Aubry n'a pas envisagé ce cas de figure dans sa tâche d'éducateur. D'un seul coup, il prend conscience de toutes les complications que pourrait entraîner une maladie d'Ellynn. Et quelle responsabilité pour lui ! Son premier réflexe est d'alerter Martha. Il court à la maison du lac. Martha ne paraît guère émue de ce qu'il lui apprend :

— Ça doit être un petit coup de froid.

— Elle ne tousse pas, elle a mal au ventre.

— Alors, c'est peut-être un embarras gastrique.

— A-t-elle eu les maladies habituelles des enfants ?

— Non, c'est généralement à l'école que les enfants les attrapent.

Martha confie à Aubry un thermomètre :

— Prenez sa température, gardez-la au lit, bien au chaud, mettez-la à la diète, faites-lui boire de l'infusion, et ce soir on verra.

Mais Aubry, sur le ton dont on donne un ordre :

— Non, pas ce soir, dès ce matin. Venez à Mount Auburn, je vous y attends.

Il regagne aussitôt sa maison pour ne pas laisser seule Ellynn. Il la prévient que sa mère la remmènera chez elle, si elle est malade.

— Je sais pas si je suis malade.

— Eh bien, tu vas le savoir.

Il lui tend le thermomètre. Ellynn le repousse et

enfouit la tête dans son oreiller. Il la prend par les épaules et la force à se retourner vers lui :

— Ellynn, il faut m'obéir ! Sinon, même si tu es bien portante, je te rends à ta maman.

Ellynn saisit le thermomètre et le met dans sa bouche sans regarder Aubry qui la surveille et qui constate, au bout des trois minutes prescrites, qu'elle a une forte fièvre. Sur ces entrefaites, Martha arrive. Aubry lui parle à l'extérieur de la maison :

— Il faut faire venir un médecin. Chez vous, bien entendu. Il ne peut être question qu'il vienne ici.

Martha est d'accord mais s'inquiète de la réaction d'Ellynn. Aubry, inquiet lui aussi, feint de ne pas l'être et se rend aussitôt auprès d'Ellynn qui déclare, avant même qu'il ait prononcé un mot :

— Je veux pas retourner chez maman. Je veux être malade ici.

Il va falloir beaucoup de patience à Aubry pour se faire entendre. Ellynn ne comprend pas pourquoi elle n'a pas le droit d'être malade chez Aubry. Et ce n'est pas en usant de l'autorité de droit divin qu'il viendra à bout de sa résistance. Il lui explique que le médecin qui l'examinera doit parler à sa maman.

— Pourquoi il peut pas lui parler ici ?

— Parce que ce n'est pas la maison de ta maman.

— Mais c'est ma maison !

Aurait-il le cœur à la contredire ? Alors, il n'insiste pas et emploie une autre méthode : le retour d'Ellynn chez sa mère n'est plus à discuter, mais il lui promet d'aller la voir tous les jours. Ellynn veut savoir combien de temps il restera près d'elle. On est dans la négociation, l'accord se fait.

— Et si tu te laisses bien soigner, tu reviendras ici très vite.

Elle sourit, il l'embrasse.

— Je vais demander à ta maman de t'aider à t'habiller.

— Non, j'ai pas besoin de maman !

Elle a crié cela très fort. Martha l'a entendu :

— Vous voyez comme elle est avec moi !

Aubry, pour la tranquilliser, lui dit qu'il viendra chaque jour chez elle. Martha, sans rien manifester, se réjouit de ces visites qu'il lui fera par la force des choses.

« La force des choses », c'est bien ce qu'éprouve Aubry quand, un quart d'heure plus tard, il considère, comme s'il en était le spectateur, le trio qui monte de Mount Auburn à la maison du lac : Martha chargée d'un balluchon, lui-même portant Ellynn sur son dos, escorté des deux chiens. Ah, il allait oublier la présence, dans la procession, de Betty, la poupée, dont la tête sort du petit sac fixé sur les épaules d'Ellynn.

La force des choses, comment aurait-il pu s'y soustraire ? Mais comment, aujourd'hui, peut-il la séparer de la force des sentiments ? Et si cette force-là lui a donné la patience de discuter avec Ellynn, c'est qu'elle avait commencé par l'imprégner d'inquiétude quant à la santé de celle que sa maison a adoptée (il n'ose pas dire « que j'ai adoptée »).

Il sera vite rassuré. Le médecin diagnostique une grippe de forme intestinale qui ne nécessitera que quelques jours de lit. Aubry passe voir Ellynn au début des après-midi. Il n'a voulu venir ni le matin ni en fin de journée pour que Martha ne soit pas amenée à l'inviter régulièrement à un repas. N'ayant pu éviter d'accepter, un jour, de demeurer souper, parce qu'il avait prolongé une séance de lecture avec

Ellynn, cela n'a pas été pour lui déplaire. Mais qu'au moins il évite « la force de l'habitude ». Et cependant, c'est elle qui, maintenant qu'Ellynn est rentrée à Mount Auburn, va s'ajouter aux autres et nouer définitivement les liens du hasard.

*

Comme tous les soirs, Aubry, de retour chez lui, ranime le feu, nettoie l'âtre, tandis qu'Ellynn, entourée par les chiens et les chats, leur prépare la soupe qu'elle donne aux uns et aux autres, selon la règle d'Aubry, en deux lieux différents pour éviter les conflits. Les animaux connaissent bien leurs territoires respectifs. Quand, des deux côtés, tout est avalé et que chacun mène sa vie ailleurs, on voit parfois un chien venir renifler les assiettes des chats et donner quelques coups de langue. Ce n'est plus de la faim, ce doit être de la curiosité. Les chats, eux, lorsqu'ils ont mangé, dédaignent les écuelles des chiens, mais ils continuent à s'intéresser vivement aux manèges des oiseaux attirés par la nourriture qu'Aubry leur donne sur le rebord d'une lucarne de la grange. Il se sert d'une échelle qu'il retire dès qu'il a posé la pitance pour protéger les visiteurs, car, même gavés, les chats ont le goût du gibier vivant. Ils passent de longs moments à épier les allées et venues des oiseaux. Récemment Aubry a recueilli un bouvreuil blessé. Intrigué par la position d'affût d'un chat, il a découvert l'oiseau, blotti entre deux hautes roches, et l'a sauvé de justesse des griffes du chasseur. Il l'a placé dans un solide panier d'osier, accroché au plafond près du foyer, non loin de la fenêtre et, dès le lendemain, il a acheté une cage à l'épicerie. Jusqu'à ce jour il n'avait pas de cage parce qu'il ne supporte pas la vue d'un oiseau captif. Et si l'oiseau chante, cela ne fait qu'ajouter pour lui à l'horreur de l'emprisonnement. Le bouvreuil réchauffé et bien nourri s'est revigoré. C'est un mâle avec tous ses attraits. Sa tête casquée de noir, son poitrail orangé, son dos gris bleuté et ses ailes mi-bleues, mi-blanches font de lui un bouquet de plumes. Aubry, depuis une semaine, lui donne les grains de millet et l'eau, sous l'œil attentif d'Ellynn :

— Vous allez le garder longtemps ?

— Le temps qu'il guérisse.

— Et après, qu'est-ce que vous en ferez ?

— Je lui ouvrirai la porte de la cage.

— Et s'il ne veut pas s'en aller ?

— Je suis sûr qu'il s'en ira.

L'un des jours suivants, le bouvreuil est très agité. Il volette en tous sens et se frappe aux barreaux comme s'il voulait passer à travers. Et c'est bien ce qu'il veut. Peut-être, par cette douceur de printemps, a-t-il perçu l'appel d'une femelle.

Aubry dit à Ellynn :

— Tu vois, il est guéri, il demande à partir.

Il sort avec la cage, la pose sur le muret, ouvre la porte et se retire vite. L'oiseau n'a pas distingué tout de suite l'issue, puis il la discerne, s'y engouffre sans hésitation et disparaît d'un seul trait, comme aspiré par le soleil couchant. Ellynn a envie de pleurer. Aubry lui dit :

— Il faut au contraire que tu sois contente. Il va être heureux.

— Oui, mais il aurait pu rester avec nous pour être heureux !

L'idée de bonheur partagé est si forte en Ellynn, si

fort son attachement aux lieux de sa nouvelle vie qu'elle a voulu transférer tout son jardin à Mount Auburn. Elle a rapporté, un soir, les fleurs qu'elle avait arrachées avec leurs mottes pour les replanter contre le pignon le mieux protégé des vents. Elle a même pris soin, avant de les transplanter, de mélanger du crottin de cheval à la terre qu'Aubry avait bêchée pour en faire une plate-bande.

Sa mère, très irritée, l'avait vue s'emparer des plantes. Elle s'était maîtrisée pour dire :

— Alors, tu veux me priver de fleurs ?

Et Ellynn, avec la plus cruelle des candeurs :

— Oh non ! Mais il faut que je les soigne.

— Eh bien, tu pourrais le faire ici.

— C'est pas la même chose.

Martha n'avait pas insisté, d'autant plus qu'Aubry avait entendu le dialogue. Il était intervenu :

— Ellynn a planté ces fleurs, alors elle pense qu'elle doit les emporter. Mais, si vous le voulez bien, je les remplacerai. Vous me direz celles que vous désirez.

— Vous êtes vraiment trop bon ! avait répondu Martha.

Et elle était rentrée dans sa maison en fermant sèchement la porte. Aubry avait regagné sa demeure avec Ellynn qui le tenait par la main. De l'autre main, elle portait son panier rempli de verdures. Elle lui avait demandé :

— Quelles fleurs vous allez donner à maman ?

Et lui, agacé :

— Écoute, Ellynn, occupe-toi de tes fleurs !

L'arrivée d'Édith se rapproche. Il faut qu'Aubry y prépare non seulement Ellynn, mais Martha. C'est par Martha qu'il commence. Il va la voir un après-midi pendant qu'elle travaille dans son jardin. Elle est en train de faire des semis et paraît tout étonnée de la visite d'Aubry, étonnée et contente.

— Alors, vous venez voir où en sont les légumes que vous mangez ?

— Oui, et me voilà rassuré. Vos poireaux sont déjà repiqués.

— Nos poireaux ! Ici on n'en mange pas, sauf vous et moi.

Après ce préambule, Aubry entre dans le vif du sujet. Il explique à Martha qu'il va recevoir « une personne » et que pendant ce temps — une quinzaine de jours — il ne pourra pas garder Ellynn qui devra donc regagner la maison maternelle. Il ne précise pas ce qu'est cette personne qu'il recevra et, bien sûr, Martha ne lui pose aucune question. Elle lui dit simplement :

— Vous m'indiquerez le jour où j'aurai à reprendre Ellynn. Je pense que vous l'avez prévenue.

— Non, mais je vais le faire. Je lui dirai qu'ensuite elle reviendra chez moi.

Martha, pensive puis emportée :

— J'espère que tout se passera bien à la maison parce que, vous savez, Aubry, je ne veux pas qu'elle m'impose ses caprices !

— Allons, Martha, du calme ! Ellynn sera sage, j'en suis sûr. Je lui ai demandé de me le promettre. Mais il faudra que vous, vous y mettiez du vôtre.

— Ah, vous pouvez compter sur moi. Mais elle...

— Soyez raisonnable pour deux, c'est quand même vous l'adulte !

Puis, soudain, comme effrayé du pouvoir qui lui a été donné sur le destin des autres, de l'importance inconsidérée de son rôle, de ses devoirs devenus inéluctables et de leur poids :

— Et si je n'avais pas été là, Martha, si je n'étais pas venu à Kilcrohane ? Il aurait bien fallu vous passer de moi, vous débrouiller toute seule !

La vigueur et l'émotion d'Aubry laissent Martha muette.

— Et si j'avais été un voisin indifférent. « Je viens chercher mes légumes. Bonjour. C'est combien ? Voilà la somme. Bonsoir. » Chacun pour soi. Qu'est-ce que vous auriez fait ?

Martha, très grave :

— Je ne sais pas.

— Moi, je sais que j'aurais été plus tranquille.

Il part à grandes enjambées. Martha court derrière lui, le rattrape.

— Aubry, je vous remercie d'être là.

— Eh bien, tant mieux !

Le ton est plus bourru qu'ironique.

Le même soir, Aubry n'a pas le cœur à informer Ellynn de son retour chez sa mère. Elle a placé au centre de la petite table, prête pour le dîner, la jacinthe rose qui commence à fleurir. Elle dit :

— Elle sent bon ! Moi j'aime mieux ça que l'odeur de la soupe.

— Oui, mais on ne mange pas de soupe à la jacinthe.

— Et pourquoi on n'en mange pas ?

— Parce que c'est une fleur et pas un légume.

— Mais la menthe, c'est pas un légume, et on en mange. Et l'infusion, c'est pas comme une soupe ?

— Si, c'est une sorte de soupe. Je t'expliquerai plus tard.

Ceux qui ont déjà le sens de l'observation, mais encore peu de connaissances, désarçonnent souvent ceux qui ont fait l'expérience des limites de leur savoir. On leur expliquera plus tard. Ils se contentent généralement de cette réponse parce que « plus tard », pour eux, se situe dans un temps qu'ils n'ont pas encore eu besoin de mesurer. Plus tard, ce peut être dans une heure, demain ou beaucoup plus tard. Ce n'est que du présent étiré. Du moins, c'est ce que pense Aubry en constatant qu'Ellynn accepte sans réagir le « je t'expliquerai plus tard » dont il se sert pour éluder le trop difficile. Mais, le lendemain, il devra réviser son jugement : Ellynn a des exigences d'information quant au temps à venir, lorsque ce temps est celui de son anxiété.

Il lui annonce au cours du dîner qu'elle sera obligée de retourner chez sa mère, en la prévenant immédiatement que ce ne sera que pour quelques jours. Il lui dit, comme à Martha, qu'il doit recevoir

« une personne ». À l'inverse de sa mère, Ellynn lui demande aussitôt :

— Qui c'est, cette personne ?

— Une dame.

— Et pourquoi je reste pas ?

— Parce qu'il n'y a pas assez de place. C'est toi qui occupes la chambre d'ami.

— Je pourrai coucher en haut !

— Non, Ellynn, ce n'est pas possible.

— Je veux pas rentrer à la maison.

— Il le faut, Ellynn, écoute-moi : je t'ai promis de te reprendre ensuite. Tu as confiance en moi, n'est-ce pas ?

Elle baisse la tête. Ses cheveux cachent tout son visage, elle murmure :

— Oui.

Puis :

— Vous m'avez dit : « La dame viendra quelques jours. » Combien c'est quelques jours ?

— Une quinzaine de jours.

Ellynn se tait. Mais on voit ses épaules s'agiter. Elle pleure aussi discrètement que possible derrière sa chevelure.

— Il ne faut pas avoir de chagrin comme ça ! fait Aubry, en avançant la main pour lui caresser la joue. Elle esquive le geste, se lève brusquement et sort de la maison.

— Tu n'as pas fini de manger !

— J'ai plus faim.

Elle s'assied sur la pierre du seuil, face à la vue, tournant le dos à Aubry. Impassible (ou plutôt faisant semblant de l'être), il termine son repas. Puis il commence à desservir. Ellynn, à ce moment, se lève, vient l'aider et entreprend de faire la vaisselle.

Il va alors s'asseoir dans un fauteuil au coin du feu, et fume sa pipe en silence. Ellynn s'approche de lui, tout doucement dans son dos. Et soudain, elle saute sur ses genoux en mettant ses bras autour de son cou. Aubry, sans un mot, la serre contre lui.

— Vous êtes sûr que la dame, elle ne restera pas ?

— Oui, j'en suis sûr.

— Qui elle est ?

— Une vieille amie.

— Ah, c'est une vieille dame ?

— Non, c'est une dame jeune que je connais depuis longtemps.

— Ah bon.

— Elle s'appelle comment ?

— Édith.

Aubry lui dit qu'elle arrivera « dans une semaine et trois jours ».

— Compte avec moi.

Il profite de chaque occasion pour commencer l'éducation d'Ellynn qui ne demande qu'à apprendre et s'applique à montrer ce qu'elle sait.

— Aujourd'hui, c'est jeudi. Demain, vendredi, après-demain, samedi.

Il lui fait redire le nom de chaque jour en l'accompagnant d'un chiffre et en dépliant un doigt.

— Tu vois, tu sais compter jusqu'à sept.

— Je sais compter jusqu'à dix ! dit fièrement Ellynn. Et elle continue à indiquer avec ses doigts : huit, neuf, dix.

— Bravo, Ellynn. Eh bien, la dame arrive ce jour-là.

— Et elle part quand ?

Aubry lui répond qu'il faudrait qu'elle sache compter jusqu'à quinze pour comprendre.

— Ah, dit-elle. Ça fait beaucoup de temps !

Aubry l'embrasse :

— Plus tu seras sage, et plus ça passera vite.

Ellynn, aussitôt :

— C'est pas vrai.

Il se rend compte de l'inanité de sa phrase, du genre de celles qu'on adresse trop longtemps aux petits enfants comme si leur intelligence n'obéissait encore à aucune logique :

— Ce qui est vrai, c'est que tu reviendras ici et que nous serons encore ensemble.

Ellynn, d'un bond, saute à califourchon sur les genoux d'Aubry et, la joie au visage, le regarde. Il la tient par les épaules, elle incline alors le buste vers lui et met sa tête contre sa poitrine, puis demeure ainsi sans bouger, le pouce dans la bouche. Aubry, avec précaution, le retire :

— Tu es maintenant une grande fille, tu ne dois plus sucer ton pouce.

Elle ne proteste pas, il garde dans sa main le doigt fautif. Les cheveux blonds frôlent son visage. Ellynn s'assoupit. De la braise encore vive se dégage une chaleur douce. Les chats dorment sur leurs coussins. Aubry se lève avec lenteur comme s'il ne voulait pas troubler ce calme. Il l'interrompt pourtant en soulevant Ellynn qui se réveille, et qu'il remet délicatement sur ses pieds.

— Il est tard, il faut aller se coucher.

Elle allume son bougeoir et trottine vers sa chambre. Aubry arrange le foyer pour la nuit, dispose le pare-feu, fait le tour de la maison comme chaque soir, quel que soit le temps. Les chiens l'entendent, le reconnaissent, remuent dans le foin mais n'aboient pas. Il leur dit quelques mots à travers la porte de la grange. Quand il revient, Ellynn est couchée avec sa poupée près d'elle. Elle n'a pas éteint sa bougie. Elle l'attend, allongée à plat, les bras sous les couvertures, le drap remonté jusqu'au menton, les yeux mi-clos, le visage bien dégagé de ses cheveux. Il la borde, l'embrasse sur le front, caresse la joue de la poupée. Ellynn lui sourit. C'est tous les soirs ainsi, sans une parole.

Aubry prend alors la lampe à pétrole et monte à l'étage. Arrivé dans sa chambre, il crie :

— Bonne nuit, Ellynn !

Et il entend la petite voix qui répond très fort :

— Bonne nuit, Aubry.

*

Jusqu'à ce jour, Ellynn n'a jamais posé de question à Aubry sur sa famille. La vie l'a placé là, tel qu'il est, seul comme le berger et d'autres habitants de la presqu'île. Il se situe dans son regard avec l'âge qu'il a, un corps, un visage, des façons qui n'ont pas de passé, qui sont la réalité hors du temps. Elle l'a vu apparaître un jour sur le chemin, devant sa maison. Puis elle l'a revu, il lui a dit bonjour, elle a eu peur d'abord, puis il est devenu un ami. Il avait acheté la maison du père Kelly. Celui-là vivait seul avec ses chats et ses chiens, il avait le dos courbé, des cheveux tout blancs, beaucoup de rides, il marchait avec une canne, il ne parlait pas. Un jour, il avait disparu. Ça, c'était la réalité d'avant. Ensuite, un homme aux cheveux gris, qui marchait d'un pas vif, qui courait avec ses chiens, qui avait adopté les chats du père Kelly et qui lui apportait des bonbons, avait pris la place du vieux. Ça ne pouvait pas être autrement puisque c'était ainsi. S'il avait habité là avec une femme et des enfants et s'il ne l'avait pas accueillie chez lui, c'est que ça n'aurait pas pu être autrement.

Mais voilà qu'une dame arrive ; et Ellynn, à cause d'elle, est obligée de revenir chez sa mère. Alors — c'est tout aussi naturel que son absence de question — elle a envie de savoir, et elle questionne. Un soir, après le dîner, Aubry est installé dans son fauteuil près du feu, elle est assise par terre comme d'habitude :

— Qui elle est, cette dame ?

— Une amie, je te l'ai déjà dit.

— Vous n'êtes pas marié avec elle ?

— Mais non, je ne suis marié avec personne.

— Alors, pourquoi elle vient ?

— Elle vient me voir parce que nous sommes des amis.

— Elle ne reviendra plus ?

— Elle reviendra peut-être.

— Alors, je serai encore obligée de partir ?

— Nous verrons à ce moment-là.

Il doit se passer des tas de choses dans la tête d'Ellynn. Elle se tait, puis :

— Vous n'êtes pas veuf comme maman ?

— Non.

— Vous n'avez pas d'enfants ?

— Non.

— Moi, ma maman, son mari est mort, mais c'était pas mon papa. J'ai jamais connu mon papa. Il est mort avant.

Elle dit cela sans aucune tristesse, comme ce qui est. De nouveau, elle se tait. Puisque Ellynn lui a parlé de la « dame », pense Aubry, c'est l'occasion de l'entretenir de ce qui le préoccupe. Alors, comme on se jette à l'eau :

— Pendant les quinze jours où tu seras chez ta maman, je ne pourrai malheureusement pas aller te voir comme je l'ai fait quand tu as été malade.

Le « pourquoi ? » d'Ellynn jaillit comme un cri.

— Parce que je serai très occupé. Nous partirons souvent en auto. Édith m'aide dans mon travail.

— Elle peint des tableaux avec vous ?

— Non, elle me sert un peu de secrétaire.

— Qu'est-ce que c'est une secrétaire ?

— Quelqu'un qui écrit vos lettres, vos comptes.

— Alors, elle va faire aussi la cuisine ?

— Nous la ferons ensemble.

Ellynn penche la tête en avant, ses cheveux lui cachent le visage. Aubry sait ce que cela signifie.

— Je vais te parler comme à une grande personne, tu m'entends ?

Un oui étranglé, à peine perceptible, lui répond.

— Je te demande de ne pas venir ici pendant que la dame sera là. C'est très important. Si tu me désobéissais, je ne te reprendrais plus avec moi. Tu as compris ?

Il a dit cela avec beaucoup de ménagement.

— Oui.

— Et tu promets de m'obéir ?

— Oui.

Elle s'empêche de pleurer. Aubry pose sa main sur son épaule :

— À mon tour de te faire une promesse. Pour te récompenser de bien m'obéir, je t'emmènerai à Cork : on y passera toute la journée.

C'était une des plus grandes ambitions d'Ellynn.

Elle ne dit rien, elle appuie simplement plus fort son dos contre Aubry de tout son corps détendu.

*

La veille de l'arrivée d'Édith, Ellynn retourne chez sa mère. Aubry a transporté lui-même les affaires dont elle peut avoir besoin. Elle n'a pas voulu tout emporter.

— C'est pas la peine, puisque je vais revenir.

L'essentiel pour elle, c'est sa poupée et le plaid donné par Aubry, qui l'accompagne toujours dans son sommeil. Les objets d'Ellynn demeurés à Mount Auburn, Aubry les a placés dans un placard, fermé à clef, de son atelier.

Martha a invité Aubry à souper. Ellynn sert à table, très activement mais en silence. Martha aujourd'hui n'est guère bavarde, Aubry n'a pas envie de monologuer, mais il s'efforce de meubler les silences en parlant de la pluie et du beau temps. Dès la dernière bouchée avalée, les deux plus jeunes enfants sortent de la maison en courant comme des petits chiens joueurs. Martha, sur le ton du commandement, à Ellynn :

— Va chercher ton frère et ta sœur, et fais-les coucher.

Ellynn ne répond pas et ne met aucun empressement à se lever.

— Allons, dépêche-toi. Tu as compris ?

— Oui.

— On dit : « oui, maman ».

Ellynn ne veut plus comprendre. Elle sort sans rectifier sa réponse. Martha à Aubry :

— Vous voyez comme elle est insolente !

— Ne la reprenez pas sur des détails.

— Ah ! Vous appelez ça un détail !

— L'essentiel, c'est qu'elle vous obéisse pour les choses importantes.

— Vous arrivez à la faire obéir, vous ?

Il semble réfléchir, comme s'il ne s'était encore jamais vraiment posé la question.

— Oui, elle m'obéit, à sa manière.

— Pas à la vôtre ?

— Aubry, piqué au vif :

— J'ai d'abord essayé de comprendre quelle était sa manière.

— Parce que vous pensez que c'est nous qui devons nous adapter aux enfants ?

— Je pense qu'il faut une adaptation réciproque.

— C'est avec des idées comme ça...

Aubry ne la laisse pas achever :

— Si mes méthodes ne vous conviennent pas, Martha, vous pourrez garder votre fille chez vous.

Il marche vers la porte. Martha désemparée va parler, mais à ce moment précis Ellynn rentre en tenant son frère et sa sœur par la main. Elle les conduit vers leur chambre. Martha se force à la douceur :

— Merci, Ellynn. Quand tu les auras couchés, tu viendras prendre de l'infusion avec nous.

Ellynn ne répond pas. Aubry :

— Tu n'as pas envie d'infusion ?

— Non, j'ai pas envie.

Martha, à mi-voix, à Aubry :

— Elle est impossible !

Aubry à Ellynn :

— Eh bien, tu viendras nous dire bonsoir sans prendre d'infusion.

Pas de réponse d'Ellynn. Aubry se rassied tandis que Martha met l'eau à bouillir. Ellynn ne vient pas. Martha, qui ronge son frein, s'applique à servir Aubry avec beaucoup d'attention :

— Un sucre, deux sucres, ou bien du miel ? Ce n'est pas trop chaud ? Voulez-vous un biscuit ?

Les propos en restent là. Ellynn n'apparaît toujours pas. Aubry se décide :

— Martha, il faut que je rentre.

Alors retentit une petite voix suave :

— Vous ne venez pas me dire bonsoir, Aubry ?

Martha regarde Aubry : comment va-t-il réagir ? Et lui, sans hésiter :

— Tu m'as fait de la peine, Ellynn, en restant dans ta chambre. Et tu en as fait à ta maman. Il ne faut jamais faire de peine aux autres. C'est pourquoi j'irai te dire bonsoir quand j'aurai terminé mon infusion.

Ellynn peut-elle comprendre ce langage ? Martha, elle, le saisit très bien, avec tout ce qu'il signifie. Elle se tait. De longs instants passent avec, pour seul bruit, celui des tasses et des cuillères. Soudain, on perçoit un petit glissement de pas sur le pavé. Ellynn arrive, en chemise de nuit.

— Bonsoir, Aubry, bonsoir, maman.

Elle les embrasse tous les deux, sans leur laisser le temps de l'embrasser, et se sauve vers sa chambre. Aubry se lève. Avant de partir, il s'approche de la pièce où couche Ellynn, et, dans l'encadrement de la porte restée ouverte, il prononce avec douceur les mots de l'habitude :

— Bonne nuit, Ellynn !

Malgré la demi-obscurité, il distingue deux bras qui se tendent vers lui. Martha est déjà sur le seuil de la maison. Il entend comme un secret chuchoté : « Bonne nuit, Aubry. » D'un doigt, il envoie un baiser en direction du lit et rejoint Martha qui, jouant discrétion et patience, l'attend dehors. Elle lui demande simplement :

— Nous nous verrons quand ?

— Passez me voir demain matin, très tôt, il faut que je vous parle.

Aubry, en effet, n'a pas pu s'isoler avec Martha pour lui indiquer la conduite à tenir pendant le séjour d'Édith. À la vérité, ne sachant trop comment s'y prendre, il a reculé sans cesse le moment de l'entretien. Et c'est le lendemain, en fin de matinée, qu'il doit chercher Édith à Cork.

Martha frappe donc à la porte de Mount Auburn à l'heure où la baie toute grise n'a pas encore été touchée par le soleil. Les montagnes se découpent, très noires, sur un ciel de cuivre pâle. La mer, bleu foncé, commence à miroiter. Les fleurs d'ajoncs n'émergent pas encore des blocs ombreux de leurs buissons. Le phare de Fastnet Rock continue son métier nocturne. C'est une heure qui ne porte pas à l'optimisme. Aubry l'a toujours ressentie et vécue comme l'expression d'une difficulté d'être, le rappel des malaises de l'existence avant l'éploiement du jour qui permet d'oublier.

Il fait entrer Martha dans la salle, encore éclairée par la lampe, où l'odeur de la cendre de tourbe se mélange à celle du café. Il a disposé deux tasses sur la table. Il s'assied en face de Martha et commence aussitôt à lui expliquer pourquoi il a désiré s'entretenir avec elle. Il faut bien qu'il lui dise qui est cette « personne » dont il va recevoir la visite. Mais il ne veut pas non plus l'introduire dans sa vie intime. Il n'a pas à se raconter, encore moins à se justifier, et pourtant, il est nécessaire qu'il explique sa volonté d'effacer la présence d'Ellynn pendant le séjour d'Édith, et donc de ne voir ni la fille ni la mère. La partie n'est pas facilitée par Martha qui écoute sans la moindre réaction apparente. Aubry débite ses propos avec des pauses pour absorber quelques gorgées de café. Martha, la tasse portée vers ses lèvres, boit lentement, les yeux dans le vide. Aubry clôt son discours par un « voilà », qui semble signifier : « Maintenant vous savez à quoi vous en tenir, les choses doivent être ainsi. »

Martha en a conscience :

— Je peux comprendre.

Elle l'a dit d'autant plus facilement qu'Aubry lui a donné, comme une des raisons essentielles de son attitude, le fait qu'Édith, si elle savait qu'Ellynn vivait à Mount Auburn, serait amenée à se demander quel genre de relations existait entre Martha et lui.

Il est soulagé de l'acquiescement aussi prompt de Martha et de son absence de tout commentaire. Ce matin-là, il a besoin qu'on lui simplifie la tâche. Il sait gré à Martha de sa bonne volonté, et c'est ce désir de bien faire qu'il discerne dans la question qu'elle croit devoir lui poser :

— Alors, il faudra que j'empêche Ellynn d'aller chez vous ?

— Oui, mais je ne pense pas que vous ayez à le faire. Je ne la reprendrais plus chez moi si elle me désobéissait, je le lui ai dit.

— Oh, vous serez obéi !

Puis, après une toute petite hésitation :

— Et vous, Aubry, il vaudra mieux que vous ne passiez pas devant ma maison. (Elle a le tact de ne pas préciser « avec votre amie ».)

— C'est évident.

Pendant l'entretien, le jour s'est levé. Le bleu profond de la mer est parsemé de taches d'écume, car le vent souffle fort au large. La baie, bien abritée, est lisse. Une de ses petites îles allongées est toute dorée de ses ajoncs. On croirait une grosse embarcation fleurie. Le phare n'est plus, sur son socle lointain, qu'un doigt tout blanc, un doigt de fée émergeant de quelque continent magique.

Aubry, qui vient de raccompagner Martha jusqu'au chemin, retrouve dans le soleil la réalité du paysage et celle des images qu'il porte en lui. C'est comme s'il s'était élucidé lui-même, débarrassé de ses fantasmes. Mais tout ce travail pour cacher à Édith qu'il a recueilli chez lui Ellynn, quelle est sa réalité ? Toutes ces précautions assorties de ruses n'aboutissent-elles pas à des mensonges, au mensonge ? Aubry a besoin de se rassurer : il ne pouvait pas, il ne devait pas faire autrement, il lui fallait agir ainsi pour parvenir à tout respecter, le présent et l'avenir, ce visage-ci et ce visage-là, et ce troisième visage, quitte à ce que le sien s'inquiète de sa difficulté à porter un masque, pendant un temps, pour demeurer sincère avec lui-même.

La route de Cork traverse une région de collines avec, au creux des vallées, quelques bourgades aux maisons multicolores qui mettent un peu de gaieté dans beaucoup de verdure et de gris. Dès qu'il a quitté la côte et ses montagnes, Aubry en a la nostalgie. Ce qu'il préfère à Cork, ville universitaire et commerciale morne, c'est son aéroport doté de bâtiments à la mesure d'un trafic modeste parmi les pâturages, les fermes et les troupeaux, sur un plateau battu des vents, d'où l'on ne distingue rien d'autre que la campagne à perte de vue. Quand on vient du continent européen, on a l'impression de découvrir un territoire rural miraculeusement préservé de l'urbanisation comme on en trouve encore en Afrique noire ou en Amérique du Sud. Atterrir à Cork, dans l'avion vert et blanc d'Aerlingus décoré du trèfle, animé par des hôtesses en tailleur vert, qui parlent anglais avec un accent de la gorge un peu traînant, en compagnie de voyageurs chargés de cannes à pêche, de fusils ou de crosses de golf, c'est d'emblée respirer une bouffée d'air irlandais, qu'accentuent la rousseur de quelques chevelures, l'allure débonnaire des policiers sans uniforme, la discrétion des douaniers et les tranches de saumon appétissantes offertes par une boutique à côté de grosses vestes blanches en laine torsadée.

Édith débarque et, d'un pas très rapide, presque en courant, se dirige vers Aubry qui va au-devant d'elle. Ils s'embrassent sur les joues, elle pose sa tête sur son épaule, il la serre contre lui. Elle a hâte de connaître Kilcrohane. Aubry emprunte donc la route la plus directe, celle qui ne pénètre pas dans Cork et qui permet en deux heures d'atteindre Dunmanway Bay. Deux heures de conversation foisonnante et spontanée sur les milieux artistiques de Londres et sur leurs amis communs. Aubry prend plaisir à s'informer de la vie des êtres qu'il a quittés. Mais il s'aperçoit très vite que ce plaisir cesserait si on lui en parlait trop longtemps. Avant tout, il voudrait savoir ce que pense de son absence le directeur de la galerie avec laquelle il a signé un contrat, non pas qu'il soit préoccupé par les questions d'argent ; il désire simplement avoir une rente suffisante pour continuer à vivre en Irlande. Avec quelle satisfaction apprend-il donc que la galerie attend de lui un nouvel envoi de toiles. Il a loué son logement de Londres, il y reçoit encore son courrier, et c'est Édith qui se charge de le lui réexpédier. Il a donné son adresse irlandaise à ses meilleurs amis. Le courant continue à passer à la cadence et avec l'intensité qu'il désire. Les nouvelles qu'Édith lui apporte confirment qu'il peut se dispenser actuellement de retourner en Angleterre. Cela le rend si heureux que, dans un élan, il dit :

— Je te remercie de tout ce que tu fais pour moi !

— C'est tout naturel, répond Édith, en posant sa main sur l'épaule d'Aubry, sans peser, geste qui traduit exactement sa manière habituelle d'agir avec lui.

Quelques instants plus tard, Aubry est traversé par cette pensée : « Est-ce que je ne lui suis pas reconnaissant de m'avoir permis de m'éloigner d'elle, sachant qu'elle ne me priverait pas de son appui ? »

Pour ne pas en conclure qu'il se comporte mal, il se répète une fois de plus : « Elle a accepté cette situation parce qu'elle n'en souffre pas, parce que sans doute elle y trouve même des avantages. » Mais il n'aime pas aller trop loin dans ce sens.

Le plaisir qu'éprouve Édith à découvrir la campagne irlandaise et la façon spontanée dont elle le manifeste chassent toutes ces pensées pour replacer Aubry dans l'agrément de l'instant.

À Durrus, point extrême de pénétration de la mer, la route débouche brusquement sur la perspective de la baie qui s'ouvre, comme un calice de fleur, vers le large. Les montagnes encadrent une eau apprivoisée mais très vivante, épargnée par la navigation, qui se répand dans de nombreuses criques rocheuses et de petites plages de galets où se nichent des maisons paysannes entourées de grands arbres. À cette heure avancée de la journée, les reliefs ont pris une teinte violette et cachent le soleil qui les éclaire de l'autre côté. Leurs formes se découpent vigoureusement sur la chair de la lumière. Et c'est un rempart dentelé qui se dresse, médiateur, entre le miroitement ombreux des eaux et l'incandescence du ciel. Édith émerveillée dit à Aubry :

— Arrête, que je puisse mieux voir.

Ils suivent ensuite la route qu'a empruntée Aubry lorsqu'il a découvert la maison de Mount Auburn.

Elle longe les rivages de la baie, passe à travers l'anse boisée d'Ahakista dont les pins et les eucalyptus protègent des mimosas, des magnolias, des camélias qui couvent eux-mêmes des palmiers nains et de hautes fougères tropicales, véritable oasis entre des pans de montagne aride. Au-delà de Kilcrohane qu'ils traversent sans s'arrêter, ils rencontrent un troupeau de vaches. Le pis gonflé, les bêtes regagnent la ferme où l'on va les traire. L'auto est immobilisée. Aubry ne klaxonne pas. Il attend que les bêtes s'écartent ; elles n'y mettent ni empressement ni mauvaise volonté, elles savent que, de toute façon, elles n'ont rien à craindre sur ces routes qui leur appartiennent.

« En Irlande, on apprend à ne pas s'impatienter, dit Aubry. Il faut que tout passe naturellement : la pluie, et les nuages, comme les troupeaux. »

Puis ils arrivent au chemin qui grimpe à Mount Auburn. Aubry s'engage avec assurance sur les lacets caillouteux, et bientôt apparaît la maison. Les chiens se précipitent au-devant de la voiture en aboyant joyeusement. Édith s'aperçoit que la porte n'est pas fermée à clef, et s'en étonne. Aubry lui répond, à l'irlandaise, qu'ici on craint plus le vent que les hommes.

Avant d'entrer, elle contemple le paysage :

— C'est bien ce que j'imaginais, en plus beau.

Puis, se tournant vers la maison :

— Tu as raison, elle a l'air attentive. Comme tu me l'as écrit, elle est au balcon.

Les chiens flairent Édith avec sympathie, elle les caresse.

— Salut Moby, salut Dick, je crois que nous serons des amis.

Elle pénètre dans la salle :

— Ah, je la reconnais ! Et je t'y reconnais !

Attirée aussitôt par la clarté du bouquet qui trône sur la desserte :

— De la bruyère blanche ! Je n'en ai jamais vu ! Comme c'est joli ! On en trouve par ici ?

— Bien sûr, puisque j'en ai.

Édith touche machinalement les clochettes blanches, le regard déjà porté ailleurs, vers le foyer. Le tas de tourbe, qu'Aubry avait savamment assemblé et aéré pour en faire un feu continu, s'est effondré. Mais, sous la cendre, veillent les braises. Édith tend les mains vers la chaleur.

— Je comprends que tu aies été conquis par la tourbe. Un feu de bois serait mort pendant ton absence. Évidemment, il y a cette odeur... Mais on doit s'y habituer.

— On fait mieux que s'y habituer, on y prend goût.

— Tu n'as pas mis une seule toile de toi ici !

— Tu imagines les effets de la fumée ?

— C'est vrai, je n'y avais pas pensé.

— Et puis, ajoute-t-il un peu vivement, je ne mélange pas les genres. Je vis ici, je peins là-haut.

Édith, avec un rire ironique plein de gaieté :

— Je croyais que tu vivais aussi en peignant !

Aubry sourit sans rien répondre. Puis il va chercher les bagages d'Édith qu'il dépose dans la pièce réservée aux amis.

— Voici la chambre où tu pourras faire ta toilette et te reposer. En haut, c'est notre chambre.

Il aurait dû dire, pour être tout à fait conforme à sa pensée : « C'est ma chambre qui deviendra la nôtre. » Il a prononcé d'instinct la formule la plus courtoise, la plus affectueuse.

Édith le suit à l'étage, exprime le désir de voir d'abord ses toiles. Il les raconte, les explique ; son plaisir est évident. Édith regarde intensément dessins et tableaux, écoute sans parler, puis, avec exubérance :

— Aubry, c'est merveilleux. Veux-tu que je te dise : tu as été inspiré.

— Oh !...

— Si, si ! Tu as dû éprouver ici quelque chose que tu n'avais pas ressenti ailleurs. Tu t'es renouvelé.

Et, à son tour, elle se met à commenter les œuvres d'Aubry. La fenêtre ouverte à l'ouest encadre très exactement un morceau bleu nuit de la baie de Bantry que veille le promontoire surmonté d'une couronne de ruines lustrée par le couchant. Le rose orangé qui remplit le ciel ruisselle, semble-t-il, dans un lac enserré par les roches au surplomb de la mer.

— Tu vois, dit Aubry, les sujets des tableaux s'imposent seuls. Je n'ai qu'à me promener en plaçant des fenêtres pour y inscrire le paysage. Et la réalité va toujours au-delà du cadre. Tu comprends ?

— Oui, dit Édith. Et je suis heureuse.

Ils redescendent. Elle lui tient la main. Puis, comme si elle connaissait déjà les lieux, elle va droit au placard qui contient la vaisselle et prend deux verres.

— Tu m'as dit que le whisky irlandais était fameux.

Aubry va chercher une bouteille tandis qu'Édith s'assied au coin du feu. Il écarte la cendre, dispose sur la braise ravivée un petit fagot d'ajoncs secs, et la flambée qui crépite illumine la salle. Les chiens entourent le couple. Ils savent que leur maître ne les oublie jamais lorsqu'il sort la boîte de biscuits. Moby appuie sa tête sur les genoux d'Aubry. Dick en fait autant sur ceux d'Édith.

— Ah, dit celle-ci en s'étirant, on se sent bien ici !

Aubry éprouve alors un sentiment assez étrange où la satisfaction d'être si bien approuvé, compris, encouragé est gâchée par une sorte d'inquiétude.

Jaloux, le serait-il, parce qu'il n'est plus seul à aimer ce qu'il a découvert, parce que le partage de la sa solitude est une façon de l'en déposséder ? Il ne veut pas se l'avouer et demeure silencieux, fumant sa pipe. Édith, dont le feu capte le regard, ne remarque pas le regard d'Aubry qui filtre à peine entre les paupières mi-closes pour se perdre ailleurs. Elle apprécie ce moment muet parce qu'il lui procure la sensation d'une entente retrouvée qui n'a pas besoin de se dire. Aubry sait ce qu'elle éprouve, et son malaise en devient insupportable. Il ne peut y échapper qu'en rompant ce qui pour elle est charme et pour lui tourment. Il suggère à Édith de défaire ses bagages pendant qu'il préparera le dîner. L'activité dans les gestes coutumiers l'apaise.

Lorsqu'il dépose la soupe de poisson sur la table où a déjà pris place la visiteuse souriante, il se dit qu'il ne faut rien compliquer, que la présence d'Édith est mieux que normale, réconfortante, et qu'il est le plus stupide des hommes à faire de la joie qu'elle a exprimée une raison de son inquiétude. Et si pendant quinze jours elle ne devait montrer que réserve, réticence, esprit critique ? Est-ce que cela ne serait pas beaucoup plus difficile à supporter ? Elle est heureuse d'être là, il ne peut qu'en être heureux lui-même. Il devrait lui être reconnaissant de l'avoir éclairé sur l'originalité de ses nouvelles toiles. Sans elle, il n'aurait pas mesuré exactement son évolution, il lui fallait une résonance, et Édith la lui avait fournie avec une fougue qui n'empêchait pas son discernement. Il le pense, il le dit aussi, Édith en est tout émue, d'autant plus que la Guinness qu'elle aime beaucoup lui est montée à la tête. Aubry la considère avec des yeux rajeunis : son tailleur gris-bleu bien ajusté met en valeur une taille mince et l'élancement d'un corps dont parfois il a trouvé la distinction apprêtée. Mais ce cou bien dégagé, bien dessiné, aurait-il un port aussi raffiné si Édith ne l'avait offert sur des épaules qui savaient par quelques subtils mouvements accompagner des phrases et même parfois exprimer des états d'âme ? Et ces traits réguliers, un peu trop peut-être, ce visage aujourd'hui qui rit dans la roseur de l'abat-jour et qui ignore que le chignon d'habitude impeccable laisse s'échapper des mèches comme la victoire involontaire du naturel, et ces yeux noirs, souvent un peu trop réservés pour être charmeurs, les voilà qui, dans l'instant, prennent éclat, saveur, séduction.

Après le repas, Édith veut contempler la baie. Mais la nuit sans lune est ennuagée. On ne distingue qu'une grande tache plus unie et plus noire au cœur de l'ombre. Le bruissement des vagues en est amplifié comme le sont les lueurs de Fastnet Rock. Édith reste debout, le dos appuyé au mur de la maison que balaient les faisceaux du phare. Aubry se place à ses côtés. C'est elle qui fait le premier geste. Elle prend la main d'Aubry et la passe sur sa propre joue, comme si elle voulait dire : « Voilà ce que j'attendais de toi. » Il l'attire contre lui, il la serre dans ses bras, elle y fond. Les deux corps saisis par la nuit en resurgissent au rythme du phare, puis ils se séparent. Édith rentre dans la maison :

— À tout de suite, murmure-t-elle avec un sourire tendre.

Aubry effectue sa ronde habituelle, et dit bonsoir aux chiens. Il prend son temps. Quand il voit la chambre de l'étage s'éclairer, il revient aussitôt, et, sans se soucier d'aménager le feu pour la nuit, d'un pas vif il monte l'escalier.

*

Le lendemain, Aubry révèle à Édith l'extrémité de la presqu'île. Elle n'est plus la femme du monde qui voyage, elle s'est transformée en une promeneuse de la campagne avec un gros chandail, un pantalon de velours et des bottes. Mais elle n'a pas défait son chignon qu'elle protège du vent par un foulard. Aubry prend un chemin qui ne passe pas devant la maison de Martha. La vue du lac s'offre sur un autre versant. Édith est étonnée, comme tous ceux qui les découvrent, par ces poches d'eau ceinturées de roches, frangées de roseaux, dont le bleu teinté de rousseurs domine l'océan en offrant refuge aux oiseaux. Elle aperçoit la maison de Martha dans son quadrillage de prés :

— On croirait un jeu d'enfant.

Les yeux d'Aubry s'attardent autour de la maison, il ne distingue personne. Il le préfère. Maintenant, il guide Édith sur le sentier qui mène à la grande lande et ils y rencontrent le troupeau du Baron. Aubry présente à Édith le berger qui s'incline et se découvre cérémonieusement pour la saluer.

— Soyez la bienvenue, madame, sur cette terre gaélique, et profitez du beau temps. Le vent est à l'est. Demain, ce sera une autre affaire.

Édith le remercie de ses prévisions, puis lui demande combien il possède de moutons.

— J'en avais deux cent cinq ce matin. J'en ai peut-être ce soir deux cent quatre, si une bête est tombée dans la mer. Mais j'en ai peut-être deux cent six si un agneau est né.

Il ajoute :

— Je ne possède d'ailleurs aucun mouton. Je ne suis que berger.

Édith, enjouée :

— Vous pourriez être un propriétaire berger !

— Ah, madame, les propriétaires ne sont jamais bergers. C'est l'argent qu'ils aiment, pas les moutons.

Il s'interrompt, puis avec un clignement d'œil :

— Moi, j'aime les moutons. Et j'aime mes chiens. Ils sont tous mes amis. On s'entend bien ensemble. Mais il faut ouvrir l'œil. Voyez !

Et, d'un grand geste de sa canne, il désigne à l'un de ses chiens deux bêtes qui se sont écartées du troupeau.

— Que Dieu vous protège, madame. Et le diable aussi, à l'occasion !

Aubry et Édith poursuivent leur promenade.

— Il ne m'a jamais adressé de telles paroles, le Baron, dit Aubry. Tu as dû l'inspirer !

— Il vit seul ?

— Oui, dans les ruines du château fort, mais on raconte qu'il y reçoit des visites.

— C'est qu'il a de l'allure et du bagout !

Aubry, en un éclair, songe à Martha. Un quart

d'heure plus tard, il y songe encore lorsqu'il croise le gardien des sémaphores qui se dirige vers l'intérieur.

Après le promontoire, c'est au tour de Kilcrohane de recevoir la visite d'Édith à laquelle Aubry, dans ses lettres, a dépeint l'ambiance de l'épicerie et la personne des épiciers.

Mrs Murphy, comme à l'accoutumée, demeure très réservée, ne pose aucune question tout en servant Édith. Mr Murphy, lui, ne se gêne pas pour s'informer de manière directe et indirecte :

— Alors vous venez de Londres ?... Et vous resterez combien de jours ?... C'est beau, n'est-ce pas, Mount Auburn ?... Pour Mr Clark qui cherche la tranquillité, il n'y a pas mieux. On ne peut pas dire qu'il soit gêné par ses voisins.

Aubry met un terme à ce monologue qui pourrait devenir dangereux, car si Mr Murphy cherche à savoir, il peut aussi, sans malice, faire savoir et provoquer des questions.

Les jours suivants, Aubry promène Édith à travers les péninsules voisines. Ils montent jusqu'à la rivière Shannon, parcourent l'anneau de Kerry et, sans l'avoir prévu, passent une nuit dans un petit hôtel à Glenbeigh, avant de rentrer à Kilcrohane. Édith demande à Aubry ce qu'il adviendra des chiens et des chats. Il lui répond très simplement que les animaux savent quand leur maître part pour de bon et que les siens ne seront pas inquiets parce qu'ils ne se sentiront pas abandonnés.

— Je leur ai laissé ce qu'il faut. Ils garderont la maison, ils fêteront notre retour et ils mangeront de meilleur appétit.

Aubry, qui ne peut supporter la vue d'un animal perdu, ne fait pas de sensiblerie avec les bêtes.

— C'est un pacte entre elles et moi. Elles ont confiance.

Cette fois-ci, il songe à Ellynn.

L'hôtel de Glenbeigh, comme beaucoup d'autres, possède un pub à côté de son restaurant. Tout le monde se retrouve, après le dîner, dans la salle où la soirée se passe à boire et à chanter. Les vitres qui encadrent la porte, comme la porte elle-même vitrée, n'ont pas de rideaux et l'on peut voir de la rue la grande pièce où les consommateurs s'exhibent sur des banquettes. Eh oui, s'exhibent. C'est bien ce que doit penser l'âne, venu on ne sait d'où, qui colle sa tête à la vitre sans rideau pour regarder le spectacle. Image de la curiosité pensive. On voit ses grands yeux brillants, la forme allongée de sa tête, ses oreilles qui bougent et ses naseaux qui font un peu de buée. Attiré par la musique et les lumières, il contemple les hommes exposés à la devanture. S'amuse-t-il à détailler les personnes afin de savoir qui pourrait être le moins mauvais maître ? Soudain, la porte s'ouvre pour laisser sortir un client vacillant. On le voit tituber sur le trottoir, s'accrocher aux murs et à l'âne. Puis on entend le trottinement régulier des sabots de l'âne, dérangé par l'homme, qui poursuit sa tournée nocturne.

— Si le Baron était là, dit Aubry, il nous gratifierait d'une formule comme celle-ci : il vaut mieux être un âne qui trotte droit qu'un homme qui marche de travers.

— La formule pourrait être de toi : sais-tu que tu as bien des points communs avec le berger ?

— Tu me l'apprends, répond Aubry, plus étonné que flatté.

Puis il réfléchit à ce que vient de dire Édith. Et c'est vrai, il y a chez lui, comme chez le Baron, le même goût pour la solitude, la liberté, la nature, les animaux et une même façon de se mettre à l'écart tout en restant sociable, un même intérêt pour l'autre quand il passe. Et quand l'autre est une femme...

Au bout d'une semaine, il semble qu'Édith ait trouvé le moyen de concilier l'indépendance d'Aubry et sa nature active. Pendant qu'il travaille à l'étage, elle s'installe dans la chambre d'amis pour rédiger les textes destinés à la revue d'art à laquelle elle collabore. Elle ne s'occupe du ménage et de la cuisine qu'en présence d'Aubry, lui laissant toutes les initiatives pour les menus. Elle a voulu prendre soin des fleurs, mais elle n'y a pas été encouragée. Elle lui a proposé d'aller cueillir des bruyères blanches pour changer celles qui, dans le vase, commençaient à se défraîchir. Il en a paru agacé :

— On dirait que tu ne sais pas que les bruyères sèchent sans se faner et qu'on les garde des mois. Et puis, le seul endroit où elles poussent est difficile d'accès, et très dangereux.

Elle n'a pas insisté.

Un soir, il l'a menée chez Pat et Lilian qui l'ont accueillie avec beaucoup de cordialité. Ils lui ont posé des questions sur Londres et sur son métier. La jeune femme a demandé à Édith si elle se plaisait à Mount Auburn et Édith a répondu :

— Comment pourrait-on ne pas s'y plaire ? Il y a la vue, la maison... et le maître de maison !

— Eh bien, nous espérons que vous y reviendrez. Nous vous emmènerons pendant qu'Aubry travaillera.

— Vous aimez pêcher, au moins ! dit Pat.

— J'aime faire du bateau, et j'aime manger les poissons.

— On vous apprendra des recettes irlandaises.

— Quel beau programme !

Cette façon de disposer de l'avenir d'Édith à Mount Auburn sans l'y associer n'est pas tellement du goût d'Aubry. Édith le perçoit. Aussi précise-t-elle aussitôt :

— Je serai toujours heureuse de revenir ici. Mais je ne sais pas si mon travail me le permettra souvent.

Elle est allée si loin dans la réserve qu'Aubry est obligé de compenser :

— Bien sûr, Édith reviendra. Et vous pourrez organiser avec elle de belles parties de pêche.

La conversation, ensuite, concerne le village de Kilcrohane et ses habitants. Aubry tient à faire savoir à Pat et à Lilian qu'ils sont les seuls amis auxquels il a présenté Édith, si l'on excepte Mr et Mrs Murphy, pour les raisons de l'approvisionnement, et le Baron, par le hasard d'une rencontre.

— Quand Aubry a pris là-haut la succession de mon vieil oncle qui ne voulait voir personne, dit Pat, je ne pensais pas qu'un Londonien pourrait si bien s'adapter à cet endroit. Il faut vraiment aimer vivre seul. La plus proche maison est au moins à un mille de Mount Auburn.

— C'est la maison qu'on voit au bord du lac ? demande Édith.

— Oui, la maison de la veuve, répond Lilian.

Aubry oriente aussitôt les propos vers un autre sujet.

Le lendemain, tandis qu'il travaille, Édith veut profiter d'une belle éclaircie et, tout naturellement, elle emprunte le chemin qu'elle n'a encore jamais pris, celui qui va directement au lac.

Les chiens l'ont suivie. Elle approche de la maison de Martha. Les trois enfants sont dehors. Moby et Dick courent vers eux. Les enfants les accueillent avec des cris de joie. Et les jeux commencent. Édith arrive devant la maison, sourit aux enfants.

— Moby et Dick vous aiment bien !

— Nous aussi, dit Ellynn qui regarde très attentivement Édith.

— Vous vivez ici avec votre papa et votre maman ?

— On n'a qu'une maman.

— Elle n'est pas là ?

— Non, elle est allée à la pêche.

— Qu'est-ce qu'elle pêche ?

— Des moules.

— Pour vous ?

— Non. Mais on en mange aussi.

Soudain Ellynn, se rapprochant d'Édith :

— C'est vous la vieille amie d'Aubry ?

— Quoi, qu'est-ce que tu dis ?

— Moi, je sais votre nom, vous vous appelez Édith.

— Comment le sais-tu ?

— C'est Aubry qui me l'a dit.

— Tu le vois souvent, Aubry ?

Ellynn ne répond pas. Elle saisit son frère et sa

sœur par la main et rentre avec eux, en courant, dans la maison.

Édith reprend le chemin de Mount Auburn. Après le déjeuner, elle dit à Aubry, comme une banalité :

— Ce matin, je suis allée me promener jusqu'à la maison de celle que Pat a appelée la veuve. Le paysage est bien joli par là.

— Oui, dit simplement Aubry.

— J'ai fait la connaissance des trois enfants de cette femme. Ils sont très mignons. L'aînée sait comment je m'appelle, et qui je suis : « La vieille amie d'Aubry », m'a-t-elle dit.

Elle se met à rire.

Aubry, désarçonné :

— Oui, j'avais annoncé ton arrivée.

— C'est la veuve qui te procure tes moules ?

— Oui.

— Elle vit seule ?

Saisissant l'occasion d'une diversion, Aubry raconte abondamment l'histoire de Martha : son union avec un Danois qui l'a abandonnée enceinte, puis son mariage avec un Irlandais disparu en mer dont elle a eu deux enfants, les plus jeunes. L'aînée est la fille du Danois. Édith l'écoute sans broncher, apparemment très intéressée. Quand il a fini, elle demande sur le ton le plus neutre :

— C'est avec la mère ou la fille que tu joues à la dînette ?

— Je ne comprends pas.

— En rangeant le placard de la vaisselle, j'ai trouvé une batterie de cuisine miniature.

— C'est un cadeau que je voulais faire à Ellynn.

— Que tu lui as fait... car les casseroles ont déjà servi.

Édith regarde Aubry qui se tait.

— Tu as raison d'être gentil avec ces enfants. Ils n'ont pas l'air d'être gâtés.

Aubry demeure muet. Édith poursuit, impitoyable et douce :

— J'ai grande envie de manger des moules. Irons-nous en acheter à la veuve ?

Aubry, comme si la demande était toute naturelle :

— Bien sûr, quand tu voudras.

— Elle était à la pêche ce matin, m'ont dit ses enfants. Nous pourrons passer chez elle en fin de journée.

— Excellente idée, j'en profiterai pour te montrer l'endroit où les oiseaux font leurs nids.

Aubry a pris son parti. Il jouera l'impassibilité. Et, ce soir, advienne que pourra.

À l'heure où le soleil déclinant pose sa cocarde rouge sur le « chapeau de Napoléon », de l'autre côté de la baie de Bantry, Aubry en compagnie d'Édith atteint les berges du lac. Il avance avec précaution vers l'extrémité la plus éloignée du chemin où foisonnent les roseaux. C'est dans ces parages que viennent abriter leurs nids plusieurs espèces d'oiseaux des rivages marins dont l'une, protégée, n'a pas fini d'étonner les observateurs : celle des butors.

Aubry s'arrête derrière un buisson d'aulnes et pointe le doigt vers un groupe très dru de roseaux parmi lesquels on discerne un plateau de tiges sèches cassées, qui s'est calé entre les tiges verticales, vivantes, au ras de l'eau. Il porte une petite masse informe. À mieux regarder, on s'aperçoit qu'elle est faite de plumes : la mère butor couveuse, aplatie, la tête cachée dans son poitrail, essaie de passer inaperçue. Puis Aubry désigne le bord du lac : un autre butor est là, le mâle qui a pris conscience de leur présence. Au lieu de s'envoler, l'échassier s'immobilise. Il dresse tout son corps et tend le cou, le bec vers le ciel jusqu'à se rendre tout à fait vertical. Avec son plumage marron, strié de lignes plus foncées, il ressemble à un morceau de bois planté dans le sol. Aubry et Édith se retirent aussi silencieusement qu'ils le peuvent. Revenus sur le sentier, ils continuent à se taire. Ils sont environnés — ils le sentent — d'oiseaux apeurés pour le sort de leurs couvées. Ils voient s'envoler une foulque noire et un colvert qui tracent de grands cercles au-dessus du lac en attendant que le danger soit écarté. Le souffle guttural du mâle butor retentit alors comme s'il voulait rassurer sa femelle.

Aubry guide maintenant Édith vers un autre nid.

*

Il frappe à la porte de la maison de Martha. Celle-ci, le voyant escorté d'Édith, reste interdite. Aubry prend aussitôt la parole.

— Bonsoir. Excusez-moi de vous déranger. Je suis venu pour savoir si vous aviez des moules.

— Oui, j'en ai.

Elle ne leur dit pas d'entrer. Aubry lui tend le sac qu'il a apporté. Martha le prend et se dirige d'un pas vif vers l'appentis qui lui sert de réserve. On n'entend aucun bruit dans la maison. Les petits sont sans doute couchés. Aubry, tourné vers le paysage, explique sa configuration à Édith dont l'intérêt doit être ailleurs. Martha revient avec le sac de moules. Édith la regarde comme on sait le faire sans le révéler. Et Aubry, sans en avoir l'air, observe Édith que Martha jusqu'à présent a ignorée.

— Voilà, dit Martha en donnant le sac à Aubry.

— Vous mettrez ça sur mon compte.

— Bien sûr.

— Comment vont les enfants ?

— Très bien (un temps d'arrêt). Et vous ?

— Très bien aussi.

Là encore un petit silence.

Puis :

— J'ai vanté vos moules à Miss Borough. C'est pourquoi nous sommes venus ce soir.

Édith incline la tête en souriant aimablement à Martha.

Aubry va-t-il engager une conversation ? Martha ne s'y prête guère. Elle s'est contentée de répondre au salut d'Édith par un vague sourire.

— Eh bien, au revoir, Martha, dit Aubry. Embrassez les enfants pour moi.

— Je le ferai. Bon retour.

Martha rentre aussitôt dans sa maison et se met derrière sa fenêtre pour regarder partir Aubry et Édith. Elle aimerait sans doute savoir ce qu'ils se disent. C'est Édith qui rompt le silence la première :

— Elle n'est pas bavarde, ta voisine !

— En effet, l'habitude de vivre seule.

— Nous l'avons peut-être dérangée.

— Je ne pense pas. Elle est toujours comme ça.

La nuit est presque tombée lorsqu'ils sont de retour à Mount Auburn. Le phare est déjà en marche. Les chiens qu'Aubry avait enfermés pour pouvoir atteindre le territoire des nids aboient très fort. Il les libère. Ils manifestent un contentement exubérant. Édith, comme si elle avait plaisir à retrouver cette spontanéité, les caresse, leur parle, reste avec eux à l'extérieur de la maison tandis qu'Aubry allume la lampe et ranime le feu, un Aubry peu enclin dans l'instant aux grandes démonstrations affectives.

Il réentend la phrase d'Édith : « Nous l'avons peut-être dérangée. » Qu'a-t-elle voulu signifier exactement ? Pensait-elle que Martha n'était pas seule chez elle ? Et pourquoi le lui avoir dit ? Décidément, les femmes les plus délicates peuvent cesser de l'être. Et il y a des jours où les femmes peu bavardes sont quand même trop silencieuses.

— On mangera les moules demain, dit Édith, qui rentre accompagnée des chiens. Je connais une recette avec de la crème et du whisky, je ne sais pas trop si elle est irlandaise, mais elle pourrait l'être.

Après un dîner rapide où l'on parle de cuisine locale, Aubry propose à Édith d'écouter de la musique. Elle accepte avec joie. Ils ont l'un et l'autre une prédilection pour le Mozart intime qui atteint le plus pur lyrisme par les accents de la simplicité inspirée. Concerti et sonates les portent au même recueillement. Édith savoure ce temps de haute rencontre. Pour en connaître d'autres, de cette qualité, elle prolongerait volontiers son séjour à Mount Auburn. Mais si elle savait qu'Aubry a voulu écouter de la musique précisément pour n'avoir pas à parler, pour se retrouver seul avec lui-même, elle partirait demain.

Elle ne saura rien, elle ne devinera rien parce qu'elle ne cherchera pas avec Aubry, cette nuit-là, d'autre étreinte que celle qu'elle a imaginée si parfaite, dans la musique.

Les cinq derniers jours d'Édith à Mount Auburn se passent sur place. Elle a désiré connaître les criques de la baie et, comme une enfant, elle a collectionné des petits galets qui ressemblent à des dragées, les uns roses, les autres blancs. Quand ils sont mouillés, on les croirait vernis. Elle les mettra dans un bocal à Londres. Elle a également récolté des plumes d'oiseaux de différentes couleurs. Comme elle aime connaître le nom des choses qu'elle possède, elle interroge Aubry dont la science ornithologique est limitée, mais qui la conduit auprès de Pat en train de travailler dans un de ses champs. Pat est chasseur, fils de chasseur, et lui fournit toutes les indications qu'elle désire. Cette grande plume verte provient de la queue d'un tadorne. Cette autre plume verte, beaucoup plus modeste, du cou d'un canard. L'orangée, toute petite, a été perdue par un grèbe dont elle ornait la tête. Quant à la jaune minuscule, elle n'est pas d'un oiseau de mer mais d'un passereau, le bruant, qui niche dans les landes. Édith note les noms. Elle placera ces plumes entre les pages de ses dictionnaires.

Elle photographie la maison, le panorama, les animaux, les fleurs, et demande à Aubry de poser. Il n'aime pas beaucoup cela mais s'y prête volontiers.

— Chacun son tour, dit-il, en s'emparant de l'appareil.

— Oh, moi toute seule, quel intérêt ? Ce que je voudrais, c'est que nous soyons ensemble. Si nous demandions à la femme de Pat, crois-tu qu'elle accepterait de nous photographier ?

Lilian, pressentie, vient de très bonne grâce à

Mount Auburn pour prendre une série de clichés sur les indications d'Édith, qui se place aux côtés d'Aubry devant la maison, puis devant le paysage. Aubry participe avec gentillesse. Édith, sur plusieurs photos, le tient par le bras. Lors d'une des dernières poses, c'est lui qui passe son bras autour de la taille d'Édith. On pourrait penser qu'il s'associe pleinement de la sorte à tout ce qu'elle désire, et même qu'il le désire autant qu'elle. Il se juge très patient, très bien intentionné. Et il est touché du besoin qu'éprouve Édith d'emporter avec elle toutes ces images de son séjour à Mount Auburn. Soudain, il pense qu'il n'a pas encore pris une seule photo d'Ellynn. Et pourtant les enfants ne cessent pas de nous quitter en grandissant. Il faut savoir les suivre.

Édith, pendant ses derniers jours à Mount Auburn, a décidé de s'offrir de longues promenades solitaires sur les itinéraires de son choix, pour contempler les paysages à sa guise, pour s'arrêter quand elle en a envie, pour repartir quand elle le désire et pour s'entendre parler à elle-même. Les chiens spontanément lui font escorte. Ils accompagnent sa solitude sans la troubler et lui donnent la possibilité de s'en extraire. Elle s'est éprise du pays, elle ignore quand elle y reviendra, elle veut donc garder de ses traits ce qu'ils ont de plus signifiant pour elle, et elle seule. Les photos iront dans un album, les sensations resteront en elle. Il n'est pas sûr que les secondes ne seront pas les plus réelles.

Aubry s'étonne un peu de ces escapades. Il semble découvrir une sensibilité plus complexe que celle dont il avait l'habitude. On dirait que l'affirmation de son autonomie ici a provoqué chez Édith, comme en écho, le besoin de se montrer indépendante, et de le faire immédiatement, dans le cadre même où elle a compris qu'il était heureux sans elle.

De son côté, Édith ne sait comment qualifier le mouvement qu'elle n'a pas dominé. Était-ce seulement de l'humeur ? Non, beaucoup plus que cela : un mouvement de colère, né de sa tendresse endolorie, lorsqu'elle avait compris qu'Aubry lui dissimulait un pan de sa vie à Mount Auburn. Elle avait été subitement prise de jalousie vis-à-vis de cette Martha dont elle découvrait l'existence. Quel curieux assemblage amoureux, une telle femme avec Aubry ! Mais pourquoi parler d'amour ? Il ne devait s'agir que d'échanges physiques. Et ce ne serait pas la première fois qu'Aubry aurait saisi l'occasion d'une aventure passagère. Mais pouvait-il ne s'agir que d'une passade alors qu'il venait d'acheter une maison à Mount Auburn ? Aurait-il soudain renoncé à tout accompagnement féminin ? Peu probable. Alors, était-ce cette femme dans la marge, sans culture, qui allait le satisfaire ? Ce serait vraiment triste. Mais le serait-ce moins pour elle, Édith, si elle avait appris qu'Aubry entretenait des relations intimes avec une intellectuelle de qualité ? À dire vrai, elle n'avait aucune certitude sur la nature des relations entre Aubry et Martha. Mais ces relations existaient, elle n'en pouvait douter, et il avait voulu les lui cacher. Depuis le soir où, emportée par le désir de savoir, elle avait imposé à Aubry d'aller chercher des moules chez Martha, elle avait fait à Mount Auburn une autre découverte : celle de tout un attirail de jardinage pour enfant derrière des bottes de foin, dans la grange où couchaient les chiens. Elle était tombée sur ces affaires par hasard, alors qu'elle voulait prendre une botte pour s'en servir comme d'un siège devant la maison. Elle avait remis les choses en place et s'était bien gardée, cette fois-ci, de faire allusion à sa trouvaille. Mais elle n'en était pas moins demeurée perplexe. Elle avait là une nouvelle preuve que les enfants de Martha fréquentaient les lieux, y avaient même leurs habitudes. Sans doute Martha avait-elle voulu éviter qu'ils n'eussent pour Aubry des élans affectueux qui auraient pu provoquer des questions de sa « vieille amie ». Et c'est pourquoi, contrairement à tous les usages de courtoisie du pays, elle l'avait laissée avec Aubry à la porte de sa maison lors de leur visite inopinée. Ou bien s'était-elle sentie offensée par ce qu'elle pouvait considérer comme une provocation de la part d'Aubry ? À moins qu'elle n'eût voulu jouer l'indifférence pour ne pas éveiller les soupçons ? Mais n'était-ce pas elle, Édith, qui se laissait entraîner par son imagination en interprétant des petits signes comme des faits irréfutables ?

Au cours de ses dernières promenades, elle ne cesse de ruminer les raisons de ses craintes, celles de ses apaisements et le pourquoi de tout ce qui l'a enchantée ou endolorie. Elle voudrait partir dans la sérénité, n'emporter avec elle de ses heures irlandaises que leurs moments charmeurs. Mais le charme a-t-il été plus fort que le malaise ? N'est-ce pas au contraire l'ombre qui a dominé la clarté ? Voilà la question essentielle. Elle ne peut y répondre que par la générosité. Au fond, c'est le bonheur indépendant d'Aubry qui l'a atteinte, sa façon de se passer d'elle. Et ce bonheur n'est pas que de solitude, il l'est aussi de découverte, donc de relation avec les lieux et les êtres découverts. Il faut qu'elle en ait conscience, et qu'elle l'accepte. Ici, même s'il lui est reconnaissant de ce qu'elle continue à être pour lui, elle ne lui apporte plus que la mémoire d'une vie qu'il a voulu quitter. Sans rien ajouter à son nouvel équilibre, la voici qui s'interpose entre lui et tout ce qu'il a plaisir à vivre autrement.

Elle s'en ira, renonçant aux explications parce qu'elles ne servent qu'à gâcher ou à perdre ce qui existe encore. Il ne manquera pas de lui savoir gré de sa réserve, comme elle lui sait gré de la sienne. Car elle veut, elle aussi, préserver sa liberté. Et sans doute la façon de se comporter d'Aubry, toujours présent, mais jamais questionneur, l'a-t-elle attachée à lui. Un homme plus exclusif l'aurait sûrement rebutée.

Elle trouve en partant les raisons de se rasséréner. Le paradoxe est là : quand elle sera rentrée à Londres, elle redeviendra plus proche d'Aubry qu'à Mount Auburn, puisqu'elle y sera sa seule partenaire. De cela elle ne peut douter. Quant à l'Irlande, elle en rapportera des souvenirs aigus et doux, elle en aura la nostalgie. Désormais, le visage aimé (naguère elle aurait dit l'être aimé) se fondra parmi tous les verts et les bleus d'une terre océane, parmi tous les bleus et les gris d'un ciel mouvant pour composer un paysage dont, exilée, elle pourra se sentir solidaire.

Aubry, de son côté, avait pensé qu'Édith, après son éclat, lui poserait des questions, voudrait élucider ce qui avait provoqué ses soupçons. Très étonné de l'accalmie, aussi prompte que la tempête, il était resté fidèle à sa ligne de conduite : faire comme si rien n'avait été changé entre eux. Et il avait donné à Édith des marques d'attachement physique plus grandes sans doute qu'elles ne l'auraient été s'il avait obéi à la spontanéité de ses élans. Le tempérament réservé et pudique d'Édith facilitait les bonnes intentions de désir d'Aubry. En effet, elle ne prenait jamais d'initiatives, ce qui, chez certains hommes, préserve à la fois leur indépendance et l'instinct, jamais mort, du mâle qui décide et conquiert. Ainsi sont évités les dangers de l'habitude, du moins pour eux. Édith, en ce domaine, a toujours satisfait Aubry. Elle a une façon d'exprimer qu'elle serait prête à se donner, qui n'impose rien, et elle sait se donner pleinement mais avec distinction, cette distinction qu'elle met dans tout ce qu'elle fait, dans tout ce qu'elle pense, s'il en excepte la réaction vis-à-vis de Martha qui a révélé l'impulsivité d'une émotion plus qu'une volonté de le confondre, et peut-être un vieux fond de jalousie que les circonstances avaient remué et projeté à la surface d'une sensibilité d'habitude très maîtrisée. Elle a été rassurée de retrouver l'ardeur d'Aubry. S'il ne lui en avait pas donné la preuve, elle aurait été atteinte dans ses sentiments, non dans son corps. La sagesse de ce corps, docile aux désirs du partenaire choisi, docile aussi à l'abstention, parce que soumis sans contrainte à la fidélité du cœur, cet équilibre, ce contrôle qui tiennent à la nature d'un être beaucoup plus qu'à ses efforts, Aubry les a toujours appréciés. Ce sont des qualités comme celles-là qui lui ont permis par leur constance, jamais créatrice de lassitude, de se sentir constant lui-même, sinon dans ses pulsions amoureuses, du moins dans sa vie. Est-ce cynisme de le reconnaître ? Non, c'est loyauté, pense-t-il. Mais jusqu'où va-t-elle cette loyauté, jusqu'où peut-elle aller ? Comment la respecte-t-il en ce moment à Mount Auburn ? Il se rassure en se disant qu'Édith a choisi librement de lui rester proche dans la séparation et d'y conserver en définitive la première place. Il n'aurait pas été capable de fuir Londres, à trente ans. À cinquante, il n'avait pu s'en empêcher. Édith, plus jeune, n'aurait pas accepté cette situation. Elle ne le lui a pas dit, mais il en est sûr. Ce qu'il ignore, c'est qu'à sa pensée « L'âge entraîne des renoncements inconscients qui permettent de nouvelles passions », ferait écho celle d'Édith : « L'âge nous vaut des patiences qui sont le contraire du renoncement. »

Par les voies différentes de l'explication solitaire, ils ont justifié l'accord avec soi et avec l'autre, non sans avoir mis tous les deux — chacun à sa manière — une volonté de comprendre et d'admettre l'évolution des sentiments qu'ils donnent et qu'ils reçoivent.

Rassurés, ils le sont, mais peuvent-ils l'être sans une certaine mélancolie ? Aussi la soirée qui précède le départ d'Édith est-elle faite de ce qu'on pourrait appeler la chaleur sincère d'une entente un peu trop réfléchie. Le coin du feu éclaire des sourires vrais, mais trop méditatifs pour être gais. Ils n'ont aucune envie d'entendre de la musique. Ils ne parlent pas de la prochaine exposition d'Aubry à Londres. Ils sont au vif d'un présent dont ils savent qu'il est à son terme, et qu'ils ont à lui donner une valeur de souvenir apaisant, mais surtout sans chercher à l'analyser ensemble. Ils ne disent que des banalités qui accompagnent les gestes de la vie ménagère, les mots qui rassurent sur l'avenir parce qu'ils s'appliquent à l'immédiat. Et, sans prolonger la veillée, ils gagnent leur chambre. Par la fenêtre, les lueurs du phare y pénètrent. Aubry n'a pas voulu de rideau afin de s'endormir et de se réveiller avec le paysage. Édith, allongée contre Aubry, murmure :

— Quand je penserai à Mount Auburn, j'aurai dans les yeux ces lumières.

— Et moi, c'est dans ces lumières que je réentendrai ta voix.

Ce n'est de la part d'Aubry ni courtoisie facile ni politesse de dernière heure. Il est sincère : touché par la phrase d'Édith qui l'a prononcée très simplement, comme une évidence, mais aussi comme une confidence de sa plus intime sensibilité. Chaque effleurement du phare sur le mur pourrait dire à Édith que Mount Auburn évoquera d'abord pour elle la nuit visitée par une lumière. Et Aubry pourrait songer que la voix d'Édith n'éveillera pas d'emblée pour lui le souvenir du soleil. Mais les esprits font relâche. Les deux corps silencieux se comprennent, s'épousent sans le besoin de s'attiser. Avant de s'endormir dans la tiédeur d'Édith déjà assoupie, Aubry reçoit de l'instant comblé l'apaisante sensation de la durée.

Le lendemain matin, tandis qu'il charge les bagages, Édith jette un dernier regard sur la salle, sur les deux fauteuils au coin du feu, sur la blancheur du bouquet qui veille aux flancs de la paroi obscure. Par l'encadrement des fenêtres ouvertes, la mer semble pénétrer dans la pièce pour lui donner autant que le ciel ses couleurs et son souffle. Les chiens savent qu'un départ se prépare. Ils vont et viennent, inquiets, et manifestent leur attention à Édith. Elle les presse contre ses jambes, leur dit des mots affectueux. Les chats assis sur le pas de la porte prennent part, eux aussi, à l'événement. Édith ne les oublie pas dans ses adieux. Elle donne à chacun une caresse qui incite l'un à s'étirer en ronronnant et l'autre à simplement ouvrir plus grands ses yeux vers le visage qui lui sourit.

Quand la voiture démarre, chiens et chats s'immobilisent. Ils la regardent partir, comme aux aguets. Édith aurait envie d'agiter son bras par la portière. Une pudeur la retient. Elle dit à Aubry : « Ils étaient devenus des amis », et ne se retourne plus.

La route jusqu'à Cork paraît très longue à Aubry qui essaie de s'intéresser aux activités londoniennes d'Édith. Pour elle, qui n'a pas envie de parler, le trajet semble beaucoup trop court. Tandis que les paysages défilent, elle s'efforce de les retrouver, comme elle les a vus, dans l'autre sens, lors de son arrivée, peut-être afin de revivre, à travers les réalités du retour, les illusions de l'aller. À l'aéroport, elle se revoit accueillie par Aubry le jour de son arrivée. Aubry, lui, vit au présent. Ils s'embrassent et se séparent, émus l'un et l'autre, mais chacun dans son temps.

« Vol Aerlingus 67 à destination de Londres, porte n° 3, embarquement immédiat. » Sous l'apparence d'une information, l'ordre est absolu. On ne saurait s'y soustraire. On a choisi sa destination. On a signé un marché. On est possesseur d'un billet. Il faut se présenter à la porte n° 3, sous peine d'être un déserteur de soi-même. Et la file s'est formée, de tous ces passagers qui se sont soumis activement au contrôle de leurs billets, aux vérifications de leur identité, à la fouille de leurs bagages. Parmi eux, Édith se retourne plusieurs fois en direction d'Aubry pour lui adresser un sourire. Puis elle fait un geste de la main au-dessus de tous les autres visages, et elle disparaît dans la troupe en marche. Aubry lui répond en brandissant sa casquette et il continue, même après l'avoir perdue de vue, au cas où elle aurait encore un regard vers lui. Puis il reprend aussitôt la route de Kilcrohane. Il a hâte de retrouver sa maison, son cadre de vie le plus intime. L'ambiance de l'aéroport, tout paisible qu'il soit, lui a donné le sentiment d'être un étranger, non pas au pays, mais à ce monde en partance, en voyage.

Aubry est rentré à Mount Auburn un peu avant le crépuscule. Moby et Dick, selon leur habitude, dès qu'ils ont entendu le ronflement de la voiture se sont précipités sur le chemin et ont manifesté leur joie. Les chats, eux, ne sont pas visibles, mais dans quelques minutes, ils apparaîtront et, d'une manière ou d'une autre, attireront l'attention de leur maître. Aubry, à l'occasion de ses absences, songe au destin de ces animaux entièrement soumis au sien. Que se passerait-il s'il ne revenait pas ? Oui, que se passerait-il d'abord dans leur tête, au bout de combien de temps perdraient-ils confiance et renonceraient-ils à l'attendre ?

Ce soir, il prépare leur soupe. Hier, c'était Édith qui s'en chargeait. Et avant Édith, c'était Ellynn. Édith est déjà arrivée à Londres. Elle doit être en train d'effectuer le parcours de Heathrow à son domicile, dans la procession fébrile des voitures et des camions. A-t-elle pris l'autocar ou un taxi ? Il s'aperçoit alors qu'il ne lui a posé aucune question sur sa façon de regagner Londres et qu'il ne s'est pas demandé si quelqu'un viendrait l'attendre. « Elle aura pensé que c'était par discrétion », se dit-il pour se rassurer. Puis il songe à Ellynn, non parce qu'il voudrait savoir ce qu'elle fait à ce moment précis, mais parce qu'il compare l'attente confiante de l'enfant à celle des chiens et des chats.

Demain, il ira la chercher. Elle reprendra aussitôt ses habitudes. Il en est sûr. Mais quelle sera l'attitude de Martha ? Lui en voudra-t-elle de sa visite inattendue à la vendeuse de moules et non à la voisine amie ? Il faudra lui expliquer qu'il n'avait pas la possibilité de refuser à Édith cette démarche. Mais pourquoi le faudra-t-il ? Il n'a aucun compte à rendre à Martha. Oui, mais ses relations avec Martha ne peuvent être disjointes de la présence d'Ellynn chez lui. Oui, mais Martha, en la circonstance, est son obligée. Elle a peur de garder Ellynn avec elle. À moins que, pendant ces quinze jours, la mère et la fille ne se soient réhabituées l'une à l'autre. Eh bien, ce serait le plus simple et le plus souhaitable. Tout rentrerait dans l'ordre, il aurait la satisfaction d'y avoir contribué d'une manière décisive. Et il pourrait demander à Édith de venir passer l'été à Mount Auburn. C'est pourtant le bonsoir d'Ellynn qu'il imagine avec nostalgie lorsqu'il referme la porte de la chambre où le parfum d'Édith est encore perceptible.

*

Le lendemain, très tôt, Aubry se rend chez Martha. C'est l'heure où, les enfants encore couchés, elle a l'habitude de vaquer à son ménage. Il frappe à la porte. La réponse est longue à venir. Puis Martha demande :

— Qui est là ?

— Aubry.

— Que voulez-vous ?

— J'ai à vous parler. Je suis seul.

Il entend la manœuvre du verrou. La porte s'ouvre. Martha est en peignoir.

— Excusez-moi, j'étais en train de faire ma toilette.

— C'est à moi de m'excuser. Je reviendrai plus tard.

— Non, non, entrez.

Elle serre autour d'elle la ceinture de son peignoir. Elle a les jambes et les bras nus. Ses cheveux un peu ébouriffés la rajeunissent. Elle l'invite à s'asseoir près du feu et s'assied de l'autre côté de la cheminée.

— Alors, qu'avez-vous à me dire ?

— Que je peux reprendre Ellynn chez moi.

— Parce que vous êtes de nouveau célibataire ?

— Oui.

— Je croyais que vous étiez venu me redemander des moules.

Aubry, atteint par l'ironie mordante :

— Je vous expliquerai comment je n'ai pas pu éviter de faire cette visite.

— Je n'ai pas besoin de savoir.

— Mais moi, j'ai besoin de vous le dire. On voulait vous connaître.

— Vous aviez donc parlé de moi ?

— Non, mais d'autres avaient parlé.

— Et qu'est-ce qu'on vous a dit ensuite ?

— Rien. Ah si, on m'a dit : « Les moules de ta voisine sont excellentes. »

Aubry a prononcé cette phrase avec le plus grand sérieux, Martha ne peut s'empêcher de sourire. Elle se lève, place un guéridon entre les deux fauteuils, y pose une théière et deux tasses. Craignant qu'Ellynn ne se soit réveillée et n'entende leur conversation, elle dit simplement :

— Je vais préparer les affaires de la petite. Elle comptait les jours. Elle avait remarqué que la quinzaine était dépassée.

Et, brusquement :

— On se plaisait donc à Mount Auburn ?

— Oui, je crois.

Un silence.

— Qui a parlé de moi devant votre amie ?

— Pourquoi voulez-vous le savoir ?

Martha ne répond pas tout de suite. Puis, avec la même brusquerie :

— Vous avez raison. Ce n'est pas intéressant.

Et elle change de sujet de conversation. Elle ne fera plus la moindre allusion au séjour d'Édith. Aubry lui en saura gré. Elle le questionne sur sa peinture : « A-t-il bien travaillé ? » Il lui dit les sujets de ses nouveaux tableaux, puis il s'intéresse lui-même à ses occupations. Qu'a-t-elle planté ? Elle répond avec plaisir. Silencieux, il boit son thé à petites gorgées. Martha, en croisant les jambes, a découvert ses genoux. Son décolleté dégage le haut sillon de sa poitrine. Aubry croit deviner que sous son peignoir elle est nue, et il pense de nouveau au modèle possible. Cherche-t-elle à le troubler ? Quelques instants plus tard, elle s'enveloppe dans un plaid en disant qu'elle a froid, il ne peut donc faire de son attitude que l'expression d'un naturel sans plus de pudibonderie que de provocation. Il en serait presque un peu déçu. Mais il en redevient très vite satisfait, car la simplicité de ses rapports avec

Martha est nécessaire. Il se lève pour partir. Elle l'accompagne dehors. Et là, elle lui dit :

— Ça ne s'est pas mal passé avec Ellynn, parce qu'elle savait qu'elle n'était revenue ici que pour peu de temps.

— Vous avez sans doute été plus patiente vous-même parce que vous aviez comme elle cette certitude.

— C'est possible.

Elle se tait, la tête baissée, puis, d'une voix étouffée :

— Est-ce que nous pourrons un jour revivre ensemble, Ellynn et moi ?

— Mais oui, c'est certain. Il suffit qu'elle sente que vous l'aimez autant que vos deux autres enfants.

La phrase a jailli sans qu'il l'ait préparée. Il fallait qu'elle fût prononcée comme une évidence pour que Martha eût conscience de la clairvoyance du témoin.

— Vous êtes dur avec moi, Aubry !

— Non, je veux vous aider. Et vous devez voir la réalité. D'ailleurs, vous ne vous la cachez pas, vous pensez seulement à la cacher aux yeux des autres. Eh bien, les autres ne s'y trompent pas.

Martha serre le plaid autour d'elle et, se redressant, véhémente :

— Ah, il faudra donc que, toute ma vie, il me poursuive celui-là ! Car il ne m'aimait pas, lui. Il s'est moqué de moi, et moi je l'aimais. Je croyais tout ce qu'il me disait. J'étais si jeune ! J'avais tout quitté pour lui, je m'étais brouillée avec mes parents. Il m'a trompée, abandonnée, il m'a tout pris avant de partir, en me laissant dans le ventre son cadeau. Et quel cadeau ! Elle me rappelle tout ça. Et elle lui ressemble, si vous saviez comme elle lui ressemble !

— Elle vous ressemble aussi, Martha, et elle est la première victime de votre malheur.

— Je sais, je sais, mais je n'y peux rien. C'est plus fort que moi. Ah, Aubry, je ne suis pas méchante, comme vous le croyez !

— Je ne vous crois pas du tout méchante, Martha, simplement vous n'avez pas pu vous débarrasser d'une obsession. Je voudrais vous aider à en guérir.

— Et vous croyez qu'Ellynn changera ?

— J'en suis sûr.

— Non, elle lui ressemblera toujours.

— Alors, il faut que ce soit vous qui vous efforciez de changer.

Aubry sent que tout a été dit de ce qui devait l'être aujourd'hui. Au-delà ce serait le piétinement, l'exaspération peut-être. Il prend la main de Martha et la serre dans les siennes réunies :

— Je viendrai chercher Ellynn cet après-midi.

— Je vous remercie, Aubry.

Elle le regarde bien en face, les yeux humides. Visage de la franchise qui se livre dans son émotion, sans calcul, sans fausse pudeur comme tout à l'heure les jambes et le buste. Le peignoir s'est entrouvert et laisse voir la courbe d'un sein très blanc sous la collerette de peau dorée. Aubry se retourne brusquement et part à grandes enjambées. Martha ne bouge pas. Elle demeure immobile jusqu'à ce qu'il ait disparu.

Après le déjeuner, Aubry voit arriver Ellynn à Mount Auburn. Elle n'a pas eu la patience de l'attendre. Elle tient un petit panier où elle a placé des touffes de violettes. Il va au-devant d'elle. Dès qu'elle l'aperçoit, elle court vers lui et se jette dans ses bras. Il la soulève, elle s'accroche à son cou et presse sa tête contre la sienne. Les chiens sautent autour d'eux en jappant joyeusement. Les violettes se sont répandues. Aubry aide Ellynn à les ramasser.

— C'est pour mon jardin. Est-ce que mes fleurs ont poussé ?

Elle jette un regard sur ses plantations, puis elle entre dans la maison et gagne directement sa chambre dont Aubry a ouvert toute grande la fenêtre. Elle l'inspecte.

— Il est à la dame, ce peigne ?

— Oui, elle a dû l'oublier.

Elle le prend, et le met dans la main d'Aubry :

— J'en veux pas.

Aubry sort les draps pour faire le lit et Ellynn l'aide. Ensuite, elle va chercher pelle, balai, chiffon.

— Ce n'est pas la peine, dit Aubry, on a tout nettoyé.

Elle commence à balayer comme si elle ne l'entendait pas.

— Quand tu auras fini, tu viendras me retrouver pour prendre ton goûter.

— Je pourrai avoir du chocolat ?

— Bien sûr.

Elle saute de joie :

— Oh ! merci, Aubry !

En fin de journée, Martha apporte les affaires d'Ellynn. Elle les dépose dans la chambre et s'apprête à ouvrir les sacs qui les contiennent.

— Je le ferai ! dit Ellynn qui, dès que sa mère est sortie de la pièce, ferme la porte pour rester seule.

Martha, violente, à Aubry :

— Il faut vraiment de la patience !

— Oui, il en faut, répond-il comme une évidence qui s'impose à l'égard de la mère autant que de la fille. Martha est assez fine pour le comprendre. Ils conviennent de ne pas changer l'emploi du temps d'Ellynn : elle passera les après-midi chez sa mère avec son frère et sa sœur, et reviendra dîner et coucher à Mount Auburn. Martha désire poser à Aubry une question qu'elle ne sait trop comment formuler :

— Aubry, vous faites des dépenses pour Ellynn. Alors je voudrais...

Il l'interrompt :

— Je vous en prie, Martha, ne parlons pas de ces choses.

— Eh bien, je vous donnerai tous les légumes dont vous aurez besoin... et des moules, quand vous en aurez envie.

— Oui, à une condition : que vous ne soyez pas trop généreuse. Pensez à vos clients.

Il surprend dans les yeux de Martha, l'espace d'une seconde, une expression de gratitude heureuse qui l'a ému parfois chez Ellynn. Elle saute sur son cheval et adresse à Aubry un salut de la main. Ellynn ne sort de sa chambre que lorsqu'elle entend le bruit des sabots s'éloigner. Il évite de lui faire observer qu'elle n'a pas dit au revoir à sa mère. Il a remarqué que, de son côté, Martha n'a pas cherché à dire au revoir à sa fille.

*

Ellynn, dès son retour à Mount Auburn, a repris toutes ses habitudes. Mais Aubry a décidé de donner à l'emploi du temps de sa pensionnaire une forme, il ne sait trop comment dire, moins improvisée ou plus disciplinée ? Avant de songer à l'envoyer à l'école, il faut essayer de combler le retard qu'elle a pris par rapport aux enfants de son âge sans pour autant la détacher de tout ce qui lui a donné de l'avance, précisément parce qu'elle n'est pas allée à l'école. Comment accueillera-t-elle cette volonté de l'instruire ? Ne va-t-elle pas regimber, peut-être même se révolter ? Si préoccupé de savoir quelles seront les réactions d'Ellynn qu'il l'est assez peu quant à ses capacités d'enseignant. Qu'à cela ne tienne, il se procurera des manuels de pédagogie pour lui, en même temps que des livres d'initiation et d'exercices pour Ellynn. Il existe sûrement, à Cork, une librairie spécialisée. Tout compte fait, il trouvera son profit personnel à cette mission dont le hasard l'a investi. Il ne lui déplaira pas de se donner la preuve qu'il est capable d'adapter son esprit à des exigences neuves. D'ailleurs, l'instruction d'Ellynn ne se bornera pas à des matières purement scolaires. Il s'agira d'ouvrir sa curiosité à d'autres choses que celles qui l'entourent et de stimuler sa sensibilité en s'attachant à la comprendre. Peut-être a-t-elle des dons artistiques, une prédisposition à la musique ou au dessin ? La première nécessité pour Aubry est de se mettre en quête des livres dont il ne saurait se passer, donc de se rendre à Cork. Il n'a pas oublié la promesse qu'il a faite à Ellynn de l'emmener à la ville, si elle était sage pendant le séjour d'Édith. L'aurait-il oublié que, dès le soir de son retour à Mount Auburn, elle le lui aurait remis en mémoire par cette question toute simple qui prouve qu'elle est sûre d'avoir mérité la récompense :

— On va quand à Cork ?

Et, tout naturellement, il lui a répondu :

— Cette semaine.

Puis, commençant à jouer son rôle, il a ajouté :

— Le jour après mercredi. Tu sais quel jour c'est ?

Ellynn, prise au dépourvu, a fait :

— Oui, je sais...
sans dire le jour.

Aubry, persuadé qu'elle l'ignorait, n'a pas eu l'air d'en douter.

— Rappelle-toi, il y a sept jours dans la semaine.

Et il a épelé chaque jour très lentement. Ellynn, les yeux fixés sur la bouche d'Aubry, semblait se pénétrer des sonorités. Lorsqu'il a prononcé le mot jeudi, elle a crié :

— C'est ce jour-là qu'on va à Cork !

— Voilà, tu as trouvé !

Il a eu soin de ne pas dire : « Tu le savais. » Il a enchaîné sur vendredi, samedi et dimanche. Ellynn ne l'a plus suivi.

— Je m'arrête à jeudi, a-t-elle déclaré.

Et d'un seul trait elle a répété les quatre premiers jours de la semaine, puis elle a conclu :

— La prochaine fois, j'apprendrai les autres jours.

Les jours devaient se succéder chez sa mère sans qu'elle eût besoin de les préciser. De tels constats font mieux comprendre à Aubry certaines ignorances d'Ellynn, mais il a le sentiment réconfortant qu'elle sera une élève active, une élève qui, à l'occasion, préférera ses décisions à celles du maître. Il ne s'en inquiète pas. D'instinct, il a compris, mieux que beaucoup d'enseignants, dont c'est pourtant le métier, qu'apprendre ne se fait pas à sens unique : l'un apprend à l'autre, mais l'autre s'apprend. Il profite des bonnes dispositions d'Ellynn et lui demande, sans aucune des précautions qu'il avait préméditées :

— Alors tu seras contente que je t'apprenne beaucoup de choses, que je sois ton premier instituteur ?

— Oh, oui, je serai contente !

Aubry annonce à Martha qu'il a l'intention de se rendre à Cork avec Ellynn. Elle dit simplement :

— Elle doit être très heureuse. Ce sera la première fois. Moi-même je n'y vais presque jamais. Le trajet en bus est si long. Et puis, pour quoi faire ? Je n'ai rien à acheter dans les magasins. Les robes à la mode, la parfumerie, je laisse ça aux dames ! Mes vêtements et ceux des enfants, je les trouve à Bantry. Pour la nourriture, j'ai mon jardin, les poissons et l'épicerie de Kilcrohane. Alors, vous voyez, je n'ai pas de raison d'aller à Cork.

Elle a dit cela sans aigreur, sans ostentation, comme un constat. Aubry discerne un acquiescement résigné à une destinée qui est ce qu'elle est, qu'on ne discute plus, mais accompagné d'un rien de nostalgie, un de ces riens qui laissent entrevoir beaucoup de choses.

— N'auriez-vous pas, quand même, une course à faire dont vous pourriez me charger ?

— Non, je vous remercie. Ce qui me manque aujourd'hui, c'est un balai, et une pelote de laine. Je les trouverai chez Mrs Murphy.

Elle ne demande pas à Aubry pourquoi il va à Cork. Aubry ne tient pas à le lui dire. Il sait qu'Ellynn n'a pas confié à sa mère la promesse qu'il lui a faite. Et il ne veut pas révéler ses achats de livres scolaires.

Le jeudi matin, de bonne heure, Aubry et Ellynn s'apprêtent à partir. Elle a voulu mettre sa robe du dimanche, mais elle n'a pas de chaussures du dimanche. Sur la montagne, on ne peut pas porter des souliers fragiles. Alors, elle a choisi ses sandales de caoutchouc, de préférence à ses bottes qui représentent pour elle la vie quotidienne et le temps pluvieux. Aubry ne lui a pas demandé comment elle s'habillerait. Il faut qu'elle se sente libre, qu'elle décide selon ses raisons et ses goûts. Il n'a veillé qu'à sa protection contre la pluie et le vent car Ellynn doit s'imaginer que la ville est un lieu un peu magique, où l'on est à l'abri de tout. De son propre chef, il met dans l'auto un blouson imperméable. Il découvre alors, sur la banquette arrière, Betty, la poupée, enveloppée de l'inséparable plaid.

Pendant le trajet, Ellynn reste bien droite, la tête haute pour découvrir les paysages en un regard qui ne révèle aucun signe d'assoupissement. Pourtant, elle a peu dormi la nuit précédente, toute tendue déjà vers cette journée. Elle demeure silencieuse. Aubry songe au dernier parcours qu'il a fait dans ce sens. Celle qui l'accompagnait, ce jour-là, se taisait aussi pour retenir tout ce qu'elle risquait de ne plus voir avant longtemps. Que penserait-elle si elle le surprenait aujourd'hui sur la route de Cork, ayant à ses côtés cette petite fille, et si elle savait que c'était son propre séjour à Mount Auburn qui avait provoqué la promesse de faire la promenade ? Aubry est tiré de ses réflexions ingrates par une soudaine question d'Ellynn à la vue d'une très haute cheminée d'usine :

— Qu'est-ce que c'est ?

Il essaie de lui expliquer, à l'aide de mots aussi simples que possible, ce qu'est une usine et à quoi sert le gigantesque tuyau de briques qui en sort. Ce n'est pas facile. Ellynn, très attentive :

— Pourquoi on l'a mise là, l'usine, avec la cheminée ?

Aubry trouve une réponse toute simple :

— Parce qu'on est à côté de Cork. On met les usines près des grandes villes.

De fait, la capitale du comté est toute proche. En arrivant au sommet d'une colline, on découvre l'immense quadrillage des maisons d'où émergent, piqués çà et là, des clochers effilés et des immeubles-tours. Par chance, le beau temps est de la partie. À travers une brume légère, mêlée de fumées translucides, les toits en vagues rectilignes luisent, et les vitres que frappe le soleil étincellent. On dirait une mer étale qu'animeraient les jeux de la lumière. Ellynn pousse un cri de surprise et d'admiration. Elle n'a encore jamais vu que des bourgades rurales. Aubry s'arrête. Il se souvient d'Édith qui, lors de son arrivée sur la baie de Dunmanway, lui avait demandé une pause pour contempler le paysage. Et il dit à Ellynn :

— Regarde, voilà une ville.

— C'est beau !

Le « oui » d'Aubry est de pure forme. Il n'est pas nécessaire qu'il révèle à Ellynn tout ce que cette beauté, vue de loin, peut cacher. Elle le découvrira d'elle-même assez tôt. Ils reprennent la route. En abordant la frange de la marée, les choses révèlent leur modeste mesure, et Ellynn demande :

— Où sont les grandes maisons qu'on a vues ?

— Tu les reverras tout à l'heure. Elles sont au centre de la ville. Ici, c'est la banlieue.

— Qu'est-ce que c'est une banlieue ?

— C'est la partie de la ville la plus moderne.

Ellynn va sans doute lui demander : « Qu'est-ce que c'est moderne ? » Il rectifie : « la plus neuve ». Il précise encore :

— La plus nouvelle, celle qui entoure la ville ancienne parce que toutes les villes ont commencé par être des petits villages.

— Alors Kilcrohane pourra être une ville ?

— Oui, bien sûr. Mais c'est peu probable. Pour qu'un village devienne une ville, il faut qu'il soit placé dans certaines conditions. Tu vois, Cork est au bord de la mer. Alors, il y a eu un port, du commerce.

— Kilcrohane aussi est tout près de la mer.

— Oui, c'est vrai.

Il ne sait plus quoi dire.

— Quand tu iras à l'école, on t'expliquera toutes ces choses.

Heureusement le regard et l'attention d'Ellynn sont attirés ailleurs.

— Qu'est-ce que c'est, ça ?

— Un tramway.

Il ajoute aussitôt, pour couper court à de nouvelles questions sur le tramway :

— Je vais garer la voiture par ici. Et nous prendrons le tramway pour entrer dans la ville.

Quelques minutes plus tard, Ellynn a l'impression de vivre une grande aventure. Au fur et à mesure du trajet, les maisons deviennent plus hautes, il y en a qui sont si élevées, si droites, si rectangulaires avec leurs parois de verre qu'elle dit :

— C'est comme des grosses boîtes d'allumettes !

Puis elle demande :

— Qu'est-ce qu'on fait dans ces maisons ?

— On y vit, on y travaille.

— Il y a des petits enfants dans ces maisons ?

— Bien sûr.

— Mais ils peuvent pas jouer.

— Ils vont jouer dans de grands jardins qu'on appelle parcs publics. Tiens, en voilà un. Nous allons justement descendre.

La circulation est dense, la foule remplit les trottoirs. Ellynn prend la main d'Aubry. À Mount Auburn, elle est dans son élément, elle ne craint rien. Elle marche à côté d'Aubry, va et vient selon son rythme, comme un chien. Ici, elle a besoin de se sentir protégée. C'est elle qui a eu l'initiative du geste qu'Aubry aurait eu sûrement, mais il préfère qu'elle l'ait devancé. Ils traversent le parc public où s'offre un grand espace libre, sans massif. Des enfants y lancent en l'air des ailes d'étoffe colorée qui planent ou virevoltent en obéissant autant aux ordres de leurs maîtres qu'à ceux du vent. Ellynn, fascinée, observe leur carrousel et les gestes des joueurs.

— Ce sont des cerfs-volants, dit Aubry.

— Ça ne vole que dans les villes ?

— Non, partout où il y a du vent !

— Alors, ça peut voler à Kilcrohane ?

— Bien sûr. Nous en reverrons d'autres. Maintenant il faut aller faire les courses.

Cette fois-ci, c'est lui qui prend sa main et l'entraîne vers la rue principale où se trouvent les commerces de Cork. Elle se retourne pour regarder une fois encore les cerfs-volants, puis elle est accaparée par les vitrines. Elle voudrait s'arrêter devant chacune. Aubry pense qu'en l'emmenant dans un grand magasin il satisfera d'un seul coup ses multiples curiosités. Il en profitera pour faire les achats qu'il a prévus. Elle ouvre tout grands les yeux sur cette accumulation de richesses variées. Il la conduit au rayon de l'habillement sans qu'elle se doute de ses intentions. Ils regardent ensemble les robes pour petites filles. Elle tombe en arrêt sur l'une d'elles, une robe en cotonnade à fleurs de couleurs vives.

— Oh, qu'elle est belle !

— Tu aimerais avoir une robe comme celle-là ?

— Je ne sais pas, dit-elle en baissant la tête comme si elle était un peu honteuse de son audace.

— Comment ! tu la trouves belle et tu ne sais pas si tu aimerais l'avoir ? Tant pis ! Si tu en avais eu envie, je l'aurais achetée.

Il feint de poursuivre son chemin.

— Oh ! fait Ellynn, dépitée, en continuant à contempler la robe.

— Eh bien. Si tu ne sais toujours pas, moi je sais que je veux te l'offrir.

De la consternation, les yeux d'Ellynn passent à l'extase. Il désire aussi la doter d'un pantalon, car il l'a entendue un jour qui disait : « Quand je serai grande, j'aurai un pantalon comme maman », et il a remarqué que, malgré les très hautes chaussettes qu'elle porte, elle doit avoir froid aux jambes l'hiver.

— Viens choisir un pantalon.

Ellynn ne se risque plus à dire qu'elle ne sait pas si elle en a envie. Elle court vers l'étalage où sont exposés les pantalons et, les ayant tous passés en revue, désigne d'un index très décidé un pantalon écossais dans les tons vert et rouge.

— C'est celui-là que je veux.

— Bien, dit Aubry. Tu vas essayer la robe et le pantalon pour savoir s'ils sont à ta taille.

Un vendeur conduit Ellynn vers un coin du rayon fermé par des rideaux et lui confie robe et pantalon. Aubry attend à l'extérieur. Les minutes passent. Ellynn ne sort pas.

— Je crois que votre fille a des difficultés, dit le vendeur.

— Ça va, Ellynn ? demande Aubry.

— J'arrive pas à mettre le pantalon.

— Pourquoi ?

— Parce qu'il est trop grand.

— Eh bien, ne le mets pas.

— Je l'ai mis, mais j'arrive pas à le retirer.

Aubry ouvre les rideaux. Il trouve Ellynn qui a passé la robe et qui a essayé d'enfiler le pantalon sous la robe. Elle ne parvient pas à le hausser suffisamment pour en faire sortir ses pieds. Elle est en déséquilibre. Aubry lui dit :

— Il ne faut pas essayer les deux choses à la fois.

Il l'aide à retirer le pantalon.

— Voyons d'abord la robe.

Ellynn reste plantée comme un pieu.

— Allons, bouge un peu.

Elle se met à courir entre deux comptoirs.

— Ne cours pas. Marche normalement.

Ellynn obéit.

— Elle te va très bien, cette robe, dit Aubry. Tu peux l'ôter et chercher un autre pantalon.

Ellynn voudrait les mêmes couleurs mais dans une plus petite taille. Elle ne les trouve pas et ne se décide pas à choisir.

— Eh bien, tant pis, dit Aubry. Tu n'emporteras que la robe.

Cela incite aussitôt Ellynn à jeter son dévolu sur un autre pantalon écossais, non plus vert et rouge mais vert et bleu. Elle retire sa robe derrière les rideaux, ne garde que sa chemisette et enfile le pantalon. Puis elle appelle Aubry pour juger.

— La taille est bonne, dit-il.

— Je peux le garder ?

— Non, puisque tu dois le mettre avec un chandail, et tu n'as pas de chandail.

— Alors je peux mettre la robe neuve ?

— Oui, en faisant attention de ne pas la salir.

— Elle sait ce qu'elle veut, la petite, dit le vendeur à Aubry.

— Oui, répond-il. Ça vaut mieux que le contraire.

Aubry poursuit ses courses dans le magasin. Il n'oublie pas qu'il a promis à Ellynn de lui acheter des chaussettes de laine et qu'elle a exprimé sa préférence pour le rouge. Elle ne le lui rappelle pas.

— Tu n'as pas envie de chaussettes de laine rouge ?

— Oh, si !

— Alors, pourquoi tu ne me le disais pas ?

— Parce que je vous l'avais déjà dit.

Après l'achat des chaussettes, Aubry part en quête de mouchoirs. Ellynn, sans attendre qu'on lui demande son avis :

— Moi, j'aime les mouchoirs tout blancs.

De nouveau, Aubry lui demande pourquoi.

— Parce qu'ils sont plus propres.

— Mais ceux de couleur sont aussi propres.

— C'est pas pareil.

Aubry achète pour lui-même des mouchoirs bleutés, et il offre à Ellynn des mouchoirs blancs.

Elle est rayonnante. Elle porte le sac qui contient les achats. Aubry voudrait la décharger mais elle refuse de s'en dessaisir. Les voici de nouveau dans la rue principale de Cork. Aubry songe au déjeuner. Il adopte un « self-service » qui sera plus divertissant pour Ellynn qu'un restaurant traditionnel. Il passe devant elle et lui dit de faire tout ce qu'il fera : prendre un plateau, une assiette, un verre, des couverts. Ensuite, elle choisira les plats qu'elle voudra. Elle a tout de suite repéré les desserts, et elle a décidé de ne faire son repas qu'avec eux. Aubry, lui, a pris la décision de la laisser libre, même si, en l'occurrence, l'orthodoxie alimentaire n'y trouve pas son compte. La journée de Cork est exceptionnelle. Il se souvient d'une de ses grandes joies d'enfant lorsque ses parents l'avaient confié, un certain dimanche, à des amis qui l'avaient emmené dans un jardin zoologique. Ils avaient laissé libre cours à toutes ses fantaisies. C'est ainsi qu'il était resté une demi-heure à observer les singes et qu'il n'avait fait que passer devant les cages où tournaient en rond les grands fauves. On avait acheté des bonbons pour lui et des cacahuètes pour les singes, en faisant comme si l'on ne s'apercevait pas qu'il en mangeait plus qu'il n'en donnait aux animaux. Cela s'était terminé mal. Mais le souvenir de sa liberté avait éclipsé celui de son indigestion. Et peut-être, toute sa vie, avait-il tenu compte de la leçon.

Ellynn apparemment est plus consciente qu'il ne l'était à son âge des risques qu'entraîne la gourmandise. Elle se sert selon ses goûts mais avec mesure. Ils s'assoient l'un en face de l'autre. Pendant qu'Aubry mange un jambon-pommes-frites, Ellynn déguste, à petits coups de cuiller, mais lentement, une crème glacée qu'elle savoure. On dirait qu'elle veut faire durer le plaisir.

— Si tu ne te dépêches pas, ton autre glace va fondre, lui dit Aubry en lui montrant le sorbet à la fraise qui commence à couler.

Alors, Ellynn rapproche d'elle la coupe et prend tour à tour une cuillerée de crème, une cuillerée de sorbet. Cette solution, Aubry n'y avait pas songé. Ellynn lui demande :

— On pourra fabriquer des glaces à la maison ?

— Bien sûr !

— Vous m'apprendrez, c'est moi qui les ferai.

Encore faudra-t-il qu'il sache la guider, car il est censé tout savoir. « Ce ne doit pas être sorcier », se dit-il, mais il préfère assurer sa compétence. Aussi, après le déjeuner, lorsqu'ils se trouvent dans la grande librairie de Cork afin d'y acheter les ouvrages de pédagogie dont il a besoin, mène-t-il Ellynn au rayon des livres pour enfants tandis qu'il se fait indiquer les livres de cuisine. Il achète celui qui traite des desserts, qu'il ajoute à une méthode pour apprendre à lire et à écrire, sans oublier un manuel d'exercices pratiques d'arithmétique. Puis il rejoint Ellynn, absorbée par les images d'un volume qui représente les animaux domestiques et les définit en gros caractères.

— Prends-le. Je te l'offre. Ce sera le premier livre de ta bibliothèque.

— Qu'est-ce que c'est une bibliothèque ?

— C'est beaucoup de livres qu'on range les uns à côté des autres.

— J'aurai beaucoup de livres ?

— Oui, si tu es une bonne élève à l'école.

— J'irai quand à l'école ?

— L'année prochaine.

En sortant de la librairie, Aubry lui demande si elle veut encore se promener avant de rentrer. Son « oh oui » enthousiaste prouve, de toute évidence, que l'excitation de la découverte l'empêche de sentir la fatigue.

— Qu'est-ce que tu voudrais voir ?

— Les boutiques !

Et les vitrines succèdent aux vitrines, pour le grand plaisir d'Ellynn et la grande épreuve d'Aubry qui doit subir le feu roulant des questions les plus inattendues, par exemple devant l'étalage d'un fleuriste :

— Pourquoi on vend des fleurs ? C'est pas des légumes.

Ou bien, après avoir écouté l'explication qu'Aubry donnait du métier d'horloger :

— Comment on sait l'heure qu'il est ?

— Eh bien, en regardant une horloge.

— Oui, mais avant ? Comment on a su l'heure qu'il fallait marquer sur l'horloge ?

Dans la perspective d'une rue qui coupe la rue principale, on aperçoit la cathédrale Saint-Patrick.

Aubry la montre à Ellynn et celle-ci, nullement impressionnée :

— C'est comme l'église de Kilcrohane en plus grand.

Puis :

— Est-ce que j'irai au catéchisme à Kilcrohane ?

Sans doute des enfants du village lui ont-ils dit qu'ils allaient à l'église pour apprendre le catéchisme.

Pris de court, il répond :

— Oui, bien sûr.

— Maman voudra ?

— Mais oui.

— C'est vous qui lui direz qu'il faut que j'aille au catéchisme ?

— Je te le promets.

Elle bondit de joie et entraîne Aubry vers de nouvelles devantures. Il a remarqué que celles des bazars qui vendent des jouets l'attirent particulièrement. Il croit avoir compris.

— As-tu envie de rapporter quelque chose d'autre ?

— Oui, confesse-t-elle.

— Ce ne serait pas un cerf-volant, par hasard ?

— Si.

— Bon. Viens le choisir.

Dans la boutique, Ellynn n'hésite pas. Son choix se porte sur une armature ronde d'un jaune éclatant dont la pointe arrière s'orne d'une traîne composée de petits volants verts qui ressemblent à des feuilles. Elle se voit déjà promenant cette grande fleur dans le ciel. Pendant que le marchand enveloppe le cerf-volant, Ellynn tend les bras vers Aubry pour l'embrasser. Elle lui dit à l'oreille, comme un secret :

— On va bien s'amuser !

Elle s'empare du paquet et donne à Aubry le sac qui contient les autres affaires. Les bras chargés, ils reprennent le tramway pour gagner l'endroit où Aubry a laissé sa voiture. Visiblement, Ellynn commence à être fatiguée. Aubry lui propose de s'allonger sur la banquette arrière. Elle veut être assise devant, mais en prenant sa poupée dans ses bras. Quand il lui fixe sa ceinture de sécurité, elle s'arrange pour que sa poupée soit ceinturée en même temps qu'elle. Très vite, elle s'assoupit. Elle dormira pendant tout le trajet. La nuit est tombée. Aubry conduit avec précaution, évite les coups de frein et les accélérations brusques qui pourraient réveiller Ellynn. Il a disposé une couverture sur elle. Il sent la chaleur et le poids de ce petit corps qui, d'instinct, en s'endormant, s'est rapproché de lui pour chercher un appui, une protection. Les secousses sur le raidillon de Mount Auburn ne la réveillent pas. Les aboiements des chiens non plus. Et pas même sa voix lorsqu'il lui dit qu'ils sont arrivés et qu'elle doit descendre. Elle est engloutie dans le sommeil. Il doit la porter jusqu'à son lit. Il retire ses sandales, ses chaussettes, son blouson. Il lui laisse sa robe neuve, la glisse dans les draps, sans oublier de placer la poupée près d'elle. Il la borde, arrange sa chevelure sur l'oreiller, dégage le front et y pose la main tout doucement, sans peser. Il reste ainsi quelques instants, considérant le visage d'Ellynn, écoutant sa respiration calme. Émerveillé et angoissé par un tel abandon.

Aubry a décidé de laisser Ellynn se réveiller seule, le lendemain, pour qu'elle se repose autant qu'elle en a besoin. Mais il la voit apparaître dès huit heures, alors qu'il se prépare à boire son café. Elle est en chemise de nuit, elle tient à la main la robe achetée à Cork :

— Ma belle robe, elle est toute froissée. Il faut que je la repasse !

— Commence par prendre ton petit déjeuner avec moi.

Ellynn étale sa robe sur le dossier d'une chaise et s'assied devant le couvert disposé à son intention, pendant que chauffe le lait.

— Je n'ai pas voulu te réveiller en te retirant ta robe. Tu ne te souviens de rien ?

— Non.

— Tu t'es endormie dès notre départ de Cork.

— J'aurais bien voulu pas dormir.

— Pourquoi ?

— Pour regarder les choses sur la route.

— Il faisait nuit, tu n'aurais rien pu voir. Et puis tu les reverras.

— Alors, on retournera à Cork ?

— Oui. Je ne sais pas quand, mais on y retournera.

— C'était beau !

Elle se tait comme si elle réveillait ses souvenirs endormis en même temps qu'elle. Le lait commence à bouillir. Aubry se lève d'un bond pour l'empêcher de se sauver et le verse dans le bol d'Ellynn, toujours lointaine.

— Allons, bois ton lait.

Elle saisit machinalement le bol et, avant de le porter à sa bouche :

— J'ai bien aimé le restaurant.

Elle aspire le lait d'un seul trait, sans se presser, tenant des deux mains le récipient. On ne voit plus que ses yeux qui fixent on ne sait quoi, au-delà des cloisons. Puis :

— Où il est mon cerf-volant ?

— Là, dans le coin.

Elle se lève pour prendre le paquet qu'elle ouvre aussitôt. Elle déploie l'armature et tend l'étoffe sur laquelle elle passe la main.

— Il est joli ! Je pourrai le faire voler aujourd'hui ?

— Bien sûr, s'il y a assez de vent, ou s'il n'y en a pas trop...

Il jette un coup d'œil par la fenêtre et voit les buissons qui courbent l'échine comme les herbes, sans être bousculés.

— Tu pourras, je crois.

Ellynn ne fera pas néanmoins passer le cerf-volant avant la robe. Elle étale les braises devant le foyer, installe un gril très bas qui les effleure et va chercher dans le placard deux fers qu'elle pose sur le gril, deux fers très petits qu'Aubry a achetés spécialement pour elle. Il lui voit effectuer toutes les opérations qu'il a observées, enfant, dans les maisons campagnardes encore privées d'électricité. Elle saisit le fer avec un chiffon qu'elle a mouillé et le porte à sa joue pour savoir s'il a la chaleur convenable puis elle le laisse reposer, la pointe en l'air, sur une dalle.

Comment peut-on approcher le fer de sa joue, pas trop loin pour apprécier la juste chaleur mais pas trop près pour ne pas se brûler ? Aubry a toujours admiré l'assurance des repasseuses. Et voici qu'Ellynn accomplit leur besogne, répétant leurs gestes comme ceux d'un rite immuable avec l'héritage de l'infaillibilité. Elle nettoie une table allongée qui lui sert de planche, y dispose un molleton, place une étoffe humide sur sa robe et commence à repasser.

Aubry, après l'avoir regardée pendant quelques instants :

— Dis donc, Ellynn, tu saurais aussi repasser un pantalon ?

Ellynn, sans interrompre son travail :

— Et pourquoi je saurais pas ?

— Ce n'est pas le même genre de repassage. Il y a des plis.

— Donnez-moi votre pantalon à repasser, Aubry, dit-elle avec autorité.

Aubry monte le chercher dans sa chambre. Un quart d'heure plus tard, le pantalon sèche sur un cintre qu'Ellynn, grimpée sur une chaise, a accroché à une patère contre le mur. Elle a sauté par terre d'un grand bond et elle est rentrée en courant dans sa chambre.

— Je vais m'habiller, et après on jouera avec le cerf-volant.

Ce n'est pas donnant donnant. Ce n'est pas chacun son tour. C'est une relation naturelle de communauté. Aubry ne demandera pas à Ellynn de retarder le temps du cerf-volant, il retardera le temps de ses dessins.

Le vent, ce matin-là, par exception, ne vient pas de la mer. Il arrive de l'est, d'une manière continue avec des flux variables qui ne se changent pas en rafales, comme une respiration vive mais paisible. L'océan, lui, ne sait pas respirer calmement. Il est presque toujours haletant. Aubry sent tout cela, voudrait le faire comprendre à Ellynn. Il dit simplement :

— Nous aurons de la chance, le vent vient de la terre.

Et Ellynn, comme si elle comprenait les mêmes choses, à sa manière :

— Le vent de la terre, je l'aime bien. Il ne fait pas mal aux arbres.

Aubry se dirige vers le milieu du pré qui entoure la maison et projette en l'air le cerf-volant. Le souffle s'en empare, le tend, le gonfle et le hisse d'un seul trait au plus haut de son parcours tandis que le fil se dévide brusquement entre les mains d'Aubry.

— Il faudra que j'attache le fil à ton poignet pour que tu ne le lâches pas.

— Et si je le lâchais ?

— Eh bien, le cerf-volant irait se perdre je ne sais où.

Il montre à Ellynn comment on le manœuvre, le tirant à soi pour redonner prise au vent qui faiblit, lui laissant, au contraire, de l'aisance en hauteur quand le souffle s'amplifie, et comment on le ramène à soi, avec fermeté mais sans violence. Il guide la main d'Ellynn à côté de la sienne pour qu'elle l'accompagne dans les mouvements, et les comprenne.

— C'est comme un chien qu'on tient avec une laisse, dit Ellynn.

— Oui, avec une très longue laisse. Tu vas essayer maintenant.

Il attache le fil du cerf-volant à l'une des mains d'Ellynn qui ressent la force du vent et se raidit sur ses jambes pour résister à la tension.

— Ce sont tes bras qui doivent faire le travail. Tu veux que je reste avec toi ou tu préfères être seule ?

— J'aime mieux être seule.

Aubry va travailler dans son atelier. Un quart d'heure après, il entend Ellynn qui l'appelle.

— Aubry, Aubry, venez vite !

Il descend quatre à quatre et trouve Ellynn considérant d'un air navré le cerf-volant : dans une saute de vent, il s'est plaqué sur un rocher, et, en le tirant à elle, Ellynn a provoqué un accroc. Elle le tient dans ses bras contre sa poitrine, comme un animal blessé.

— Allez, ce n'est pas grave ! Il suffira de mettre une pièce sur la déchirure. Tu sais coudre, n'est-ce pas ?

— Oui, je sais.

Ellynn rentre à la maison, la tête basse.

— La prochaine fois, tu seras plus adroite. Tu auras fait ton expérience.

— Qu'est-ce que c'est une expérience ?

— C'est...

Il achoppe soudain sur la définition. Et il ne trouve pas mieux que :

— C'est d'avoir fait déjà quelque chose. Par

exemple, tu sais repasser, tu sais coudre, parce que tu as déjà repassé et cousu.

Ellynn, sous le coup de sa déception, ne répare pas tout de suite le cerf-volant. Elle le range avec soin dans la commode de sa chambre. Juste avant de fermer le tiroir, elle pose un petit baiser sur la blessure.

Aubry consacre plusieurs jours à la lecture des manuels qu'il a achetés. Il pousse la conscience jusqu'à faire un schéma de ce qu'il enseignera : d'abord un plan des matières, ensuite un plan des horaires. La classe aura lieu tous les matins, sauf le dimanche, de neuf heures à onze heures. Pourra-t-il soutenir ce rythme, et Ellynn ? Il lui explique qu'il va lui donner des leçons et qu'elles commenceront au début de la semaine suivante. Mais il se garde de lui dire combien de temps elles dureront, et s'il y en aura chaque jour. Elle ne le lui demande pas, d'ailleurs. Elle n'est curieuse que de ce qu'il va lui apprendre. Plutôt que : « Je t'apprendrai la lecture, l'écriture, l'arithmétique », il préfère lui dire : « Je t'apprendrai à lire, à écrire et à compter. » Instinctivement, il s'est prononcé pour la pédagogie concrète qui sait faire de la pensée éducative une sorte de projection charnelle grâce aux lettres et aux chiffres, séparés puis assemblés, comme des formes liées à des sons avant de l'être à des sens. De la même manière instinctive, il a décidé d'aménager un « coin d'études » dans son atelier : une table, et une chaise à la taille d'Ellynn. Il s'est servi de vieux meubles boiteux qu'il a raccourcis afin de les adapter à leur nouvelle fonction. Il y a ajouté un tabouret professoral et le petit tableau noir sur lequel il projette d'habitude ses idées de dessin. Il a disposé sur ce qui sera le bureau d'Ellynn une pochette de crayons à encre et de crayons de couleur avec des cahiers. Il sait que l'enseignement tire profit d'un lieu particulier où l'attention doit trouver un décor sans pénétrer en cage.

Quand il introduit pour la première fois Ellynn dans son atelier ainsi aménagé, il lui dit : « C'est là que nous travaillerons ensemble. » Il ne veut pas signifier qu'il peindra ou dessinera tandis qu'elle fera ses devoirs, mais qu'ils seront en train de travailler tous les deux à l'école. En effet, ce sera pour lui une école. Et il ne connaîtra d'autre sanction, s'il n'est pas un bon élève du maître qu'il doit être à lui-même, que de constater qu'Ellynn ne progresse pas. Très vite, il sera rassuré, peut-être parce qu'il a un peu de méthode et de patience avec beaucoup d'intuition, mais sûrement parce qu'Ellynn est douée, curieuse et appliquée.

Son ambition est de lui faire rattraper le retard qu'elle a pris sur les camarades de son âge. Martha n'a pas été sans essayer de lui donner quelques rudiments pour compenser son refus — ce qu'elle appelait son impossibilité de l'envoyer en classe dès l'âge de six ans — mais d'une manière décousue, selon ses sautes d'humeur, et selon celles d'Ellynn qui acceptait mal les leçons de sa mère, tout en ayant envie d'apprendre des choses pour devenir une grande personne.

Martha, dans les bagages d'Ellynn, a mis un alphabet en disant à Aubry : « C'est avec ce livre-là qu'elle a commencé. » Aubry a questionné Ellynn sur la façon dont sa mère lui avait appris à épeler les lettres. « Elle m'a dit : “ Ça c'est un A, répète avec moi A. Ça c'est un E, répète avec moi E. " » Aubry n'a pas pu en savoir davantage. Mais le fait est là, Ellynn ne connaît pas seulement les voyelles, elle peut dire l'alphabet par cœur et elle reproduit, de mémoire, toutes les lettres. Elle a dû y mettre beaucoup du sien pour en arriver à ces connaissances, et Aubry, au prix de peu d'efforts, en suivant les prescriptions d'un manuel de lecture enfantine, parvient à expliquer à Ellynn comment se fait l'assemblage des consonnes et des voyelles pour former les mots. Elle a l'oreille très fine et perçoit du premier coup les prononciations et les répète sans se tromper. La mémoire fait le reste.

Aubry, alors, s'écartant des conseils donnés par le manuel, demande à Ellynn :

— Quels sont les mots que tu aimerais savoir écrire en premier, maintenant que tu peux les lire ?

Ellynn ferme les yeux, place sa tête entre ses mains et réfléchit. Elle réfléchit longtemps. Aubry se garde de la presser. Et voici ce qu'elle répond, avec des pauses, mais sans hésiter :

— Les mots que je voudrais pouvoir écrire d'abord, c'est maison, poupée, fleur, soleil, chien, chat, robe, et puis aussi Aubry et Betty.

— Et ton nom, tu ne veux pas savoir l'écrire tout de suite ?

— Je sais l'écrire.

— Comment l'as-tu appris ? Par ta maman ?

— Non, toute seule.

Elle prend un crayon, une feuille de papier et, en grosses majuscules, elle trace ELLYNN.

— Comment as-tu su que ce n'était pas Elyn, mais Ellynn avec deux l et deux n ?

Elle baisse la tête comme si elle était gênée de sa confidence :

— Quand vous avez fait vos cadeaux à Noël, vous aviez écrit mon nom sur mon paquet, et vous avez lu POUR ELLYNN. Alors, je sais aussi écrire pour !

— Mais c'est très bien ! dit Aubry. Tu as fait avec ces deux mots ce qu'il faut maintenant que tu fasses avec tous les autres.

Il écrit à la craie sur le tableau les mots préférés. Il les lui désigne avec une règle et les épelle puis les lui fait répéter, donnant un chiffre à chaque mot, pour ne pas perdre une occasion de l'inciter à compter. Comme il lui a appris les noms des doigts quelques jours auparavant, il l'entend qui, spontanément, chantonne en dépliant ses doigts :

— 1 pouce maison, 2 index poupée, 3 majeur fleur, 4 annulaire soleil, 5 auriculaire chien.

Elle commence avec l'autre main :

6 pouce chat, 7 index robe.

Quand elle arrive à « 8 majeur Aubry », elle s'arrête un instant et regarde son doigt puis Aubry avec malice. Elle achève par « 9 annulaire Betty » et ajoute « l'auriculaire, il n'aura rien ».

— Eh bien, cherche un autre mot pour en avoir dix.

Ellynn cherche et ne trouve pas, ou ne veut pas trouver.

— Pourquoi vous en voulez dix ?

Aubry n'insiste pas. Avant de s'endormir, ce jour-là, il repense aux mots choisis par Ellynn. Rien que des mots concrets, des mots qui représentent des êtres ou des choses. Et moi, si j'avais à choisir aujourd'hui, lesquels auraient ma préférence ? Mais est-ce bien préférence qu'il faut dire ? N'est-ce pas plutôt : lesquels me paraîtraient les plus importants ? Il me serait impossible de choisir en quelques minutes, ne fût-ce que dix mots, ou alors, si je me prononçais, ce serait à la légère, hasardeusement. Et puis, je mêlerais le concret et l'abstrait, les sentiments et la raison, l'esthétique et la morale. Ellynn n'a pas dû se poser beaucoup de questions avant de répondre. Elle a pris son temps par sérieux, pour ne pas dire n'importe quoi, car elle avait compris que ce n'était pas un jeu, mais elle l'a fait d'instinct. Moi, si l'on me pressait d'avoir à choisir, je serais incapable d'une franchise aussi prompte. Ah, la belle simplicité qui fuse chez l'enfant ! Facilitée par son ignorance des choses et son vocabulaire restreint. Cela ne veut pas dire qu'il ne va pas au plus loin de ce qu'il éprouve, mais son champ est moins profond, moins encombré. Non, décidément, Aubry se sent incapable de dresser cette liste spontanée. Pourtant il est sûr de retenir deux mots, l'un qui exprime la sève en son offrande et sa provocation, FLEUR, et l'autre, non pas comme un écho à son nom, mais parce qu'il le trouve beau, à la fois consistant et fluide, solaire et mouillé, étrangement sonore grâce à ses deux syllabes aériennes qu'unit l'élan d'une voyelle oiseau : ELLYNN. Et puis, ce mot, c'est Ellynn.

II

La poupée morte

L'emploi du temps, à Mount Auburn, est maintenant bien établi. Ellynn y passe la matinée, partagée entre l'étude et ce qu'on pourrait appeler « les soins ménagers » auxquels elle mêle ses jeux. D'ailleurs, où est le jeu pour elle ? Est-ce l'habillage de sa poupée, l'entretien de son jardin, la partie de cerf-volant, ou le balayage de la maison, le lavage de la vaisselle et les séances de repassage ? Elle ne se sert plus de sa mini-batterie de cuisine, elle a maintenant beaucoup mieux à sa disposition : tous les plats et casseroles de la maison, mais elle a tenu à ranger ses petites casseroles à côté de la vaisselle ordinaire. Les tâches se sont réparties tout naturellement. Aubry, chaque matin, commence par vider les cendres du foyer, puis il apporte le bois, la tourbe et allume le feu. Il lave le petit linge une fois par semaine dans une cuve. Le gros linge, il le confie à une blanchisseuse de Kilcrohane. C'est lui qui prépare les repas et manœuvre le fourneau à gaz, tandis qu'Ellynn met le couvert. La pâtée des chiens et des chats, Ellynn s'en charge. C'est elle qui sert les plats ; la vaisselle, ils la font à deux.

Quand tout est bien rangé, Ellynn retrouve son

frère et sa sœur à la maison du lac. Aubry ne l'accompagne jamais à l'aller. Souvent il va la chercher pour le retour, en revenant d'une promenade. C'est alors qu'il rencontre Martha rentrée elle-même de ses travaux à l'extérieur.

John et Priscilla sont heureux de retrouver chaque après-midi leur sœur qui s'occupe d'eux et les dirige comme une petite maman. Elle leur parle sans brusquerie et ils obéissent bien. Par moments, elle redevient la maman de leur ours. Alors, ce ne sont plus que trois petits enfants qui jouent ensemble aux parents et se chamaillent pour savoir lequel l'emportera en autorité et possession.

La grande fleur jaune qui se promenait dans le ciel, du côté de Mount Auburn, John et Priscilla l'ont, bien sûr, remarquée. Ellynn leur a appris, avec fierté, que c'était son cerf-volant et qu'Aubry le lui avait donné. Aussitôt ils n'ont plus eu qu'une envie : avoir eux aussi un cerf-volant. Aubry leur a promis qu'il s'en souviendrait. Ellynn n'a pas eu l'air de trouver à son goût cette promesse. Elle s'est écartée un peu du groupe pour jouer toute seule à la balle.

Martha l'a remarqué. Elle dit à Aubry :

— Vous voyez comme elle est jalouse. Elle ne veut pas que les autres aient ce qu'elle a !

— Oh, dit Aubry, elle est comme tous les enfants, elle aime qu'on la traite mieux que les autres. Et il n'y a pas que les enfants qui aiment cela.

— Vous prenez toujours sa défense !

— Non. J'essaie de la comprendre.

Martha reste silencieuse quelques secondes puis, entraînant Aubry vers la maison :

— Je crois, Aubry, que vous l'écoutez trop.

— Je puis vous assurer que, chez moi, elle est très

serviable et qu'elle fait ce que je lui demande, sans protester.

— Alors, c'est à moi qu'elle réserve tout son mauvais caractère !

— Martha, j'essaie aussi de vous comprendre. Cessez d'être à l'affût des petits incidents et de les amplifier. Ne dramatisez pas. Elle sent vos réactions, et alors, au lieu de la calmer, vous la mettez en état de rébellion.

— Aubry, dit Martha avec une brusque gravité, je suis très inquiète. Je me demande ce qui se passerait sans vous.

— Ne vous tourmentez pas. Je suis là maintenant. Et je vous aide à passer un cap difficile. Quand elle sera un peu plus âgée, vous verrez, tout s'arrangera.

— Ou bien, ce sera pire...

— Quand je devrai quitter Kilcrohane, nous verrons ensemble quelle solution adopter.

Martha, le regard alarmé :

— Vous songez donc à vous en aller ?

— Non. Pas pour le moment. Seulement il faudra bien qu'un jour je retourne à Londres. Mais je continuerai à faire des séjours ici.

— Ainsi, vous pensez que Kilcrohane n'est pas un endroit où l'on peut fixer sa vie ?

— Si, quand on est du village, quand on l'a toujours habité. Mais pas quand on a déjà vécu longtemps ailleurs et qu'on n'y a pas établi sa vie professionnelle.

— Moi, dit Martha avec violence, je ne suis pas de Kilcrohane, je n'y habite que depuis dix ans, et il faut bien que j'y reste.

— C'est vrai. Pardonnez-moi de n'avoir pas pensé

à vous. Mais vous donnez l'impression d'être de ce pays. Vous l'aimez comme si vous en étiez !

— Peut-être. Et vous, vous l'aimez comme un voyageur qui passe, presque comme un touriste qui fait des tableaux comme d'autres font des photos, parce que les paysages sont beaux. Et vous les remporterez avec vous, vos tableaux, pour une exposition. Voilà comment vous aimez ce pays !

— Allons, Martha, ne dites pas de méchancetés ! Je vais vous faire une confidence : Mount Auburn est un endroit où je souhaiterais mourir. Il faut vraiment aimer un lieu pour désirer cela.

Ils sont debout sur le seuil de la maison. Martha, changeant de ton, comme si sur son visage un lourd nuage avait été balayé par un vent clair :

— Avant que vous ne mouriez ici, laissez-moi vous offrir un verre pour que l'événement se produise le plus tard possible.

Il s'assied sur la plus haute marche du seuil. Elle le rejoint avec une bouteille de whisky et deux verres, et elle lui rapporte les potins du village qu'elle a recueillis lors de son dernier passage à l'épicerie. Elle rit et le fait rire. Par cette fin d'après-midi, sur ce pas de porte ensoleillé, près de cette femme, avec la petite chaleur de l'alcool, Aubry se sent détendu, tout à l'instant. Ellynn, qui avait recommencé à jouer à la balle avec son frère et sa sœur, interrompt la partie et vient s'asseoir près de Martha et d'Aubry. Quand, peu de temps après, Aubry reprend le chemin de Mount Auburn avec Ellynn, celle-ci lui tient la main en sautillant. Martha les regarde partir. Elle a perdu son sourire. Et, dans ses yeux qui n'en finissent pas de les suivre, passe de nouveau un nuage.

*

C'est à l'épicerie de Kilcrohane — bureau de poste — qu'Aubry trouve son courrier. Au début, il allait le chercher tous les deux jours. Maintenant il y va selon les besoins de son ravitaillement. Il éprouve de moins en moins d'impatience à recevoir des lettres, et il lui arrive de conserver des missives, dont il ne reconnaît pas l'écriture, sans les lire parfois pendant plusieurs jours. Il n'est plus à l'âge où la graphie inconnue provoque, comme un plaisir, la curiosité et incite le doigt à déchirer une enveloppe avant toutes les autres parce qu'on espère y trouver quelque agréable surprise. Gide disait : « L'aventure peut être apportée par une lettre, par une sonnerie du téléphone. » C'est pourquoi il continuait à dépouiller son courrier avec entrain et ne savait pas renoncer à décrocher son appareil, même à quatre-vingts ans. C'est l'un des amis français d'Aubry, proche de Gide à la fin de sa vie, qui lui avait raconté cela, interprétant l'appétit de nouveauté du vieil écrivain comme un signe d'extraordinaire jeunesse, presque de juvénilité.

« Alors, raille Aubry, mon détachement serait-il l'expression de mes cellules appauvries ? N'attendrais-je plus grand-chose ? Il me semble au contraire que j'attends encore beaucoup, mais en dehors de l'anecdote et du hasard. J'attends une certaine joie de vivre tirée de la quiétude plus que de l'agitation, et cette quiétude n'est certes pas faite de renoncement. Le bonheur sans les illusions du mouvement, quelle ambition ! Le temps de Mount Auburn, je l'ai voulu pour me retirer, non du monde, mais en moi, comme une pause, pas comme une péripétie. »

Il en est là de ses réflexions au moment où il descend à Kilcrohane pour y chercher son courrier. Plus facile de penser tout cela que de le vivre, se dit-il, n'éprouvant ce jour-là aucune envie d'avoir un paquet de lettres, mais assez sincère, sur l'autre face de lui-même, pour admettre que s'il peut se montrer aussi « désintéressé », c'est qu'il est sûr de la fidélité de certains liens auxquels il tient et qui le tiennent. Ils ont été serrés très fort voici longtemps et ils demeurent ce qu'ils sont en raison de ce qu'ils sont, sans nouvelle intervention des doigts qui les ont faits. Mais n'est-ce pas le lot de toutes les ententes réussies parvenues à leur maturité ? En somme, se dit-il, si je peux être ainsi détaché de mon futur, c'est que je ne suis pas abandonné par le passé, je l'ai criblé, ce passé, pour n'en garder que les meilleurs grains, à distance. Eh oui, j'ai mis des distances entre les autres et moi, puis entre le moi de Londres et celui de Mount Auburn. Et je me rapproche de quoi ? Suis-je à l'abri du hasard ? Suis-je protégé de l'anecdote ?

Le voilà à la porte de l'épicerie, salué par un retentissant « Hello Mr Aubry » que lui lance Mr Murphy. Il lui demande s'il a du courrier.

— Pour en avoir, vous en avez. On ne vous oublie pas. Il faut dire que vous n'êtes pas venu depuis plus de dix jours. Vous n'avez pas été malade au moins ?

— Non. J'ai beaucoup travaillé.

Le paquet de lettres qu'il a reçues est en effet volumineux. Sur la plus grande enveloppe, il remarque aussitôt l'écriture d'Édith. Il met tout le courrier, sans en prendre connaissance, dans une sacoche, et fait ses achats à l'épicerie. Mrs Murphy, comme d'habitude, le sert, sans lui poser d'autres questions que celles qui sont en rapport avec les articles qu'il demande, à moins qu'il ne s'agisse de fleurs. Et encore demeure-t-elle fidèle à son principe, puisque c'est elle qui fournit à Aubry ses graines et ses plantes. Mais elle y ajoute un intérêt personnel, un intérêt de jardinière qui s'adresse à un amateur comme elle.

— Ils doivent être beaux, vos pavots.

— Oui, parce que je les ai placés bien à l'abri, sinon leurs tiges auraient cassé.

— L'ennui, c'est qu'ils veulent du soleil.

— En effet, j'ai eu du mal à trouver le bon endroit : assez ensoleillé et protégé des vents.

— Ah, il faut aimer les plantes et savoir ce qu'elles aiment, mais elles nous le rendent bien ! Comme les personnes.

— Eh oui.

Aubry n'a pas envie d'entrer dans des considérations générales, et il semblerait qu'aujourd'hui Mrs Murphy ait eu le désir de sortir de ses limites habituelles. Il la ramène aux réalités pratiques tout en demeurant dans le domaine des plantes.

— N'auriez-vous pas de la graine de salade d'été, de la salade aux feuilles frisées et craquantes ?

— Ah non ! Vous savez, nous, ici, nous ne mangeons que de la laitue.

— C'est vrai. Alors je vais demander qu'on m'en envoie, et je vous en donnerai pour votre jardin.

— Oh, vous êtes bien aimable, monsieur Clark !

Un petit silence, puis :

— Vous avez donc commencé à cultiver des légumes ?

Pris de court, Aubry prononce un oui sans assurance et se dirige vers Mr Murphy pour acheter une caisse de bière. La graine de salade, c'était à l'intention de Martha qu'il voulait s'en procurer. Mr Murphy, chargeant la caisse dans sa voiture :

— Alors, vous vous plaisez toujours à Mount Auburn ?

— Oui, j'y trouve le calme dont j'ai besoin, et des paysages qui me stimulent.

— Ma femme et moi, si cela ne vous ennuie pas, un dimanche, quand on ira se promener par là, on vous fera une petite visite. On sera content de voir comment vous avez arrangé la maison du vieux Kelly. Il paraît que le nouveau mur que vous avez fait reconstruire est encore plus beau que l'ancien.

— J'aurai grand plaisir à vous accueillir.

Sur le chemin du retour, Aubry essaie de se persuader que les attentions de Mr et Mrs Murphy pour sa maison sont de simple intérêt amical. Et pourquoi seraient-elles autre chose que cela ? Il est obligé de s'arrêter afin de laisser passer un tracteur. C'est justement Pat qui le conduit, et qui lui fait signe :

— On ne vous voit plus du tout, Aubry. Et les beaux jours sont là. Il faut en profiter.

— Je travaille tellement que le temps passe sans que je m'en rende compte.

— Venez donc nous voir ! Voulez-vous demain ? Je serai avec quelques amis et l'on organisera une partie de pêche. Alors, d'accord ?

— Oui, avec plaisir.

« Je vais me livrer ainsi à bien des plaisirs », bougonne Aubry, en regagnant Mount Auburn.

Rentré dans la salle, il commence par ranger les

provisions qu'il a rapportées de Kilcrohane, puis il ouvre sa sacoche et en extrait son courrier. La grande enveloppe, dont l'écriture lui est familière, c'est elle qu'il ouvre en premier. Édith lui envoie les photos en couleurs prises la veille de son départ, au moins une vingtaine, dont plusieurs ont été agrandies. L'une de celles-ci le représente, la tenant par la taille. Derrière eux, on voit l'ouverture de la baie vers le large et le cap d'en face qu'il a si souvent dessiné. Édith a écrit au verso : « Nous deux » avec la date, puis, plus bas : « Paysage vu de la maison au balcon. »

Il n'apprécie pas qu'Édith se soit approprié le terme : « la maison au balcon ». Et qu'elle possède, là-bas, à Londres, cette photo, agrandie comme celle-ci, qu'elle puisse la montrer à des amis, qu'elle l'accroche peut-être chez elle ne fait qu'augmenter son agacement. D'un geste vif, il rassemble la lettre et les photos sans ouvrir les autres enveloppes, range tout cela dans un tiroir, regarde l'heure et prend le sentier du lac pour aller chercher Ellynn chez Martha.

Le lendemain, ayant promis à Pat de passer la soirée chez lui, il se demande comment il pourra s'absenter en raison de la présence d'Ellynn. Faudra-t-il que Martha la garde pour la nuit ? Il craint de provoquer une réaction hostile d'Ellynn et des difficultés avec sa mère. Au fond, elle ne court aucun danger en restant seule à Mount Auburn pendant une ou deux heures. Mais, même sans danger, n'aura-t-elle pas peur ? C'est cela qui importe. Il se dit que s'ils dînent tôt, elle ira se coucher vers neuf heures. Comme elle s'endort très vite, il pourra s'absenter sans même qu'elle le sache. Et puis il se refuse à choisir cette solution qui serait un mensonge. Alors, il explique à Ellynn, pendant qu'ils prennent leur repas, qu'il doit se rendre chez Pat (oui, il tient à préciser chez qui il va ; l'enfant, pense-t-il, n'aime pas le flou) et qu'il sera obligé de la laisser seule.

— Pourquoi je viens pas avec vous ?

— Parce que ce n'est pas une réunion pour les petites filles. Tu ne t'amuserais pas du tout.

— Ça ne fait rien. Je voudrais que vous m'emmeniez.

— Non, Ellynn, ce n'est pas possible. Tu resteras ici.

Elle n'insiste pas, le regard plongé dans son assiette, les cheveux sur la figure.

— J'ai pensé, ajoute-t-il, que, si tu ne veux pas te coucher avant mon retour (il évite de dire, si tu as peur de t'endormir), tu peux rester ici avec les chiens, vous m'attendrez ensemble. J'ai préparé les chansons que tu aimes sur le magnétophone. Et puis, tu peux faire marcher la radio.

Ellynn, à l'idée de ne pas être forcée de se coucher, d'avoir les chiens pour compagnons et d'entendre de la musique en manipulant les appareils comme les grandes personnes, paraît rassérénée. Et puis, elle est fière d'occuper le fauteuil d'Aubry. Moby et Dick accourent, tout heureux, eux aussi, d'être admis dans la maison à cette heure. Aubry place les disques en état de marche, embrasse Ellynn sur les deux joues, et va pour sortir lorsqu'elle lui crie :

— Ne partez pas trop longtemps !

Il croit bon de ne pas lui dire de fermer la porte à

clef afin de ne pas lui donner à penser qu'elle pourrait courir le moindre risque en restant seule. Pourtant, il se demande s'il ne serait pas plus prudent de le faire. Il choisit de ne pas l'alarmer. Il sait que, de toute façon, libre de ne pas se coucher, elle s'endormira paisiblement.

Un quart d'heure plus tard, il arrive chez Pat et Lilian qui, dans leur salle de séjour, ont réuni une douzaine de personnes. Pat fait les présentations : « Voilà Aubry, notre ami le peintre », et nomme seulement les invités que ne connaît pas encore Aubry : la sœur de Lilian et son mari, la sœur de Pat et un vieux couple de retraités. L'arrivée d'Aubry ne trouble pas les conversations qui reprennent leur cours. On parle ici des prix de vente du bétail et là de l'activité du groupe théâtral qu'a constitué le maître d'école de Kilcrohane.

— Il faudra venir pour voir notre prochain spectacle, dit un des invités. C'est une pièce tirée d'une ballade du XVIIe siècle. Elle raconte l'histoire d'une Irlandaise embarquée sur un navire anglais, qui avait été capturée en Méditerranée par les Barbaresques. Vendue comme esclave, elle était devenue la favorite d'un grand chef arabe jusqu'au jour où, ayant reçu de lui comme cadeau un bateau, elle s'était enfuie et avait abordé en Sicile d'où elle avait regagné l'Irlande.

— C'est plus un sujet de cinéma que de théâtre, dit Aubry.

Janet, la sœur de Pat, intervient :

— Non, c'est un drame psychologique. On aurait dû vous préciser que l'Irlandaise s'était éprise de son beau chef, mais qu'elle avait choisi, après un grand débat intérieur, de retrouver sa patrie et sa religion.

C'est ainsi qu'elle avait usé de tous ses charmes pour obtenir un bateau, avec l'arrière-pensée de sa fuite. À son retour, elle était demeurée inconsolée, dans le souvenir de son amant perdu et le remords de lui avoir menti.

— C'est très irlandais, dit Aubry.

— Quelle idée vous faites-vous donc de nous ? s'écrie Janet.

— Une idée excellente. Vous pouvez tout sacrifier à vos sentiments et vous savez vivre de vos nostalgies.

Le regard aigu de Janet s'immobilise.

— Vivre de ses nostalgies ! dit-elle, songeuse.

Puis, redevenant rieuse :

— Seriez-vous un peu romantique ?

— Sans doute. C'est pourquoi j'irai voir la pièce. Si je ne suis pas indiscret, quelle est votre occupation ?

— Je suis professeur d'éducation physique, mais j'aurais aimé être professeur de lettres.

— Pourquoi ne l'avez-vous pas été ?

— Parce que j'étais plus douée pour les sports que pour la grammaire !

Elle rit en esquissant un geste de gymnastique. Aubry commence seulement à la détailler sans le laisser paraître. Elle a moins de trente ans. La réalité de son corps, il ne peut que la deviner, car elle porte un ample chandail sur un pantalon. Mais son visage se présente sans détour. Des cheveux blonds très courts, une peau bronzée, des yeux bleu foncé qui vous regardent bien en face, une bouche un peu entrouverte qui semble vous écouter pour vous répondre très vite. De la franchise et de l'enjouement.

On offre des tartes assorties de jus de fruits et de whisky. Janet aide sa belle-sœur à faire le service. Elle circule avec souplesse au milieu des invités, adressant à chacun une phrase de courtoisie. Elle demande à Aubry, après lui avoir proposé une pâtisserie :

— Ferez-vous une exposition à Cork ou à Dublin ?

— Non. À Londres.

— Dommage. C'est trop loin, je ne pourrai pas y aller.

Va-t-il dire : « Vous pouvez venir voir mes tableaux à Mount Auburn » ? Il ne le fait pas, bien que cette fille lui soit sympathique. Pat s'approche de lui :

— Nous organisons une partie de pêche dimanche prochain, nous comptons sur vous.

Il ajoute, négligemment :

— Janet sera encore là.

Aubry, sans réagir à cette information, accepte sur-le-champ. Assurément, il aurait hésité s'il n'avait pas été informé. Avant de partir, il bavarde avec chacun des invités. L'un d'eux, un fermier dont l'exploitation est voisine de celle de Pat, lui demande :

— C'est vous qui faites marcher un cerf-volant ?

— Oui, répond Aubry, qui s'était aperçu, mais un peu tard, qu'un cerf-volant dans le ciel manquait plutôt de discrétion.

Et Pat, ayant entendu la question :

— Il a besoin de ça pour savoir d'où vient le vent !

— Eh oui ! dit Aubry en se forçant à rire.

L'ironie irlandaise le désarçonne. Il se souvient de cette marchande de tissu de Skibereen qu'il ne connaissait pas et qui, le voyant pénétrer avec des lunettes noires dans sa boutique, un jour de pluie, lui avait lancé avant de savoir ce qu'il désirait acheter :

— Vous ne trouvez pas qu'il fait assez gris comme ça ?

Sa réponse avait été de retirer ses lunettes. Mais que pourrait-il répondre à Pat ? D'autant plus qu'il se demande si Pat ne s'est pas aperçu qu'Ellynn vivait chez lui. Il enchaîne en parlant de la partie de pêche :

— J'espère que les poissons tireront sur les lignes aussi fort que le vent sur la ficelle du cerf-volant !

Pat rit. On s'en tient là. Et l'on parle d'autre chose.

Aubry rentre à Mount Auburn, une heure plus tard, d'un pas pressé. De loin, il entend résonner la musique, mais il trouve Ellynn endormie dans le fauteuil, comme il l'avait prévu, les deux chiens couchés à ses pieds, avec la radio qui marche très fort. Sans doute a-t-elle haussé le niveau pour se donner du courage.

Moby et Dick se sont réveillés mais ne le laissent pas trop voir. Ils n'ont pas envie de quitter les lieux. Aubry feint de les ignorer. Ils referment les yeux, en remuant légèrement la queue. Quant à Ellynn, elle est en plein sommeil et ne bronche pas, enfouie sous la couverture qu'Aubry avait préparée à son intention. Il la prend tout doucement pour la porter jusqu'à son lit. Alors, elle se réveille un peu, sans retrouver la force de parler. Elle regarde Aubry penché sur elle, et elle tend ses bras vers lui pour l'embrasser. Il met sa joue contre la sienne et quitte sans bruit la pièce. Monté dans sa chambre, il ne se décide pas à se coucher. Il a ouvert, toute grande, sa fenêtre qui lui apporte un air chargé d'odeurs d'herbe coupée. Il entend le bruissement lointain des vagues. Tout en bas, le long de la rive, il distingue les lumières de la ferme de Pat. Il essaie d'imaginer la soirée et les conversations qui doivent continuer, car il est parti le premier. Il serait resté plus longtemps s'il n'avait pas été préoccupé par la solitude d'Ellynn.

De nouveau, le problème de son absence se pose pour cette journée qu'il doit passer à l'extérieur. Pas d'autre solution que de dire à Ellynn qu'elle demeurera tout le dimanche chez sa mère. Ellynn, après avoir écouté la décision d'Aubry, déclare aussitôt :

— Je voudrais aller à la pêche.

— Pat n'emmène pas ses enfants. Le nombre de places est limité sur son bateau. Il n'a invité que des grandes personnes. De toute façon, tu ne sais pas nager. Il ne pourrait donc être question que tu viennes.

— Vous m'apprendrez quand à nager ?

— Je vais y songer. En tout cas, dimanche, tu iras chez ta mère.

— J'aime mieux rester à la maison.

— Qu'est-ce que tu feras ?

— Je travaillerai à mon jardin. Je laverai le linge de ma poupée, j'écouterai de la musique. Je vous préparerai quelque chose pour le dîner. Ce sera une surprise. Et puis, je jouerai avec mon cerf-volant pour vous dire bonjour quand vous serez en bateau.

— En effet, tu as beaucoup de choses à faire, dit Aubry qui n'a pas du tout envie qu'elle se serve du cerf-volant pour le saluer. Mais tu ne veux pas retrouver ton frère et ta sœur ?

Ellynn a réponse à tout :

— Maman n'aura qu'à les conduire ici, ils veulent jouer avec mon cerf-volant.

Vient le dimanche, Aubry a accordé à Ellynn la permission de demeurer à Mount Auburn. Il ne saurait interdire le jeu. Mais il craint les réflexions de Pat ou de ses amis. Et il est obligé, à cette occasion, de se demander s'il ne vaudrait pas mieux révéler la situation et l'expliquer que d'essayer inutilement de la cacher. Sera-ce d'ailleurs une révélation ? La plupart de ceux qu'il connaît à Kilcrohane ne sont-ils pas informés ? Il a suffi que le Baron, qui l'a vu plusieurs fois avec Ellynn, l'ait dit à Mr Murphy. Alors à quoi rime une comédie qui, précisément, pourrait laisser supposer ce qu'il désire éviter qu'on croie : des relations intimes entre lui et Martha ? D'ailleurs, qu'on croie ce qu'on voudra, il se le dit, se le répète ; il n'a pas à se soucier de l'opinion. Et c'est pourtant ce qu'il ne cesse de faire. Qu'il ait usé de précautions vis-à-vis d'Édith, soit. Mais pour les autres quelle importance ? Évidemment, si Édith revenait... Mais quand reviendra-t-elle ? De toute façon, c'est maintenant qu'il doit se décider à adopter telle ou telle attitude. Mais il n'est pas seul à devoir se prononcer. Martha, jusqu'à présent, a désiré dissimuler la prise en charge d'Ellynn par son voisin pour des raisons qu'il n'a pas cherché à démêler. Sans doute se soucie-t-elle plus de sa réputation de mère que de veuve. Aubry pense qu'il pourra la convaincre de ne plus cacher la réalité. Ils mettront au point ensemble l'explication la meilleure. À dire vrai, il ne voit pas laquelle, mais il préfère n'y pas songer pour le moment. Il se dit que bien des choses seront facilitées, qu'il ne craindra plus, par exemple, des visites imprévues et qu'il pourra montrer ses toiles à la sœur de Pat sans jouer les ermites ombrageux.

Il est dix heures du matin. Il va partir. Ellynn est en train de laver les robes de sa poupée, qu'elle a couchée dans son lit « pour qu'elle n'ait pas froid ». Elle a déjà mis son couvert sur la table, et disposé les écuelles des chiens de chaque côté de sa chaise. Aubry a accepté ce repas à quatre prévu par Ellynn, sans son autorisation, parce qu'il a mauvaise conscience de la laisser déjeuner seule. Elle n'a pas voulu aller prendre son repas chez sa mère qui viendra, comme prévu, à Mount Auburn dans l'après-midi avec John et Priscilla.

— Je préparerai le thé, dit Ellynn.

Elle regarde dehors, les nuages passent à vive allure. Elle bat des mains.

— Ah, on va bien s'amuser avec le cerf-volant !

Aubry sent un pincement au cœur. Ces mots lui rappellent qu'il devra profiter de la circonstance, cet après-midi, quand le cerf-volant s'élèvera au-dessus de Mount Auburn, pour amorcer l'explication devant Pat. Et, dès ce soir, il parlera à Martha. Évidemment, il la mettra en présence d'un fait accompli, mais il est sûr de trouver les arguments pour la rallier à sa décision. Elle n'est pas de celles qui s'accommodent des fausses façades, et son idée de faire valoir qu'il s'est chargé de donner à Ellynn son premier enseignement avant qu'elle n'aille à l'école, cette idée lui paraît bonne et, somme toute, véridique. Il n'aura pas besoin de fournir l'emploi du temps détaillé de son élève, ni de préciser qu'elle dort à Mount Auburn.

Ellynn lui met dans les mains un tricot de laine :

— Vous ne l'avez pas pris. Et vous aurez peut-être froid !

Il rit :

— Merci d'y avoir pensé.

Va-t-il, à son tour, lui faire quelque recommandation ? Le geste et les mots dont il a été l'objet ne s'y prêtent guère. Aujourd'hui, c'est lui le protégé. Elle ajoute :

— Tâchez de revenir avec du poisson. Comme ça, vous n'aurez pas besoin d'aller à Kilcrohane demain.

Elle l'accompagne jusqu'à sa voiture, c'est elle qui ferme la portière quand il est monté. Il ouvre la glace et lui caresse la joue.

— À tout à l'heure.

Elle sourit sans rien dire. Son regard suit l'auto qui s'éloigne. Elle agite la main longtemps, comme s'il partait pour un grand voyage.

*

Pat attend Aubry dans la crique qui lui sert de port personnel. L'accompagnent sa femme, son frère, sa belle-sœur et Janet. On débarque sur un îlot rocheux à quelques encablures, au milieu de la baie. C'est une occasion de faire un repas en jouant les robinsons. Janet se joint aux hommes pour pêcher tandis que les deux autres femmes préparent le pique-nique. Elle est vêtue d'une robe courte qui livre ses bras et ses jambes au regard intéressé d'Aubry, tandis qu'avec des mouvements très experts et décidés elle lance sa ligne aussi bien que les hommes. Aubry n'est pas pêcheur. Il n'a jamais pris plaisir à la capture d'aucune bête. Les artistes généralement cherchent à capturer autre chose. En outre, il ne saurait oublier l'asphyxie des poissons qui se débattent hors de l'eau. Aujourd'hui, s'il est là, c'est pour répondre à une invitation répétée de Pat. Peut-être aussi parce qu'il a envie de revoir Janet. Celle-ci veut l'initier au lancer. Elle lui indique tous les gestes à faire, se met à ses côtés pour placer sa main sur la canne et lui montrer comment on effectue le jet de la ligne. Il y faut à la fois de la fermeté, un coup vif et beaucoup de souplesse. Il ne révèle pas de grandes dispositions pour ce genre de sport, mais il prend plaisir à paraître bon élève et simule à la perfection le zèle d'un néophyte désireux d'apprendre. Le hasard veut qu'un maquereau morde à sa cuiller, et y morde si bien qu'il le ramène d'un coup magistral sur la rive, avec les félicitations de son professeur. Il se dépêche de décrocher le poisson dont les ouïes saignent et de le mettre dans un grand seau qu'il a rempli d'eau de mer. S'il continue ensuite à pêcher avec la canne qu'on lui a prêtée, c'est parce qu'il a pris goût à Janet et non à la pêche. Cette fille aux façons très naturelles, aussi délurée dans ses gestes que dans ses propos, l'intéresse. Mais il n'en laisse rien voir, apparemment absorbé par le désir de prouver ses talents. Janet, de son côté, est plus préoccupée des réussites d'Aubry que des siennes.

L'habitude est de manger les premiers poissons pêchés qu'on fait griller sur un feu de bois. Aubry ne veut pas que la mort soit donnée aux maquereaux par les coups de ciseaux qui les éventreront avant qu'on ne les nettoie. Il prend un bâton et les assomme d'un coup sec sur le dos, tout près de la tête, puis les remet aux cuisinières. Janet le regarde avec le même sourire étonné que les autres femmes :

— Vous ne voulez pas qu'ils souffrent, mais ça ne vous empêchera pas de les manger !

— Non, pas vous ! Que je ne vous entende pas dire ce que disent tous les autres qui ne réfléchissent pas !

Il a paru excédé. Janet se tait et s'écarte d'Aubry, aussitôt alarmé d'avoir pu la mortifier :

— Excusez-moi. Je ne voulais pas vous faire de peine ! Mais, voyez-vous, il y a des choses que je supporte mal.

Pendant le repas, où la gaieté est de mise, celle d'Aubry se force pour être au diapason. Janet semble avoir oublié l'incident. Elle s'est placée à côté de lui, et le sert avec gentillesse. Plus l'heure avance, plus Aubry est préoccupé. Il regarde sans cesse en direction de Mount Auburn où devrait s'élever le cerf-volant d'Ellynn. Mais rien n'apparaît dans le ciel. Il en est plus inquiet que soulagé. Que s'est-il passé là-bas en son absence ? Pourquoi Ellynn a-t-elle renoncé au jeu avec son frère et sa sœur ? Une scène entre elle et sa mère ? Un accident ? Il imagine, il dramatise. Comme le temps se couvre, il appuie Lilian qui voudrait rentrer par crainte d'un orage et propose d'achever la journée à sa ferme. Il la remercie et se déclare obligé de rentrer tout de suite chez lui.

— Alors, on ne vous retient plus ! dit Pat, de l'air de quelqu'un qui sait comprendre les choses.

Aubry serre la main de Janet :

— Vous me feriez plaisir si vous veniez voir mes tableaux à Mount Auburn.

— C'est à moi que vous ferez plaisir. Quel jour voulez-vous ?

— Demain ou après-demain dans l'après-midi, entre deux et six heures.

Instinctivement, il a indiqué le moment où Ellynn est absente. Sur le chemin du retour, il se demande ce qui l'attend à Mount Auburn. Mais tout y paraît paisible. Devant la maison, les trois enfants prennent leur goûter, Martha tricote. Dès que l'auto est arrêtée, Ellynn accourt :

— Aubry, venez vite décrocher le cerf-volant. Il s'est pris dans les branches d'un arbre quand on l'a lancé !

La fleur jaune, grâce à une échelle, est rapidement délivrée de son piège feuillu. Aubry se charge lui-même de la projeter en l'air, profitant d'un grand souffle de vent qui l'emporte, d'un seul coup, très haut, tandis que les enfants poussent des cris de joie. Il se demande ce que penseront Pat et les autres si, de la ferme, ils voient tournoyer le cerf-volant sur Mount Auburn. Après tout, cela ne leur apprendra rien, sinon qu'il affirme son droit de faire ce qu'il veut avec qui bon lui semble. Martha, très silencieuse, assiste au spectacle. Aubry l'invite à dîner. Elle lui répond qu'elle acceptera s'il veut bien la charger de préparer le repas. Pourquoi n'aurait-il pas cette simplicité ? Il montre donc à Martha où se trouvent les provisions et les couverts. Un quart d'heure plus tard, les enfants, chassés par une ondée, rentrent en courant dans la maison. Ellynn voit sa mère en train d'assaisonner une salade. Elle ne dit rien et va s'enfermer dans sa chambre. Aubry a remarqué son attitude, mais non Martha absorbée par le rôle dont on l'a chargée. John et Priscilla, assis par terre près de la cheminée, regardent des livres d'images que leur a donnés Aubry pour les occuper sans qu'ils réclament leur sœur. Puis il va dans la chambre d'Ellynn et trouve celle-ci allongée sur son lit, les yeux rougis.

— Qu'est-ce qui ne va pas ? lui demande-t-il à mi-voix. Tu te sens malade ?

— Non, fait Ellynn dans un grognement.

— Alors, viens nous aider à préparer le dîner.

— Non. Je ne veux pas.

— Et pourquoi tu ne veux pas ?

— Parce que vous n'avez pas besoin de moi.

— Mais si, Ellynn, j'ai besoin de toi.

Il ajoute aussitôt :

— Et ta maman a besoin de toi. Tu sais mieux que moi maintenant où sont rangées toutes les choses, puisque c'est toi qui les ranges. Allons, viens !

Ellynn regarde Aubry intensément :

— C'est pour vous que je viendrai, pas pour maman !

— Ne dis pas des choses comme ça !

— Et pourquoi je les dirais pas ?

— Parce que tu sais que je n'aime pas que tu les dises.

Il lui passe la main sur le front avec beaucoup de douceur en lui souriant. Ellynn lui rend son sourire, puis elle se lève d'un bond, l'entoure de ses bras pour qu'il la pose par terre. Elle jette alors un regard à sa glace :

— Est-ce que ça se voit que j'ai pleuré ?

— Mais non ! Passe-toi un peu d'eau sur la figure et viens nous retrouver.

Il sort de la chambre. Quelques instants plus tard, Ellynn apparaît. Elle demande : « Je peux vous aider ? » et elle envoie un petit coup d'œil complice à Aubry. Celui-ci y répond en clignant des yeux. On pourrait le croire amusé. Il est ému.

Le dîner se passe bien. C'est la première fois que Martha prend un repas chez Aubry. Elle en est sûrement contente. Quant à Aubry, attablé avec cette femme et ses trois enfants, dans une ambiance très familiale, pouvait-il imaginer semblable scène en venant s'installer à Mount Auburn ? Comme il a déjà eu l'occasion de le faire, une part de lui-même considère le spectacle avec ironie, l'autre part y ajoute de l'inquiétude. La conversation est animée surtout par Martha qui, après avoir raconté comment elle a découvert une sorte de pomme de terre qui absorbe moins l'eau que les autres, révèle son grand projet : acheter un motoculteur dont elle a vu le modèle à Bantry. Cela lui permettra d'agrandir son champ en se donnant moins de mal. Elle use actuellement d'un âne attelé à une petite charrue. Aubry la comprend, mais il appréhende le bruit qui troublera le silence de ce territoire jusqu'alors épargné par les tracteurs. Il essaie d'orienter Martha vers un rendement meilleur grâce à la nature plus rare de ses légumes :

— Faites des artichauts, des haricots verts. On n'en trouve pas ici.

— Si l'on n'en trouve pas, dit Martha péremptoire, c'est que les gens n'aiment pas les légumes qu'ils ne connaissent pas. Ils n'achètent que les légumes qu'ils connaissent, en boîte de conserve !

« Elle n'a pas tort », pense Aubry.

— Quand vous irez à Bantry, continue Martha, vous verrez le motoculteur et vous me donnerez votre avis.

— Bien volontiers, répond-il, dominant ses réticences, et se reprochant sa première réaction, fort égoïste.

Elle lui indique le nom et l'adresse du marchand d'outils agricoles. Puis l'on parle des distractions qu'on trouve à Kilcrohane. Aubry demande à Martha si elle sait que l'instituteur prépare une représentation théâtrale avec un groupe de jeunes gens. Non, elle n'est pas au courant. Il lui raconte le thème de la pièce. Ellynn boit ses paroles. Martha, quand il a achevé le récit, déclare avec rudesse :

— Toutes ces choses-là ne m'intéressent pas. Je préfère rester chez moi.

— Oh, moi j'aimerais bien voir le théâtre !

— Ce n'est pas de ton âge, tranche Martha.

« Voilà un sujet que je n'aurais pas dû aborder », pense Aubry qui cherche une diversion, et n'en trouve pas d'autre que de se lever pour apporter le dessert.

— Est-ce que tu n'as pas préparé une tarte ? demande-t-il à Ellynn.

— Oui. Mais elle est trop petite ! Elle était pour nous deux.

— Ah, dit Martha, elle est cuisinière chez vous ! Bravo ! À la maison, elle ne veut rien faire.

— Si, dit Ellynn, j'épluche les légumes, je mets le couvert, je lave la vaisselle.

— Oui. Mais tu ne fais pas la cuisine.

— Eh bien, intervient Aubry avec autorité, toute chose a un commencement.

Cela n'appelle pas de réplique. La mère et la fille se taisent. Alors Aubry dépose la tarte d'Ellynn sur la table, la découpe et sert chacun.

— Elle est très bonne, ta tarte, Ellynn, dit-il, n'est-ce pas Martha ?

Et Martha, qui veut ménager Aubry, le visage souriant :

— En effet, elle est très bonne. Toutes mes félicitations, Ellynn.

John et Priscilla répètent :

— Elle est très bonne.

Aubry dit :

— Elle est si bonne qu'on la trouve un peu petite.

Ellynn, flattée, baisse la tête puis, dans un mouvement subit, pour faire plaisir à Aubry :

— Tiens, maman, prends mon morceau !

*

Après le dîner, le temps étant redevenu clair sous les feux du soleil couchant, les trois enfants sortent de la maison, incités à le faire par Aubry qui leur a suggéré une dernière partie de cerf-volant. Aussitôt seul avec Martha, il entame l'entretien difficile. Il lui explique l'impossibilité de continuer à dissimuler la présence d'Ellynn à Mount Auburn. Il use de tout son arsenal d'arguments. Martha hoche la tête en silence, puis :

— Vous avez raison, Aubry.

Aubry ne s'attendait pas à un acquiescement aussi prompt. Martha, à son tour, prend la parole et commente ce qu'il a dit. Comme il l'avait prévu, il lui importe avant tout qu'on ne puisse interpréter la prise en charge d'Ellynn par lui comme une façon pour elle, Martha, de se débarrasser de sa fille. L'origine de la situation — c'est-à-dire la fuite d'Ellynn venue se réfugier chez Aubry — on ne la révélera à personne. Martha et Aubry n'ont pas besoin d'en convenir. Cela va de soi. Mais cette réalité est là, inflexible, envahissante, qui leur interdit de trouver une autre solution, par exemple de confier Ellynn à Aubry le matin seulement et de lui faire accepter de coucher chez sa mère. Ils savent bien qu'elle s'enfuirait de nouveau comme elle en a menacé Aubry s'il ne la gardait pas à Mount Auburn.

Ils doivent s'incliner devant une volonté qui, ne cédant à aucune raison, les désarme et les voue à une contrainte somme toute inacceptable. Aubry prend chaque jour davantage conscience d'une atteinte à sa liberté, qu'il n'aurait jamais voulu accepter, même s'il avait eu à s'occuper de l'enfant d'un de ses meilleurs amis décédé. Il aurait alors fait son devoir, mais avec toutes les précautions et la méthode nécessaires, non dans cette improvisation urgente, dans cette irréversible mission que lui a value le plus grand des hasards, en lui donnant une autorité presque absolue sur un être. Peut-on recueillir un enfant comme un animal perdu, sachant que toute hospitalité, ne serait-ce que celle qu'on accorde à un oiseau, nous apporte des gênes et des obligations? La réponse sans doute est que l'on doit moins généreusement traiter l'homme que l'animal, pour la simple raison qu'on ne se défait pas d'un enfant comme d'un chien ou d'un chat errant. L'animal, on le sauve dans l'instant, mais on peut ensuite le donner à un autre ami des bêtes. Oui, la réponse est celle d'une froide raison, par égard pour l'homme, avec toutes les apparences de l'insensibilité. Il aurait dû ne pas accueillir Ellynn et lui interdire de revenir à Mount Auburn si elle s'enfuyait encore de la maison maternelle. Il aurait dû la ramener chez Martha, comme il l'avait fait la première fois. Il aurait dû... oui. Mais les excès possibles du désespoir d'Ellynn, sa résolution de s'échapper sans raisonner, avec tant de risques dramatiques, pouvait-il refuser de les voir, ou simplement pouvait-il en minimiser les conséquences ? Il s'était laissé aller à la force instinctive de la pitié. Il avait accordé crédit à la menace d'une petite fille. C'était cela son tort. Mais si Ellynn avait disparu, alors de quel tort n'aurait-il pas été chargé tout le reste de sa vie ?

Ces réflexions, il les porte en lui, elles le brûlent. Il ne les livre pas à Martha.

Les propos qu'il échange avec elle, sur le ton de la simplicité amicale, rassurent par leur sagesse et leur logique. L'un et l'autre se gardent de pénétrer la substance mystérieuse des faits. Ils évoluent à la surface de leurs actes. Le consentement de Martha, son approbation de la conduite à tenir et des explications à donner aux habitants du pays, font partie sans doute du cheminement obscur de ses décisions. Aubry n'est pas sans le percevoir.

Les rires des enfants devant la maison, le paysage aimé luisant de soleil, l'image d'Ellynn heureuse, celle de la mère apaisée, pourquoi ce soir irait-il au-delà de ces réalités ?

Le lendemain matin, Aubry range soigneusement sa maison, prenant soin de ne rien laisser traîner qui puisse trahir la présence d'un enfant. Janet arrive très tôt dans l'après-midi du pas vif d'un marcheur qui ne craint pas les fortes pentes et fait de ses foulées souples un effleurement. Aubry va au-devant d'elle :

— Bonjour, la danseuse !

Il la prend par le bras, et l'entraîne vers son atelier, dont ils gravissent l'escalier en quelques bonds.

— Bravo, le danseur, dit Janet.

Aubry est très heureux de ce préambule. Il se sent à l'aise avec ce corps, compagnon imprévu du sien. Il sera beaucoup moins à l'aise quand le dialogue s'engagera. Car, de toute évidence, si Janet possède une bonne culture artistique, elle n'a pas le sens inné de la beauté qui provoque les réactions spontanées. Aussi se lasse-t-il vite de lui montrer ses toiles devant lesquelles elle ne sait rien dire d'autre que « comme c'est joli ! », à moins qu'elle ne commente un détail en le comparant ou en l'opposant, de façon livresque, au style d'un peintre en renom. Mais elle ne manque pas d'esprit sur beaucoup d'autres sujets, et Aubry n'attend pas d'elle la compétence d'un critique. Au fait, qu'attendent-ils l'un de l'autre ? Aubry n'a jamais aimé se poser de semblables questions. Elles gâchent le naturel des rencontres. Il est plutôt de ceux qui cueillent que de ceux qui préméditent de cueillir. Et voici qu'aujourd'hui, il s'interroge. Est-ce parce que sa vie solitaire le rend plus attentif à la manière d'être d'une femme à son égard ? Est-ce par ce qu'il « prend de l'âge » ? Oh, ce verbe actif pour exprimer si bien ce qu'on subit ! Est-ce précisément parce qu'il refuse de se soumettre ? Toujours est-il qu'aujourd'hui il se trouve bien prétentieux d'imaginer que cette très jeune femme peut attendre de lui autre chose que la satisfaction d'une curiosité intellectuelle. Mais lui, qu'espère-t-il ? Il se le demande en préparant le thé qu'ils vont prendre devant la maison. La conversation s'engage sur l'esthétique corporelle.

— On peut toujours d'une certaine façon être le sculpteur de son corps, dit Janet.

« Ce doit être une phrase qu'elle a empruntée à quelque ouvrage, pense Aubry, mais, pour ce qui est du modelage, le sien est plutôt réussi. » Puis on parle de beaucoup d'autres choses avec animation. Le temps passe vite. Aubry se délasse. Janet s'étire en disant :

— Je comprends votre goût pour Mount Auburn !

Puis, quelques secondes plus tard :

— Ça doit être quand même un peu rude, une telle solitude !

Aubry lui répond que, s'il la trouvait trop éprouvante, il ne tiendrait qu'à lui de reprendre son existence de citadin. Il le pourrait du jour au lendemain. On aborde le célibat, ses avantages et ses inconvénients.

Janet se confie avec une franchise telle qu'elle déconcerte Aubry. Elle lui raconte sa vie de femme libre qui ne veut s'encombrer de rien, même pas de ses plaisirs. Elle le fait comme une provocation, mais il ne réagit pas, intimidé, semble-t-il, par cette fille qui tient les propos d'un garçon s'adressant à une possible partenaire. S'amuse-t-elle à le choquer, ou cherche-t-elle un autre amusement ? Le voilà pris au jeu, et aussi promptement débarrassé de sa gêne qu'il en a été saisi. Pourquoi ne s'amuserait-il pas lui aussi ? Il prend la main de Janet :

— Je vais tout vous avouer : j'aime la solitude parce qu'on se la donne. L'isolement, c'est ce qui nous est imposé par les autres. Je sors donc de ma solitude si l'on veut bien la partager avec moi...

Puis, très cynique, à dessein :

— Un petit moment, rien qu'un petit moment, parce que je suis comme vous, amoureux d'abord de ma liberté.

C'est au tour de Janet d'être un peu désarçonnée, mais pas pour longtemps. Elle ne répond rien, elle ne retire pas sa main de celle d'Aubry, elle le regarde droit dans les yeux avec un sourire de bravade :

— Qu'appelez-vous un petit moment ?

Pour toute réponse, il l'attire contre lui. Elle ne résiste pas. Soudain, on entend un bruit de pas sur le chemin. Aubry lâche Janet et va au-devant d'Ellynn qui rentre pour le dîner et court vers lui.

Janet est restée sur place, ne comprenant pas ce qui se passe. Ellynn l'aperçoit et s'immobilise. Aubry lui explique la visite qu'il a reçue de la sœur de Pat. Ellynn, sans un mot, rentre dans la maison.

— C'est l'enfant de ma voisine. Je lui donne des cours tous les soirs.

— Je sais. Pat me l'a dit. Eh bien, je vais vous laisser à votre tâche d'éducateur.

— La leçon peut attendre.

— Il est tard. Je ne m'étais pas aperçue que j'étais restée si longtemps. Il faut que je parte.

— À bientôt, j'espère.

— Je ne sais pas quand. Mes vacances finissent demain.

— Il y aura d'autres vacances !

— Mais vous, vous aurez peut-être d'autres élèves ! Au revoir, monsieur le professeur.

La danseuse lui sourit, esquisse une révérence, et dévale la pente sans se retourner. Aubry pensif rentre dans la maison. Ellynn est en train de mettre le couvert, elle a placé une casserole sur la cuisinière :

— Alors, vous aviez oublié le dîner ?

Aubry se demande comment il va procéder pour officialiser la présence d'Ellynn à Mount Auburn. Puisque Pat sait de quoi il retourne, finit-il par se dire, les Murphy le savent aussi, et tout le village avec eux. Alors, à quoi bon se tourmenter pour trouver le moyen de publier ce que personne n'ignore ? Il décide donc de ne faire aucune confidence particulière à qui que ce soit et de se contenter de parler de ses relations avec Martha et Ellynn quand les circonstances s'y prêteront ou l'exigeront, comme d'une situation acquise qui n'entraîne de sa part aucun commentaire. Ainsi ne donnera-t-il pas l'impression d'avoir voulu cacher ce qui existait et ne pensera-t-on pas qu'il a pris la décision de le révéler sous la contrainte de l'opinion publique alertée. Il parviendra aisément à faire partager son intention par Martha que sa nature ne porte guère à justifier ses actes devant les autres.

Quelle naïveté d'avoir cru qu'un tel secret pouvait être préservé, ne fût-ce que quelques jours ! Les paysages campagnards les plus déserts sont peuplés d'yeux invisibles. Un seul regard, et se répand un bruit, et bourdonne un village.

Il a suffi qu'un jour Ellynn, quittant Mount Auburn, ou y rentrant, ait été vue par quelqu'un. Et, bien sûr, on ne lui avait fait aucune obligation de se taire, pour éviter de la troubler. Et puis, elle serait allée tôt ou tard à Kilcrohane et elle aurait bavardé librement avec des enfants. Aubry se sent soulagé : il n'aura plus la hantise du secret à garder, finie la crainte des visites inattendues.

Après le déjeuner, il accompagne Ellynn chez Martha à laquelle il explique en aparté la conclusion où l'ont mené ses réflexions. Martha lui répond qu'elle n'aurait pas osé le lui demander mais qu'elle souhaitait en arriver là. Encore un poids de moins. Il se sent des ailes pour faire sa randonnée préférée, celle qui mène au cap, en passant par le donjon-bergerie. Le troupeau du Baron broute une lande qui surplombe la mer. Il se dirige vers lui. Les chiens du Baron vont au-devant de Moby et Dick, en jappant d'amitié tandis qu'Aubry salue leur maître. Le berger, par ce jour de grand soleil, porte un chapeau de paille sur lequel il a fixé une plume noire de cormoran. Il explique à Aubry que c'est le cadeau d'un campeur qui avait couché près du château et s'était vu gratifier pendant tout son séjour d'une pluie et d'un vent rendant inutile l'usage d'un tel couvre-chef.

— Je ne le mets pas souvent, mais je le regarde tous les jours. Je l'ai accroché au mur.

Puis, sentencieux comme à son habitude :

— Le meilleur soleil, c'est celui qu'on imagine !

— Aujourd'hui, je n'ai pas besoin d'imaginer le soleil. Celui-là me suffit, répond Aubry.

La mer, cent mètres plus bas, scintille. Les vagues, toujours vives sur ces hauts-fonds, heurtent les rochers avec un bruit de tonnerre mat et s'épanouissent comme d'énormes fleurs flagellantes.

Aubry remarque soudain à ses pieds d'autres floraisons, minuscules celles-là, et paisibles : un tapis de courtes bruyères blanches, mêlées d'ajoncs nains, couvre la roche.

— C'est le seul endroit du cap où l'on en trouve, dit le Baron qui a observé le regard étonné d'Aubry. Les plus belles sont dans les anfractuosités, sur le rebord même de la falaise. Elles y sont à l'abri. Mais il faut fairc attention pour les cueillir, et ne pas avoir le vertige.

Aubry demande au Baron de lui indiquer les places. Et, penché au-dessus du vide, dans un creux de rochers qui ressemble à un nid, il cueille une grande fleur de bruyère blanche, une seule.

Le Baron lui dit :

— Il y a des amateurs qui viennent ici rien que pour ces bruyères. Il paraît qu'elles sont très rares. Et puis, elles disent beaucoup de choses.

— Que disent-elles ?

— Comment, vous ne connaissez pas la légende ?

— Non, mais je voudrais bien la connaître.

— Ça se passe au Moyen Âge. Une princesse veuve, très belle, dans je ne sais plus quel château, loin d'ici, est courtisée par des chevaliers. Elle leur dit qu'elle se remariera avec celui qui lui rapportera de la bruyère blanche. Elle dit ça parce qu'elle n'a jamais vu de bruyère blanche et qu'elle pense décourager les galants. Mais l'un d'eux a entendu parler de la bruyère blanche de Ballyroon. Il part aussitôt à sa recherche. Il parcourt à cheval des milles et des milles. Quand il arrive sur le cap, c'est la nuit, mais il a tellement hâte de découvrir les fleurs qu'il n'attend pas le jour et va pour les cueillir. Il tombe du haut de la falaise. Quand on retrouve son corps, il tient dans ses mains serrées des bruyères blanches. On le ramène en son fief lointain, et on l'enterre avec le bouquet. Jusque-là, l'histoire est banale. Ce qui la rend intéressante, c'est que la Dame, émue de l'acte du chevalier, jure de ne plus se remarier. En somme, elle reste fidèle à son mari en se voulant fidèle à celui par qui elle aurait pu le remplacer ! Voilà pourquoi on appelle cette légende : « La légende de la Dame inconsolable. » Elle était deux fois inconsolable !

— C'est en effet une très belle histoire.

— Il en est resté une superstition : vous ne verrez jamais personne circuler sur le cap pendant la nuit.

— Sauf vous...

— Moi ? je ne sors qu'au lever du jour. Et quand je cueille de la bruyère pour des amis, je le fais par temps clair !

Après un silence :

— Ainsi, vous vous intéressez à cette bruyère. Je m'en doutais bien.

— Comment cela ?

— J'ai vu un jour la fille de Martha qui revenait de la falaise toute seule, un bouquet à la main. Je l'ai grondée. Elle pouvait se tuer ! Elle m'a supplié de ne pas le dire à sa maman. J'ai pensé : c'est qu'elle ne va pas rapporter la bruyère chez elle. Et j'ai supposé qu'elle l'avait cueillie pour vous.

Aubry ne réagit pas. Le Baron continue :

— Je lui ai promis de ne rien raconter à Martha, mais à condition qu'elle ne revienne plus. Elle n'aura plus à revenir, puisque vous connaissez l'endroit.

— Je ne lui avais pas demandé d'aller cueillir ces fleurs. Elle l'a fait sans me prévenir, croit devoir se disculper Aubry.

— Ah, les enfants, on ne sait pas où ils vont pêcher leurs idées.

Aubry rentre avec sa fleur de bruyère et la place dans un carnet de croquis. Avant même de connaître l'histoire de la Dame inconsolable, il a eu l'instinct de n'en cueillir qu'une pour le geste, pour l'expérience, non pour s'en faire un présent. Les bruyères blanches, on les donne à ceux qu'on aime, on ne se les donne pas à soi. On peut donc les recevoir. Bien sûr, il ne parle de sa découverte ni à Martha ni à Ellynn. Et, ce soir-là, il regarde le bouquet dans la salle de Mount Auburn, il le regarde avec attendrissement tandis qu'Ellynn, assise par terre, près du fauteuil où il se repose, apprend la leçon qu'elle devra réciter le lendemain matin.

Tous les matins, en effet, l'école de Mount Auburn fonctionne avec ponctualité. Le maître et l'élève ont adopté une discipline à laquelle ils semblent prendre plaisir l'un et l'autre, peut-être parce qu'elle est faite d'un échange de désirs et non d'obligations. Ellynn manifeste un réel appétit d'apprendre, servi par ses facilités, et Aubry se révèle à lui-même la satisfaction d'enseigner, dans la juste mesure de ses capacités. Il est comme un professeur de gymnastique : il entretient ses muscles et tous les moyens de son corps en donnant leurs chances à ceux des autres. Il est comme devraient être tous les enseignants de toutes les disciplines dans une éducation idéale. La compréhension qu'on a de soi et de ses connaissances permet de mieux comprendre l'élève et de mieux lui apprendre non pas seulement à connaître les choses mais à se connaître. De telles pensées, qu'on pourrait croire issues de quelque manuel de pédagogie théorique, Aubry les a eues spontanément par une démarche de bon sens. Il lui a suffi de lire attentivement les méthodes d'initiation à chaque matière pour avoir la technique qu'on peut acquérir en s'aidant de sa propre psychologie. Et cette psychologie s'affine si l'on aime son métier, c'est-à-dire si l'on aime ceux pour qui on le pratique.

Donc, chaque matin, la classe commence par la récitation d'une leçon. Ce peut être la table de multiplication, les données et la solution d'un problème, une règle de grammaire, un épisode de l'histoire de l'Irlande, ou un fragment de poème. Ellynn est aussi douée pour retenir les chiffres et leurs combinaisons que les vers et les ballades, mais jamais elle n'est un simple mécanisme en marche. Quand elle répète, elle met une part de personnalité qui s'approprie les choses. Ainsi, les événements historiques, elle semble les apprendre à Aubry. Quant aux fables, elle en fait de véritables petites comédies sans le moindre maniérisme. Elle les raconte tout simplement comme si elle les avait inventées.

Aubry, très conscient des dispositions d'Ellynn, se rend compte que son élève pourrait être ausi brillante, sinon plus, avec un autre maître. Mais il est persuadé que la manière qu'il emploie (en l'occurrence, peut-on parler de méthode ?) pour généraliser l'enseignement d'Ellynn, elle n'en pourrait bénéficier dans le moule d'une éducation collective. Il a l'impression d'être un peu ce que l'on appelait autrefois le précepteur, sorte de maître Jacques des connaissances qui enseignait aussi bien la littérature que l'arithmétique, la morale que la botanique. Son école ne s'enferme pas dans la maison, elle prend l'air. Deux fois par semaine, selon le temps qu'il fait, Aubry sort avec son élève et pratique la « leçon de choses » sur le terrain. Il lui a ainsi appris les rudiments de l'histoire naturelle mais en donnant aux notions qu'il transmet une valeur qui va au-delà de la connaissance pour la connaissance, essayant toujours de lier ce qu'on doit savoir à ce qu'on doit aimer et respecter. Les animaux, les arbres, les plantes, les fleurs deviennent pour Ellynn des amis. Et sans hiérarchie, sans ce racisme que tant de gens dits raffinés — ou qui se croient tels — affichent lorsqu'ils classent les animaux en utiles et nuisibles, domestiques et sauvages, bons et méchants, sots et intelligents, beaux et laids, à protéger ou à détruire, sans cet anthropomorphisme de bas étage qui situe toutes les vies animales et végétales par rapport à l'usage que les hommes en font, sans ces répulsions incontrôlées, comme sans ces engouements ridicules qui entraînent certains à dire : « Moi, j'adore les chiens. Les chats, ne m'en parlez pas ! », sans ces indifférences monstrueuses à la souffrance des bêtes et sans ces inconsciences qui poussent à tuer une chenille alors qu'on épargne un papillon. Précisément, Aubry essaie d'expliquer à Ellynn tout ce qui exprime l'évolution, la métamorphose, depuis la graine dans la fleur séchée jusqu'à l'épanouissement de la nouvelle fleur. Et le travail de la sève, la fécondation maternelle, s'inscrivent tout naturellement dans les leçons d'Aubry.

Ellynn, à cette occasion, se montre plus qu'intéressée. Sa curiosité prend un caractère d'exigence.

Elle veut savoir de quelle façon son frère et sa sœur ont été portés comme elle dans le ventre de leur mère sans avoir eu le même père. Aubry lui explique que la semence de l'enfant peut être donnée à la femme par des hommes différents. Elle écoute bien, reste pensive quelques instants :

— Alors maman, elle pourrait avoir encore des enfants qui seraient mon petit frère, ma petite sœur si elle avait un nouveau mari ?

— Eh oui, dit Aubry, incapable d'un commentaire.

Ellynn se tait, réfléchit :

— Alors, c'est pour ça que j'ai eu un petit frère et une petite sœur qui n'ont pas eu le même papa que moi ?

— Oui, c'est pour ça.

— Le papa de John et de Priscilla, il est mort, et le mien aussi. On n'a pas eu de chance.

Aubry demeure silencieux :

— Moi, j'aurais bien aimé avoir un papa.

Elle a dit cela, comme une réflexion toute simple, en continuant à marcher du même pas, sans se rapprocher d'Aubry, sans le regarder. Lui, il a reçu la phrase en pleine poitrine. Les mots sont au bord de ses lèvres : « Ellynn, je suis là », comme le sont les gestes de la tendresse au vif de son corps. Mais il ne faut surtout pas qu'il s'y laisse aller. Il semble qu'à l'instant de l'émotion et de la sincérité les plus intenses, il perçoive avec la même force sincère les effets possibles de ses réactions sur son avenir. Bien sûr, il ne répond pas à Ellynn comme il aurait pu le faire avec une autre enfant : « Tu as ta maman, voilà l'essentiel. » Il ne dit rien, mais c'est lui qui se rapproche d'Ellynn et qui lui prend la main, tout naturellement, comme souvent quand ils se promènent. Et c'est elle alors qui serre la main d'Aubry très fort, aussi fort que la nuit où elle avait peur de rentrer chez sa maman. Et leur marche se poursuit en silence. Une grenouille providentiellement franchit le chemin, à grands bonds.

— Tiens, une grenouille ! Je vais t'expliquer comment se font ses petits.

Il emmène Ellynn au bord d'une mare toute proche, et lui montre des têtards. Ravie, elle est toute à ce qu'elle découvre. Il lui dit :

— Va chercher à la maison une grande passoire et une cuvette.

Elle part en courant. Demeuré seul, il réentend la phrase qui le comble de joie en lui faisant si mal. Comment vivre cette adoption qui ne se nomme pas, et qu'il ne veut pas nommer ? Il vient de dire à Ellynn : « Va chercher à la maison. » Comme elle, il a fait de la maison leur maison.

La voici qui revient, courant encore, munie des ustensiles demandés. Il attrape dans la passoire quelques têtards, les met dans la cuvette et les rapporte à Mount Auburn pour qu'Ellynn puisse suivre leur évolution. Elle lui dit :

— Et la grenouille ?

— Quoi, la grenouille ?

— Ils sont assez grands pour n'avoir pas besoin de leur maman ?

— Oui. Les têtards mangent tout seuls. Ce n'est pas comme les petits oiseaux au nid.

— Alors, c'est comme les petits enfants ?

Aubry ne voit pas bien le sens qu'il faut donner à cette question dans le cheminement de la pensée d'Ellynn. Il répond, sans en être très satisfait :

— Oui, les tout petits enfants, les bébés, ont besoin de leurs mamans.

— Et après ?

— Eh bien après, ils font comme tous les autres.

Ce qui ne veut rien dire, mais, pour le moment, Ellynn, accaparée par le monde des grenouilles, s'en contente. Sur le chemin du retour, il porte à deux mains la cuvette. Ellynn tient la passoire d'une main et, de l'autre, elle accroche Aubry par un pan de son blouson. Cette pression, ce lien, s'ils donnent à Ellynn le sentiment de sa sécurité, valent aussi à Aubry d'être rassuré.

*

Quand Aubry se promenait seul sur la presqu'île, il était d'abord un regard qui se projetait sur les choses puis qui les accueillait. Il les recevait pour ce qu'elles étaient dans leur matière, leur forme, leur couleur, leur odeur. Il n'allait ni au-delà, ni en deçà de leur substance. Il se débarrassait de tout ce poids d'interrogations qui, pendant des années et des années, avait accompagné ses perceptions et ses pensées. Ici, il avait compris ce qu'était la conquête sensorielle dépouillée de tout besoin de signification, il avait découvert la simplicité non pas du spectacle, mais du spectateur, un spectateur qui ne cherchait plus à se regarder.

Et voilà que la présence d'Ellynn avait tout remis *en question,* mais d'une manière qui le renouvelait. Il ne retombait pas dans son besoin de se situer au milieu de l'incompréhensible pour essayer de donner un sens à sa vie. Il était porté par le besoin d'une enfant de comprendre ce qu'était le monde qu'elle commençait à percevoir au-delà précisément des sensations les plus immédiates. Est-on jamais tout à fait responsable des explications qu'on se donne ? Elles peuvent varier d'un jour à l'autre selon l'éclairage et la nature de l'horizon qu'on essaie de pénétrer, selon l'orientation du miroir où l'on se considère, ou selon l'absence de tout miroir, si l'on préfère fuir son image pour s'imaginer différent de ce qu'on est. Mais lorsqu'un autre vous interroge et que votre devoir est de lui répondre, il ne s'agit plus de jouer les chercheurs déçus, les négateurs de tout, sauf de sa personne ou, pis encore, les négateurs de soi. Vous êtes investi d'une responsabilité, d'un pouvoir de réponse qui a de quoi terrifier. Mais ce pouvoir — et c'est ainsi que le ressent Aubry — vous replace dans le cours d'une existence partagée et vous écarte du narcissisme. Le besoin de réponse des autres vous vaut alors de vous sauver de vos absences de réponse, de vos dérobades ou de vos révoltes. La curiosité d'un enfant est une soif, en même temps qu'une source. Et Ellynn est aussi insatiable qu'intarissable.

Une grande part de son aisance à apprendre provient de son désir de découvrir, un désir qui ne se manifeste pas que dans le domaine des choses pratiques et visibles. C'est là que la tâche d'Aubry devient très difficile, car elle l'interroge sur tout, comme s'il connaissait le secret de tout, et elle le fait avec des questions si simples, si impérieusement confiantes en sa compétence qu'il lui est impossible de les éluder. Tant de réponses engagent des croyances plus que des connaissances, une morale plus qu'une logique en permettant à l'ignorance de faire bonne figure avec les ressources des dogmes ou celles du doute intelligent.

Il se souvient de la question qu'elle a posée à Cork à la devanture d'une horlogerie quand il lui a expliqué que l'horloger réparait les montres pour qu'elles fussent à l'heure juste. Elle a voulu savoir par qui était fixée cette heure sur laquelle on réglait les montres. Elle veut toujours aller plus loin, d'autres diraient plus profond, que le visible.

— Pourquoi le ciel est bleu ?

Elle lui a posé cette question qui pourrait être embarrassante mais qui n'a rien de métaphysique et appelle une explication scientifique. Il a su la lui donner en s'efforçant de ne pas employer des mots mystérieux pour ne pas l'inciter à lui poser d'autres questions. Un soir où le ciel était d'une grande pureté, elle lui a demandé :

— Pourquoi on ne voit pas toutes ces lumières dans la journée ?

Il lui a répondu que la clarté du soleil empêchait de distinguer les étoiles et lui a rappelé ce qu'il lui avait appris quant à la rotation journalière de la Terre. Il a encore pu la satisfaire quand elle a poursuivi : « Qu'est-ce que c'est, les étoiles ? »

Mais, à la question : « Elles ont été fabriquées par qui ? », il s'est senti soudain complètement impuissant, car on ne répond pas à un enfant par sa propre interrogation, par l'aveu de la réponse impossible, par l'expression involontaire de son angoisse. Et il refuse les explications péremptoires du Mystère. Alors, il a répondu :

— Toutes ces lumières avec la Terre, le Soleil et la Lune sont ce qu'on appelle l'Univers.

Et il s'est entendu dire ensuite, en désespoir de cause, pas fier de lui :

— Quand tu iras au catéchisme, monsieur le curé t'apprendra par qui a été créé l'Univers.

La réaction d'Ellynn n'a pas été : « Je voudrais savoir tout de suite » ou « Vous ne le savez pas, vous ? », mais :

— Est-ce que vous savez quand j'irai au catéchisme ?

— Oui, quand tu iras à l'école.

— Et j'irai quand à l'école ?

— À la prochaine rentrée.

— C'est le jour où, après les vacances, les élèves rentrent en classe ?

— Oui...

— Alors, j'irai à l'école au mois de septembre ?

Elle a battu des mains en sautant de joie.

— Qui est-ce qui me conduira à l'école ?

— Je ne sais pas encore. Moi peut-être... Oui, moi sans doute.

Et il a aussitôt parlé d'autre chose pour ne pas être soumis à des questions beaucoup plus embarrassantes que celles qui concernent la naissance des enfants ou du monde. L'avenir scolaire d'Ellynn est en effet sa plus grande préoccupation. La mettre à l'école de Kilcrohane ne résoudrait pas le problème des rapports entre la mère et la fille. Ellynn passerait la journée au village et, le soir, elle reviendrait coucher à Mount Auburn, du moins, elle le voudrait, et rien ne serait changé. Aubry continuerait à devoir l'accueillir chez lui. Mais ce qui a été possible pendant quelques mois ne le sera plus. Il avait paré au plus pressé, pensant que les choses rentreraient dans l'ordre après une crise semblable à un accident où il n'avait pu faire autrement que de porter secours. L'ordre était revenu, certes, mais tout différent de celui qu'il avait prévu, et qui était souhaitable. Martha et Ellynn n'avaient pas fait que s'accommoder de la nouvelle situation, elles s'y étaient installées. Martha s'était laissée aller à une facilité qui la tirait d'un mauvais pas, soulagée de la présence de sa fille sans en être séparée. Elle vivait dans l'immédiat, ne pensait pas loin devant elle. Quant à Ellynn, elle était heureuse comme un petit animal en sécurité. Non, c'était mieux que cela, il le savait bien : elle était heureuse de tout son être. Elle avait trouvé un foyer, et plus encore sans doute. Il n'osait pas dire le mot, lui qui n'avait jamais voulu être père, pour demeurer libre et parce qu'il estimait que s'il n'en avait pas le goût, c'était qu'il ne devait pas en avoir les capacités. D'ailleurs, il n'était pas un père pour Ellynn. Du moins n'éprouvait-il pas de sentiments paternels. Elle s'était peut-être attachée à lui comme à un père. Lui, il se sentait l'ami de cette petite fille. Et n'était-ce pas beaucoup mieux que de se considérer comme un père suppléant ? Il en avait fait son amie. Elle n'était pas l'enfant dont on s'occupe parce qu'il est le vôtre. Il l'avait choisie. Elle l'avait conquis. S'il n'avait vu en elle qu'une petite fille malheureuse, si elle avait eu une nature insupportable, si elle n'avait pas été ce qu'elle est, peut-être aurait-il eu la force de trouver la solution et de l'imposer, par exemple, de la reconduire chez sa mère en promettant de venir la voir chaque semaine. Il n'a pas eu cette force parce qu'il n'en a pas eu envie. Pour être tout à fait sincère, il a même refusé l'idée de se séparer d'Ellynn. Et ce refus est aussi spontané, irrépressible que le refus d'Ellynn de retourner chez sa mère. Mais quelque chose inévitablement se produira, qui dénouera, oui, qui défera le nœud trop serré dont les doigts ne viennent pas à bout aujourd'hui. Ou alors, il faudra le trancher. Mais non, il ne sera pas capable d'un geste qui signifierait, avec l'abandon des autres, l'abandon de soi. Sans doute ne pourra-t-on éviter d'envisager, dès cette année, de mettre Ellynn en pension à la ville. Il n'y aurait pas d'obstacles matériels. C'est lui qui prendrait en charge les frais. Mais comment Ellynn et Martha accepteraient-elles la solution ? Il faudra bien qu'elles l'acceptent. Pour Martha ce sera facile, pour Ellynn... Sinon, il ne s'occuperait plus d'elles, et Ellynn devrait retourner chez Martha. Mais lui, que deviendrait-il ? Pourrait-il continuer à vivre à Mount Auburn, comme s'il n'avait jamais connu Ellynn, sachant que, tout près de lui, elle est malheureuse ? Il n'en aurait pas le courage. Est-ce même imaginable ?

Un petit bruit de souris le ramène à la réalité de Mount Auburn : c'est Ellynn qui annonce son arrivée en grattant à la porte de son atelier où il vient de passer méditativement son après-midi, alors que, d'habitude, au retour de sa promenade, il va la chercher chez Martha.

Elle court vers lui, grimpe sur ses genoux et l'embrasse ; elle tient à la main des primevères qu'elle lui fait respirer.

— Elles sentent bon, hein ? Vous avez dit que vous n'aviez plus de fleurs à peindre. Alors j'en ai cherché. Je les ai trouvées le long du chemin, sur le talus. Dans quel vase vous voulez que je les mette ?

Il lui indique un cruchon de grès. Elle redescend, il entend l'eau qui coule et la voix d'Ellynn qui chantonne. Sans doute parle-t-elle aux fleurs comme aux animaux et aux objets qu'elle aime. Cela dure assez longtemps. Puis elle remonte et pose fièrement le cruchon fleuri sur un guéridon.

— Elles sont bien arrangées ?

— Oui. Tous mes compliments. Tu as bien retenu ce que je t'ai dit.

En effet, il lui a appris à faire des bouquets selon la nature des fleurs et des feuillages. Les uns sont unis et ronds, les autres dégradés, et d'autres encore échevelés. Il lui a montré comment d'une seule fleur jointe à une branche ou même d'une branche unique on peut faire, comme les Japonais, la décoration d'une pièce.

Ellynn a rassemblé et serré les primevères comme une seule très grosse fleur, et elle les a entourées de leurs feuilles.

— Tu as mérité une récompense, je vais ouvrir une boîte de confiture de marrons. (C'est un des desserts préférés d'Ellynn.)

Aubry, sorti de sa torpeur inquiète, n'est plus que l'homme heureux de rendre heureuse Ellynn, mais tellement heureux lui-même de ce qu'elle lui donne dans l'élan d'une sincérité qui s'ignore, la seule vraie sans doute.

Au moment du dessert, Ellynn dit :

— Est-ce que je peux mettre un disque ?

— Mais tu n'as pas encore mangé ta confiture !

— Je voudrais la manger pendant que j'écouterai le disque !

— Bien sûr ! Qu'est-ce que tu veux écouter ?

— La ballade du matelot.

C'est l'histoire d'un petit garçon qui s'embarque pour rapporter de l'argent à ses parents malades et pauvres. Il lui arrive beaucoup d'aventures, il s'éreinte à la tâche jusqu'au jour où il découvre dans le ventre d'un gros poisson qu'il a pêché une pépite d'or. Et voilà la richesse, la joie dans la maison. Chaque fois qu'Ellynn écoute ce disque, impressionnée par les récits des malheurs, tendue, elle se tait, et lorsque le chanteur crie d'une voix stupéfaite puis triomphante : « Mon Dieu, que vois-je ? Une pépite d'or ! », elle pousse un grand soupir de soulagement, et bat des mains.

« Merveilleux, pense Aubry, de pouvoir recommencer à être surpris par une belle histoire qu'on connaît par cœur, et qu'on continue à vouloir entendre », puis : « Mais qu'est-ce que je fais d'autre ? »

Le dimanche, Martha, qui ne va pas à la messe, respecte le repos d'usage. Elle ne pêche ni ne jardine. Elle profite de ce temps pour mettre de l'ordre dans sa maison. Jamais elle ne demeure sans rien faire. La seule distraction qu'elle s'offre est d'écouter de la musique pendant qu'elle accomplit ses travaux ménagers. Les nouvelles, elle ne s'y intéresse guère. Elle a dit à Aubry qui lui proposait de lui donner ses journaux :

— Qu'est-ce que vous voulez que ça me fasse, tout ce qui se passe dans le monde ? Quand il y a une catastrophe, je l'apprends par la radio, ça me suffit. Et les nouvelles de Kilcrohane, je les ai sans avoir besoin de lire les journaux.

De ce fait, le Baron, qui dévore n'importe quelles gazettes mélangeant l'actualité et le passé, a bénéficié des lectures dont elle n'a pas voulu.

Ce n'est pas un fond sonore que recherche Martha quand elle écoute la radio, ce n'est pas non plus une distraction épidermique, une façon de se laisser bercer par des rythmes ou des chansons, c'est pour elle une véritable participation. Et souvent Aubry l'a trouvée, cousant au coin du feu, qui écoutait du

Bach, du Mozart ou du Stravinski, avec des opinions très personnelles sur les musiciens et leurs œuvres. Sans doute était-ce à l'occasion de ces concerts dans la maison du lac qu'Ellynn avait pris goût à la musique. Comme sa mère, elle devait éprouver, au-delà du plaisir de l'harmonie, celui de la rêverie. Ainsi, dans ce domaine, elle lui ressemblait. Car si elle n'avait pas aimé la musique, l'obligation qui lui était faite de l'écouter aurait pu l'en détourner à jamais.

Plusieurs fois, depuis qu'Ellynn habitait chez lui, Aubry avait invité Martha à venir à Mount Auburn le dimanche après-midi, et il lui avait permis de découvrir des œuvres classiques. On aurait pu croire que cette manuelle aurait du mal à demeurer immobile. Mais il semblait, au contraire, qu'elle savourait ce temps où lui étaient offertes des pauses, sans avoir d'autre but que de se laisser pénétrer par la musique. Aubry avait remarqué chez elle cette étonnante disponibilité. Comblée d'une satisfaction qui lui faisait fermer les yeux, elle penchait la tête en arrière, son corps se détendait. Et elle devenait silencieuse, de ce silence qu'apprécient les amateurs de musique parce qu'il est plein de tout ce qu'on partage sans avoir à le dire. Dans ces moments-là, Aubry évoquait difficilement celle qui ramassait les moules et bêchait son jardin, mais se précisait en lui l'image d'une femme « limoneuse » (par là, il exprimait la substance saine et capiteuse d'un corps) qui savait aller à l'esprit par la sensualité.

Ellynn n'avait pas souvent participé à ces écoutes, car elle devait s'occuper de son frère et de sa sœur trop jeunes et turbulents pour être des auditeurs. Elle s'amusait avec eux dans la grange qu'Aubry avait aménagée en espace de jeu. Et jamais elle n'avait paru dépitée ou triste de ne pas rester dans la maison à entendre la musique, comme si elle préférait le faire seule avec Aubry. C'est du moins ainsi que celui-ci avait cru pouvoir interpréter tant de facilité à être privée de ce qu'elle aimait tant.

Donc, un dimanche, Aubry invite Martha à Mount Auburn. Il se demande si elle va pouvoir venir, tant il pleut et vente. Mais il en faut plus pour arrêter Martha sur le chemin de Mount Auburn. Elle arrive, vêtue de son ciré avec, sous leurs capuchons, ses deux enfants qui en ont vu d'autres. Le feu et une boisson chaude font merveille. Ellynn monte dans l'atelier pour montrer des livres d'images à John et Priscilla auxquels on recommande de ne pas être bruyants. C'est du Debussy qu'aujourd'hui Aubry souhaite révéler à Martha. Il situe le compositeur dans l'histoire de la musique, sans doute un peu longuement car Martha lui dit :

— Oh, moi, je n'ai pas besoin d'être savante. Je n'ai besoin que d'entendre.

Et elle accompagne ces mots d'un rire qui ne plaît pas à Aubry, puis, dès les premières mesures de la musique, elle se fige dans le recueillement. Les mélodies succèdent aux mélodies. Aubry entend un petit bruit dans son dos. Il se retourne et voit Ellynn qui est venue écouter, assise sur une des marches de l'escalier. Elle explique :

— John et Priscilla sont sages, alors…

— Chut ! fait sa mère, l'air fâché.

Ellynn remonte à l'atelier en tapant avec ses pieds sur les marches. Martha maugrée. Aubry, à son tour, lui fait chut. Mais ce n'est plus le silence qui peut accueillir la musique. Un vent fou mugit sur les flancs de la montagne, secoue le toit de la maison, arrache des ardoises, entraînant avec lui de véritables torrents aériens. Aubry interrompt le concert et s'assure que portes et fenêtres sont bien fermées. Puis on prépare le thé, et tout le monde se rassemble pour le prendre. En fin de journée, la tempête s'est un peu calmée. On entend frapper à la porte. C'est Bryan, le cantonnier de Kilcrohane, qui vient savoir si Denis Forester n'est pas là, par hasard.

— Ce serait une bien grande chance, s'il était là.

Et il explique que Denis est allé à la pêche au maquereau sur les rochers, et qu'on ne l'a pas revu depuis ce matin. Il n'est pas rentré chez sa mère avec qui il habite. Alors, on passe dans toutes les maisons au cas où il s'y trouverait. Lui, Bryan, il est monté jusqu'à Mount Auburn, parce qu'on ne sait jamais. Mais on peut être sûr, maintenant, que le malheur est arrivé. Martha dit :

— Pauvre Denis !

Et Bryan :

— Il n'aurait pas dû aller à la pêche avec des vagues pareilles ! À vingt ans, on ne voit pas le danger, et on n'écoute pas les conseils.

Il se tait. Aubry pense qu'il ne faut pas l'inviter à s'asseoir ni lui proposer une boisson. Bryan continue :

— Mais ça ne sert à rien de dire tout ça. Il faut maintenant que je retourne chez sa mère.

Il ouvre la porte pour sortir. Le vent s'engouffre dans la pièce, la suspension vacille, les flammes tremblent. Bryan dit encore :

— Pourvu qu'on retrouve son corps !

Il n'a pas le temps de refermer la porte, elle semble le chasser dehors, avec le bruit d'une détonation. John et Priscilla apeurés ont couru vers leur mère. Ellynn reste figée sur sa chaise, le regard tourné vers Aubry qui la rassure en lui souriant.

On retrouve le corps de Denis Forester deux jours plus tard. La mer l'avait drossé sur une plage au fond de la baie. Selon la coutume, la veille des obsèques, le cercueil est transporté dans l'église, entouré de cierges allumés, face à la lumière rouge du Saint Sacrement. Les visites se font à la maison de la famille. On y parle du mort, on le pleure, mais il n'est plus là. On l'a déjà confié à Dieu. Et demain, parents et amis se retrouveront auprès de lui. Bien sûr, peut aller à l'église qui le veut pour se recueillir auprès de sa dépouille. La porte du sanctuaire reste ouverte, même la nuit. C'est ainsi qu'à la tombée du jour Martha en tenue de travail y pénètre et vient s'asseoir près du cercueil. Elle demeurera là, une demi-heure, assise, la tête penchée en avant, sans s'agenouiller, sans faire le signe de la croix. Puis elle ira à l'épicerie, située près de l'église. Mr Murphy a remarqué d'où elle venait. Après lui avoir dit bonjour, il ajoute avec une gentillesse grave :

— Sa famille a eu plus de chance que vous.

— Oui, répond-elle. J'ai pensé à Harry. C'est un peu comme si je l'avais veillé en même temps que Denis.

Le lendemain, tout le village est rassemblé dans l'église, hommes et femmes mêlés. Le curé, évoquant le mort, parle de ses élans de cœur : « D'instinct il aimait rendre service. Ensuite seulement il mesurait sa fatigue et ses difficultés. » Aubry se demande (non par assimilation flatteuse mais par objectivité inquiète) s'il ne possède pas un peu de cet instinct qu'il ne prend pas pour une qualité mais une forme de nature. On ne peut pas s'empêcher de... On est emporté par une force logique étrangement charnelle. Ce n'est pas de la générosité. C'est le sens de ce que l'on doit accomplir dans une circonstance qui l'exige. Ensuite, on avisera. Si le monde va aussi mal, c'est sans doute parce que, presque toujours, on avise avant de venir en aide et qu'on décide de ne rien faire.

À la sortie de l'église, il salue les personnes qu'il connaît. Il voit Martha, bottée, vêtue d'une jupe noire et d'un imperméable sombre avec un foulard gris qui lui couvre les cheveux. Elle ne fait aucun mouvement pour s'approcher de lui. C'est lui qui va vers elle. Il lui serre la main :

— J'imagine tout ce que vous pouvez éprouver aujourd'hui, Martha.

Elle ne répond pas mais retient un peu dans la sienne la main d'Aubry. Celui-ci reste à côté d'elle pour aller jusqu'au cimetière. Ils ne se sépareront que lorsqu'elle aura retrouvé son cheval attaché près de l'épicerie.

Aubry entre dans la boutique qu'on vient de rouvrir. Il prend son courrier, achète des provisions, servi par Mr Murphy qui, après avoir parlé de l'affliction générale et de la précarité des hommes, lui dit à brûle-pourpoint :

— Ah, vous avez raison, monsieur Aubry, de vous occuper de la petite Ellynn ! Sa mère ne peut pas, ou ne veut pas, l'envoyer encore à l'école. Alors elle prend du retard. Et puis, il paraît que ça se passait parfois très mal entre elle et Martha. J'ai entendu dire qu'Ellynn s'était réfugiée chez vous ?

— En effet, répond Aubry, je n'ai pu faire autrement que de la recueillir. Sinon...

— Vous avez bien fait. Elle était capable de se sauver n'importe où. Je la connais, la petite : pas commode à manier et facilement révoltée.

Il se tait sans qu'Aubry réagisse. Alors il continue :

— Je ne sais pas si elle ressemble à son père. On ne l'a jamais vu, celui-là. Mais elle ressemble sûrement à sa mère. Vous ne croyez pas ?

— Oui, je crois.

Aubry ajoute aussitôt, car d'autres clients sont entrés dans la boutique :

— Nous reparlerons de tout cela.

Il remonte à Mount Auburn pour le déjeuner, très content finalement des propos de Mr Murphy qui reflètent, il l'espère, l'opinion du village. Ellynn a préparé le repas. Elle lui dit :

— Maman est passée devant la maison, mais elle ne s'est pas arrêtée.

Ce n'est pas du tout une façon de s'en plaindre, une simple constatation. Aubry déduit de ce passage sans un bonjour à l'enfant, et de la réflexion indifférente de l'enfant, bien des choses qu'il garde pour lui et qu'il devra toujours garder, même si la situation s'éclaircit vis-à-vis de l'opinion publique.

Aujourd'hui il se sent rasséréné :

— Alors qu'as-tu fait de bon pour le déjeuner ?

— J'ai préparé une omelette et une salade. Mais avez-vous pensé à rapporter du bacon ?

— Ah, j'ai complètement oublié !

— Vilain Aubry, il faut que vous écriviez sur un papier les choses à acheter !

— Oui, Ellynn, je le ferai.

Il a failli dire : « Oui, petite chérie. »

*

Les journées de juin à la pointe ouest de l'Irlande n'en finissent pas de s'achever. C'est comme si l'océan irradiait vers la terre une clarté intérieure. Aubry a toujours eu le sentiment que, pendant l'été, il vivait davantage. Ce n'est pas seulement l'effet du jour plus long, c'est du soleil dans le sang. Alors, au lieu de décréter : « Voici l'été, on ferme l'école », il a dit à Ellynn : « Nous allons profiter du beau temps pour continuer la classe dehors. » Sa décision enchante Ellynn. Le maître et l'élève partent donc souvent à travers les landes ou gagnent le rivage de la baie. Aubry emporte son carnet de croquis qu'il place dans un sac à dos avec le cahier d'Ellynn et les manuels scolaires dont il pourrait avoir besoin. Si le soleil paraît assuré, il y joint des provisions pour un repas froid. Il ne craint plus les rencontres, et s'il aperçoit quelqu'un en chemin, il lance un bonjour très cordial en saluant de la main. Les fermiers du voisinage, le Baron, le gardien des sémaphores et l'homme qui exploite les tourbières l'ont vu passer en compagnie d'Ellynn et parfois ont bavardé avec lui. Le Baron a même offert à Ellynn du lait. Il a trait exprès pour elle une brebis vigoureuse dont les deux petits ne parvenaient pas à épuiser les mamelles. Quand il lui a tendu le verre, Ellynn l'a repoussé avec un air dégoûté :

— Je n'en veux pas ! Je ne l'aime pas !

— Eh bien, moi je l'aime, a dit Aubry qui a avalé d'un seul trait le contenu.

Quelques instants plus tard, lorsqu'ils ont repris leur promenade, Aubry gourmande Ellynn :

— On ne refuse pas comme tu l'as fait ! D'abord, on remercie.

Ellynn, rechignée :

— Mais puisque je n'aime pas le lait de brebis !

— Quand une personne vous offre quelque chose qu'on n'aime pas, il faut le lui dire gentiment. Sinon, on lui fait de la peine. Moi non plus, je n'aime pas ce lait.

Ellynn l'interrompt :

— Vous avez dit que vous l'aimiez !

— Oui, parce que tu avais dit sans gentillesse que tu ne l'aimais pas !

« De l'usage opportun du mensonge. » Voilà le titre qu'Aubry pourrait donner à l'une de ses leçons de choses. Mais il est tellement plus facile d'enseigner le nom d'une plante ou le mécanisme de la fécondation que le juste emploi des mots dans leurs rapports affectifs avec l'interlocuteur !

— J'ai pas voulu ne pas être gentille, dit Ellynn avec vivacité.

— Bien sûr, tu ne l'as pas voulu, mais tu n'as pas été gentille ! On peut faire beaucoup de chagrin aux autres sans le vouloir.

— Et quand on le veut ?

— C'est très mal, c'est qu'on est méchant.

— Mais si quelqu'un est méchant avec moi ?

— Il faut savoir te défendre sans être méchante.

Ellynn n'a pas du tout l'air convaincue. Aubry est à court d'arguments. La morale, sur ce point, rejoint les préceptes chrétiens, et il ne se sent pas le droit de lui affirmer : « Si l'on est méchant avec toi, sois bonne à l'égard du méchant. » Quand elle ira au catéchisme (encore une fois la porte de sortie) on lui expliquera que c'est le Bon Dieu qui demande ça. Qu'est-ce que les hommes ont le droit de demander aux hommes s'ils ne situent leurs actes que dans le visible de la vie ? Ont-ils le droit d'exiger qu'ils s'abandonnent et risquent leur perte en rendant le mal par le bien ? Les hommes au pouvoir sont les premiers à ne pas pratiquer ce genre d'héroïsme mortel, et les nations entre elles ne peuvent que le récuser. Aubry perçoit l'énormité de la tâche de ceux qui veulent transmettre non pas même la morale du sacrifice, tout simplement celle de la non-violence. Comment ne pas se sentir incapable d'orienter par la logique un enfant vers le refus de la vengeance ? Il a suffi d'un minine espace de temps — le temps du silence par lequel Ellynn a accueilli sa dernière phrase — pour que s'y précipitent toutes les réflexions d'Aubry. Et ce n'est pas la nouvelle question d'Ellynn, directement provoquée par sa dernière affirmation, qui le tirera d'embarras :

— Comment on peut se défendre sans être méchant ?

Il prend le parti de répondre en éludant, avec l'air d'être très précis :

— Ça dépend de la méchanceté qu'on vous a faite. Par exemple, si un chien veut mordre, on ne le tue pas, on lui met une muselière et on essaie de le dresser pour qu'il ne morde plus.

Ellynn, imperturbable :

— Et si c'est une personne qui veut vous faire du mal ?

— Il y a des solutions pour chaque cas qui se présente. Nous en reparlerons un autre jour.

La marche se poursuit dans le silence. Ellynn doit

ruminer tout ce qu'elle vient d'entendre. Aubry, lui, remâche les questions sans réponse satisfaisante que l'attitude d'Ellynn a provoquées. Ne serait-il pas préférable parfois de laisser passer des mots et des gestes et de renoncer à les corriger sur-le-champ ? Ce serait en tout cas moins risqué pour l'éducateur, cela ne l'entraînerait pas, à partir de réalités immédiatement perceptibles et analysables, vers les zones de l'indicible. Ne faudrait-il pas alors savoir se contenter d'observer ? À cette nouvelle question, c'est Ellynn qui apporte la réponse, une réponse elle-même difficile à bien discerner dans ce qu'elle exprime d'acquiescement ou de refus. Elle tient Aubry par la main et, en la balançant très fort :

— Moi, je ne voudrai jamais être méchante, sauf si on est méchant avec moi.

Aubry prend plaisir à faire connaître tous ses itinéraires de la presqu'île à Ellynn. Ce bout de landes et de rochers battu des flots, il l'a fait sien non en se l'appropriant mais en se laissant prendre par lui. Ellynn, à son tour, se familiarise avec sa sauvagerie, ses respirations violentes, ses paysages tumultueux, les secrets de ses combes, de ses criques inaccessibles défendues par des falaises vertigineuses. Il n'est qu'un point de la péninsule qu'Aubry ne fréquente pas : là où précisément les falaises sont les plus agressives, au surplomb d'un vide rempli du cri des cormorans et des courlis qui nichent dans les parois abruptes. C'est le domaine des bruyères blanches. Et jamais Ellynn n'a demandé à aller dans cette direction. Elle ne manque pourtant pas d'initiatives. Aussi attentive que les chiens à tout ce qui pourrait être l'objet d'un intérêt, elle tombe en arrêt sur une pierre, une fleur, un coquillage, sur un bateau qui passe au large, sur le jaillissement d'une vague ou sur la forme d'un nuage. Elle donne des noms aux chemins, selon ce qu'ils ont permis de rencontrer, par exemple le chemin du petit lapin, le chemin du cheval blanc, le chemin du rocher noir ou des fougères. Un jour, un sentier sur la lande rase n'avait absolument rien offert de remarquable. Qu'allait-elle pouvoir inventer ? Ce fut très simple : le chemin qui n'a pas de nom.

Cette fois-ci, Aubry a décidé de gagner par la côte une petite plage bien abritée. On se rapproche de Kilcrohane, mais on ne rentre pas dans le village, on prend le chemin qui passe en bordure de son cimetière. Ce cimetière domine le rivage, entouré d'un mur qu'étouffent des ronces et des épines. Il est très ancien. De nombreuses sépultures ne sont indiquées que par des rochers mal équarris ou même par des rochers bruts, sans inscription. Les tombes les plus récentes sont des stèles de pierre surmontées d'une croix gaélique, mais sans encadrement. Aucun chemin n'est tracé entre elles. Toutes ces pierres s'érigent au milieu d'herbes naturelles, fauchées à la saison des foins, et qui, depuis juin, ont repoussé. On croirait les débris minéraux d'une cargaison coulée. Elles émergent, environnées de bouquets artificiels sous des enveloppes transparentes en plastique, signe extérieur des souvenirs qui flottent à l'abandon et que le vent, comme un courant, a accumulés ici ou là. Au centre du cimetière, se dresse le vaisseau éventré, une chapelle sans toit, que le lierre a conquise et dont l'enceinte contient d'autres sépultures en perdition.

Ellynn pousse la porte de fer rouillé qui ouvre sur ce naufrage :

— Maman n'a jamais voulu que j'aille au cimetière. Elle m'a dit que son mari n'est pas là, alors que ça sert à rien d'y aller.

— Oui, son mari a disparu en mer. C'est très triste qu'on ne l'ait pas retrouvé.

— Et Denis qui s'est noyé, on l'a retrouvé, lui. Où il est ?

— Il est là.

Aubry lui montre une stèle recouverte d'un monceau de fleurs fanées.

— Comment on sait que quelqu'un est mort ?

— Quand il ne respire plus du tout.

— Pourquoi on meurt ?

— Parce qu'il arrive un moment où les hommes, les animaux, les plantes ne peuvent plus respirer.

Il se rend compte du simplisme de ses réponses. Il craint qu'Ellynn ne lui demande : « Et pourquoi ils ne peuvent plus respirer ? » Elle reste pensive. Puis :

— Moi, mon papa, il est mort très loin d'ici, très très loin... Maman me l'a dit. Mais elle ne sait pas où il est enterré.

Aubry comprend ainsi que Martha n'a pas commis la faute de révéler à sa fille qu'elle avait été abandonnée, malgré toute la rancœur vengeresse qu'elle nourrit contre l'homme qui l'a bafouée. Il en est comme soulagé.

— Viens.

Elle lui prend la main.

— Je veux que vous respiriez toujours, toujours !...

Aubry éprouve tout ce qu'on peut imaginer, sauf le besoin de rire. Et il rit, il rit ! Il entraîne Ellynn hors du cimetière.

— Oh, oui ! Rien que pour te faire plaisir, je respirerai toujours, toujours !

Et il court avec Ellynn qui rit elle aussi très fort sur le chemin qu'elle appellera tout simplement : le chemin des morts.

Une heure plus tard, ils ont atteint la crique

qu'Aubry a désignée comme but à leur promenade. Là, les falaises s'abaissent, ravinées par le ruissellement des pluies, et livrent passage à un torrent qui se jette dans la baie au milieu d'une petite plage de sable clair ourlée de galets. Ces galets gris-vert, très régulièrement ovales, ont de larges veines blanches. Certains d'entre eux sont tout blancs.

— On dirait des œufs ! s'écrie Ellynn qui commence aussitôt à en ramasser.

— Que vas-tu en faire ? Tu sais bien qu'il ne faut prendre les choses que si on les utilise.

C'est ainsi qu'Ellynn a appris à ne jamais cueillir de fleurs par caprice en les abandonnant un peu plus loin. Il lui a expliqué que les fleurs vivent et qu'il faut, si on les aime vraiment, ne les cueillir que pour les faire vivre avec soi jusqu'à ce qu'elles se fanent naturellement.

Elle a paru très bien comprendre, et elle a commenté :

— Il y a des fleurs qui ont besoin d'eau pour vivre quand on les rapporte à la maison, et d'autres qui n'en ont pas besoin.

Il n'a pas réagi.

— Pourquoi les fleurs qui n'ont pas besoin d'eau, elles vivent plus longtemps que les autres ?

Elle songeait aux bruyères blanches, Aubry n'en a pas douté. Il a essayé de répondre du mieux qu'il a pu en décrivant la nature des fleurs et des feuilles qui se fanent sans se décomposer parce qu'elles se dessèchent. L'explication l'a laissée songeuse, troublée. Mais elle n'a pas insisté.

Aujourd'hui, lorsque Aubry lui demande ce qu'elle compte faire des galets, elle répond d'un air provocant :

— C'est pas des fleurs ! Je peux jouer avec, et puis après les laisser !

Il n'a pas cru devoir « moraliser » en faveur des galets :

— Les plus jolis, on les rapportera à la maison. Je les placerai dans un panier.

— Oh oui ! Et on mettra le panier à côté de Fanny.

Fanny est une poule de faïence, un pichet qu'Aubry utilise pour verser l'eau aux visiteurs qui en mettent dans leur whisky. Autant dire qu'il ne sert presque jamais. Mais Fanny tient bien sa place au-dessus de la cheminée, où elle salue, avec son bec en l'air, le lapin Gaspard qui, de l'autre côté, lève le museau, oreilles dressées. Ellynn, les jours de grand ménage, monte sur une chaise pour épousseter les deux animaux qu'elle a baptisés elle-même, et elle les caresse avec son chiffon en leur parlant.

Aubry profite de la circonstance pour faire à Ellynn un petit cours sur la formation des galets. Il lui montre un pan de rocher blanc aux flancs de la falaise avec toutes ses aspérités, et il explique comment les morceaux de minéral brut que les tempêtes ont arrachés à la falaise sont devenus, par l'effet des vagues, ces beaux cailloux tout lisses en forme d'œufs.

Ellynn demande :

— Combien de temps il faut ?

Aubry n'en sait trop rien. Il hésite entre des dizaines et des centaines d'années. Il opte pour les dizaines ; mais des dizaines d'années c'est déjà beaucoup, c'est quoi ? Occasion de passer à un autre genre d'exercice.

— C'est plusieurs fois dix ans, répond Aubry. Alors, deux fois dix ans ça fait ?

— Vingt ans !

— Très bien. Et trois fois vingt ans ?

On en arrive ainsi à cent années qu'Ellynn est toute fière d'avoir atteintes. Elle prend un galet, le fait sauter dans sa main et chantonne :

— Oh, le bel œuf ! oh, le bel œuf !

Elle l'envoie à Aubry qui le rattrape et scande sur le même rythme qu'elle :

— Oh, le vieil œuf !

Et les voilà qui jouent à la balle avec le galet jusqu'au moment où Ellynn le manque, trébuche et s'affale en riant. Aubry s'assied près d'elle :

— Ah, on s'amuse bien ! dit-elle.

Les chiens, qui gambadaient autour d'eux, se couchent.

Ellynn s'étire sur le sable, pose sa tête contre une jambe d'Aubry et semble avoir envie de s'assoupir. Ils demeurent ainsi quelques minutes. On n'entend que le clapotis des vagues et les piaulements lointains d'une mouette. Aubry n'ose pas bouger la jambe. Ellynn s'est peut-être endormie. Mais, soudain, elle fait un bond, saute sur ses pieds :

— Non, je ne dors pas ! Et j'ai très faim !

Elle passe par-dessus Aubry, l'embrasse comme un jeu sur le front et court vers le sac à provisions. Il s'apprête à se lever.

— Restez assis, vous êtes fatigué. Je vais tout préparer !

Aubry s'allonge face à la mer. Il ferme les yeux. Il n'entend plus maintenant que le halètement des chiens, les assiettes et les couverts qui tintent, le froissement de la toile cirée et une petite voix joyeuse qui chante, comme une comptine :

Oh, les jolis œufs
qu'on va rapporter
à Fanny ma poule !

Il est tiré de cette sensibilité à l'instant, aussi exquise qu'imprévue, par la même voix, mais devenue celle de la ménagère :

— Vous pouvez venir, c'est prêt !

Aubry la rejoint, suivi par les chiens qui savent qu'ils n'ont pas été oubliés. Ellynn a préparé leur pâtée dans deux écuelles de bois, avec le souci de faire des parts bien égales. Au dessert, Aubry donne à chacun un morceau de sucre. Il humecte de café un troisième morceau et Ellynn le prend dans la petite cuillère qu'il tend vers sa bouche. Où qu'on soit, le rituel est respecté. Ellynn range alors toutes les affaires sans laisser traîner le moindre petit bout de papier. S'il reste des épluchures de fruit ou de légume, elle les rassemble et les dépose sous un buisson « pour nourrir les fourmis ». Aubry a l'impression que les mains d'Ellynn ont pris le relais des siennes. Et mieux que les mains...

Après le repas, il sort son carnet et fait des croquis. Ellynn apprend la leçon qu'il lui a indiquée dans un manuel. L'habitude prise est de ne pas parler. Le seul inconvénient de ce silence est que, s'il dure trop longtemps, il arrive qu'Ellynn s'ensommeille. Aubry n'a jamais la cruauté de la réveiller pour la remettre au travail. Maintenant, elle s'est endormie profondément, étendue de tout son long, le visage tourné vers le sol, dans le creux de son bras, à côté des chiens qui dorment, eux aussi, le museau entre leurs pattes. Il suffirait qu'il dise un mot, en se levant, et tous les trois se lèveraient, seraient prêts à repartir, livrés à son bon plaisir. Il n'a pourtant pas plus envie de soumettre que d'être soumis. Désireux d'être aimé, non d'être obéi. Et l'obéissance vient toute seule ; mais sans doute est-ce autre chose que de l'obéissance. Il dessine un rocher déchiqueté qui s'avance dans l'eau, véritable dragon, tout hérissé de grandes dalles de schiste verticales entre lesquelles sinuent des coulées d'œillets roses abritées du vent. Puis il s'intéresse à une carcasse de barque échouée là depuis des années, travaillée par les marées comme les galets. On ne voit plus que les dernières planches cintrées de sa quille où se sont incrustés des coquillages. Le sable, les herbes, ont pris possession de son fond, elle retourne aux éléments, elle s'y dissout lentement. Ce n'est plus une épave, c'est une chose qui se délivre des apparences de sa vie pour les restituer à la réalité de la vie. Aubry, la dessinant, songe à cette fin qu'il connaîtra, comme tous les autres, comme ces chiens, comme cette petite fille. L'émotion qu'il se refuse à éprouver lorsqu'il imagine le destin de son corps, soudain il ne peut la réprimer en regardant Ellynn. Il demeure un long moment les yeux fixés sur elle, et, à travers elle, sur l'évidence de l'inacceptable. Il passe doucement, doucement sa main sur les cheveux d'Ellynn. Elle se réveille en sursaut, apeurée, se pelotonne contre lui.

Il l'embrasse et, sans s'attarder :

— Allez, il faut rentrer !

Mais Ellynn ne l'entend pas de cette oreille. Aubry peut se rassurer : l'obéissance ne va pas sans discussion.

— On rentre déjà ! Et vous n'avez pas encore commencé à m'apprendre à nager !

— L'eau est encore très froide. Et puis, on n'a pas pris ton maillot.

— Si, je l'ai emporté.

— Je te promets que je t'apprendrai. À la fin de juin, l'eau sera meilleure. On ira un dimanche se baigner avec ta maman, ton frère et ta sœur.

— Pourquoi avec eux ?

— Parce qu'on s'amusera mieux tous ensemble.

Ellynn se tait. La raison donnée par Aubry ne la convainc sûrement pas. Lui-même, pris de court, y croit-il ? Il sait bien qu'il est préférable qu'il se baigne « en famille » plutôt que seul avec Ellynn. Cela ne prêtera à aucun commentaire, ou plutôt cela prêtera à des commentaires différents, plus faciles à accepter. Impossible de l'expliquer à Ellynn. Alors, oui, on s'amusera mieux parce qu'on sera avec les autres. D'ailleurs ces baignades lui vaudront l'occasion de se distraire et aussi de mieux connaître Martha, à tous égards.

Le dimanche suivant, il fait chaud, les vents sont tombés, le ciel sans nuages donne à la baie des couleurs de violettes bleutées qui révèlent la transparence de leurs pétales sur le blanc ruban des rivages. C'est du moins ce que l'œil d'Aubry dicte à son crayon rapide sur la plage qu'il a choisie pour la baignade. Il n'a pas désiré retourner là où il a passé un après-midi avec Ellynn. Trop de pensées y sont encore liées à trop d'images.

On se baignera avant de déjeuner en profitant du soleil au zénith. Martha est allée avec Ellynn derrière des rochers pour se déshabiller. Les deux autres enfants pataugent à la frange des vagues. La mère et la fille réapparaissent. Aubry découvre le corps de Martha, mais il le fait discrètement, par petites touches pour ne pas révéler sa curiosité. Et pourtant ce n'est pas l'envie qui lui manque de prendre, avec le regard aigu du peintre, la juste mesure des formes de cette femme demeurée mystérieuse sous ses habits masculins de travail et de pluie, s'il excepte la vision fugitive de celle qui l'a accueilli un jour, en peignoir, dans la pénombre de sa maison. Ce qu'il remarque d'abord, c'est la démarche de Martha. Elle avance avec sûreté et grâce, sans la moindre gêne, comme si elle avait appris l'art de se montrer sur une plage, un art que la plupart des femmes n'acquerront jamais. Elle a des foulées amples et souples. Elle se tient droite, les épaules un peu en arrière, la bouche gourmande, elle semble aspirer le soleil. Elle est moulée dans un maillot noir d'une pièce qui monte haut par-devant et découvre tout son dos. Elle a mis ses cheveux sous un bonnet. Cela accentue le caractère juvénile et franc de son visage. Elle est bien telle qu'Aubry l'imaginait : solide, mais très féminine, avec une taille mince, galbée, et une poitrine saillante. Ses jambes vigoureuses, aux mollets fuselés, s'achèvent sur des cuisses plutôt fortes mais musclées. Le mot charnu s'impose. Martha est tout en chair. Le mécanisme tourne bien et se fait oublier.

À côté d'elle, Ellynn, vêtue d'un maillot bleu — la couleur qu'elle a choisie — acheté chez Mr Murphy, paraît toute petite. Ce n'est pas une réduction de sa mère. On sent qu'adulte elle en sera très différente. Elle avance timidement, regarde ses pieds, comme si elle était un peu honteuse de se montrer en tenue si légère. Ses bras sont grêles, ses jambes très hautes et ses cuisses maigres portent un buste étroit. Ses longs cheveux, comme elle baisse la tête, pendent devant son visage. On dirait une chevrette effarouchée et efflanquée qui trottine dans le brouillard.

Aubry, lui, n'est ni fier ni honteux de son physique qu'il a toujours entretenu par une vie sportive et aérée sans en faire l'objet d'un culte. Il regrette seulement sa pâleur. Brunis, les défauts d'une anatomie sont atténués. Il remarque que le visage de

Martha et ses bras jusqu'à la hauteur du coude sont dorés, accentuant la blancheur du reste de son corps. C'était ainsi que, jeune homme, il distinguait les campagnardes, le dimanche, sur les plages du Kent. Cela ne l'attirait guère. Aujourd'hui, le corps de Martha n'en a pour lui que plus d'originalité et de saveur. Elle entre dans la mer, sans hésiter, sans une réaction qui puisse laisser voir que la froideur la surprend ou l'incommode. Aubry est plus précautionneux ou moins aguerri (Martha, sans doute, a-t-elle l'habitude de cette eau qu'on dit réchauffée par le Gulf Stream, ce qui laisse supposer que si c'était faux, on ne pourrait même pas y tremper le bout de son pied). Il demande à Martha :

— Elle est bonne ?

Et Martha, s'y enfonçant complètement avant de partir d'un crawl bien coulé :

— Meilleure que jamais !

Aubry ne saurait faire mieux que de l'imiter en évitant de se montrer frileux devant Ellynn qui le regarde, debout sur la plage. Il lui crie :

— Ne reste pas immobile. Fais des mouvements pour ne pas prendre froid. Je reviens tout de suite.

Le tout de suite d'Aubry ne sera certes pas le même pour Ellynn.

Martha nage assez loin du bord. Aubry veut la rejoindre. Quand il se rapproche d'elle, il remarque qu'elle a baissé les bretelles de son maillot pour avoir la poitrine dégagée. Comme elle exécute alors les mouvements de la brasse, il ne voit que son dos dont la musculature s'avive à chaque élan. Elle semble glisser sur l'eau. Elle ne s'est pas encore aperçue de la présence d'Aubry, ou bien elle fait semblant. Soudain elle se retourne, comme si elle l'avait entendu, et, sans se presser, remet son maillot en place. Il a tout le temps de découvrir des seins qui peuvent se permettre d'être libres, à la fois opulents et fermes, fleuris de larges aréoles brunes. Il est impossible qu'elle ne perçoive pas sur elle le regard qui, ne simulant plus la discrétion, est aussi nu que ce qu'il contemple. L'échange des deux nudités ne dure que quelques instants, sans un mot de complicité.

Martha s'allonge alors, les bras rejetés en arrière, les jambes un peu écartées, la tête orientée vers le soleil, les yeux fermés, et dit : « C'est bon ! »

Aubry profite des yeux clos pour ouvrir de nouveau tout grands les siens sur ce corps qui s'abandonne animalement au plaisir de sa légèreté et qui, porté par les vagues, dans toute sa loyauté sensuelle devient presque provocation. Martha en est-elle consciente ?

Elle demeure de longues minutes ainsi, livrée à la mer et au soleil, sans ouvrir les yeux, et Aubry, qui s'est allongé à son tour, flotte tout près d'elle, si près que par l'effet des vagues leurs corps se touchent. Ils ne font rien pour l'éviter, rien pour le favoriser. Ils partagent sans un mot la sensation d'aise, de rêverie, et de hasard.

Ellynn s'agite sur la plage. Façon de se réchauffer selon les prescriptions, ou signaux d'appel ? Aubry s'en aperçoit.

— Il faut que je retourne, Ellynn m'attend pour apprendre à nager.

— Ce n'est pas si pressé !

— J'ai peur qu'elle ne prenne froid.

Et, d'un seul trait, il regagne le rivage. Ellynn, grelottante et boudeuse, lui dit :

— Vous êtes parti longtemps ! Je n'ai plus envie de me baigner maintenant.

Elle claque des dents, un peu trop pour que ce soit tout à fait naturel. Aubry n'insiste pas. Il l'aide à enfiler un chandail, souffle dans son dos. Elle rit en éprouvant la grosse bouffée de chaleur qui l'envahit.

— Viens, nous allons faire une partie de ballon. Comme ça, tu seras réchauffée. Et, la prochaine fois, je te promets que je ne me baignerai pas avant de m'être occupé de toi.

Martha prolonge son bain pendant qu'Aubry et Ellynn jouent au ballon. Elle sort de l'eau assez loin d'eux, et va vers John et Priscilla qui construisent un château de sable. Elle les encourage, travaille un peu avec eux, puis disparaît.

Aubry et Ellynn habitués à se lancer le ballon très vite, avec précision (ce jeu fait partie des exercices d'adresse auxquels le maître prend autant de plaisir que l'élève), sont si accaparés par leurs échanges qu'ils ne remarquent même pas que Martha s'est esquivée. Mais Martha, elle, a remarqué leur indifférence. Quand elle revient, tout habillée, Aubry interrompt la partie et va au-devant d'elle :

— Alors, on a peur du soleil ?

Martha, comme si elle n'avait pas entendu :

— Et la leçon de natation d'Ellynn ?

— Elle n'a pas voulu se baigner, elle avait pris froid.

— Ah, naturellement. Il a fallu qu'elle fasse l'intéressante, qu'elle vous force à revenir, et quand vous avez été là, elle n'a plus voulu. Toujours la même, elle ne pense qu'à elle. Elle n'en fait qu'à sa tête ! Et les autres, elle s'en moque. Avec vous, elle est bien tombée, vous acceptez tous ses caprices !

— Martha, je vous en prie.

Aubry a dit cela avec une autorité qui n'admet pas de réplique, car Ellynn s'est approchée et pourrait entendre. Il crie :

— Ohé, les enfants, on va déjeuner !

Les deux petits arrivent en courant. Il prend Ellynn par la main et Martha par le bras pour se diriger vers le panier du pique-nique. Martha, silencieuse, résiste un peu.

— Allons, lui dit Aubry, soyez gentille, ne me refusez pas votre chaleur, je ne suis pas rhabillé, moi !

Déridée, elle se laisse entraîner en se serrant un peu contre Aubry qui continue de plaisanter avec elle. Ellynn lâche la main d'Aubry pour rejoindre son frère et sa sœur.

Le repas n'est pas du tout celui que souhaitait Aubry : Martha parle trop, Ellynn reste presque muette, les deux plus jeunes sont bruyants. Et lui, il ne trouve pas le juste ton qu'il faudrait avoir entre la mère et la fille. Le plaisir que chacun prend à admirer puis à déguster le dessert surprise — un énorme gâteau à la crème garni de fruits confits — recrée la communauté. Mais Ellynn ayant fait le geste d'en donner aux chiens, Martha, d'un bras prompt et menaçant, l'en empêche.

Et Aubry, pour ne mécontenter ni la mère ni l'enfant, déclare :

— Non, Ellynn, mange ce que tu as dans ton assiette. Les chiens auront leur part, s'il en reste.

C'est lui qui coupe les morceaux et il s'attribue le dernier, si petit, comme par un heureux hasard, qu'il reste assez de gâteau pour que les chiens n'en soient pas privés. Martha a le sourire. Ellynn ne laisse pas voir le sien.

*

Le soir, à Mount Auburn, Aubry demeure longtemps dans son atelier d'où il peut contempler les jeux du couchant. De grandes traînées de nuages mordorés strient le ciel de couleur cuivre et s'enfoncent dans l'océan qui reflète en plus sombre cette rutilance si intensément métallique que le soleil semble résonner contre elle de toute sa masse fulgurante. Et les raies de nuages emprisonnent l'illumination comme pour empêcher par leur présence l'invasion de l'incandescence. Les pinceaux d'Aubry obéissent à la vision, il les regarde agir entre ses doigts. Ils captent un instant que l'instant d'après corrige, complète ou annule. Le ciel change, et le tableau trouve son équilibre dans toutes ces métamorphoses qui révéleront, grâce à lui, l'unité de leur mouvement. L'ombre surprend Aubry, le brasier s'est éteint, sauvé de l'oubli par l'œuvre porteuse de ses ardeurs. Il n'a pas eu conscience du temps qui passait, ne s'est pas soucié du dîner. Il appelle Ellynn. Elle lui répond :

— Oui, je suis là, tout est prêt.

Il descend. Elle a allumé la lampe à pétrole, mis le couvert, préparé la soupe. Elle est assise au coin du feu, entourée par les chiens et les chats, elle regarde un livre d'images.

— Je les ai fait manger, dit-elle.

— Mais toi ?

— Moi, je vous ai attendu.

— Pourquoi ne m'as-tu pas appelé ?

— Parce que vous travailliez. Je suis sûre que vous avez fait quelque chose de beau. Je peux voir ?

Elle grimpe quatre à quatre l'escalier. Il la suit avec une bougie. À peine éclairé, le tableau jaillit comme un feu dans une pièce noire. Ellynn dit simplement :

— C'est encore plus beau que le vrai soleil.

Aubry est tout ému. Ellynn, à sa façon, vient de définir ce qu'est l'œuvre d'art quand elle est réussie.

Pendant le dîner, on parle du goût de la soupe, de la mer si froide à midi, des provisions à acheter, du temps qu'il fera demain, on parle aussi avec les bêtes qui suivent des yeux les mouvements de leurs maîtres, qui comprennent le langage de l'affection, et qui participent à la veillée en s'endormant dans le bruit rassurant des voix qu'ils aiment.

Ellynn, comme tous les jours avant de se coucher, boit avec Aubry une infusion qui est un vrai sirop tellement elle y met de sucre. Elle la déguste à petites lampées, installée dans le fauteuil symétrique de celui d'Aubry, devant la cheminée avec sa poupée placée à côté d'elle, sur une chaise à sa mesure. Et ce soir-là, poussant un grand soupir :

— Ah, on est bien chez nous !

Le oui d'Aubry est à peine audible, un oui qui répond à quelque chose de banal, ou qui, d'émotion, reste dans la gorge. Ellynn ne fait pas la différence. Serait-il demeuré silencieux qu'elle n'y aurait pas prêté attention. Ce sont les adultes qui exigent des acquiescements formels. Ellynn est sûre qu'Aubry se sent bien « chez nous ». En somme, elle a parlé pour les deux. Elle a exprimé un sentiment commun. Puis elle s'est détendue dans son fauteuil comme une petite chatte qui prend plaisir à se chauffer, un plaisir sans mélange parce qu'elle sait qu'on ne la mettra pas dehors, qu'on lui a donné sa place auprès du feu pour toute la nuit, pour toute la vie. Et, dans son sentiment de bien-être, elle s'est endormie. Aubry lui retire ses chaussures sans qu'elle se réveille et la porte tout habillée dans son lit, la serrant très fort contre lui, avec quelle précaution, quelle ferveur ! Brusquement, elle reprend conscience et dit : « Ma poupée ! » Aubry va la chercher au coin de l'âtre et la lui donne. Ellynn la prend dans ses bras, son visage exprime la tendresse rassurée par la présence dont on ne saurait se passer. Aubry éteint la lumière et vient se rasseoir près du feu. Bouleversé parce que la petite phrase d'Ellynn heureuse, il aurait pu la prononcer exactement au même instant, il aurait aimé le faire, et parce que cette petite fille, il l'a tenue dans ses bras comme elle tient sa poupée.

*

Selon sa promesse, il se rend à Kilcrohane pour assiter à la représentation théâtrale organisée par l'instituteur. Cela n'a pas été sans mal. En effet, Ellynn, qui avait entendu Aubry raconter le sujet de la pièce, voulait l'accompagner. Peut-être le voulait-elle d'autant plus que sa mère s'y opposait. Aubry a refusé de l'emmener, sans lui donner, bien sûr, les raisons exactes de ce refus. Et Ellynn a eu des réactions de violence, d'incroyable violence qu'il n'avait encore jamais connues :

— C'est toujours comme ça, vous ne voulez pas m'emmener parce que je suis trop petite, parce qu'il faut que je dorme ! Je veux venir, Aubry, je veux voir la pièce de théâtre. Les enfants de Kilcrohane, ils iront, eux, j'en suis sûre. Alors pourquoi pas moi ?

Il a eu beau utiliser toutes les ressources de la douceur persuasive, rien n'y a fait. Elle a continué à pleurer, à crier. Elle lui a dit qu'elle avait peur de rester seule, et qu'il était méchant. Alors, il s'est fâché :

— Je ne veux pas d'une petite fille qui refuse d'obéir et qui dit des choses pareilles.

Elle est allée s'enfermcr dans sa chambre. Quand il lui a demandé de se mettre à table avec lui, elle a dit qu'elle n'avait pas faim. Il ne l'a pas forcée à venir. Tout de suite après le repas, il s'est habillé pour partir. Les sanglots d'Ellynn ont redoublé. Il est entré dans sa chambre, elle s'est réfugiée au fond de la pièce, sa figure contre le mur. Il lui a posé la main sur l'épaule :

— Ellynn, sois raisonnable !

Sans se retourner, elle a crié :

— Non, je ne veux pas !

Il s'est contenu pour garder son calme et, silencieux, il est parti, laissant les chiens dans la maison.

La soirée théâtrale a lieu dans l'école qu'on a débarrassée de ses pupitres. Les tréteaux ont été montés du côté de la chaire du maître. On compte une centaine de spectateurs parmi lesquels Aubry reconnaît le curé, l'échevin, Mr et Mrs Murphy, Pat et Lilian, Mrs Bradlow (la musaraigne) et plusieurs fermiers des environs. La pièce est jouée par des jeunes gens de Kilcrohane. L'excentricité romanesque du sujet et le tempérament poétique des acteurs donnent au spectacle un lyrisme qu'imprègnent curieusement naturel et surréalité. Aubry est intéressé, séduit par l'expression d'un drame où les jeunes Irlandais ont mis toute la sensibilité simple et pathétique d'un atavisme envoûté par le malheur et pourtant triomphant de lui. Mais il ne parvient pas à se dégager de l'inquiétude que lui a causée la crise nerveuse d'Ellynn. Il a hâte de rentrer à Mount Auburn. Après la représentation, il va féliciter l'instituteur qui a fait la mise en scène, et les interprètes. Sous peine de passer pour un malappris, il se doit d'échanger quelques propos avec les personnes qui le connaissent. Pat lui dit :

— Eh bien, il a fallu cette soirée théâtrale pour vous retrouver ! Vous ne venez plus à la pêche, vous êtes devenu invisible !

Aubry, comme on se jette à l'eau :

— Depuis que j'ai pris en pension la fille aînée de Martha, je ne peux pas m'absenter souvent. Je viens juste faire les courses au village.

Pat le savait. Mais qu'Aubry fasse si brusquement étalage de ce qu'il cachait, le surprend et le désoriente. Il dit :

— Ah oui, une enfant de cet âge, on ne peut pas la laisser longtemps seule.

— Ainsi, ce soir, ajoute Aubry, profitant de la réflexion de Pat, il faut que je rentre tout de suite. J'aurais eu pourtant envie de bavarder. Mais Ellynn ne veut pas s'endormir tant que je ne suis pas là.

Lilian dit :

— Oh, nous vous comprenons. Nous avons la chance d'avoir ma belle-mère à la maison, cela nous permet de sortir le soir.

La dame musaraigne parle avec Mr Murphy en

regardant Aubry. Ses vilaines lèvres minces s'agitent, découvrant des petites dents de rongeuse :

— Qu'est-ce qui lui a pris à l'Anglais de s'occuper de la fille aînée de la veuve ? La mère ne lui suffisait pas ?

Mr Murphy est indigné :

— Je ne comprends pas ce que vous voulez dire.

— Vous êtes un vieil ange, Mr Murphy, vous ne voyez jamais le mal !

— Et vous, vous le voyez partout. Vous êtes...

D'un regard fulgurant, Mrs Murphy coupe la phrase de son mari.

— Vous êtes trop pessimiste, poursuit Mr Murphy, il y a encore de bonnes âmes !

La dame musaraigne trottine déjà vers d'autres oreilles plus accueillantes. Mrs Murphy demande à son mari :

— Qu'allais-tu lui dire ?

— Vous êtes une vieille empoisonneuse !

— Alors j'ai bien fait de t'interrompre.

— Pour le commerce, oui, pas pour la morale !

Aubry s'approche du couple. Il a eu l'intuition qu'on parlait de lui. Bien sûr, ses deux amis ne se font pas l'écho de la calomnie ; mais la phrase de Mr Murphy, accompagnée d'une grande tape sur l'épaule d'Aubry, prolonge le dialogue qu'il vient d'avoir :

— Ah, monsieur, je vous dis mon estime pour ce que vous faites. Sans vous, je ne sais pas ce qui se serait passé chez Martha.

Gravissant les pentes de sa montagne, Aubry s'inquiète de l'accueil que va lui réserver Ellynn. La maison est obscure, la chambre vide. Les chats somnolent près de l'âtre, les chiens ne sont pas là.

Aubry se dirige aussitôt vers la grange, ouvre la porte et trouve Ellynn, enveloppée de son plaid, assise dans le foin avec sa poupée entre Dick et Moby. Elle ne dormait pas. Elle attendait l'arrivée d'Aubry, c'est évident.

— Alors, qu'est-ce qui te prend ? Pourquoi es-tu venue te coucher ici ?

Ellynn a le visage de ses rébellions :

— Je m'ennuyais toute seule.

— Tu pouvais rester dans la maison avec les chiens.

— Non, je voulais être ici !

— Oui, comme la nuit où tu as quitté ta maman !

À ces mots, Ellynn se retourne et plonge la tête dans le foin. Aubry ne peut rattraper cette phrase que l'irritation lui a soufflée et qu'il a prononcée avec sévérité. Il change aussitôt de ton et, très doucement :

— Viens, nous allons rentrer à la maison.

— Non, je veux rester ici !

Il essaie de la prendre dans ses bras. Elle résiste, se débat, crie comme s'il lui faisait mal, les chiens se mettent à aboyer. Il la lâche.

— Bon, je te laisse. Mais je ne suis pas content, pas content du tout !

— Moi non plus, dit Ellynn qui soudain s'est redressée et lui fait face.

Par cette nuit d'été, Ellynn ne risque pas de prendre mal. Le plaid, le foin, les chiens lui tiendront chaud. Aubry ne craint donc rien pour elle. Mais pour lui...

Il dort à grand-peine, se reprochant d'être allé au théâtre. Puisqu'il ne pouvait pas l'emmener avec lui, il aurait dû renoncer au spectacle. Mais il ne va tout de même pas refuser tout ce qui l'intéresse à cause de cette gamine ! Il ne va pas se laisser faire la loi par elle ! Demain, il réagira comme tout adulte qui a la charge d'un enfant. Ce soir, il n'a pas eu les bons réflexes. Il aurait dû la ramener de force dans sa chambre. Sinon, elle n'en fera qu'à sa tête, et sa tête est pleine de caprices qui deviennent ses volontés. Il lui fallait affirmer son autorité. Il a cédé, il a eu tort. Mais s'il l'avait contrainte, elle était capable de s'enfuir dans la nuit. Il tourne en rond.

Le lendemain matin, il s'est levé très tôt et prépare les deux couverts pour le petit déjeuner comme si de rien n'était. À neuf heures, Ellynn n'a pas reparu. Les chiens sont en liberté. Elle s'est donc réveillée pour leur ouvrir la porte, et elle s'est renfermée dans la grange. Ira-t-il la chercher ou l'attendra-t-il ? Il pourrait prendre son café tout seul, puis monter travailler dans son atelier, ne se souciant pas d'elle, ou plutôt faisant comme si. Car il ne se soucie que d'elle. Comment se comportera-t-elle ? Lui en voudra-t-elle aujourd'hui encore ? Et s'il avait brisé, hier, quelque chose entre elle et lui, et si ce n'était pas réparable ! Le prétexte de la soirée au théâtre était bien mince, mais l'équilibre entre deux êtres qui vivent ensemble est parfois si fragile qu'il se détruit à l'improviste. Une circonstance imprévue, où les sensibilités se blessent parce qu'on n'y a pas pris garde, peut contenir tous les risques de... rupture. Le mot rupture lui est venu d'emblée. Il lui substitue aussitôt désaccord.

Et si Ellynn s'était sauvée ?... Au lieu d'épiloguer, il ferait mieux de s'assurer qu'elle est encore là. Il court vers la grange et la découvre profondément endormie, à moitié enfouie dans le foin. Comme il est soulagé ! On dirait qu'elle sourit au fond de son sommeil. Il approche son visage du sien et des lèvres il effleure sa tempe. Elle ouvre les yeux et son sourire s'épanouit :

— Ah, c'est vous, Aubry !

Elle lui tend les bras. Il s'assied près d'elle, elle se blottit contre sa poitrine.

— Aubry, je ne recommencerai plus.

Elle a dit cela avec une contrition enfantine et un regard féminin.

— C'est oublié.

— Mais vous, vous ne recommencerez pas non plus !

— À aller au théâtre sans toi ?

— Oui !

— Je te le promets.

— On verra ensemble de belles pièces de théâtre. Pas à Kilcrohane, à Cork... Vous m'avez dit qu'on retournerait à Cork !

— Oui, on y retournera.

— Et on achètera encore des affaires, et on mangera au restaurant ?

— Oui !

Ellynn plaque sa tête contre la nuque d'Aubry, pose sa bouche sur son cou et, soudain, elle le mord comme un petit chien joueur en éclatant de rire.

La vie, à Mount Auburn, reprend son rythme habituel dans le partage des tâches ménagères, chacun sachant ce qui lui revient. L'école continue de fonctionner, dedans ou dehors, selon le temps et les matières. Ellynn retrouve l'après-midi son frère et sa sœur à la maison du lac tandis qu'Aubry travaille dans son atelier à moins qu'il ne descende au village pour les courses. Le soir, ils écoutent de la musique, ou bien il lit à haute voix des contes irlandais qu'il commente. Parfois ils jouent aux dominos ou font des puzzles. Qui décide de l'emploi du temps au cours de ces soirées ? Plus souvent Ellynn qu'Aubry. Elle choisit elle-même la musique qu'elle désire entendre mais elle ne met jamais en marche l'appareil sans avoir demandé à Aubry : « Avez-vous envie d'écouter ceci ou cela ? » Et elle parle de symphonie, prélude, concerto aussi naturellement que de ballade. Aubry est toujours prêt à accepter ce qu'elle lui propose, tellement ravi d'écouter à deux et d'être sûr que l'autre y trouve son plaisir. Elle a ses habitudes, nées dès leur première soirée musicale.

Il avait dit alors très simplement :

— J'entends mieux quand il y a peu de lumière.

Et il avait soufflé la grosse lampe suspendue au plafond en allumant un chandelier au fond de la pièce. Ce « J'entends mieux » était devenu pour Ellynn : « On entend mieux. »

Elle éteint donc la lampe du milieu, dispose le chandelier dans un coin, place un coussin par terre auprès du grand fauteuil, face au foyer et s'assied, en s'adossant aux jambes d'Aubry, sa poupée près d'elle. Elle sait demeurer silencieuse et immobile. Aubry sent son corps à certains moments, qui bouge un peu, pour se caler mieux.

Parfois, elle se retourne vers lui sans rien dire. Elle lui adresse un petit sourire. Il pose alors ses mains sur les épaules d'Ellynn, lui lisse les cheveux. Le plus souvent, il ne prend pas l'initiative des gestes. Il répond à ceux d'Ellynn, qui en fait peu.

Un soir, après avoir entendu le *Requiem* de Fauré, elle demande :

— Qu'est-ce que ça veut dire *Requiem* ?

— Ça veut dire qu'on souhaite d'être heureux à ceux qui sont morts.

— Pourquoi à ceux qui sont morts ?

— Tu as raison, il faut le souhaiter d'abord aux vivants.

Un silence, puis Ellynn :

— Moi, j'étais pas heureuse chez maman.

Aubry se tait. Il pense : « Et aujourd'hui chez moi ? » Il aurait peur d'entendre la réponse dont il est sûr : « Ici je suis heureuse », parce qu'il sait, parce qu'il lui faut savoir que ce bonheur-là ne peut plus durer.

Ellynn, sans un mot, elle aussi, se retourne vers lui, appuie la tête sur ses genoux. Tout en elle est joie, apaisement, gratitude. Elle le regarde. Il ferme les yeux pour qu'elle ne les voie pas s'embrumer.

Le lendemain, il décide de s'entretenir avec Mr Murphy. Il le trouve comme d'habitude en train de manipuler des marchandises. Après les salutations, il lui dit qu'il a besoin de lui parler, mais pas dans le magasin, seul à seul. Mr Murphy voit, au visage tendu d'Aubry, que ce doit être pour quelque chose de grave. Il abandonne sur-le-champ sa tâche et il mène Aubry à sa maison qui, dc l'autre côté de la route, fait face à la boutique. Il l'introduit dans un petit salon, lui offre un siège, s'assure que personne n'est là et s'installe près de lui.

— Alors, monsieur Aubry, que puis-je pour vous ?

— D'abord m'écouter, puis me conseiller.

— Pour vous écouter, ce sera facile. Pour vous conseiller, c'est autre chose.

Aubry, sans entrée en matière, lui dit combien le préoccupe la responsabilité qu'il assume vis-à-vis d'Ellynn et de Martha, une responsabilité que, certes, il n'a pas désirée mais qui existe comme une réalité à laquelle il ne peut échapper, à moins de quitter le pays et de le quitter très vite, ce qui serait la pire façon de se délivrer du problème en laissant aux autres le soin de le régler. Il dit que si l'on envoie Ellynn à l'école de Kilcrohane, elle refusera de retourner le soir chez sa mère, et que ce n'est pas une enfant — il en est sûr — que l'on pourra convaincre par la raison quand, de tout son être, elle se cabre. Plus tard peut-être les choses s'arrangeront-elles. Ellynn acceptera par sagesse, heureuse de ne pas être séparée de son frère et de sa sœur qu'elle aime bien. Mais la forcer aujourd'hui à vivre avec sa mère, ce serait provoquer sa fuite, n'importe où. Elle est impulsive, elle a des moments de désespoir, et les falaises ne sont pas loin. D'ailleurs, au cas où Ellynn lui reviendrait, il faudrait aussi que Martha y mît du sien. Elle redoute le retour de sa fille, car elle ne saurait plus comment s'y prendre avec elle. Mr Murphy ne pense pas autrement. Il admet que la situation où se trouve Aubry ne peut plus se prolonger. Les raisons de cela ne sont pas dites. C'est inutile. L'un les vit, l'autre les saisit à travers la connaissance qu'il a de la mère et de la fille, à travers aussi les médisances.

Il faudrait trouver une famille du village qui accepterait de prendre en charge Ellynn. Lui, Mr Murphy, il voudrait bien, mais il a quatre enfants et une maison trop petite. Monsieur le curé loge déjà un de ses neveux et, de toute façon, il lui serait difficile, impossible même, de prendre en pension la fille d'une femme qui... d'une femme que... Il faut bien admettre que c'est cela qui complique tout. Martha ne sera pas aidée parce qu'elle est la bête noire des mères de famille. Resterait d'ailleurs à savoir si Ellynn ne refuserait pas aussi cette solution. Elle n'a qu'une volonté : continuer à habiter chez Aubry en allant à l'école de Kilcrohane. Son univers tient tout entier sur Mount Auburn. Aubry fait partie des lieux, il s'y est inscrit en même temps que dans la vie d'Ellynn, tel qu'il est, avec un âge qu'il a dû toujours avoir, tel qu'il vit lui-même, avec sa maison, ses chats, ses chiens, ses tableaux. Il a commencé d'exister le jour où il est apparu sur le chemin. Il vient d'un autre pays, de très loin. Le lointain dans l'espace, Ellynn le comprend. Dans le temps, elle n'en saisit pas très bien la réalité. Peut-être est-ce simplement l'idée de son papa qu'elle n'a jamais connu. La « vieille amie » d'Aubry, elle ne la situe nulle part, et plutôt dans un autre lieu que dans un autre temps. Le temps, pour elle, ce n'est que le présent. Et même les souvenirs de sa petite enfance qu'elle met dedans font corps avec son présent. Donc Aubry est arrivé, il a habité là, il l'a protégée et recueillie. Ils ont pris leurs habitudes ensemble. Elle est heureuse avec lui : pourquoi l'ordre du monde serait-il tout à coup changé ? Pourquoi Aubry ne voudrait-il plus d'elle et la chasserait-il de sa maison où il continuerait à habiter avec ses animaux ?

L'analyse d'Aubry amène Mr Murphy à se demander si l'on ne devrait pas envisager une solution tout à fait différente : mettre en pension Ellynn dans un collège de Cork. Elle ne pourrait pas s'estimer mal traitée, au contraire, elle recevrait une bonne éducation et serait mieux placée que les enfants demeurés au village pour entreprendre des études supérieures. Elle passerait ses vacances à Kilcrohane et, pendant la scolarité, elle y reviendrait une fois par mois. Elle aurait des correspondants qui seraient autorisés à la faire sortir en ville. Aubry serait du nombre. Mr Murphy connaît une institution catholique pour filles dont la directrice, une religieuse, est cousine de sa femme. Il obtiendrait sûrement une place. Reste la question du paiement de la pension. Aubry dit aussitôt, non pas qu'il s'en chargerait mais qu'il s'en chargera, car, d'emblée, la suggestion lui paraît être la seule issue possible. Il avait songé à cette solution en se demandant comment il serait en mesure de l'obtenir, et d'abord, comment il la ferait accepter par Martha. L'appui et l'intervention de Mr Murphy seront déterminants. La nécessaire séparation de la mère et de la fille se fera en n'exprimant ni cassure ni abandon (à Kilcrohane, on envie les parents qui ont les moyens d'assurer l'éducation de leurs enfants, dès les petites classes, dans un établissement citadin) et sans que Martha en soit offensée comme elle le serait si sa fille était confiée à quelque famille du village. Aubry continuera à veiller sur Ellynn et à la recevoir pendant les jours de congé. Il pourra tout concilier. Il retrouvera son indépendance, mais il n'aura pas renoncé à sa mission. (Eh oui, il a employé ce mot tout naturellement.) Il éprouve un véritable soulagement à ne pas perdre la tutelle d'Ellynn, car la façon dont il risquait d'être séparé d'elle l'inquiétait plus que la façon dont la mère et la fille se sépareraient. Cela l'inquiétait outre mesure, sans qu'il se l'avouât. Maintenant, il est rassuré, presque joyeux.

Ah, le brave homme que Mr Murphy, l'astucieux porte-parole de la providence ! Et comme il est heureux lui-même, Mr Murphy, d'avoir eu l'initiative de la bonne idée ! Il faut célébrer cela. Il va chercher, dans le coin le plus sombre d'une armoire, une bouteille qui contient un liquide blanc. Du whisky ? Non. D'après l'étiquette, de la vodka. Mais non, ce n'est pas de la vodka. C'est l'alcool de la tradition gaélique, le renommé poïtin, que le règlement interdit de fabriquer chez soi et de vendre. Voilà pourquoi on le met dans des bouteilles de vodka. Il titre au moins 60°. Il fait plus que réchauffer, il brûle. Mais quelle saveur ! Et d'abord celle du fruit défendu. Mr Murphy, avant de porter le verre à ses lèvres, dit sur le ton d'une prière :

— Que Dieu protège Ellynn !

Aubry silencieux hoche la tête avec gravité.

On dresse ensuite des plans pour définir la façon de procéder. Bien sûr, on commencera par une conversation avec Martha, en lui demandant de garder le secret vis-à-vis de tout le monde, et surtout d'Ellynn. C'est Mr Murphy qui se chargera d'informer Martha. Quant à Ellynn, il faudra aviser pour savoir quand et comment on lui apprendra la décision.

Dès le surlendemain, Aubry rejoint Mr Murphy qui doit lui rendre compte de son entretien avec Martha. L'épicier relate la rencontre comme un acteur qui prend plaisir à raconter un spectacle dont il sait qu'il a assuré le succès :

— Ça n'a pas été long. Je suis allé droit au but. Elle a bien écouté mes arguments, et elle a été aussitôt d'accord, et très contente, ma foi, très contente ! Elle a dit : « Je n'aurais jamais osé penser ça toute seule. » Elle n'a fait qu'une objection : pour le paiement de la pension. Elle ne veut pas que vous vous en chargiez. Oh, ce n'est pas parce qu'elle serait humiliée ! Elle sait qui vous êtes. C'est par discrétion. Alors, je lui ai dit que, comme elle ne peut pas payer, on devrait abandonner le projet. Je lui ai dit aussi : « L'idée, je l'ai eue, mais je n'ai pas les moyens de la réaliser. Ne refusez pas la proposition de Mr Clark. S'il vous la fait, c'est qu'il le peut. » Pardonnez-moi cette phrase. Il ne fallait pas que tout échoue pour une question d'argent !

— Vous avez eu cent fois raison.

— Mais elle n'a pas renoncé à contribuer. Je suis sûre qu'elle mettra sa fierté à payer une petite part.

Et il sera bon que vous acceptiez, rien que pour le principe.

— Évidemment.

— Elle a voulu savoir quand on en parlerait à Ellynn. Je lui ai répondu qu'on s'entendrait pour trouver le meilleur moment, et la meilleure manière. Alors elle m'a dit : « C'est à Aubry de l'apprendre à Ellynn, et il faut absolument qu'il lui explique que ce n'est pas moi qui ai voulu la mettre en pension. » Elle pense que la décision doit venir de vous, de vous seul pour qu'Ellynn l'accepte ; et je pense comme elle.

— Moi aussi, fait Aubry d'un air résigné.

Mr Murphy a tout dit sur son entrevue avec Martha, mais pas tout ce qu'il estime devoir révéler à Aubry. Il se cale donc dans son fauteuil et continue :

— Martha se demandait pourquoi je l'avais convoquée. Un peu inquiète. Ah, je la connais. C'est que je pourrais être son père, et je n'ai pas manqué quelquefois de lui faire des semonces. Oh, gentiment, mais sans rien lui cacher de ce que je pensais. Elle ne m'en veut pas. Au contraire. Elle sait que c'est pour son bien et que je ne supporte pas les médisances. Ma femme et moi nous sommes occupés d'elle quand elle est arrivée à Kilcrohane avec Harry et ses deux enfants. Le troisième, elle l'a eu ici. Harry était presque tout le temps en mer sur un bateau de commerce. Et elle ne connaissait personne. Les portes ne s'ouvraient pas devant elle. On savait qu'elle avait eu sa fille aînée hors mariage, ça faisait mauvais effet. Et, orgueilleuse comme elle est, elle avait l'air, elle l'étrangère, de regarder de haut les gens du village. On aimait bien Harry, mais on se demandait comment il avait épousé cette femme-là, en prenant à sa charge son premier enfant né d'on ne sait qui. C'est une des raisons pour lesquelles elle n'emmenait presque jamais Ellynn au village. Elle ne supportait pas les réflexions dans son dos. Et ça n'arrangeait pas le caractère de la petite qui, de nature, est plutôt une sauvageonne.

Là, Mr Murphy s'arrête, reste pensif quelques instants, puis, comme s'il avait pris une détermination :

— Il faut que vous sachiez tout sur Ellynn. Mon devoir est de ne pas garder le secret. Martha n'avait pas fait baptiser Ellynn au Danemark. Elle avait confié cela à ma femme en exprimant des regrets, et ma femme l'avait convaincue de procéder à la cérémonie.

Voilà comment Mr et Mrs Murphy étaient devenus le parrain et la marraine d'Ellynn. On ne l'avait pas su dans le village. Mr Murphy avait obtenu qu'un prêtre fît le baptême à Bantry. Il avait aussi appris, en voyant l'extrait de naissance de la fillette, qu'elle ne s'appelait pas Ellynn. Elle portait un nom germanique, Gertrud. Et c'était Harry qui, l'ayant adoptée, avait voulu lui donner un nom irlandais. Martha n'avait pas demandé mieux. Moins on lui rappelait ses origines, mieux ça lui convenait. Voilà comment Gertrud était devenue Ellynn.

— Avouez que c'est plus joli.

Il conclut :

— Vous comprendrez mieux maintenant pourquoi je me chargerai de trouver une place pour la petite à Saint-Brenan.

Alors, Aubry :

— Après ce que vous venez de m'apprendre,

monsieur Murphy, permettez que je ne sois pas le seul, aux yeux d'Ellynn, à avoir eu l'intention de la mettre en pension à Cork.

— D'accord, si vous croyez que cela peut vous aider à lui faire accepter la chose.

Aubry est obsédé par la crainte qu'Ellynn ne lui en veuille. Personne ne sait, sauf Martha peut-être, à quel point elle est attachée à Mount Auburn. Il n'ajoute pas « et à moi-même ». Mais il le ressent comme une évidence qui le comble et l'effraie, car y répond l'évidence de son propre attachement à un lieu désormais inséparable d'un être. Il se contente de dire à Mr Murphy :

— Oui, cela m'aidera. Vous êtes le parrain.

— Oh, un parrain tellement accidentel ! Tandis que vous...

C'est au mois d'août qu'Édith aurait souhaité revenir à Mount Auburn. Mais Aubry l'en a dissuadée parce que ce mois n'est pas celui du meilleur temps. La période de la mi-septembre à la mi-octobre est en effet renommée en Irlande pour sa lumineuse douceur, elle correspond au fameux « été indien » que, de l'autre côté de l'Atlantique, apprécient les Canadiens. Édith, sans discussion, s'est arrangée pour changer ses dates de vacances. Mr Murphy est allé au collège Saint-Brenan, il a vu la mère supérieure. Elle a été très compréhensive. Ellynn entrera dans une classe moins élevée que celle de son âge. Elle sera regroupée avec quelques élèves en retard comme elle pour essayer de leur faire rattraper la classe normale. Quant au prix de pension, il sera prélevé sur les donations faites à l'intention des enfants méritants dont les parents manquent de moyens. Mr Murphy n'a pas caché que la mère directrice n'aimait pas qu'un tiers assumât les frais de pension. « Cela correspond presque toujours à des situations qui nous échappent », a-t-elle dit.

Maintenant, il faut savoir comment on annoncera

à Ellynn la décision de la mettre en pension à Cork. Pour la circonstance, c'est le grand conseil qui se réunit : Aubry, Martha, Mr et Mrs Murphy. Martha est d'avis de l'informer le plus tard possible, trois ou quatre jours avant la rentrée « afin qu'elle n'ait pas le temps de faire tout ce qu'il faut pour apitoyer ». Mr Murphy préférerait qu'elle fût avertie au plus tôt « pour qu'elle ait le temps de s'habituer à l'idée ». Aubry pense qu'elle aurait surtout « le temps de s'habituer à la refuser », et Mrs Murphy fait remarquer qu'il est celui qui connaît le mieux les réactions possibles d'Ellynn aujourd'hui. Mais Aubry appréhende en même temps de tromper la confiance d'Ellynn et se demande comment il y parviendra pendant un mois. Martha lui dit qu'il aurait encore beaucoup plus de mal à supporter toutes les « comédies » qu'elle ne manquerait pas de faire si elle était informée dès aujourd'hui. Il en convient. Elle est capable de tenter une fugue, de se cacher Dieu sait où. Il songe, sans le révéler, à la scène occasionnée par son refus de l'emmener au théâtre.

— Oui, dit Mr Murphy, il ne faut pas qu'elle remue dans sa tête toutes les choses qui lui font peur.

Martha :

— Oh, ça lui monte à la tête d'un seul coup, elle n'a besoin de rien remuer !

— Pour toutes ces raisons, continue Mrs Murphy, il est nécessaire d'agir avec prudence. Et la prudence consiste, contrairement à ce qu'on pourrait penser, à lui apprendre la décision juste avant la rentrée.

Aubry ne la contredit pas. Martha abonde dans ce sens. Quant à Mr Murphy, prêt à ne pas maintenir son premier avis, comme un juge honnête qui attend, pour se prononcer, d'avoir entendu toutes les parties, il conclut :

— On n'a pas tort de dire : le mieux est parfois l'ennemi du bien. La sagesse sera de prévenir Ellynn le plus tard possible.

*

Aubry regarde Ellynn qui, devant la maison de Mount Auburn, étend du linge sur l'herbe pour le faire sécher... Ainsi cette petite Danoise est devenue la plus Irlandaise qui soit. Elle ne se distingue pas des autres fillettes, comme Martha n'est pas différente des femmes du pays. Rien d'étonnant à cela : les Danois ont été les premiers conquérants de l'île, ils se sont fixés sur ses rivages du Sud-Ouest, et les sangs nordiques et celtes sont frères. Ainsi Ellynn aurait dû s'appeler Gertrud. Mais pouvait-elle ne pas être Ellynn ? Ce nom, elle le porte, comme s'il avait été fait pour elle, ou l'inverse.

Admirant la gracieuse vivacité avec laquelle elle secoue les serviettes avant de les disposer soigneusement sur l'herbe qu'elle a pris soin de débarrasser de quelques feuilles mortes, il pense : « Une ménagère parfaite, la petite fée du logis, la compagne idéale. » S'il s'exprimait devant quelqu'un, il dirait : « La compagnie idéale. » Le mot, qui s'est présenté d'instinct, est le vrai. Qu'est-ce que l'autre, sinon un accommodement social, une hypocrisie ? Ellynn n'est pas une compagnie, c'est une compagne. Mais ce terme, si les dames musaraignes l'entendaient dans sa bouche, il les ameuterait, leur apporterait la certitude du scandale et donnerait corps à leurs calomnies.

Quand Ellynn est rassurée, elle porte la joie en elle, elle la transmet. Elle est active, elle ne cesse jamais de faire quelque chose. Ses songeries elles-mêmes sont agissantes. Il en sort toujours une question, une remarque. Elle aime les chats, les chiens, le feu, la table, les fleurs. Quel empressement à bien ranger les choses après les avoir si bien dérangées ! Quel instinct de l'agilité dans les moindres gestes, ceux du ménage ou du jeu, quel enthousiasme de la curiosité, quelle aptitude à s'imprégner sans perdre l'originalité de ce qu'elle n'accepte pas ! À l'écoute de tout ce qu'elle découvre, elle ne se lasse pas d'écouter encore tout ce qu'elle aime. Ah, son goût si sûr de la musique, son horreur du vacarme, sa façon de humer le vent quand il est doux, de le détester quand il saccage, ses larmes à la vue d'une nichée d'oiseaux détruite, son regard extasié devant un coucher de soleil ou une pâtisserie, son admiration, son refus, ses appétits, elle vous les livre, elle ne vous cache rien de ce qu'elle ressent parce qu'elle est confiante, et vos plaisirs, elle est capable de les comprendre, même si elle ne les éprouve pas, pour le seul plaisir de vous suivre. Est-ce que ce n'est pas cela une compagne ?

Mais Ellynn, sa compagne, n'imagine pas que son compagnon ne soit plus là, à Mount Auburn, et dans sa vie. Et voilà bien l'autre face : le sentiment qu'éprouve Aubry de son aliénation. Menacé de perdre sa liberté essentielle comme jamais cela ne s'est produit dans son existence, pourtant riche en équipées affectives, prisonnier de la capture qu'il n'a pas désirée, obéissant à l'instinct de conservation. Et d'autant plus résolu qu'il se sent vulnérable. Mais vulnérable aussi dans l'illogisme qui lui fait craindre de perdre les raisons de sa sujétion. Résolu et peu cohérent. Bouleversé par un attachement : non par celui d'Ellynn à lui et par le sien à elle, non par deux attachements qui se distinguent et s'ajoutent, mais par un seul attachement où les deux se confondent pour créer une sorte de lien qui leur appartient autant à l'un qu'à l'autre. La seule différence entre eux, c'est qu'il peut analyser. Ellynn n'est que mouvement de l'âme.

Il va donc falloir se détacher de cette âme, aussi bien pour elle que pour soi, et le faire, hélas, sans cette transparence qui est la sienne, afin de la ménager.

La détermination d'Aubry est prise, mais la volonté n'empêche pas son tourment, elle l'atteint par un second tourment, celui d'être trop volontaire. Il est triste, d'une tristesse qui l'empoigne, l'envahit tout entier et qu'il dissimule pour essayer de préserver jusqu'au bout du possible les jours heureux de Mount Auburn. Triste jusqu'à la détresse parce qu'il a la certitude que ces jours ne reviendront jamais. D'autres, peut-être, lui permettront de connaître encore des instants clairs, avec Ellynn ou sans elle. Mais jamais, il en est sûr, jamais il ne retrouvera ces radieuses plages où son existence demeurait étale, comme en état de grâce hors du temps, où s'exprimait une félicité toute naturelle dans les relations entre les êtres et les choses qui donnaient un sens à sa vie.

C'était si pur, et si charnel : la confiance échangée, le partage du soleil, de la pluie, du feu ou de la musique dans l'intimité des bêtes et des objets amis ; l'improvisation ménagère qui devenait non pas une caricature de vie de ménage mais une harmonie par la chance de deux natures conjuguées. Et tout cela, sans chercher à l'expliquer, en marge de toute raison d'adulte, en dehors de la vieillesse et de l'enfance, rencontre excentrique et si normale, confluence de deux êtres que le hasard avait réunis et qui s'étaient compris sans avoir à le dire parce que leur entente n'avait pas d'âge.

— Aubry, Aubry ! appelle Ellynn. C'est l'heure du dîner. Vous n'avez donc pas faim ?

*

L'effort que fait Aubry pour jouer son rôle difficile à Mount Auburn, il ne le soutient pas ailleurs. Et il a plus besoin que d'habitude d'être ailleurs, au moment où Ellynn le comble de sa vitalité heureuse. En effet, elle n'a que des raisons d'être heureuse : les grandes promenades ont remplacé les leçons, on peut profiter du beau temps, sa maman est gentille, elle est contente de retrouver chaque jour son frère et sa sœur, elle sait qu'on va l'envoyer à l'école, et comme Aubry ne lui parle pas de retourner à la maison du lac, elle se sent aimée et protégée. Plus elle s'épanouit, plus grand est le déchirement d'Aubry. Ce sont surtout les soirées qu'il supporte mal, parce qu'elles accentuent douloureusement tout ce qu'il va perdre. La douceur de l'intimité se transforme alors en brûlure, à l'idée de son achèvement, et s'y ajoute un sentiment de culpabilité dû à la dissimulation. Plusieurs soirs, il a demandé à Martha de venir dîner à Mount Auburn et Martha, à son tour, l'a invité. Ellynn chez sa mère est tout à fait à son aise, elle aide comme la fille de la maison, mais, à Mount Auburn, son attitude change. Elle veut être la seule à préparer le repas et à le servir, ou bien elle va jusqu'à demander à sa mère de faire telle ou telle chose. Martha est aussi docile que patiente. Il a été convenu, entre elle et Aubry, qu'on éviterait toute occasion de froissement. Cela a créé entre eux une espèce de connivence dont se réjouit Martha que l'assurance de la proche solution rend plus conciliante et plus douce avec sa fille. Mais la pensée qu'Aubry va retrouver sa solitude la laisse perplexe : il aura plus de liberté s'il veut la revoir, et moins de raison de le faire. Elle a remarqué évidemment l'air triste qu'il ne peut cacher dès qu'il n'est plus avec Ellynn. Un soir, sur la terrasse de Mount Auburn, tandis qu'Ellynn prépare le dîner et que les deux autres enfants jouent un peu plus loin, elle dit à Aubry :

— Elle va vous manquer, n'est-ce pas ?

— Oui.

— Et vous allez lui manquer.

— Sans doute.

— Elle avait besoin d'un père.

Il ne réagit pas.

— Et vous, vous aviez peut-être besoin d'un enfant...

Aubry reste sans parler, les yeux tournés vers le paysage. Martha ne parvient pas à croiser son regard. Elle se tait. Ils demeurent ainsi côte à côte, silencieux, de longs instants. Des bruits de vaisselle leur parviennent, et la voix d'Ellynn qui appelle les chiens. Alors Aubry, comme s'il se parlait à lui-même, à la fois grave et agacé :

— Il ne faut pas essayer de tout définir.

Puis, s'adressant à Martha, cette fois-ci :

— Ne m'en veuillez pas d'être comme je suis.

— J'aime que vous soyez comme ça. J'ai pour vous beaucoup de reconnaissance.

Elle lui prend la main. Et lui, dans un réflexe inattendu, livre sa main à la chaleur de celle de Martha avec complaisance pendant quelques secondes. Puis il la lâche brusquement en entendant le pas d'Ellynn.

Arrive la première semaine de septembre. La rentrée scolaire a lieu le 10. C'est donc ces jours-ci qu'Aubry devra apprendre à Ellynn la décision. Dès lors, il guette le moment propice. Il ne veut pas le provoquer. Il pense qu'Ellynn lui posera quelques questions sur l'école, par exemple : « Comment s'y rendra-t-elle chaque matin ? » Mais Ellynn, rassurée sur le fait qu'on l'enverra en classe, se fie à Aubry pour tout le reste. Pourtant, elle lui fournira un prétexte :

— On ira quand à Cork pour acheter mes affaires ?

— Après-demain.

Ellynn saute de joie. Va-t-il enchaîner en lui disant qu'il est content de savoir qu'elle aime aller à Cork, car on a décidé de la mettre là-bas dans une belle école réservée aux filles ? Il n'en a ni le courage ni les moyens. Les mots qui conviendraient ne lui sont pas donnés. Alors, il pense que sur place, à Cork, ce sera plus facile. Peut-être même aura-t-il l'occasion de lui montrer l'établissement. Encore une journée gagnée sur le temps difficile, une journée à la maison, comme si de rien n'était, avec

Ellynn que la perspective du voyage épanouit. Et cette journée, Aubry la consacre à peindre un paysage de brume épaisse qui ensevelit la lande et la mer, une substance humide, un humus aérien où s'enracinent, à l'arrière-plan, des fleurs rassemblées en un bouquet irradiant comme un phare, et ces fleurs aux minuscules corolles que l'effet de distance unifie, ces fleurs endurantes et frêles, expriment la translucidité des sèves victorieuses de l'ombre.

Ellynn monte à l'étage, selon son habitude, pour voir le travail d'Aubry. Elle dit comme une évidence :

— Elles sont belles, vos bruyères blanches !

Aubry n'avait voulu prendre aucune fleur pour modèle. Il avait inventé une fleur, au gré de ce qui lui passait dans les yeux, sous la main, machinalement. « Étrange machine », pense-t-il, qui fonctionne avec une telle rigueur au moment où l'on se fie à l'imprévu. Ellynn dit encore :

— Le phare de Fastnet, c'est peut-être une grosse fleur dans la mer. Mais j'irai pas la cueillir, j'aurais trop peur !

— Il ne faut surtout pas la cueillir. Sinon, comment nous éclairerait-elle la nuit ? Tu sais, il y a des fleurs qui sont plus belles et plus utiles là où elles poussent que dans un vase.

— Mais les bruyères blanches ?

— Celles que j'ai sont sûrement plus utiles et plus belles dans ma maison que si on les avait laissées sur la falaise. Il faudra bientôt les changer, elles commencent à être trop vieilles. Nous irons ensemble en chercher de nouvelles.

— Oh oui !

Ellynn bat des mains.

Les bruyères blanches seront fleuries à la fin de septembre. Aubry a mal de mentir. Mais le mensonge va cesser très vite. La journée à Cork, Ellynn s'en fait une fête, comme la première fois. Aubry sait que pour lui elle sera l'une des plus cruelles à vivre. En passant à Kilcrohane, il s'arrête afin d'informer les épiciers de ses intentions. Mr Murphy lui pose la main sur l'épaule et, avec un sourire affectueux :

— Ma pensée vous accompagne, Aubry.

Le matin, ce sont les achats dans les magasins, et les magasins qu'on parcourt sans rien acheter, pour le seul plaisir. Le déjeuner, Aubry souhaiterait ne pas le prendre dans le restaurant où ils sont déjà allés. Mais Ellynn tient à y retourner, de même qu'elle a voulu retrouver le Monoprix qu'elle connaît, afin d'y choisir de nouvelles affaires. Habitude — là, on sait ce qu'on aura, on ne sera pas surpris, on est rassuré — ou encore attachement instinctif, pèlerinage, commémoration, sentimentalisme. Un peu de l'un et de l'autre. Mais les enfants ne sont pas tous taillés sur ce modèle. Il y a ceux qui désirent sans cesse changer de décors, de visages, de toits, qui espèrent toujours que ce sera mieux ailleurs. Apparemment, ce n'est pas le cas d'Ellynn, se dit Aubry qui voit l'heure avancer, inexorable.

L'après-midi, il l'emmène jusqu'au port, et elle découvre les énormes cargos qui se remplissent ou se vident d'un tas de choses qu'elle ne connaît pas, avec les bras gigantesques qui remuent dans le ciel pour apporter aux hommes tous ces cadeaux dont ils se chargent et qui leur font courber le dos. Sur une place en retrait, un manège tourne dans le tintamarre d'une musique de cirque. Auto, avion, canot automobile, voiture à cheval et même un cygne, les enfants ont le choix. Ellynn regarde cela, plus émerveillée que par les bateaux et les grues. Aubry lui propose de faire un tour.

— Oh, oui, avec vous !

Il lui explique que ce n'est pas un manège pour grandes personnes, que les véhicules sont trop petits pour contenir un homme. Elle est un peu déçue, mais vite rassérénée parce qu'un petit garçon a pris place à côté d'elle, dans son avion. L'appareil monte et descend sur un pivot. Quand Ellynn est en haut, on la sent toute fière. Elle se redresse. Au contraire, le petit garçon a peur, il se recroqueville. Chaque fois qu'elle passe devant Aubry, elle lui fait un signe auquel il répond. Quand le tour est fini, elle se précipite vers lui et l'embrasse fougueusement pour le remercier.

— Tu as été contente ?

— Oh oui !

— Tu recommenceras ?

— Oh oui !

— C'est dommage qu'il n'y ait pas des manèges comme ça à Kilcrohane, les jours de fête.

Il a prévu à quatre heures une pause dans un salon de thé pour bavarder avec Ellynn et introduire les propos décisifs. C'est pendant qu'elle est en train de savourer une glace qu'il lui dit :

— Il nous reste des achats à faire pour ton entrée à l'école.

L'œil d'Ellynn s'allume.

— Tu aurais déjà dû y aller deux ans plus tôt. J'ai essayé de te faire rattraper ton retard. Mais maintenant, tu es une grande fille, il faut que tu reçoives l'éducation dans un bel établissement scolaire. Il ne s'agit plus de perdre de temps. Nous avons pensé, ton parrain et moi, que l'école de Kilcrohane (mon Dieu, inspirez-moi !) n'était pas ce qu'il y avait de mieux pour toi, et qu'il serait préférable (comment dire cela ?) de t'envoyer dans une autre école.

Ellynn ne le laisse même pas aller plus loin :

— Où ça ? lance-t-elle avec un air de n'y pas croire, forçant Aubry à une révélation immédiate.

— Eh bien, à Cork.

— À Cork ? À Cork ? fait Ellynn.

Et aussitôt jaillit son redoutable : « Je ne veux pas. » Aubry s'y attendait, il a préparé sa réaction. Elle sera de douceur, de ménagement, sans aucun recours à l'autorité.

— Je vais t'expliquer pourquoi on a pris la décision de te mettre dans une école de Cork. Tu y feras de très bonnes études, meilleures qu'à Kilcrohane.

— Pourquoi ?

— Parce que (il ne sait quoi répondre) tu auras de meilleurs professeurs.

— Alors, ceux de Kilcrohane, ils ne sont pas bons ?

— Si, si... mais ce n'est pas pareil.

— Pourquoi c'est pas pareil ?

Aubry, débordé, enchaîne sur une autre considération :

— Tu pourras être très heureuse à Cork avec des gentilles camarades et des dames qui s'occuperont de toi.

— Mais où je coucherai ?

— Tu seras pensionnaire à l'institution.

— Qu'est-ce que ça veut dire : pensionnaire ?

— Ça veut dire que tu vivras dans ton école, que

tu y prendras tes repas, que tu y dormiras, avec d'autres petites filles de ton âge.

— Je ne rentrerai plus à la maison le soir ?

— Voyons, Ellynn ! Cork est trop loin de Kilcrohane !

— Alors, je ne veux pas.

— Bon, nous en reparlerons. Il faut aller à la papeterie.

Aubry estime qu'il a fait le plus difficile en annonçant la décision. Il ne tient donc pas à prolonger maintenant la conversation. Quant à Ellynn, elle pense que si Aubry n'insiste pas, c'est qu'il a peut-être changé d'idée. Ils partent donc, soulagés l'un et l'autre, pour la papeterie.

Dans le magasin, Ellynn s'intéresse beaucoup aux achats : cahiers, carnets, crayons, taille-crayons, gommes, règles, etc. Aubry n'en tire pas de conclusion hâtive et optimiste. Cela signifie qu'Ellynn est d'accord pour aller à l'école, et non qu'elle accepte d'aller à celle de Cork. Le voilà de nouveau fort inquiet.

Pendant le trajet du retour, Ellynn est muette. Elle ne regarde pas le paysage, et ne s'endort pas. Elle aussi, l'inquiétude a dû la reprendre. Il n'essaie pas de la tirer de son apparente inertie. Il ne se sent pas la force de reprendre le combat. C'est elle qui, lorsque l'auto débouche sur la baie de Dunmanway, rompt le silence :

— Pourquoi vous ne voulez pas que j'aille à l'école de Kilcrohane ?

Ellynn situe presque toujours les faits dans le domaine du vouloir et du non-vouloir. Les choses sont ou se font parce qu'on le veut ou parce qu'on ne le veut pas. Quand elle dit : « Je ne veux pas », c'est que quelqu'un l'y a forcée en disant : « Je veux. » Aubry essaie de lui faire comprendre qu'il ne lui dit pas : « Je veux que tu ailles à l'école à Cork », mais : « Je pense que, pour ton bien, il vaut mieux que tu ailles à Cork. »

Il parle beaucoup, avec le sentiment de ne pas trouver les mots sensibles et directs qu'il faudrait, et d'employer le langage d'une logique impitoyable. Il tente d'exprimer les choses plus simples et rassurantes : elle reviendra passer ses congés à Kilcrohane, on ira la voir très souvent, on l'emmènera se promener dans Cork. Ellynn l'écoute sans dire un mot, sans un mouvement, comme si elle dormait. Mais elle est plus qu'éveillée, aux aguets. L'auto gravit le dernier raidillon, on entend les chiens aboyer pour saluer le retour du maître, alors elle ne retient plus le sanglot qu'elle étouffait depuis longtemps, et il perçoit confusément ces mots :

— Vous ne voulez plus que j'habite avec vous !

Il la prend dans ses bras pour la faire descendre de l'auto. Elle s'y refuse, lui échappe, part en courant vers la maison, et s'enferme dans sa chambre sans lui dire bonsoir. Il préfère ne rien forcer. Il lui crie simplement « bonne nuit » avant de se coucher. Elle ne lui répond pas.

Quand elle se réveille, elle entend comme d'habitude les chiens qui grattent à sa porte pour lui dire bonjour, et le pas de celui qui prépare le petit déjeuner. Elle sent l'odeur du pain grillé, elle ne peut plus croire aux vilaines idées d'Aubry. Là-bas à Cork, elle a eu peur, très peur et au retour, dans l'auto, elle a fait un cauchemar. Mais maintenant qu'elle est revenue à Mount Auburn, elle est en sécurité. La maison d'Aubry, c'est sa maison. Il sait qu'elle ne veut pas aller en pension à Cork. Alors, elle ira à l'école du village, et elle restera ici avec lui. Elle sort de sa chambre, il lui tend les bras, elle s'y pelotonne.

Cet élan signifierait-il qu'elle a accepté, se demande Aubry. Elle lui ôte aussitôt toute illusion :

— C'est quand la rentrée des classes à Kilcrohane ?

À son tour, il faut que, dès l'instant, il ne lui laisse plus le moindre espoir, qu'elle sache que rien ne le fera revenir sur sa décision. Il parle calmement, avec beaucoup de fermeté. Le compagnon d'Ellynn écoute parler le tuteur d'Ellynn qui est aussi l'homme conscient de son indépendance. Il écoute ceux qui lui imposent son langage.

— Je t'ai dit hier que tu irais à Cork. Et tu iras à Cork. On a pris ton inscription, ta place est retenue. C'est demain qu'on t'y mènera.

Alors ce n'était pas un mauvais rêve, hier soir, dans l'auto ? C'était la vérité ? Aubry ne voulait plus d'elle dans sa maison ? Il la chassait ? Chaque mot est un coup qu'elle reçoit sans pouvoir se défendre. Mais elle ne baisse pas la tête. Elle regarde Aubry en ouvrant ses yeux comme si elle découvrait quelque chose qui l'épouvante. Lui, il voudrait prononcer des mots apaisants. Il ne les trouve pas. Alors, le compagnon d'Ellynn s'approche d'elle, veut la prendre dans ses bras, lui communiquer sa tendresse. Ellynn a soudain le regard du gibier traqué. Elle recule, mettant ses mains en avant pour le repousser, et elle se réfugie une fois de plus dans sa chambre, se jette sur son lit, et sanglote, sanglote... Il veut la rejoindre. Elle lui crie : « Non, n'entrez pas ! »

Il faut qu'Aubry accepte l'évidence : il est maintenant le dernier à pouvoir se faire entendre, puisque c'est lui qui a voulu. Et ce n'est pas sa mère non plus qui agira sur elle. D'ailleurs, Martha doit être tenue à l'écart de la décision pour qu'Ellynn ne l'y associe pas. Un seul recours : Mr Murphy. Aubry sort sans bruit de la maison et descend aussitôt au village à pied. Ce sera plus long mais Ellynn n'entendra pas le bruit de la voiture qui lui révélerait qu'il est parti. Il dévale la pente par le raccourci, arrive tout essoufflé à l'épicerie et raconte à Mr et Mrs Murphy comment s'est passée, très mal passée la « révélation ». Ellynn se sent punie, rejetée, elle est révoltée, elle ne veut plus qu'il l'approche. Sans doute pense-t-elle qu'il l'a trahie. Il se demande maintenant si l'on a eu raison de la prévenir si tard. Mrs Murphy, qui est la sagesse même, lui répond qu'Ellynn, informée un mois plus tôt, aurait eu le même choc, la même réaction de rejet vis-à-vis d'Aubry et que son séjour à Mount Auburn n'aurait plus été vivable. D'ailleurs, on avait pesé le pour et le contre, et l'on était tombé d'accord sur le report de l'annonce à la veille de la rentrée. Il ne servait plus à rien de revenir en arrière. Il fallait d'abord faire face à la difficulté d'aujourd'hui et ne pas laisser seule Ellynn. Ensuite on devait éviter son tête-à-tête avec Aubry ce soir. C'est pourquoi elle les ferait souper tous les deux chez elle. Elle s'arrangerait pour demander à Martha de se joindre à eux.

Mr Murphy prend sa voiture et reconduit Aubry à Mount Auburn. Il lui demande d'attendre dehors, et pénètre dans la maison. La chambre d'Ellynn est fermée à clef. Il crie « Bonjour Ellynn » à travers la porte. Pas de réponse. « C'est Jerry, ton parrain, sois gentille, ouvre-moi, il faut que je te voie. » La porte s'entrouvre. Les yeux tout rouges, les cheveux en désordre, Ellynn apparaît.

— Pourquoi vous voulez me voir ?

— Parce que tu as du chagrin et que je n'aime pas que tu en aies.

— Alors, il faut que vous disiez à Aubry que je ne veux pas aller à Cork.

— Il le sait que tu ne veux pas y aller. Mais tu ne seras pas la seule petite fille de Kilcrohane mise en pension à Cork. Il y a Lisbeth Crosby. Elle a le même âge que toi. Eh bien, ses parents l'ont mise en pension là-bas.

— Pourquoi ils ne la gardent pas avec eux ?

— Parce qu'ils trouvent que c'est mieux pour elle.

— Alors, tous les autres qui vont à l'école à Kilcrohane ? Et vos enfants à vous ?

Quand on n'a pas la logique pour soi, il faut avoir l'autorité, pense Mr Murphy qui brusquement change de ton :

— Écoute-moi, Ellynn. On te traite comme une grande fille et toi tu te conduis comme si tu étais encore un bébé. On t'aime, on s'occupe de toi, et tu fais la mauvaise tête. Il faut que tu sois raisonnable. D'ailleurs, tout est décidé, et si je suis venu à Mount Auburn, c'est pour organiser ton départ, car c'est moi qui te conduirai à la pension.

La fermeté des propos de Mr Murphy agit sur Ellynn. Elle ne dit plus rien. Elle reste immobile, non pas la tête baissée mais le front penché, les bras ballants. Mr Murphy s'accroupit, met son visage à la hauteur du sien :

— Allons, regarde ton parrain qui t'aime beaucoup.

Un tout petit sourire apparaît sur le visage d'Ellynn. Le parrain aimant et robuste se relève en la prenant dans ses bras, et la porte comme le bébé qu'il ne faut plus qu'elle soit, lui a-t-il dit, alors qu'on lui demande précisément une obéissance de bébé et qu'elle est déjà un petit bout de femme avec les pensées d'une grande personne... Ellynn se laisse faire, elle tient Mr Murphy par le cou. Il lui annonce :

— On va souper tous ensemble, on s'occupera de ton trousseau.

— Qu'est-ce que c'est un trousseau ?

— C'est toutes les affaires que tu dois emporter avec toi à la pension.

Il repose Ellynn par terre et appelle Aubry.

— J'emmène Ellynn. Vous nous rejoindrez à l'heure du dîner, n'est-ce pas ?

Ellynn grimpe dans la voiture de Mr Murphy sans regarder Aubry.

*

Le souper improvisé par Mrs Murphy pour les besoins de la cause se passe aussi bien que possible. Toute la conversation tourne autour des préparatifs de départ d'Ellynn. Martha et Mrs Murphy dressent une liste des affaires à rassembler. Mr Murphy raconte à Ellynn l'histoire de Brenan, patron de son pensionnat. Ellynn joue la grande fille, une grande fille qui s'intéresse à son trousseau et à un vieux saint gaélique. Quant à Aubry, il flotte au-dessus de tout cela, à moins qu'il ne soit en marge. Il ne sait plus très bien. À coup sûr, il est un spectateur qu'on ne consulte même pas. Aussi ne s'étonne-t-il pas quand

Mrs Murphy, douée d'un véritable sens du commandement, propose à Ellynn de coucher chez elle, une proposition qui ressemble à un ordre. Et c'est sans étonnement qu'il entend Ellynn lui dire un oui prompt où ne transparaît aucune contrainte, où semble même se révéler de la satisfaction.

Il est convenu que, le lendemain matin, Ellynn retournera à Mount Auburn avec sa mère pour y chercher ses affaires, qu'elle prendra ses repas et qu'elle couchera encore chez les épiciers, car c'est le surlendemain, de très bonne heure, que Mr Murphy la conduira en auto à Cork.

De quoi se plaindrait Aubry? On lui facilite la besogne. On lui épargne les moments pénibles; moins on l'associe, plus on le ménage. Pendant toute la soirée, il a évité de s'adresser à Ellynn, de peur qu'elle ne lui réponde pas, ou qu'elle ne lui réponde mal. De son côté, elle ne lui a rien demandé. Au moment du départ, il l'embrasse en lui disant simplement : « Passe une bonne nuit », il n'ose pas ajouter un mot de tendresse dont elle ne voudrait pas. Elle l'embrasse très naturellement et répond : « Vous aussi. » Il croit alors pouvoir poser la main sur sa chevelure, mais, d'un brusque mouvement de la tête, elle esquive le geste et tourne son regard de l'autre côté.

Le programme établi par Mrs Murphy est scrupuleusement observé. Martha et Ellynn sont conduites le lendemain matin par Mr Murphy à Mount Auburn. Ellynn est fêtée par les chiens. Elle les embrasse et les caresse avec effusion. Aubry feint de ne pas s'apercevoir qu'elle va vers eux avant d'aller vers lui. Il est vrai que les chiens ont couru à sa rencontre.

— Tu vois, Dick et Moby s'ennuyaient de toi, ils t'attendaient. Puis, presque à voix basse : « moi aussi », qui résume tous les sentiments de sa première nuit solitaire.

Il s'en veut aussitôt de son manque de contrôle qui pourrait provoquer Ellynn à penser : « Il s'ennuie de moi, et il me fait partir ! » Elle l'embrasse aussi naturellement qu'hier soir, c'est-à-dire ni réticente ni attentionnée, mais sans un mot. On la sent prise par le mécanisme que les autres lui imposent et auquel répond d'instinct le sien par des représailles à l'égard d'Aubry. Cette fois-ci, il ne se risque plus à accompagner son au revoir d'un autre geste affectueux. Ellynn pénètre dans la maison avec sa mère, tandis que Mr Murphy devise dehors avec Aubry, lequel l'écoute distraitement, soucieux de ce qui se passe ailleurs. Il entend pourtant l'épicier lui dire :

— Elle a été très sage, très disciplinée, elle n'a pas eu un mot pour protester, mais on s'est occupé d'elle sans arrêt. Ma femme a raison, il faut qu'elle n'ait jamais l'esprit libre.

Aubry pense : « Ils ne la connaissent pas. Et son cœur, est-ce qu'ils vont pouvoir l'empêcher d'être libre ? » Au bout d'une vingtaine de minutes, Martha réapparaît, portant une valise. Ellynn est restée dans la chambre.

— Elle va venir, dit Martha, je crois qu'elle voudrait vous voir.

Aubry, d'un pas qu'il contraint à ne pas être trop rapide, se dirige vers la chambre où il trouve Ellynn assise sur son lit, les cheveux cachant sa figure.

— Alors, Ellynn ?

Il lui pose la main sur la tête. Elle ne répond pas,

mais son dos frémit. Sous la chevelure, le visage doit être tout mouillé.

Puis, à petits mots saccadés :

— Mon parrain m'a dit que je ne pouvais pas emporter ma poupée, que j'étais trop grande. Alors, je veux la laisser ici.

— Bien sûr, tu la retrouveras quand tu viendras.

— Où vous allez la mettre ?

— Je vais la garder dans ta chambre, sur ton lit.

Ellynn ne réagit pas. Son regard évite celui d'Aubry. Elle fixe la fenêtre puis, sans se retourner :

— Je reviendrai quand ?

— On te le dira à la pension. Le dernier dimanche du mois sans doute.

Elle fait face soudain à Aubry et, violente :

— Je ne veux pas aller en pension !

Il l'attire contre lui, essaie de la calmer, n'y parvient pas. Il s'écarte aussitôt d'elle, car il ne supporte pas la violence, la sienne ou celle de l'autre. Et qu'il paraisse violent, quand il n'aspire qu'à la douceur, lui est intolérable. Il est de nouveau pour elle celui qu'elle fuit parce qu'il l'a chassée. Heureusement, la voix du parrain retentit :

— Il faut venir. C'est l'heure du lunch. Ma femme doit s'inquiéter.

Aubry sort de la chambre :

— Si vous le permettez, je ne vous accompagnerai pas. Je ne vous serais d'aucune utilité. Nous nous retrouverons demain matin. Vous partez à huit heures, n'est-ce pas ? Je descendrai dire au revoir à Ellynn.

Ellynn a entendu. Elle attend qu'Aubry soit sorti de la maison pour la quitter à son tour. Elle monte en voiture sans lui parler. Il rentre aussitôt chez lui et découvre la poupée, non pas sur le lit, mais, bien en évidence, sur la petite chaise où Ellynn avait l'habitude de l'asseoir au coin du feu.

Quand Aubry arrive le lendemain, devant l'épicerie de Kilcrohane, Mr Murphy est en train de charger les bagages d'Ellynn dans sa voiture. Ce n'est pas grand-chose, le trousseau d'une petite fille, ça ne pèse pas lourd. Ce qui pèse, ce qui tient une place énorme, c'est un cœur gros dans une petite poitrine. Mais ça ne se voit pas, à moins d'y prêter attention. Et Aubry y est attentif. Dans sa poitrine d'homme, quel poids ! Ellynn n'a jamais été aussi loin de lui, et pourtant il n'a jamais autant partagé avec elle.

Mrs Murphy vérifie qu'on n'a rien oublié, Martha s'inquiète de ses deux plus jeunes enfants qui se sont égaillés. Mr Murphy jauge son huile, inspecte ses pneus. Aubry seul prend la mesure du chagrin qu'Ellynn dissimule (lorsque Mr Murphy lui a reproché de ne pas se conduire comme une grande fille, il n'a pas perdu son temps !). Aubry s'abstient d'aller vers elle. Il lance un « bonjour » qui s'adresse à tous. Elle remarque sûrement qu'il ne cherche pas à lui parler. Elle est debout, près de la portière, dans la robe neuve qu'il lui a achetée à Cork, une robe de cotonnade fleurie, une robe de vacances, si gaie !

Quand il la reverra, elle portera la robe de la pension. Ses cheveux aujourd'hui sont disciplinés. Une initiative de Mrs Murphy. Pour la première fois, on les a tirés en arrière, mis en natte et réunis avec un nœud de velours noir. Ils pendent sur son dos. Elle ne pourra plus se cacher derrière eux. Elle porte le cartable qu'Aubry lui a donné. Elle le rouvre, regarde à l'intérieur, comme si elle s'assurait qu'elle y a bien mis tout ce qu'il fallait. Geste sincère ou contenance ? Comment savoir ?

Aubry n'y tient plus. Il est redevenu, lui, un grand enfant qui ne craint pas de montrer ce qu'il éprouve. Et il prend la main d'Ellynn. Il la serre très fort. Il sent les petits doigts qui se referment sur les siens. Ellynn lève son regard vers lui, un regard dans un visage dont il découvre la forme, qui révèle celui de la femme qu'elle sera, et elle le regarde de toute sa peine, avec un effleurement de sourire qui supprime l'expression du reproche et ne traduit plus que le chagrin.

Tout se passe alors très vite. Mr Murphy est déjà au volant. Martha, les deux enfants, Mrs Murphy embrassent Ellynn. Aubry le fait parmi les autres. Ellynn monte en voiture.

— À bientôt, dit Mr Murphy.

John et Priscilla sautent en envoyant des baisers à leur sœur. Martha se tait, Aubry aussi. La voiture démarre. Chacun agite les bras en signe d'adieu. On voit une main qui répond par la portière. C'est celle de Mr Murphy. L'épicière rentre dans sa boutique où des clients l'attendent sans s'impatienter. Une femme du village, pourtant d'aspect bonasse, lui dit :

— Alors, la veuve a trouvé le moyen d'offrir à sa fille des études de demoiselle ?

— La petite ne pouvait pas faire le trajet tous les jours pour aller à l'école de Kilcrohane.

— Et comment ils feront, son frère et sa sœur ?

— Il faut espérer que d'ici là on aura transformé le sentier en route et que le car pourra aller chercher les enfants au lac.

La femme, prenant à témoin les autres clients :

— Moi, je vous le dis. Il y en a qui savent se débrouiller !

Mrs Murphy, avec beaucoup de maîtrise commerciale :

— Alors, qu'est-ce que vous désirez, Mrs Patmore ?

Pendant ce temps, Martha et Aubry continuent à bavarder dans la rue. Martha dit à celui que les mauvaises langues lui donnent pour amant :

— Pourvu qu'elle ne fasse pas de scène à la pension !

— Là-bas elle se tiendra bien. Elle nous réservera ses humeurs.

— Elle vous en veut. Ce n'est vraiment pas juste !

Martha détache son cheval, place chacun des enfants dans une hotte et marche en tenant sa monture par la bride pour qu'Aubry puisse l'accompagner jusqu'à la sortie du village. Il reprend la phrase de Martha :

— Non, ce n'est pas juste qu'elle m'en veuille. Mais est-ce que c'était juste que vous lui en vouliez ? Vous ne pouviez pas faire autrement. Elle non plus. Ah, elle n'est pas votre fille pour rien !

— Vous trouvez que nous avons le même caractère ?

— Non, pas le même caractère, le même sang.

Martha cherche à comprendre. Et lui, comme s'il s'en excusait :

— Ah, je ne sais pas pourquoi je vous dis ces choses.

— Moi, je sais.

— Vous savez ?

Martha, avec, soudain, une passion agressive :

— Oui, vous pensez qu'en ce moment je suis soulagée. Et c'est vrai, je le suis. Alors que vous, vous avez du chagrin. C'est pour ça que vous m'en voulez !

Aubry reçoit cette vérité en pleine figure. Il répond simplement :

— Vous avez sans doute raison.

Il l'accompagne encore quelques instants, en se taisant, puis répète sourdement :

— Oui, vous avez raison.

Il lui dit au revoir sans un geste et la laisse continuer seule sa route.

Martha se retourne, espérant qu'il lui fera un signe. Mais non, il marche d'un pas décidé vers le village. Elle a du chagrin, elle aussi.

*

Aubry passe la journée dans une inactivité que trompent mal les gestes de la nécessité quotidienne. En fin d'après-midi, il redescend à Kilcrohane pour savoir de la bouche de Mr Murphy comment s'est passée la rentrée d'Ellynn. Mr Murphy emmène Aubry chez lui et entreprend son récit avec une scrupuleuse minutie.

Ellynn est restée silencieuse pendant tout le trajet.

Elle avait les yeux fermés mais elle ne dormait pas. Elle a simplement demandé deux fois : « Est-ce que c'est loin encore ? » Et quand ils ont traversé Cork, elle a dit en montrant un bâtiment : « C'est là qu'on est allé faire des courses. » À Saint-Brenan, il s'est rendu aussitôt au bureau de la supérieure qui a été très aimable. Il l'avait informée, lors de sa première démarche, des difficultés familiales d'Ellynn. Celle-ci n'a pas eu l'air intimidée. Elle a été tout à fait naturelle. La directrice lui a dit qu'elle était heureuse de l'accueillir à Saint-Brenan, que l'institution deviendrait pour elle une nouvelle famille, qu'elle s'y ferait sûrement de très bonnes amies. Puis elle les a guidés elle-même jusqu'au dortoir où une autre religieuse attendait les pensionnaires, avec beaucoup de gentillesse elle aussi.

— J'ai aidé Ellynn à vider ses valises et à ranger ses affaires dans un placard placé près de son lit. Là, elle a paru un peu, comment dire, désorientée... Elle m'a demandé : « C'est là que je vais coucher ? » en regardant la grande salle garnie d'une trentaine de lits, avec des élèves qui, comme elle, déballaient leurs affaires en compagnie de leurs parents. « Oui, tu vas dormir là avec tes petites camarades. »

— Et alors ?

— Elle a paru résignée.

— Qu'est-ce qu'elle a dit ?

— Rien. Sûrement elle ne voulait pas se faire remarquer. Puis la religieuse a donné des instructions aux élèves. « Quand vous aurez fini de vous installer, vous raccompagnerez vos parents au parloir et vous irez dans la cour de récréation. Quand la cloche sonnera, vous irez au réfectoire. » Ellynn écoutait attentivement. Elle m'a demandé :

« Qu'est-ce que c'est un parloir, une cour de récréation, un réfectoire ? » J'ai répondu de mon mieux.

— Et comment a-t-elle réagi ? questionne Aubry. Elle qui parlait n'importe où, qui s'amusait où elle voulait et qui mangeait dans sa maison ?

Mr Murphy, visiblement, cherche à atténuer les sentiments qu'a laissé voir Ellynn :

— Elle a paru... étonnée, un peu inquiète.

— Et alors, comment vous êtes-vous quittés ?

— Elle m'a donc accompagné au parloir. C'est là qu'a eu lieu la séparation. Nous nous sommes embrassés.

— Elle n'a rien dit ?

— Elle était un peu émue.

— On l'imagine.

Aubry est agacé par le récit édulcoré de Mr Murphy.

— Elle a dit quelque chose ou non ?

— Non, elle n'a rien dit.

— Elle pleurait alors ?

— Oui, avoue Mr Murphy, comme s'il était coupable.

Au moment où Aubry va quitter Mr Murphy, on frappe à la porte. C'est Martha qui vient aux nouvelles. L'épicier lui dit qu'il est obligé de retourner au magasin, qu'il a tout raconté à Aubry et que celui-ci l'informera. Il les laisse tête à tête dans son salon.

— Cela me fait plaisir que vous soyez venue, dit Aubry.

Il reprend aussi fidèlement que possible le récit de Mr Murphy. Sans le vouloir, il lui donne un ton plus dramatique. Ellynn devient une pauvre petite fille désemparée qui ne se révolte plus et se soumet en pleurant au destin qu'on lui impose.

— Oh, n'exagérez rien ! Elle a pleuré comme tous les enfants qu'on met pour la première fois en pension. Dès demain, ça ira mieux.

— Ce n'est pas sûr.

— Mais si, mais si ! Elle s'adaptera vite.

Aubry demeure silencieux. Alors, Martha, avec une inflexion mordante :

— C'est peut-être vous qui ne vous adapterez pas !

Aubry, loin de toute ironie :

— C'est vrai, je m'ennuierai sans doute (puis, profitant de l'occasion), mais pas pour longtemps.

— Ah, vous attendez une visite ?

— Oui.

— Ça tombe bien !

Martha détache rapidement son cheval sans plus parler, l'enfourche d'un bond avec souplesse et part au grand trot.

Avant l'arrivée d'Édith, Aubry range soigneusement sa maison. Il vérifie que rien ne peut trahir la présence d'Ellynn. La poupée, il la laisse sur la chaise près de l'âtre jusqu'au matin où il va chercher Édith à Cork. Il la met alors dans une grande boîte qu'il s'apprête à placer au fond d'un placard dont il garde toujours la clef sur lui. Au dernier moment, il trouve que cette boîte rectangulaire est macabre. Pourquoi emprisonner ainsi Betty ? Le noir du placard suffira. Il cherche le cerf-volant et ne le trouve pas. Ellynn l'a sans doute donné à son frère et à sa sœur. Quant aux bruyères, elles sont vraiment desséchées. Pourtant il ne veut pas les retirer. Édith pensera ce qu'elle voudra. Elles demeureront dans la grande salle tant qu'il ne sera pas allé en cueillir d'autres avec Ellynn, comme il le lui a promis. Mais aura-t-elle encore envie de cette promenade ? Peut-être même ne se souviendra-t-elle pas de la promesse ? Alors, il songe à lui envoyer un brin du bouquet. Il choisit l'un des mieux conservés et le glisse dans une enveloppe avec ces mots, écrits en capitales, pour faciliter la lecture :

NOUS PENSONS TOUS À TOI À KILCROHANE
ET T'EMBRASSONS TENDREMENT

AUBRY.

Édith est venue avec toutes ses ressources de gentillesse, de calme, et de compréhension. Elle reprend très vite ses habitudes du premier séjour. Elle a compris qu'elle ne pouvait rien changer ici à l'ordre établi par Aubry, et non seulement elle en a pris son parti, mais elle en est satisfaite. Elle joue à l'invitée qui participe, qui rend service, mais surtout pas à la maîtresse de maison (ah, si elle savait combien il aimait qu'Ellynn le fût devenue tout naturellement!). Il lui est reconnaissant d'être à la fois très présente et discrète. Elle cherche cependant à savoir quels sont maintenant les projets du maître de céans. A-t-il l'intention de se fixer longtemps en Irlande, d'en faire sa résidence principale, ou bien, conservant la maison pour y passer des vacances, songe-t-il à revenir à Londres? Elle a toutes les raisons de lui demander cela, car c'est elle qui lui sert d'intermédiaire avec les galeries et les amateurs. Et si elle ne pouvait ou ne voulait plus se charger de cette mission, Aubry devrait réviser son mode d'existence. D'ailleurs, elle n'envisage pas pour l'instant de cesser de le représenter, elle s'informe simplement.

Aubry ne lui cache pas son désir de faire de Mount Auburn sa demeure privilégiée, à condition, bien sûr, qu'elle accepte de venir l'y retrouver pour ses vacances. Il le lui dit très sincèrement, et elle n'en doute pas. Peut-être exagère-t-il un peu, en faisant de la venue d'Édith la condition essentielle de son maintien ici. Mais il souhaite sans équivoque qu'elle continue à y venir. En somme, il ne saurait se passer d'elle, dans le lieu dont il ne saurait plus se passer. Édith préfère ne pas savoir quelle est la première nécessité d'Aubry. Elle a la sagesse de ne jamais forcer les apparences des mots pour vouloir se donner une assurance absolue.

Avec Aubry, c'est la meilleure manière d'avoir sa confiance, et, finalement, de savoir tout ce qu'il a besoin de dire. Ce n'est peut-être pas celle qui permet d'entendre tout ce qu'on aurait besoin, soi, de savoir. Mais les résultats prouvent qu'avec n'importe quel partenaire l'inquisition est le plus mauvais des moyens de s'entendre.

C'est pourquoi elle s'en veut encore de cet accès de jalousie qui s'est emparé d'elle lors de son premier séjour à Mount Auburn avec ce besoin irrésistible qu'elle a éprouvé de connaître « la voisine ». Qu'a-t-elle fait là, sinon une incursion tapageuse dans la marge qu'Aubry estimait ne pas avoir à lui révéler ? Sans doute était-ce parce que, sur cette image féminine, elle avait cristallisé tout ce qui, pendant les mois précédents à Londres, l'avait troublée quant à la décision d'Aubry de se retirer en Irlande. Elle avait pensé finalement qu'il était capable de l'ascèse dont il semblait vouloir faire une nouvelle étape de sa création. Et puis, elle l'avait senti tellement heureux à Mount Auburn, tellement satisfait dans tous les domaines, qu'elle avait eu soudain l'impression qu'il s'était offert une existence d'ermite avec les commodités physiques dont il ne pouvait pas encore se passer. Et elle avait pensé qu'il trichait et que ce bel équilibre, s'il le devait, en dehors de son œuvre, à la première femme que le hasard plaçait à côté de lui, ce n'était pas à son honneur.

Avait-elle été réellement jalouse ? Non, plutôt déçue. Car, après tout, il valait mieux que celle à laquelle il accordait ses faveurs fût une campagnarde plutôt qu'une mondaine raffinée, intéressée par sa peinture. Tout cela prouvait qu'Aubry était un homme, comme tant d'autres, capable de se retirer du monde, à condition de ne pas se passer de femme. Non, l'expression était trop générale, à condition de ne pas se passer d'un corps de femme, comme il ne se passait pas de fleurs...

Au bout de quelques jours, la vie avec Édith s'est bien organisée. Elle a définitivement adopté la chambre du bas. C'est Aubry qui va l'y rejoindre quand il le désire. Elle le laisse autonome à l'étage, entre ses chevalets et son lit.

Les excursions en auto ne la tentent plus. La pointe de la péninsule lui suffit : elle est un monde sans cesse à découvrir pour le promeneur qui, par sa curiosité et ses observations, sait transformer une randonnée en un voyage plein de découvertes, comme s'il parcourait un grand pays. Souvent, elle part toute seule pendant des heures. D'autres fois, Aubry l'entraîne sur ses itinéraires préférés. Et, tout naturellement, il retrouve ses promenades avec Ellynn. Il ne compare pas, il se souvient. Et soudain, en face d'un site où Ellynn lui a posé une question, il a un coup au cœur. Il aurait envie de pouvoir parler de ce qu'il a vécu avec cette enfant, de confier à Édith sa belle aventure, de ne pas lui cacher l'inquiétude qu'il éprouve actuellement à demeurer sans nouvelles de la pensionnaire.

C'est le soir, à l'heure de sa plus grande intimité avec Ellynn, qu'il a du mal à supporter une nouvelle présence. Mais, en même temps, il sait que, s'il n'avait pas cette présence, il supporterait encore moins bien d'être seul. Il préfère, plutôt que parler, écouter de la musique, ce qui lui permet de fausser compagnie à Édith sans qu'elle s'en aperçoive.

Au moment du coucher, lorsqu'il est remonté dans sa chambre, il ne peut s'accoutumer à ce bruit de pas, à cette animation qui font suite à d'autres. Alors, il en veut presque à Édith d'être là, de s'être substituée à Ellynn. Pourvu qu'elle ne me crie pas « bonne nuit ! » avant de s'endormir, a-t-il pensé le premier soir. Et il a su gré à Édith de rester silencieuse. Ainsi peut-il plus facilement réentendre la voix d'Ellynn.

Au bout de quelques jours, il n'y tient plus, il annonce à Édith qu'au début de leur promenade vers les ruines du château, il s'arrêtera à la maison du lac pour demander à sa voisine des nouvelles de sa fille aînée, celle dont il s'occupait, qui vient d'être mise en pension à Cork. Et, chemin faisant, il l'entretient d'Ellynn, des rapports impossibles de la fillette avec sa mère, de la protection (il ne dit pas refuge) que la petite avait trouvée en lui (il ne dit pas chez lui). Il évoque son caractère difficile mais attachant. Et la nécessité de l'envoyer en pension, ce qui n'avait pas été une mince affaire.

Ils arrivent près de la maison. Martha est sur le

pas de sa porte avec ses enfants, elle épluche des légumes. Les enfants courent vers Aubry. Martha esquisse un mouvement, comme pour rentrer chez elle, mais Aubry lui crie de loin :

— Bonjour Martha, je voudrais savoir si vous avez des nouvelles d'Ellynn.

— Non, aucune.

— Il est vrai qu'elle n'est pas capable d'écrire une lettre, et les religieuses n'auraient téléphoné à Mr Murphy que s'il y avait eu un grave problème.

— Donc, c'est que tout va bien.

Édith est restée en retrait. Aubry dit à Martha :

— Vous connaissez Miss Borough, n'est-ce pas? Nous sommes venus ensemble chercher des moules il y a quelques mois.

— Oui, en effet, répond Martha, sans se rapprocher.

Elle se contente d'incliner la tête vers Édith qui lui rend le salut, en gardant la même distance.

— J'aimerais être informé des réactions d'Ellynn. Elle doit revenir quand?

— Oh, pas avant trois semaines.

Aubry, bien sûr, connaît la date. Il a calculé le temps du séjour de l'invitée, pour que sa maison soit libérée dès la première sortie d'Ellynn. Et, avec Édith, il n'a pas à craindre un séjour prolongé impromptu : elle se tient toujours à ses projets.

— Faites-nous le plaisir de venir prendre un verre à Mount Auburn un de ces soirs.

Martha, aussi surprise qu'Édith par cette invitation, ne répond pas tout de suite. Aubry continue :

— Nous pourrons bavarder tranquillement. Là, vous êtes en plein travail. Amenez avec vous John et Priscilla. Quel jour voulez-vous?

Martha ne peut plus reculer.

— Après-demain, dit-elle.

On se sépare avec des sourires discrets de part et d'autre.

Édith se garde de demander à Aubry pourquoi il a eu l'idée de cette invitation sans lui en parler. Était-ce subite inspiration ou attention bien mûrie ? Aubry, de son côté, ne fait aucun commentaire. Il a obéi à une impulsion, inattendue pour lui aussi, qui doit correspondre à son besoin d'officialiser le rôle qu'il assume auprès de Martha pour l'éducation d'Ellynn. Pendant la suite de la promenade, il ne peut s'empêcher de reparler d'Ellynn. Quand les ruines du château apparaissent :

— Si on regarde la tour dans ce sens, à contre-jour, elle se confond avec le rocher, et l'on croirait un gros ours. C'est Ellynn qui a trouvé la ressemblance. On ne disait plus « On va au château » mais « On va voir l'ours ». Un jour elle a ajouté : « Ça fait deux ours maintenant, puisque le Baron vit comme un ours. »

Il rit de ce mot :

— Ah, elle est futée !

— Vous vous promeniez souvent ensemble ?

— Oui, je pratiquais la leçon de choses.

Ce soir-là, Aubry est plus détendu, Édith aussi. Elle pense qu'il n'entretient pas forcément des relations intimes avec la mère, ou alors que ce ne fut qu'une passade. Sinon, il ne l'aurait pas invitée chez lui en même temps qu'elle. Il peut être faible, il n'est jamais cynique. Il a l'air d'être très attaché à la petite fille. Elle ne se doutait pas qu'il y avait en lui un tel père frustré.

Le lendemain est un dimanche. Ils sont en train de

préparer le déjeuner dans la salle de Mount Auburn. Édith met le couvert. Comme il fait du vent, la porte est fermée. Soudain, on frappe. Et l'on entend :

— Devinez qui est là !

Aubry sursaute et demeure comme figé :

— Mais c'est toi ?

— Oui, c'est moi !

La porte s'ouvre et Ellynn se précipite, les bras tendus, vers Aubry pour l'embrasser. Elle aperçoit Édith, et s'arrête net.

— Comment es-tu là ? dit Aubry.

Ellynn reste immobile et, d'une voix neutre :

— Les parents de Lisbeth sont venus la chercher pour la journée. Ils m'ont proposé de m'emmener. La mère supérieure a accepté.

— Alors tu déjeunes avec nous ?

Le « nous » a malencontreusement échappé à Aubry. Il devait dire non pas « avec moi », par égard pour Édith, mais tout simplement « ici ». De toute façon, Ellynn aurait refusé.

— Non, je vais déjeuner avec mon frère et ma sœur.

— Ta maman t'attend ?

— Non.

— Alors reste déjeuner. Tu les rejoindras ensuite.

— Non, je veux déjeuner chez maman.

— En attendant, assieds-toi.

Il l'embrasse sur les deux joues, elle se laisse faire sans l'embrasser elle-même. Il lui tend une chaise, elle reste debout.

— Eh bien, voilà Ellynn, dit Aubry à Édith. Et celle-ci, souriante :

— Bonjour, Ellynn !

Ellynn reste muette.

— C'est Édith, tu la reconnais ?

Ellynn, le visage inerte, sans regarder Édith :

— Bonjour, madame.

— Allez, assieds-toi et raconte-moi.

Ellynn s'assied enfin.

— Qu'est-ce que vous voulez que je vous raconte ?

— Eh bien, tes premiers jours à Saint-Brenan. On t'a mise dans quelle classe ? Tes professeurs sont-ils gentils ? As-tu déjà des petites amies ?

— Je suis en huitième et les dames sont gentilles. J'ai pas d'amies.

Elle se tait, les yeux tournés vers le sol, assise comme une passante en visite. Aubry, s'évertuant :

— À quelle heure est le réveil ? Et à quelle heure vous couchez-vous ? Quand allez-vous à la messe ? As-tu des leçons de dessin ? Fais-tu de la gymnastique ? Est-ce qu'on mange bien ? Tu dois en avoir des choses à m'apprendre !

— Oui, j'en ai beaucoup. Mais maintenant, j'ai pas le temps. Il faut que j'aille chez maman.

Aubry sent qu'il vaut mieux ne pas insister.

— Tu n'as pas soif ? Je vais te donner un verre de ta limonade.

— Non merci, j'ai pas soif.

Son regard s'est porté sur sa petite chaise près de la cheminée.

— Où vous l'avez mise, ma poupée ?

— Elle est dans mon atelier.

— Je voudrais l'avoir.

— Je croyais que tu ne pouvais pas l'emporter au collège.

— Oui, mais maintenant j'ai envie de l'avoir.

Aubry monte aussitôt à l'étage, et retire du placard la poupée. Ellynn ne desserre pas les dents. Elle s'est levée, et son regard parcourt la pièce. Édith, comme il arrive aux adultes dans certaines circonstances — et c'est une de celles-là — est intimidée par l'enfant. Elle ne trouve rien à lui dire. Aubry, qui se rend compte de la situation, redescend très vite.

— Tiens, la voilà, ta poupée. Si c'est seulement pour jouer avec ta sœur, tu pourras me la rapporter cet après-midi, car je t'attends pour t'offrir la glace à la framboise que tu aimes. Et là, nous pourrons bavarder.

Ellynn, sans répondre, demande :

— Où sont Dick et Moby ?

— Tu sais bien qu'ils font chaque jour une promenade ensemble quand ils ont mangé leur pâtée.

— Et Nestor ?

— Il doit être sur le toit.

Elle s'approche des deux chats qui, à l'heure des repas, se tiennent toujours dans la salle. Elle les embrasse tendrement. Puis :

— Je vais voir mes fleurs.

Aubry est un peu rasséréné. Il l'accompagne jusqu'à son petit jardin. C'est seulement dehors, au grand jour, qu'il peut détailler l'uniforme du collège : une jupe plissée grise, une chemise blanche, une cravate bleu clair dans un col très échancré. Les cheveux d'Ellynn sont attachés sur sa nuque par un nœud de la même couleur que la cravate. Elle porte des chaussettes blanches qui montent très haut, et des chaussures noires qu'on croirait vernies tant elles brillent. Où est Ellynn, la petite sauvageonne aux genoux écorchés, aux mains terreuses, avec ses cheveux dans les yeux, qui jardinait en parlant à ses plantes ?

Elle les contemple. Peut-être qu'elle leur dit quelque chose en silence.

— Elles ont bien poussé. N'oubliez pas de vous en occuper !

Elle appelle les chiens qui ne viennent pas. Elle en paraît toute dépitée. Aubry joint sa voix à la sienne, siffle très fort. Le tintamarre atteint une Édith résignée, confinée à l'intérieur de la maison.

— J'aurais bien aimé voir Dick et Moby ! fait Ellynn au bord des larmes.

— Tu les verras tout à l'heure.

— Si je les vois pas, il faudra les caresser pour moi.

Elle aperçoit Nestor sur le haut d'une lucarne.

— Au revoir, Nestor !

Elle lui envoie un baiser, et elle s'en va en tenant de ses deux bras sa poupée contre elle. Elle ne court pas, elle marche simplement un peu vite. Ell ne se retourne pas. Aubry rentre dans la salle et, sans un mot, reprend la tâche ménagère qu'il accomplissait lorsqu'est survenue Ellynn. Édith s'affaire près du fourneau :

— Elle est bien comme sa mère ! dit-elle.

Et Aubry, très sèchement :

— Comment peux-tu juger ? Tu les as si peu vues, l'une et l'autre.

L'ambiance du repas est lourde. Édith comprend la déconvenue d'Aubry. Malgré son propre malaise, elle voudrait sincèrement le réconforter. Mais elle ne sait trop comment s'y prendre, car, de toute évidence, c'est à cause d'elle qu'Ellynn a refusé de partager le repas.

— Cette enfant a eu des réactions très vives. Elle ne s'attendait pas à me trouver là. Je suis vraiment désolée d'avoir été pour elle le trouble-fête.

— Oh, tout s'arrangera quand elle reviendra.

Oui, mais voilà : Ellynn ne revient pas. À cinq heures de l'après-midi, Aubry qui n'a cessé de la guetter sur le chemin, sans pouvoir cacher sa nervosité, comprend qu'elle a dû déjà repartir. Il en paraît si désemparé qu'Édith, à vouloir le rassurer par cette phrase : « Elle ne s'est sans doute pas rendu compte de l'heure en jouant avec son frère et sa sœur », est rabrouée :

— Mais non ! Ce n'est pas une enfant qui oublie ce qu'elle a envie de faire ! Il n'y a qu'une explication : elle n'a pas voulu revenir ici.

À six heures, il décide d'aller à la maison du lac pour savoir par Martha comment s'est effectué le départ d'Ellynn. Il ne songe pas à proposer à Édith de l'accompagner. Elle le remarque, le regrette, mais elle aurait décliné l'offre. Aubry ne rentrera que deux heures plus tard, l'air plus que préoccupé, accablé.

— Alors ?

— Alors, c'est bien ce que je pensais, elle est partie sans avoir voulu me revoir.

— Avait-elle dit à sa mère qu'elle devait repasser chez toi ?

— Oui.

— Elle a donc quitté sa mère au début de l'après-midi ?

— Oui, mais elle ne devait rejoindre les personnes qui la raccompagnaient qu'à cinq heures. Je suis descendu au village m'assurer qu'elle était bien partie. Elle était exacte au rendez-vous.

— Il n'y a donc plus de raison de s'inquiéter.

— Plus de raison ? Mais qu'est-ce qu'elle a pu faire pendant tout ce temps, en laissant croire à sa mère qu'elle venait me voir ? Et menteuse avec ça ! Elle qui jusqu'à présent ne savait rien cacher !

— Elle a peut-être eu envie de se promener toute seule.

— Ah, je t'en prie Édith, ne dis pas n'importe quoi !

Édith, blessée :

— C'est pourtant ce qu'elle a fait !

— Oui, mais alors pourquoi l'a-t-elle fait ?

Aubry se monte, se monte. Édith, soudain exaspérée :

— Tu te comportes avec cette enfant comme un père irascible et exclusif. Elle a eu besoin avant de rentrer au pensionnat d'un peu de liberté. C'est simple comme tout.

Le dialogue finit en dispute. Aubry commence à reprocher à Édith de parler de ce qu'elle ne connaît pas, puis il en vient à l'accuser de se mêler de ce qui ne la regarde pas.

Édith, offensée :

— Eh bien, je vais me mêler de ce qui me regarde : ma tranquillité, mon sommeil. Et je te dis bonne nuit.

Aubry n'a pas révélé la vraie raison de ce qui le bouleverse. Ellynn est arrivée chez sa mère une heure après avoir quitté Mount Auburn. Elle a donc commencé à divaguer avant d'aller à la maison du lac où elle n'est restée que très peu de temps pour pouvoir ensuite continuer son escapade, en laissant croire qu'elle venait à Mount Auburn. Quand il a demandé à Martha : « Qu'a-t-elle fait de sa poupée ? », Martha lui a dit qu'elle ne l'avait pas.

De cela, il n'a pas soufflé mot à Édith, parce que la poupée, c'était le lien préservé entre Ellynn et lui, c'était encore un peu d'Ellynn dans la maison, dans leur maison, c'était ce qu'elle ne pouvait pas emporter avec elle, ce que lui avait donné Aubry, ce qu'elle lui avait confié, ce qu'ils continuaient à partager. Lorsqu'elle retournerait à Mount Auburn, elle redeviendrait la petite fille qui joue encore à la poupée, mais au-delà du jeu enfantin, avec le tendre instinct d'une maman. Aux yeux d'Ellynn, la poupée, dont ils avaient ensemble choisi le nom, était aussi l'enfant d'Aubry. Et pour Aubry, cette poupée était comme l'image d'Ellynn.

Est-ce que d'autres qu'elle et lui pouvaient comprendre toutes ces choses ? Et n'était-il pas le seul, lui, à saisir, au plus profond d'Ellynn, une sensibilité qui ne distinguait pas le familier du pathétique dans les relations avec l'autre, quand cet autre lui avait fait don de... comment dire... du meilleur de son attention ? Mais qu'est-ce que le meilleur de l'attention qu'on porte à un être qui s'est fié à vous corps et âme ?

Aubry sait, ce soir, que la disparition de la poupée est le signe d'un déchirement. Et que ce déchirement est autant le sien que celui d'Ellynn. Son affliction, Martha l'a ressentie et mesurée sans en deviner la plus secrète raison. Elle lui a dit : « Je comprends votre chagrin, mais je peux comprendre aussi celui d'Ellynn. »

Le lendemain matin, Aubry a demandé à Édith de l'excuser et de ne pas lui tenir rigueur de sa nervosité car il était « très inquiet ». Malgré son désir de clore l'incident, elle a tenu à mettre les choses au point :

— Ce n'est pas le mot inquiet qu'il faut employer. Tu étais très peiné.

Aubry, qui ne veut surtout pas relancer la discussion, s'abstient de tout écho, mais il n'apprécie pas qu'Édith prétende voir si clair en lui avec cette assurance. Elle ne s'en tient pas là :

— Il faut que je te dise le fond de ma pensée : tu as eu un comportement étrange. Tu dramatisais, comme s'il se passait quelque chose de très grave. Tu vas la revoir, ton Ellynn ! Tu as donc tellement de mal à t'en passer ? Mon pauvre Aubry, toi qui étais venu ici pour te délivrer de tout ce que tu considérais comme des attaches gênantes, j'ai l'impression que tu n'as pas très bien réussi !

Il fallait en arriver là. Édith dit exactement à Aubry ce qui peut lui être le plus désagréable à entendre, car c'est la vérité.

Il accepte tout pour obtenir l'apaisement, après son exaspération d'hier soir, provoquée pourtant par des propos beaucoup moins cinglants que ceux de ce matin. D'autre part, il n'a pas oublié que Martha doit venir en fin de journée à Mount Auburn. Il ne faut pas augmenter les risques de fiasco. Il se contente de répondre, et cela aussi, c'est la vérité :

— Oui, je suis mêlé à une histoire compliquée mais j'ai vraiment essayé d'y échapper !

— Il y a des façons d'être qui sont comme des façons de faire. On n'y peut rien, constate Édith.

— Oui, cette remarque vaut pour tout le monde.

— Mais elle ne s'applique pas à tout le monde aussi bien qu'à toi.

Édith, c'est évident, a besoin de s'évader d'un profond malaise, en allant jusqu'au bout de ses pensées les plus dures, car leur dureté même la délivre. Elle croyait avoir trouvé, non sans peine, avec Aubry une forme d'entente adaptée au nouveau domaine de la liberté qu'il s'était créé, elle commençait à ne plus se sentir comme une étrangère à Mount Auburn, et voilà que la journée d'hier lui a révélé ou rappelé tout ce qu'Aubry avait tissé et tout ce qui s'était tissé autour de lui, avec la volonté de le dissimuler et la force de liens qui avaient les apparences d'une passion.

Dans la « façon d'être ou de faire » d'Aubry selon l'expression d'Édith (et c'est cela précisément qui l'a attirée vers lui) la perception aiguë des sentiments de l'autre, tôt ou tard, l'amène à comprendre les raisons de ce dont on souffre à cause de lui. Son désir de ne plus faire souffrir est sincère. Les cheminements de cet effort pour éviter le mal qu'il provoque peuvent être très divers. Cela l'a amené à des ruptures qui lui paraissaient meilleures que des compromis hypocrites, cela l'a amené aussi à des renoncements pour éviter des ruptures.

En l'occurrence, il ne veut plus faire souffrir Édith, mais il ne voit pas comment il pourrait y parvenir, car il n'y a pas incompatibilité entre les sentiments qu'il lui conserve et la tutelle d'Ellynn. Les risques de l'incompatible sont ailleurs, en lui-même. Entre sa vie et la vie d'Ellynn. C'est beaucoup plus grave, pour lui comme pour Édith.

Aujourd'hui, il ne cherche qu'à réconforter Édith dont il comprend les alarmes. Après avoir supporté ses assauts, il se montre plein d'attentions pour elle. Et cette attitude le rassérène — plus sans doute qu'Édith — comme s'il se protégeait lui-même à vouloir assurer la protection de l'autre.

Il s'inquiète de la proche venue de Martha à Mount Auburn. A-t-il eu raison de vouloir cette rencontre à trois ? Que peut-il en espérer ? Et les deux femmes, qu'en attendent-elles ? Elles ne font que subir son initiative. Lui, il souhaite que Martha se montre comme une maman, et uniquement comme telle, afin que — voilà bien le motif le plus caché, mais le plus agissant — il puisse évoquer Ellynn librement, en débarrassant de toute ambiguïté son rôle vis-à-vis d'elle aussi bien que de sa mère.

Martha arrive en fin de journée, accompagnée de John et Priscilla. Elle a mis une robe, ce qui est rare, pour faire honneur à son hôte, une robe de coton verte, assez courte, un peu trop voyante, avec, autour du décolleté et dans le bas, une bordure de fleurs brodées rouges et blanches. Des petites bottes en cuir fauve moulent ses mollets. Ses cheveux sont réunis en un chignon très strict. Elle ressemble ainsi à une danseuse de ballet slave. Quant à Édith, elle porte un pantalon fuselé avec des souliers à talon. Son chemisier de soie couleur rose thé accueille dans l'échancrure du cou un foulard blanc transparent. Des boucles d'oreilles en céramique bleu pâle apparaissent entre ses cheveux qu'elle a dénoués sur ses épaules. Il est évident que chacune a voulu sortir de son ordinaire. « La souris des champs et la souris des villes », pense Aubry.

Les salutations sont souriantes. De part et d'autre, on a sûrement pris le parti, quelles que soient les pensées, de faire bonne figure. Martha n'est ni guindée ni trop libre. À son aise, juste ce qu'il faut. Édith ne joue ni l'invitée ni la maîtresse de maison. C'est Aubry qui reçoit chez lui, mais c'est elle qui assure le service.

Édith engage la conversation en interrogeant Martha sur l'âge de ses deux enfants, et elle en vient tout naturellement à Ellynn. Aubry craint que Martha rappelle la disparition de la poupée et lui demande s'il l'a retrouvée. La disparition qui le tourmente, il ne veut y associer personne. L'énigme même que pose l'abandon est une attache secrète entre Ellynn et lui, quelque chose qui n'appartient qu'à eux. Martha n'évoquera pas la venue imprévue de sa fille le dimanche. Elle parlera d'elle en général et de la difficulté de lui imposer le pensionnat :

— Je suis très reconnaissante à Mr Clark de l'aide qu'il m'a apportée.

Mais elle n'entre dans aucun détail.

— Il a eu raison, dit Édith. Vous avez une lourde charge avec trois enfants, et votre Ellynn mérite qu'on s'occupe d'elle. Elle est pleine de personnalité et de charme. Je sais qu'elle a procuré à Aubry quelques soucis, mais aussi de vraies joies.

Aubry admire la manière dont chacune de ces femmes tient son rôle, comme si un metteur en scène très subtil leur avait fait répéter les répliques voulues par un auteur peu apte à les expliquer lui-même. Il leur en sait gré, et se sent réconforté. N'est-il pas l'auteur que son sujet a emporté vers les dialogues les plus ardus ? Il faut qu'il soit au diapason de ses interprètes. C'est avec beaucoup de maîtrise qu'il tient son rôle dans la situation délicate où il s'est placé. On trinque avec un bon vieux Paddy réservé aux connaisseurs tandis que les deux enfants boivent de la limonade en mangeant de la tarte. On est en famille.

Le reste de la conversation a trait à la beauté du pays.

Martha :

— J'aime l'endroit où je vis comme si je l'avais choisi.

La réplique d'Édith est prompte, un peu provocante :

— Eh bien, moi qui n'ai pas choisi Mount Auburn et qui n'y vis pas, je l'aime profondément !

Aubry ne révèle pas sa pensée sur la maison qu'il a choisie et où il craint de ne pouvoir plus vivre. Il dit simplement : « Il y a des lieux qui nous choisissent. »

Édith et Martha continuent à s'entretenir très naturellement du caractère des Irlandais. La première loue leur serviabilité. Et la seconde commente : « Ils ont appris à être comme ça quand ils étaient tous dans la misère. Est-ce que l'argent va les gâcher ? » Aubry observe les deux visages, les compare. Celui de Martha est de sève voyante comme la robe, l'autre est irrigué de l'intérieur. Tous les deux sont animés par un regard franc et pensif, mais c'est peut-être dans le regard de la plus charnelle que passent les plus profondes lueurs du mystère.

*

Malgré les prévenances d'Aubry et les efforts qui lui ont permis de ne pas paraître obsédé par l'attitude d'Ellynn, la fin du séjour d'Édith a été plus que morose. Une véritable pesanteur a régné sur Mount Auburn, accompagnée et aggravée par les brumes dites de beau temps qui sont parfois si fortes en Irlande qu'elles empêchent de savoir qu'il fait beau.

Quand Aubry et Édith se séparent à l'aéroport de Cork, sans doute éprouvent-ils l'un et l'autre le sentiment que leurs destinées, même fêlées, sont soudées, et qu'à les dissoudre, ils souffriraient plus qu'à les préserver. Mais l'un et l'autre souffrent déjà de faire ce constat, aussi incapables d'échapper à leur désenchantement qu'à leur couple.

Sans attendre que l'avion ait décollé, Aubry roule à vive allure vers Saint-Brenan. Il sollicite un entretien avec la mère supérieure. On lui répond que celle-ci n'est pas disponible et qu'il sera reçu par la religieuse chargée des fonctions de censeur. Il lui demande, en sa qualité de correspondant d'Ellynn, si, à titre exceptionnel, il peut la voir au parloir à l'heure de la prochaine récréation. La religieuse dit :

— Ah, oui, vous êtes monsieur Clark. C'est vous qui lui avez écrit la semaine dernière ? Votre prénom est Aubry, n'est-ce pas ? Eh bien je vais prévenir

Ellynn pour qu'elle vous rejoigne ici, mais pas avant trois quarts d'heure.

Il s'assied dans le parloir, une vaste pièce dont les dalles noires et blanches sont luisantes de cire. Une vingtaine de fauteuils peu confortables le garnissent, groupés autour de petits guéridons. Les murs, d'un gris aussi triste que propre, s'ornent de portraits d'ecclésiastiques, sans doute la succession des évêques du diocèse. Les plus anciens sont des peintures, les autres des photographies. Isolé au milieu du panneau central où s'adosse la cheminée, une grande croix de bois s'étale, comme le point de ralliement des yeux, portant un Christ en bronze fixé par des clous dorés. Sur la cheminée est posé un vase garni de chrysanthèmes. Deux larges fenêtres s'ouvrent sur un jardin au gazon bien tondu, aux buissons bien taillés, mais sans fleurs. À travers les arbres et les arbustes, on distingue des façades de brique sombre. Aubry sort de sa poche son inséparable carnet de croquis et commence à dessiner le jardin avec son arrière-plan de bâtiments. Sa main travaille activement, mais son esprit est ailleurs : derrière ces parois rébarbatives, où il essaie d'imaginer Ellynn. La pauvre ! À quoi l'a-t-on condamnée ! S'il ne tenait qu'à lui, au mépris de toute opinion, dans la seule réalité de ce qu'il éprouve, il la prendrait par la main et la ramènerait ce soir à Mount Auburn. Oh, cette difficulté à maîtriser l'instant d'émotion, à discerner sur-le-champ les conséquences du geste instinctif ! Et cette mauvaise conscience d'y parvenir. Et toutes ces justifications qu'il faut trouver pour se donner raison d'être raisonnable ! Il est soudain saisi d'une appréhension qu'il ne contrôle pas. Comment va se passer son entrevue avec Ellynn ? Aura-t-elle un élan ou se cabrera-t-elle ? Peut-être ne sera-t-elle que silencieuse, inerte ? Comment lui-même se comportera-t-il ? Attendra-t-il qu'elle sorte de sa réserve pour renoncer à la sienne ? Osera-t-il lui demander ce qu'elle a fait de sa poupée ? Ressassant toutes ces questions, il a le temps de dessiner la cour et d'ajouter les touches de gris, de vert et de brun-rouge qui donnent au décor son austérité dramatisée par le regard du remords. Il veut s'évader de l'attente, il ne parvient qu'à tourner en rond dans la cour d'une prison. Dès que la cloche de la récréation retentit, il remet son carnet dans sa poche, fixe la porte du parloir. Près de dix minutes se passent, sans qu'Ellynn arrive. « Voilà perdue une partie du temps que je devais avoir avec elle ! », se désole-t-il. La porte s'ouvre enfin, et c'est la dame censeur qui entre. Elle paraît gênée.

— Voilà, monsieur, j'ai parlé à Ellynn. Je lui ai dit que vous désiriez la voir et — je vous prie de m'excuser, car la commission n'est pas facile à faire — elle n'a pas voulu venir.

— Comment cela ?

— Elle ne m'a pas donné d'explication, elle m'a répété plusieurs fois : « Je ne veux pas le voir. » Alors, n'est-ce pas, nous ne pouvons pas forcer une enfant à voir un correspondant qui n'est pas de sa famille. Quand ce sont ses parents, bien entendu, c'est différent.

— Mais enfin, elle ne vous a rien dit d'autre ?

— Non, rien d'autre. « Je ne veux pas le voir », c'est tout ce qu'elle a dit. Puisque vous la connaissez, vous devez savoir que c'est une enfant qui se bute facilement et qu'on n'obtient rien d'elle par la contrainte. Je suis désolée, monsieur... Je peux comprendre votre déception...

Aubry voudrait continuer à parler avec la religieuse, s'accrocher à cet instant qui le relie encore si fort à Ellynn. Mais, de toute évidence, la dame censeur ne tient pas à prolonger la conversation. Elle s'est acquittée de sa mission. Il n'a plus qu'à prendre congé.

À prendre congé de qui, de quoi ? Pendant tout le trajet du retour, il remue les pensées les plus extravagantes. Il ne peut douter de la démarche de la religieuse auprès d'Ellynn. Et il est certain qu'Ellynn n'a pas voulu le voir. Mais comment cette éducatrice ne lui a-t-elle pas imposé, par souci d'élémentaire politesse, de faire une apparition au parloir, en l'accompagnant au besoin ? Votre prénom est Aubry, n'est-ce pas, lui a-t-elle dit ! C'est donc qu'elle avait lu le message qu'il avait adressé à Ellynn, en y joignant un brin de bruyère. Il n'y avait pas songé : tout passait par le filtre de la censure. Et l'on s'était demandé qui était cet Aubry sentimental ! Et l'on avait su qu'il s'était proposé pour payer la pension d'Ellynn, qu'il était un ami de la mère, celui qui remercie sa maîtresse en payant la pension de l'un de ses enfants. Mr Murphy l'avait d'ailleurs informé que la supérieure n'acceptait pas que les pensions fussent payées par des étrangers. Si Ellynn refuse de le voir, a dû penser la religieuse, ce n'est pas sans raison. Est-ce que cet homme, profitant de son intimité avec sa mère, n'aurait pas eu avec elle une attitude trouble, peut-être même perverse ? Il lui avait écrit pour lui envoyer sa pensée sans autre motif, en accompagnant son message d'une fleur séchée et en usant de l'artifice « nous t'embrassons tous à Kilcrohane » pour pouvoir ajouter un « tendrement » qui n'était que de lui, car, bien entendu, les autres personnes du village n'avaient pas signé la lettre. N'était-ce pas révélateur des sentiments excessifs qu'il portait à la petite fille ? Comment la religieuse, ainsi prévenue contre lui, aurait-elle pu contraindre Ellynn à aller au parloir ? Le refus de celle-ci renforçait la suspicion dans laquelle on devait tenir cet homme.

Dès son retour à Kilcrohane, Aubry va voir Mr Murphy qui ne sait que dire : « Est-ce possible ? » et qui alerte sa femme, laquelle à son tour, consternée, ne fait que répéter : « Vous ne méritez pas ça ! » Mais Mr Murphy ne lui propose pas d'essayer de clarifier la situation en parlant à la mère supérieure. Il éprouve sans doute le sentiment que le mal est accompli et que, même si Ellynn acceptait de revoir Aubry, les religieuses s'y opposeraient.

Ce soir-là, à la nuit tombée, Aubry fait ce qui lui est inhabituel : il va spontanément chez Martha, et il recommence le récit de sa journée. Martha hoche la tête :

— Ça ne m'étonne pas, elle est rancunière, je vous avais prévenu, vous ne vouliez pas me croire. Je me disais : « Avec sa mère, bon, c'est peut-être normal », mais, avec vous, je n'aurais jamais imaginé ! Elle est tellement heureuse à Mount Auburn !

Elle s'arrête. Puis :

— Mais c'est sans doute à cause de ça.

La réflexion met du baume au cœur d'Aubry, d'autant plus que Martha a dit : « elle est » et non « elle était ».

Il est vrai que Martha veut le réconforter, mais elle y trouve son compte car elle s'inquiète, pour elle aussi, de la réaction passionnée d'Ellynn et de ses conséquences si elle durait.

— Il faut, dit-elle, demander à Mr et Mrs Murphy d'aller voir Ellynn dimanche prochain. Ils ne refuseront pas ce service. Et Ellynn est en confiance avec eux.

Aubry descend aussitôt au village et obtient sur-le-champ l'accord des Murphy, comme si le couple s'empressait de compenser son impuissance à mieux aider Aubry. Celui-ci remonte à la maison du lac pour en informer Martha. Il n'est que mouvement au creuset de l'idée fixe. Martha l'invite à dîner. Il accepte avec plaisir. Le dimanche, c'est lui qui prendra l'initiative de passer l'après-midi chez Martha pour attendre le retour de Mr et Mrs Murphy. En effet, là, il peut parler d'Ellynn autant qu'il le désire en échappant au cadre où il a vécu avec elle. Martha n'est pas dupe, elle sait que ce rapprochement, elle le doit aux circonstances. Mais elle y trouve une satisfaction qu'elle se garde bien de laisser voir, car comment Aubry apprécierait-il que le chagrin qu'il éprouve puisse la réconforter ?

Le dimanche après-midi, Martha a préparé un thé au jasmin et confectionné des scones moelleux assortis de confiture de framboises, toutes choses qu'aime spécialement Aubry. Il est sensible aux attentions de Martha, à l'ambiance d'affection qui règne à la maison du lac où les enfants se réjouissent de sa présence. Mais qu'il les voie s'ébattre avec Dick et Moby et aussitôt, c'est le rappel, qui l'écorche, de la dernière phrase prononcée par Ellynn à Mount Auburn. « Vous les caresserez de ma part », avec un « au revoir » à Nestor.

Le temps est clair et doux. Le bleu pâle, un peu mauve, du lac semble refléter les fleurs de jasiones qui tapissent les berges. La flèche d'un martin-pêcheur provoque un scintillement bref, le temps du plongeon. Sur les feuilles des nénuphars, sautille une bergeronnette en quête d'insectes. La petite masse noire d'une poule d'eau écarte les joncs qui tremblent. Un héron plane paresseusement sans avoir l'allure guetteuse et menaçante des oiseaux de proie. Et soudain, à cause de ce héron et de ses vastes ailes, une phrase prononcée par Ellynn au cours d'une promenade vient réveiller la peine d'Aubry : « On dirait un grand cerf-volant. »

Et alors, il demande à Martha qui ne comprend pas pourquoi jaillit cette question :

— Et son cerf-volant, qu'est-ce qu'elle en a fait ?

— Ah, son cerf-volant, ç'a été toute une histoire. Elle l'avait plié soigneusement et placé dans une de ses valises. Mrs Murphy lui a dit qu'elle ne pourrait pas y jouer dans la cour de récréation, et qu'il valait mieux le laisser. Mais elle a tenu absolument à l'emporter, même si elle ne devait pas s'en servir. Et Mrs Murphy a cédé.

Aubry en éprouve une joie secrète. Il se détend. Et comme un chien, il s'étire en s'allongeant dans l'herbe. Il ferme les yeux. Martha, assise près de lui, effleure son front avec une brindille sèche. Il croit que c'est un insecte et se donne une tape. Martha retire vivement la brindille. Il ouvre les yeux, elle rit.

— Vilaine Martha ! dit-il avec l'intonation qu'il mettait à dire « Vilaine Ellynn ! », lorsqu'elle le taquinait.

Et il ajoute :

— Quand je pense que je suis chez vous parce que la fille que vous ne pouvez plus supporter, et que vous m'avez confiée, me fait des misères !

Martha pense, sans le dire, qu'elle aurait préféré s'entendre avec sa fille et recevoir Aubry pour d'autres raisons. Aubry, soudain :

— Déjà sept heures. Il faut que je descende au village. Les Murphy doivent y être rentrés. Merci, Martha, de m'avoir accueilli. Vous êtes gentille.

Martha, comme si elle avait été agressée :

— Qu'est-ce que ça veut dire, être gentille ? Les

petits chiens, les moutons, sont gentils ! D'ailleurs, vous ne m'avez jamais trouvé gentille.

— Eh bien, aujourd'hui, je trouve que vous l'êtes. C'est mon droit, non ?

Il s'en va d'un pas prompt, Martha lui crie :

— Vous reviendrez pour me raconter comment s'est passée la visite ?

— Oui, bien sûr.

Quand Mr Murphy lui ouvre sa porte, Aubry comprend tout de suite à son sourire crispé que les nouvelles ne doivent pas être bonnes. C'est Mrs Murphy qui fait le récit. Ils sont arrivés alors qu'Ellynn sortait du réfectoire, et ils l'ont emmenée en ville. Ils lui ont demandé où elle voulait aller. Elle a répondu qu'elle ne savait pas. Alors, ils ont parcouru les grandes rues du centre. Elle a regardé les boutiques sans parler. Et puis, un peu plus tard, ils sont entrés dans un salon de thé, où elle a pris des gâteaux et une glace. Jusque-là, ils ne lui avaient posé aucune question. Dans la rue, en marchant, ce n'était pas commode. Et — cela se voyait — elle n'avait pas envie de parler. C'est au salon de thé que Mr Murphy a commencé à l'interroger sur sa vie de pensionnaire. Elle a répondu très normalement. Elle ne se plaignait de rien, mais rien ne lui plaisait particulièrement. Elle donnait l'impression d'une sorte de soumission. On lui a parlé de Kilcrohane, de son frère et de sa sœur, de sa maman. Et l'on n'avait pas encore prononcé le nom d'Aubry. On espérait encore qu'elle le ferait elle-même. Mais comme rien ne venait, Mrs Murphy a pris son courage à deux mains : « Aubry est venu à Saint-Brenan. C'est vrai que tu n'as pas voulu le voir ? »

— Oui, c'est vrai.

— Et pourquoi tu n'as pas voulu ?

— Parce que.

— Parce que quoi ?

Ellynn, murée, n'a pas répondu.

— Enfin, Ellynn, tu as bien une raison ! Dis-la-nous ! Nous devons savoir.

— Je ne veux plus le voir parce qu'il ne m'aime plus.

— Mais comment peux-tu dire ça ?

— Il n'a pas voulu me garder à Mount Auburn. C'est lui qui m'a envoyée à Cork. Et pourtant il m'avait dit que j'irais à l'école à Kilcrohane. Et puis, il y a une dame qui habite à Mount Auburn.

— Mais la dame est repartie.

— Elle était là quand je suis venue.

Et l'on n'a rien pu tirer d'autre d'elle. Absolument rien. Elle est restée ensuite muette. On n'a même pas pu la faire parler d'autre chose. Ah, ce n'était pas gai. On l'a ramenée à l'institution. Ils l'ont embrassée, elle n'a pas pleuré en les quittant. Elle n'a d'ailleurs pleuré à aucun moment. Elle les a remerciés d'être venus. On ne peut pas dire qu'elle avait l'air malheureuse de rester. Elle paraissait plutôt indifférente. Au moment où ils devaient signer la feuille de sortie, la sœur tourière leur a fait savoir que la dame censeur désirait leur parler. Ils ont donc vu cette personne qui leur a posé des questions sur Aubry. Ils sont bien obligés de lui en rendre compte. Qui était ce Mr Clark ? Comment avait-il connu la mère d'Ellynn ? Est-ce que... et ici la dame a fait des insinuations qu'ils n'ont pas du tout appréciées sur la conduite d'Aubry avec Martha, et peut-être même avec Ellynn. Ah, ils étaient indignés. Et, bien sûr, ils ont dit tout le bien qu'ils pensaient de lui. Mais ils ne pouvaient pas expliquer qu'Ellynn s'était réfugiée chez lui, et qu'il l'avait recueillie malgré lui pour s'en occuper par la suite comme un père. Non, ils ne pouvaient pas. Elle n'aurait pas compris comment la mère avait confié sa fille à Aubry. La vérité était toute simple, mais — il fallait l'admettre — les apparences étaient contre lui. Et puis des méchantes langues avaient dû répandre leur bave à Saint-Brenan.

Ah, il faut qu'on ajoute... c'est bien dur à entendre pour lui : elles l'ont rayé comme correspondant, puisque Ellynn refuse de le voir.

Aubry a écouté sans interrompre. Au fond, il n'a rien appris, car il savait pourquoi Ellynn lui en voulait (toujours, avec elle, ce verbe vouloir !). Il savait aussi les vilaines raisons qu'avaient les religieuses de le suspecter. Et Ellynn n'a pas tout révélé aux Murphy. Elle n'a pas parlé de sa poupée qu'il avait retirée du coin du feu pour la mettre dans un placard. Ce qu'il ne savait pas, c'était la persistance d'Ellynn dans son rejet, cette violence de ce qu'il se refuse à appeler rancune. Il préfère penser qu'elle est encore sous le coup de son émotion, soumise à un choc affectif qui se traduit par un chagrin révolté. Ce qu'il ignorait aussi, c'était qu'on ne voulait plus de lui comme correspondant d'Ellynn.

Il demeure quelques instants prostré. Puis, se levant, il remercie Mr et Mrs Murphy d'avoir sacrifié leur dimanche à cette démarche. Ils l'invitent à passer la soirée avec eux. Mais il prend congé, pressé de retrouver Martha et de lui raconter la journée d'Ellynn comme si, de le faire, pouvait lui donner l'illusion d'y avoir participé. Il dit simplement aux Murphy :

— Tout ce que je demande, c'est qu'elle soit heureuse.

Mr Murphy, croyant le rasséréner :

— Elle n'a jamais été aussi heureuse que chez vous !

Aubry, avec un sourire de triste ironie :

— C'est justement ce qui la rend malheureuse maintenant.

Et Mrs Murphy, mieux inspirée :

— Elle peut encore changer.

Si elle changeait, pense-t-il, en remontant vers la maison du lac, qu'est-ce qui se passerait ? Tout serait-il plus simple, ou plus compliqué ? Il ne peut répondre. Seul son chagrin à lui, son chagrin d'aujourd'hui, est sûr, son chagrin qui, à la différence de celui d'Ellynn, ne contient aucune révolte : rien qu'une blessure vive dont il ne peut accuser personne, sinon lui-même.

Martha, à son tour, a écouté le récit d'Aubry sans intervenir. Il l'achève par ces mots : « Et voilà », qu'il n'accompagne d'aucun commentaire.

— Oui, dit Martha, voilà comment elle est, cette petite ! Invivable, et pas seulement rancunière. Elle ramène tout à elle, il faut que l'on ne fasse que ce qu'elle veut et quand on ne veut pas, alors c'est le drame !

Ces mots cruels ne lui ont pas échappé, elle les a prononcés avec force, mais posément. Aubry ne les accepte pas. Il prend la défense d'Ellynn. Mais c'est surtout la défense de ce qui l'attache à Ellynn, de ce qui les a attachés l'un à l'autre. Non ! Que Martha ne compare pas les rapports entre elle et sa fille avec ceux qu'Ellynn a eus avec lui ! Ellynn, en ce moment, ne se révolte pas parce qu'il la force à faire ce qu'elle refuse (les apparences pourraient le laisser croire), elle se sent atteinte dans tout son être parce qu'elle n'a plus confiance en lui. Elle ne pouvait pas lui donner davantage, elle lui était entièrement livrée, sans la moindre défense. Sa vulnérabilité expliquait son bonheur à vivre avec lui, parce qu'il était celui qui ne pouvait que la protéger. Et lui, il avait tout caché, tout repris à Ellynn, même sa poupée.

Bien sûr, il parle avec les mots d'un adulte, et encore n'a-t-il pas été jusqu'au bout de son expression, car il aurait dû employer le mot foi, plutôt que celui de confiance. Il n'a rien dit de tout cela à Martha. Il lui a simplement reproché, et très durement, de trouver une nouvelle occasion pour justifier ses impatiences et ses violences vis-à-vis de sa fille.

Et alors, Martha, redevenant celle qui avait transmis à Ellynn son sang de rebelle, jette à la face d'Aubry :

— Mais qu'est-ce qu'elle a donc cette petite pour vous avoir envoûté ! Vous la défendez comme si elle était...

Elle s'arrête net, à la limite des mots qu'elle n'ose pas prononcer.

Aubry, se redressant, sur le ton du défi :

— Comme si elle était ?... Allez, dites-le !

Et Martha, le regardant droit dans les yeux, avec l'air de quelqu'un qui pense : Eh bien, c'est vous qui l'aurez voulu :

— Vous la défendez comme si vous l'aimiez !

Elle a dit cela, sans hausser le ton, d'une voix ferme, impitoyable. Aubry ne répond rien. Il se lève, à la façon d'un automate, le visage figé, lentement il se dirige vers la porte. Martha le regarde, comme stupéfiée par ses propres paroles. Il ouvre la porte, la laisse ouverte et se perd dans la nuit. Alors Martha se précipite vers le seuil :

— Aubry, Aubry !

Elle l'appelle mais elle ne cherche pas à le rattraper. Il ne l'entend pas, il ne veut pas l'entendre. Elle rentre et s'effondre sur une chaise, la tête dans les mains.

Mr Murphy, quelques jours après ce dimanche, a reçu un appel téléphonique de la dame censeur de Saint-Brenan. Elle lui a dit qu'Ellynn l'inquiétait par son attitude : elle était très obéissante mais ne participait à aucun jeu, et elle avait refusé d'aller à Kilcrohane pour la grande sortie du mois. La supérieure estimait qu'il ne fallait pas la contrarier, mais, en revanche, elle demandait à sa mère, accompagnée de son frère et de sa sœur, de venir la voir.

Aubry, au fond, a été soulagé en apprenant cela, parce qu'Ellynn n'aurait sûrement pas voulu retourner à Mount Auburn. Martha l'a été, elle aussi, car elle appréhendait le moment où Ellynn aurait été contrainte de revenir chez elle. Quant à Mr et Mrs Murphy, ils croient qu'avec le temps les raisons du refus d'Ellynn vont s'atténuer et qu'il vaut mieux ne pas brusquer les choses. Tout le monde est donc d'accord. Reste à savoir comment Martha ira à Cork. Le dimanche, précisément, il n'y a pas de service d'autocar. Et l'on ne peut pas demander au ménage Murphy de redonner une de ses journées de repos. Aubry pourrait être le chauffeur. Il y songe tout de suite. Il n'a pas revu Martha depuis la soirée de leur affrontement. Mais elle a déposé à sa porte un sac de légumes avec ce message : « J'espère que vous avez oublié. » « Ce serait le meilleur moyen de m'en faire souvenir », a-t-il pensé, mais le geste de Martha, dans sa bonne volonté maladroite, l'a touché. D'ailleurs est-il aussi maladroit qu'il y paraît ? Martha n'a pas écrit : « J'espère que vous avez pardonné », elle est trop fière pour cela, et ç'aurait été admettre qu'elle avait fait quelque chose de blâmable. Elle n'a pas exprimé non plus de regrets. Ç'aurait été reconnaître la nature fâcheuse de ce qu'elle a dit. Elle espère qu'il a oublié, aussi bien les propos de l'un que ceux de l'autre. L'oubli, dans la circonstance, serait la meilleure façon de renouer.

Le geste de Martha aurait pu être un geste d'Ellynn. Mais, tout instinctive que soit Martha, donc proche des réactions de l'enfant, elle a employé une formule d'adulte. Ellynn n'aurait pas dit : « J'espère que vous avez oublié. » Cette notion d'oubli appliquée à l'espérance est d'un adulte, comme l'est celle de regret. Un enfant oublie, sans songer qu'il oublie. Il regrette mais n'exprime pas le regret. Ellynn aurait pu dire : « Je vous demande pardon » et non « Pardonnez-moi », ce qui dans la bouche d'une petite fille n'a pas du tout la même résonance que dans celle d'une femme.

Aubry n'en finit plus de tout ramener à Ellynn, mais comment pourrait-il en être autrement, alors que tout à Mount Auburn, tout dans sa vie irlandaise lui rappelle une existence et une absence qu'il ne peut pas plus assumer l'une que l'autre. La phrase de Martha qui l'a bouleversé, et choqué, il l'a rapprochée d'une réflexion d'Édith. Mais avait-il besoin d'elle pour être éclairé ? Oui, sans doute, parce qu'il ne voulait pas s'appesantir sur la nature de ses sentiments. Il s'était comporté comme un enfant qui se contente de respirer, de sentir sans rien analyser, à la façon d'Ellynn. Et c'était peut-être cela qui avait rendu — il ne sait jamais quels mots employer — leur vie à deux si harmonieuse, si équilibrée : ils étaient bien ensemble, tout simplement. Ellynn avait chassé, anéanti, le besoin de tout justifier qui d'habitude ne le quittait pas. Il s'était mis à son diapason. Elle lui avait rendu l'innocence de l'enfance. Et voilà pourquoi il ne supportait pas les insinuations qui mettaient en doute cette pureté, qui détruisaient l'image d'un bonheur transparent et pourtant si profond. Mais il devait l'admettre : il avait pu donner les apparences d'une matière moins limpide. Comment aurait-il expliqué, avec des chances d'être cru, qu'il était redevenu enfant auprès de cette enfant, au moment où il découvrait les devoirs d'un père adoptif et se transformait en éducateur ? Cependant, il ne fallait pas exagérer la portée des phrases d'Édith et de Martha. Chacune à sa manière avait eu une réaction de femme jalouse.

Oh, ce regard de Martha lui lançant au visage : « Vous la défendez comme si vous l'aimiez ! » Il y avait décelé la violence d'Ellynn, et cette impossibilité de mentir qui donnait tant de prix à sa confiance en ne rendant pas toujours les relations faciles. Martha avait vu juste. Il défendait Ellynn parce qu'il l'aimait. Restait à ne mettre dans ce mot, l'appliquant à l'enfant, que ce qu'il contenait. Mais le pouvait-il ? Sûrement pas. Il n'était capable que de constater son impuissance à définir, et son refus d'essayer de le faire.

Il n'en veut pas à Martha d'une franchise qui, sur le coup, l'a bouleversé. Au fond, personne ne comprend mieux qu'elle son désarroi. Il s'est surpris parfois, devant ce corps robuste, à le considérer avec affection, à subir son attirance comme étant celui qui avait porté Ellynn en ses flancs, qui l'avait nourrie de sa substance et qui lui avait transmis son appétit de vivre et sa peur de la vie, une âme prête sans cesse à se soumettre ou à se révolter. Que serait-il advenu de ses rapports avec Martha si Ellynn n'avait pas existé ? Jusqu'à ce jour, il ne s'est pas posé la question, mais il est sûr que Martha l'a fait. Cela ne lui a pas déplu. Il ne tenait qu'à lui de garder ses distances. Et il a su gré à Martha de n'avoir pas été coquette avec lui, tout en manifestant une attention très féminine.

C'est pourquoi il a accueilli avec empressement le cadeau de réconciliation. Et c'est d'un pas décidé qu'il monte à la maison du lac pour proposer à Martha de la conduire à Cork avec ses enfants. Ils se saluent comme si rien ne s'était passé entre eux. Ils veulent, aussi sincèrement l'un que l'autre, effacer les mots échangés. Ils auront beau faire, ils les portent en eux et les porteront longtemps, non comme un poids mais comme le souvenir d'un soulagement parce que, grâce à eux, ils se sont démasqués l'un l'autre.

Aubry prévient Martha qu'il ne se charge que d'être son chauffeur. Il ne saurait être question pour lui de participer à la promenade avec les enfants. Il est convenu qu'on ne dira pas à Ellynn que c'est lui qui les a conduits à Cork. On doit prévoir toutes ses réactions : elle peut refuser de voir Aubry, mais être peinée de savoir qu'il a accompagné sa mère sans vouloir la rencontrer (comme Aubry en serait réconforté ! Mais il garde ce sentiment pour lui).

Dans la voiture, Martha se place à côté d'Aubry. John et Priscilla sont derrière, qui découvrent le monde en allant à Cork. Aubry n'a pas le courage de leur répéter tout ce qu'il a dit à Ellynn lorsqu'il l'y a emmenée pour la première fois. Ils sont très excités, parlent sans arrêt, remuent trop, se font rabrouer par leur mère... Aubry a l'impression que ce doit être ça, le dimanche, une sortie de famille...

Il dépose ses passagers près de l'institution, et il est prévu qu'il les y reprendra à l'heure de la rentrée la plus tardive. En attendant, comment va-t-il s'occuper ? Errer dans les rues ? Il sera tenté de passer par celles qu'il a parcourues avec Ellynn, et il risque, si elle exprime le même désir qu'avec Mr Murphy, de la rencontrer. Le centre de Cork n'est pas si grand. Il décide d'aller au cinéma, mais pas au premier cinéma venu. Il passe devant ceux qu'il connaît pour faire son choix. On peut avoir beaucoup de chagrin et ne pas accepter de perdre son temps. Cette difficulté qu'il a, en cette période, à ne pas laisser ses heures se consumer, s'ajoute à sa peine et l'atteint en profondeur comme le ralentissement de ce qu'il appelle son flux vital. Le « flux vital », une bien sentencieuse expression de ce que j'éprouve, se dit-il. Et pourtant, il doit l'admettre, il est perturbé au point de ne plus pouvoir peindre depuis le jour où Ellynn a paru et disparu à Mount Auburn. C'est cela exactement, être désœuvré.

Il va donc au cinéma qui lui propose le film le moins insignifiant. Ensuite, il se rend dans un pub, et surtout pas dans le salon de thé où il a emmené Ellynn. Ayant absorbé beaucoup de bruit, de fumée et trois pintes de lager beer, il retourne à Saint-Brenan, non sans avoir pris soin d'arriver un peu après l'heure de la rentrée pour être sûr de ne pas être vu d'Ellynn (pour être sûr aussi de ne pas la voir, car l'absence est moins dure que la présence refusée). Martha et les deux enfants l'attendent déjà dans la rue voisine dont on a convenu. Et, dès le démarrage, Martha lui raconte son emploi du temps. Ellynn a paru très contente de revoir son frère et sa sœur.

— Nous aussi ! crie John, rappelant ainsi opportunément à sa mère que toutes les paroles qu'elle prononcera seront entendues. Cela explique les précautions avec lesquelles elle s'exprimera. Ils sont allés se promener en ville. Ellynn a souhaité les conduire jusqu'à une place où elle avait vu un manège, pour y monter avec son frère et sa sœur. C'était près du port. On ne l'a pas trouvé. Sans doute le manège avait-il été démonté, mais on en a trouvé un autre ailleurs. Et les trois enfants se sont bien amusés.

Aubry l'interrompt ici pour lui demander si Ellynn a dit que c'était avec lui qu'elle avait découvert le manège.

— Non, répond Martha.

Ensuite ils sont allés dans la rue principale de Cork, et Ellynn a montré à John et Priscilla le magasin où elle était allée faire des courses.

— A-t-elle dit que c'était avec moi ? interroge de nouveau Aubry.

— Non, répond encore Martha.

À ce moment, John, tout oreilles, s'écrie :

— Moi, j'ai dit à Ellynn que c'était Aubry qui nous avait menés en auto.

Aubry, à la fois très contrarié et intéressé, s'adressant à Martha :

— Et alors ?

— Elle n'a rien dit.

— Je pense que la suite est du même style. Vous êtes allés dans un salon de thé, les enfants ont demandé des glaces.

— Oui, avec de la limonade, dit John.

— Le salon de thé s'appelle le Glendore, n'est-ce pas ?

— Oui, répond Martha.

Aubry se tait. Martha n'ose pas reprendre la parole. Les enfants se sont endormis. Le silence dure longtemps. Soudain, Aubry, comme s'il continuait la conversation :

— Et avec vous, comment cela s'est-il passé ?

— Très bien.

— Elle a été affectueuse ?

— Oui.

— Quand vous l'avez quittée, comment était-elle ?

— Normale.

— Elle ne vous a pas dit qu'elle voulait revenir à Kilcrohane ?

— Non.

— Vous a-t-elle demandé des nouvelles de Mount Auburn ?

— Oui.

— Quel genre de nouvelles ?

— Comment vont les chiens, les chats, les fleurs ?...

Martha ne veut pas travestir quoi que ce soit. Elle

a raison, pense Aubry, mais quelle cruauté ! La fin du trajet se passe dans un silence absolu. À l'arrière on dort toujours. À l'avant, celui qui conduit médite, la passagère aussi. Elle sent qu'Aubry a beaucoup de peine. Elle pose sa main sur un genou qui ne fait rien pour se dérober, elle appuie un peu son épaule sur une épaule qui lui rend sa pression. À Mount Auburn, Priscilla est si fatiguée que Martha devra la porter dans ses bras jusqu'à la maison du lac. John tient Aubry par la main et pleurniche.

Martha, sur le seuil de sa porte :

— Je ne vous propose pas de passer la soirée ici. Je pense que vous en avez assez de cette famille...

— Merci, Martha. Ce sera pour une autre fois. Maintenant, c'est vrai, j'ai besoin d'être seul.

Le visage attentif de Martha lui sourit avec une tendre gravité :

— Je vous comprends, Aubry. Je voudrais pouvoir vous aider. Tout ce qui vous arrive, c'est à cause de moi.

— Mais non, Martha, c'est à cause de la vie.

Il l'embrasse brusquement sur le front, et s'en va. Elle effleure de la main l'endroit où le baiser s'est posé, comme si elle cherchait à prolonger la sensation.

Oui, ce soir, Aubry a besoin d'être seul, non pour se morfondre avec complaisance dans son marasme, mais pour aller jusqu'au fond de sa solitude, pour en définir sans tricherie la nature. Alors, il saura ce que doit être sa décision, car, jusqu'à présent, il n'a été préoccupé que de la décision d'Ellynn, suspendu à cette décision. Plus dépendant que jamais au moment où il prétendait recouvrer sa liberté. Est-ce que sa solitude, transformée en esseulement par le départ d'Ellynn, n'a pas atteint aujourd'hui un autre stade, définitif celui-là, l'abandon ? Abandonné par elle, il a éprouvé qu'il l'était en écoutant Martha raconter sa journée. Il est vrai qu'Ellynn est encore imprégnée de souvenirs communs. Elle a voulu retrouver le manège qu'il lui avait fait découvrir, elle a montré le magasin où il avait acheté ses vêtements, elle est retournée dans « leur » salon de thé. Mais cela ne signifie-t-il pas qu'elle a dépouillé ces lieux de tout lien avec lui, qu'elle ne les considère plus que comme des décors qui font partie de son jeune passé ? Tout va si vite à cet âge : les goûts et les dégoûts, les élans et les répulsions, et si différemment, car la durée n'est pas la même. Pour Ellynn, sans doute le temps qu'elle a passé à Mount Auburn a-t-il été très long, correspond-il à des années d'adulte. Alors que lui, il a tout juste perçu l'instant de la saveur, peut-être en avait-elle assez? Mais non, au contraire, il lui en fallait encore. Ce qu'elle lui reproche, c'est de l'avoir abandonnée. Et voilà que maintenant il l'accuse, elle, d'abandon. De toute façon, le mot s'impose. Ellynn se sent abandonnée alors qu'elle ne l'est pas. Et lui aussi, qui ne l'a pas été. Ils ont été liés tous les deux par ce qu'on pourrait appeler la chance de l'accident heureux et cette chance les a abandonnés, les accidents malheureux se sont produits.

Édith était à Mount Auburn le jour où il ne fallait surtout pas qu'elle y fût, le jour où Ellynn, malgré sa rancœur d'être mise en pension, avait voulu revenir à leur maison, lui revenir. Il la voit encore se précipiter dans la salle en lui tendant les bras : « Oui, c'est moi ! » Et le brusque arrêt du corps à la vue d'Édith. Et le visage qui se ferme d'un seul coup pour ne plus se rouvrir, les seules paroles désormais prononcées, celles du refus. Et le pire, oui le pire, car tout n'était peut-être pas encore irrémédiable, le regard sur le fauteuil au coin du feu. La poupée disparue. L'infidélité consommée.

L'infidélité, il n'a pas pu éviter le mot du couple. Et maintenant, ce sont les allusions virulentes de Martha et d'Édith qui l'assaillent et le taraudent avec les insinuations des sœurs de Saint-Brenan et certaines réflexions, certains sourires des habitants de Kilcrohane.

Pendant une semaine, il va prolonger sa solitude absolue pour mieux voir en lui, à travers toutes les ombres qui soudain se sont abattues sur la plus belle clairière de sa vie. Certaines de ces ombres constituent l'inévitable accompagnement du soleil dans la sincérité des êtres, et les autres, celles qu'on pourrait éviter, ne sont que les noires nuées de l'hypocrisie et de la méchanceté. Il ne se force pas à travailler dans son atelier, il essaie de passer le moins de temps possible chez lui, réussit à se coucher très tôt pour éviter les soirées et à dormir vite en s'aidant de somnifères. Ce sera une semaine de méditation dans la nature, quel que soit le temps.

Un jour, il commence sa promenade par le petit lac qui se situe sur l'autre versant de la colline, comme un double lac auprès duquel Martha habite, tout proche mais très isolé. Aucun chemin n'y mène. Il faut tracer son sentier soi-même pour l'atteindre parmi les fougères puis les joncs. Ce lac a une particularité : il accueille sur l'une de ses faces les linaigrettes, plantes à tiges grêles porteuses d'un flocon blanc qui ressemble à du coton, mais aéré, échevelé, translucide, du coton pour doigts de fée. Aubry veut en cueillir un bouquet parce que ces fleurs se conservent très longtemps comme les bruyères. Et celles-là, il se les donnera. Elles n'auront pas d'histoire, pas de secret. Elles ne représenteront que son désir, sa liberté. Près de la berge, il aperçoit parmi les roseaux quelque chose qui pourrait être un oiseau immobile cherchant à se dissimuler. Il frappe dans ses mains, l'oiseau ne s'envole pas. Intrigué, il se rapproche, et découvre immergée, coincée entre des tiges de joncs, la poupée d'Ellynn. Muni de bottes, il l'atteint facilement et la saisit. Elle est en matière plastique, elle a donc peu souffert. Sous la robe de rayonne rouge endommagée, le corps est intact, comme le sont les traits du visage. Mais la teinte rose des joues s'est altérée et, lorsqu'on penche la tête en arrière, les yeux ne se ferment plus. La poupée morte gardera les yeux ouverts.

Aubry n'est pas effleuré par l'idée de la laisser là où il l'a découverte. Il interrompt sa promenade et la rapporte aussitôt chez lui, sans plus songer à cueillir un bouquet.

Ainsi Ellynn, en se sauvant de Mount Auburn, et avant d'aller chez Martha, avait fait un détour par ce lac pour y noyer Betty, sa poupée. Elle ne voulait plus la confier à Aubry et refusait de la donner à sa mère. Elle ne pouvait pas la jeter n'importe où, car elle ne cherchait pas à s'en débarrasser. Il fallait un geste qui fût un achèvement, un geste rituel signifiant, à ses yeux, une disparition, un geste qui deviendrait son secret non partagé. Elle ne voulait pas, elle, abandonner sa poupée et, pour ne pas l'abandonner, elle n'avait pas d'autre moyen que de la faire mourir.

Aubry retire la robe déchirée, nettoie le petit corps avec des gestes doux, l'enveloppe dans un foulard qu'aimait à porter Ellynn, et le dépose sur la chaise au coin du feu. Maintenant sa décision est prise.

Il en informe d'abord Mr et Mrs Murphy qui ne peuvent y croire.

— Même sans cette crise avec Ellynn, explique-t-il, il aurait fallu un jour que je m'en aille, à cause d'elle. Je dis bien, à cause d'elle, pas par sa faute. Je n'aurais pu continuer à la faire habiter chez moi, ne fût-ce que le temps des vacances. Une petite fille devient vite une jeune fille. De toute façon elle reviendra à Kilcrohane. Elle y sera obligée. Et je ne supporterais pas de la savoir tout près de moi, refusant de me voir, car il faudra bien qu'elle retourne chez sa mère.

— Oh, ce ne sera pas facile !

— Ce sera plus facile, précisément, si je ne suis plus là. Pour elle et aussi pour Martha. Et si elle changeait d'attitude à mon égard, ce que je ne crois pas, quelle réadaptation malaisée, quelle complication avec les religieuses de Saint-Brenan qui apprendraient sûrement que je continue à l'accueillir chez moi, alors qu'elles m'ont voué aux enfers. Elles seraient capables de ne pas vouloir la garder comme pensionnaire.

— Ah, dit alors Mr Murphy qui se sent responsable de l'inscription d'Ellynn, ce ne serait pas impossible. Très fâcheux, mais pas impossible.

— D'autre part, ma vie personnelle se prête mal à cette tutelle permanente, vous comprenez.

— Bien sûr, nous comprenons, dit Mrs Murphy, de l'air de quelqu'un qui peut imaginer tout ce que contient cette confidence.

Les vraies raisons de son départ ne seront connues que de Mr et Mrs Murphy et de Martha. Pour les autres, il aura été obligé de regagner l'Angleterre par suite de circonstances imprévisibles qu'on n'aura pas besoin d'indiquer. À Édith, il expliquera qu'après une période de création intense due au bénéfice du changement, il a senti son ardeur retomber, et qu'il est tout de même trop isolé des milieux artistiques. Il gardera la maison pour de possibles vacances, mais il renonce à y vivre. Il ne parlera pas d'Ellynn. La seule personne qui sache exactement pourquoi il veut fuir, c'est lui. Et encore rien qu'une partie de lui-même, celle qui peut passer aux aveux complets dans la plus étanche cellule de son être. Bien sûr, tous les motifs invoqués devant Mr et Mrs Murphy sont vrais, mais ce qui a provoqué sa décision, ce qui l'a rendue irrévocable, c'est la certitude de la rupture avec Ellynn, et la certitude aussi qu'il sera incapable de supporter de vivre sans elle à Mount Auburn.

Il doit maintenant prévenir Martha. Il passe la voir très tôt, le matin, au départ d'une marche qu'il veut faire jusqu'à la pointe extrême de la péninsule où il n'a jamais emmené personne. Il en profitera pour saluer le Baron au passage. Martha, qui achève sa toilette, est en train de se coiffer. Aubry remarque — maintenant que les cheveux d'Ellynn sont rassemblés en natte — combien la forme du visage de sa mère rappelle la sienne. (Il n'a pas pensé l'inverse : la forme du visage d'Ellynn rappelle celle de sa mère...)

Tandis que Martha s'active pour lui préparer un café, il se demande, l'observant, comment le corps d'Ellynn deviendra celui d'une femme. Elle aura des attaches plus fines que sa mère, elle sera moins grande, moins charpentée, mais toutes les deux ont en commun une souplesse de mouvement liée à celle du regard, une tension intérieure qui se traduit par des gestes à la fois prompts et réfléchis avec, dans les moments de grande émotion, une soudaine immobilité des yeux où se révèle l'angoisse. Aubry, lorsqu'il apprend à Martha qu'il va quitter l'Irlande, provoque en elle un suspens de tout son être et ce regard qui se fige, comme celui d'une bête traquée, éblouie.

— Non, ce n'est pas vrai, Aubry. Vous n'allez pas partir ! Vous plaisantez !

— Si, c'est vrai, Martha, je rentre en Angleterre.

— Mais pourquoi ? Vous m'avez dit un jour : j'aime assez Mount Auburn pour désirer y mourir.

— Eh bien, j'ai trop aimé Mount Auburn pour continuer à y vivre. Vous devriez comprendre mes raisons mieux que n'importe qui, Martha.

— Ah, c'est elle qui vous fait partir ! Toujours elle qui gâche tout, qui empoisonne le monde !

— Je vous en prie, Martha, ne recommencez pas !

— C'est vrai, j'allais oublier, il ne faut pas y toucher ! Elle vous fait du mal, elle vous force à vous en aller, mais on n'a pas le droit de dire ce qu'on pense.

— Martha, calmez-vous !

Il lui tient les deux bras, la regarde bien en face.

— Excusez-moi, Aubry. Je ne devrais pas être comme ça. Je devrais me dire : il en a assez de toutes ces histoires. Et puisque Ellynn se détache de lui, puisque seule elle compte, il a bien raison de s'en aller !

Aubry pourrait répondre : « Mais non, voyons, vous savez bien que vous comptez aussi pour moi ! » Et ce ne serait pas un mensonge. Mais il veut éviter jusqu'au bout de donner un rôle à cette femme volontaire qui risquerait, sinon d'entraver son projet de départ, du moins de le retarder. Or, maintenant qu'il a pris sa décision, il a hâte de mettre de la distance entre lui et ce qu'il a vécu ici. Il prend donc le parti de ne pas faire écho à ce que vient de dire Martha, même s'il en est ému. Il lève les bras pour exprimer l'inutilité d'avoir à se justifier :

— Je vous reverrai tout à l'heure en rentrant. Si vous le voulez bien.

Il ajoute cette dernière petite phrase pour ne pas

donner l'impression à Martha qu'il la croit à sa disposition. Martha sourit tristement :

— Bien sûr, je vous attendrai.

Aubry s'en va, il marche d'un pas mesuré, appuyé, comme s'il voulait donner aussi à ses pieds le souvenir de ce sol où l'on passe brusquement de la dureté des rocs à la douceur des herbes rases, puis au moelleux des bruyères denses mêlées d'ajoncs nains dont on perçoit sous la botte l'élasticité et les griffes. Il emprunte les sentiers des moutons qui ressemblent à des traînées de ruisseaux secs, et qui redeviennent ruisseaux quand il pleut. Dick et Moby suivent leurs propres chemins, le nez au vent, s'écartent du maître, puis se retournent par moments afin de s'assurer qu'il est toujours là.

Oui, il est toujours là, mais plus pour longtemps. Il les regarde courir devant lui. Ils sont heureux parce qu'ils ne savent pas.

Le Baron le voit venir de loin et le salue avec sa canne. Aubry lui annonce son départ. Le Baron hoche la tête :

— Je me disais : voilà un homme qui aime le pays, et pas comme les autres, pas en touriste.

Il s'arrête quelques secondes, puis :

— Il faut que ça soit grave pour que vous nous quittiez ?

— Oui. Je ne peux pas faire autrement.

Aubry se tait, ému de ce que le berger ait dit : « pour que vous nous quittiez » et non « pour que vous partiez ».

— Je tâcherai de revenir. Mais ce ne sera plus qu'à l'occasion de mes vacances.

— Alors, vous gardez votre maison ?

— Oui, bien sûr.

L'idée de la vendre n'est même jamais venue à Aubry.

— Une maison ça se quitte. Mais des bêtes ! Les vôtres, qu'est-ce qu'elles vont devenir ?

— C'est bien ce qui me tourmente. Je ne peux pas les emmener. Il faudra que je les donne à des amis.

Et le Baron, dans une de ces sentences dont il a le secret, terriblement cruel sans vouloir l'être :

— Monsieur Clark, est-ce qu'on peut dire qu'on donne ce qu'on ne peut plus garder ?

— Oui, vous avez raison. Celui qui donne, c'est celui qui recueille ! Mais je suis sûr de trouver des gens généreux qui accepteront de s'en charger.

— Moi, je vous prendrais bien une bête. Pas de chien ni de chat. J'en ai déjà. Et ici, les vôtres ne seraient pas heureux. Car il ne faut pas croire que les animaux domestiques ne font pas attention au décor ! Il y a ceux qui aiment la nature, et ceux qui aiment les maisons.

— Ils aiment souvent les deux à la fois.

— Ils aiment d'abord leur maître, et le décor passe après. Vous devrez trouver des personnes qui leur donneront de l'amitié... Ah, voyons... je vous disais donc que je prendrais bien une de vos bêtes, à supposer qu'elle accepte de rester avec moi : votre corbeau. Ici, il me semble qu'il ne se déplairait pas. Dans les ruines du château, il pourrait trouver à se loger. Les mouettes, ça vient vous manger presque dans la main, mais ça n'est pas fidèle. Le corbeau, lui, on dirait qu'il est de la famille.

Ils conviennent que le Baron ira chercher Nestor tout de suite après le départ d'Aubry.

— Il faudra que je l'attrape, dit le berger, et que je le mette dans une cage pour l'emporter. Je ne vous garantis pas qu'il ne reviendra pas à Mount Auburn.

La vision de Nestor perché sur le toit de sa maison fermée, ne comprenant rien à cette absence du nourrisseur, du chef de famille, fait mal à Aubry.

Il marche, il marche. Il ne veut sentir que son corps qui se suffit de l'instant pour y trouver son plaisir, qui participe à cette brise, à cette odeur de terre humide, à ces couleurs d'ardoise brillante et de verdure sourde que le bleu foncé de l'océan enveloppe. Il atteint l'extrémité de la péninsule, là où la pointe des terres se prolonge en une ligne d'écueils qui, par le plus beau temps, provoquent l'éclaboussement des vagues, tandis que la brise devient souffle violent. Car cette proue pétrifiée est exposée sur toutes ses faces, rien ne s'y interpose entre la mer et ce qui l'affronte. Plus la moindre végétation. Les dalles lisses refusent la terre. Le roc érodé de vent rejoint le roc limé par l'eau avec, comme seule frontière, un changement de teinte, beige pour la mer, grise pour le vent. On est dans la vérité du minéral et de l'air, à l'aplomb de l'impénétrable.

Aubry reste longtemps assis face à ce qui n'est plus un paysage mais un spectacle nourri autant de certitudes que d'impossibles réponses, et il essaie d'en garder les traits et les tons, les douceurs et les violences, les évidences et les secrets sur son carnet.

Il est plus facile de prendre congé de la nature que des êtres. Martha en fin de journée attend Aubry qui désire justement l'entretenir du sort de ses bêtes. Jusqu'à présent, elle n'a possédé que des animaux « utiles » : cheval, âne, lapins... Elle n'a donc pas eu de chien pour se protéger, puisque dans ce pays on ne voit pas l'utilité d'un chien de garde. On ne trouverait sûrement à acheter dans aucun magasin de Cork l'écriteau « ATTENTION, CHIEN MÉCHANT ». Mis à part les chiens de berger, pas plus agressifs que leurs maîtres, les chiens ici ne sont que de compagnie, de bonne compagnie. On n'en a que pour le plaisir. Ceux qui les aiment ne les enchaînent pas à leur porte. Martha n'a donc jamais eu de chien, car, comme disait Ellynn : « Maman trouve que ça fait assez de monde comme ça à nourrir. » Mais aujourd'hui elle souhaite recueillir Dick et Moby.

— On ne peut pas les séparer, dit-elle. Ils en mourraient de chagrin. Ici ils ne seront pas dépaysés. Ils iront se promener vers votre maison. Ils me connaissent ainsi que les enfants. Mais surtout, ils connaissent et ils aiment Ellynn.

Aubry ne cherche pas à savoir si Martha veut adopter les chiens à cause de lui, ou à cause d'Ellynn. Mettons que ce soit pour eux deux. Il lui serait encore plus reconnaissant si c'était d'abord pour Ellynn. Mais quand Martha pense au plaisir d'Ellynn, n'est-ce pas comme si elle pensait d'abord à lui ?

— Ah, je suis soulagé ! Je craignais tellement de ne pas pouvoir les donner à la même personne et de les condamner à vivre loin de Mount Auburn. Ils seront heureux chez vous, j'en suis sûr.

Il regarde où sont les chiens. Il a toujours le réflexe, quand il parle du destin des bêtes, de ne pas le faire devant elles. Comme Martha a remarqué son mouvement, il s'en explique, et il raconte qu'étant enfant, il avait été très choqué parce qu'une amie de sa mère qui possédait un chat vieux et malade disait en le caressant : « Oh, il n'en a plus pour longtemps, le pauvre chéri ! » Peut-être que de tels propos avaient accéléré sa fin.

Dick et Moby jouent avec les enfants dehors. Martha :

— Vous pensez qu'ils seront heureux ici mais je suis sûre que vous leur manquerez.

— Oui, quelques jours. Ensuite, comme ils seront bien traités, je veux dire comme vous leur donnerez autre chose que leur pâtée, ils ne me chercheront plus. Quand ils me reverront, ils seront joyeux, car ils se ressouviendront alors de moi. Et peut-être, ingrats à votre égard, auront-ils envie de me suivre à Mount Auburn. Mais entre-temps...

— À croire que vous avez eu les confidences d'un chien !

— Les chiens, comme les enfants, ne vivent que dans l'immédiat. Pas les enfants de l'âge d'Ellynn, bien sûr. D'ailleurs, Ellynn est portée par sa nature à vivre avec ce qu'elle a vécu et tout ce qu'elle imagine qu'elle vivra.

— Elle n'est pas seule à imaginer !

Aubry n'entend pas Martha. On dirait qu'il pense à haute voix :

— Et cependant, elle n'a pas une exacte notion du temps. Je me demande si, en ce moment, à la pension, les jours ont pour elle une autre durée qu'à Mount Auburn.

Il s'arrête, comme s'il poursuivait intérieurement son monologue. Martha, forçant son calme :

— Comment nourrissez-vous vos chiens ?

— C'est Ellynn qui faisait leur pâtée. Elle vous l'indiquera. Bien entendu, je les garderai chez moi jusqu'à mon départ, avec les chats. Si je les confiais à ceux qui les adoptent avant de partir, ils reviendraient à Mount Auburn. Ils y reviendront d'ailleurs probablement. Mais ils ne sauront pas que je les quitte. Ils me verront partir comme d'habitude.

— Ils auront de la chance.

— Comment cela ?

— D'ignorer que vous ne reviendrez pas.

À ce moment, on entend les chiens aboyer, sans hargne, pour saluer une arrivée. C'est Jerry, l'exploitant de tourbe.

Martha explique :

— Depuis qu'Ellynn n'est plus là, j'ai toujours peur que les enfants, malgré mes interdictions, n'aillent jusqu'au lac. Alors, le muret devant la maison, je voudrais qu'il soit haut comme un mur. Et Jerry sait encore faire les vieux murs sans maçonnerie.

Jerry, qui s'est assis près de l'âtre, plaisante :

— Les pierres, ici, on en trouve partout. Mais on ne trouve pas partout quelqu'un qui sait les placer comme il faut.

Martha avait préparé un quatrième couvert. Aubry pensait qu'il lui était destiné. Il l'avait même espéré. Par discrétion, il ne reste pas longtemps. Martha l'accompagne dehors et lui demande la date de son départ.

— Dans quatre jours.

Elle le regarde, comme prise de panique :

— Dans quatre jours vous serez parti !

— Oui, dit Aubry. Quand les choses comme celles-là sont décidées, il faut aller vite.

Il commence à marcher sur le chemin. Martha l'escorte :

— Aubry, moi je ne suis pas comme les chiens, je sais que vous partez !

— Ah, Martha, je suis le premier à savoir que je pars. Ne m'ôtez pas mon courage !

Il accélère le pas. Les chiens gambadent autour de lui. Martha s'immobilise, comme empêtrée dans l'ombre, puis regagne sa maison.

« Il faut aller vite. Mais pourquoi ai-je dit à Martha de ne pas m'ôter mon courage ? C'est par manque de courage que je pars, et je pars comme on fuit. Mais si j'avais le courage de rester, vers quoi me mènerait-il ? Qu'est-ce qu'il me permettrait de réaliser ? Quelle serait tôt ou tard l'issue ? Du courage pour tout compliquer ? C'est de la lucidité qu'il faut. Rien qu'un peu de lucidité. Et que les adieux ne traînent pas. J'ai été dur apparemment avec Martha. Elle m'a ému par son désarroi. Je lui ai répondu en parlant du mien. Pour me défendre. Me défendre de qui, de quoi ? J'avais envie de dîner chez elle. Pour ne pas être seul. Oui, mais aussi pour être avec elle. Je n'aurais pas eu envie de dîner avec Mrs Murphy. En la circonstance, je n'ai pas eu à faire preuve de courage. Je n'avais pas le choix. J'ai dû rentrer à Mount Auburn. La place à table était réservée à un autre. Mais qu'est-ce qui me prend ? Je ne vais tout de même pas être jaloux d'une relation de Martha ! Non, ce n'est pas cela. C'est que j'avais besoin ce soir d'être délivré d'Ellynn, car je ne peux plus supporter d'être seul dans cette maison, au milieu de tout ce qui me dit son absence. »

Aubry essaie de ranger ses idées. C'est moins facile que de ranger des affaires. Il trie celles qu'il emportera, le strict nécessaire : ses toiles, son attirail de peintre, et ses affaires personnelles. Tout ce qu'il a acheté ici doit demeurer. La maison restera meublée, aménagée comme elle l'est. Il ne la louera pas. Il a dit qu'elle serait pour lui une maison de vacances. Mais peut-on prendre ses vacances dans les lieux qu'on a dû quitter parce qu'on y a été trop malheureux après y avoir été trop heureux ? En tout cas, il faudra que bien du temps passe avant qu'il n'y revienne. Et ce sera très mélancolique, qu'il soit en compagnie d'Édith ou sans elle. Sera-ce même supportable ? Il fera entretenir la maison. Il demandera à Martha de s'en charger. Elle acceptera sûrement. Ainsi peut-être Ellynn y reviendra-t-elle, contente de la retrouver, ou complètement indifférente ? À moins qu'elle n'y éprouve du chagrin. C'est ce qu'égoïstement il souhaite. Mais une autre hypothèse le hante : celle où Ellynn ne voudrait plus revenir dans la maison. Que deviendront ses plantations ? À Mount Auburn, un jardin qu'on ne défend pas jour après jour contre les herbes est un jardin perdu. Et Martha n'aura ni le temps ni le goût d'en prendre soin. Mais pourquoi se faire du souci pour les choses qui ne sont que des choses ? Qu'il lui suffise de s'inquiéter de celles qui portent des messages.

Il a fait assez doux ce matin-là pour qu'il se désintéresse du feu. Ellynn, même par beau temps, en allumait un. Pour elle une maison sans feu, ce n'était sans doute pas une vraie maison. Quand il rentre, à la nuit tombée, il n'a pas trouvé cette lueur rose au ras du sol qui lui disait son foyer. Les chats l'attendent sur le seuil. Ils se frottent à ses jambes : ils sont contents de le revoir et ils savent qu'il va leur donner à manger. Moby et Dick savent aussi que leur tour viendra. Ils sont couchés devant la maison. Nestor croasse pour rappeler qu'il existe. Les autres oiseaux existent aussi, qu'il ne faut pas oublier. Il remplira leur mangeoire, car c'est au lever du jour que les habitués affluent, tandis que Nestor, rassasié, dort encore sur une poutre de la grange. Sinon une partie de son temps se passe à interdire son territoire aux passereaux.

Ellynn s'occupait des chiens et des chats, lui de Nestor et des oiseaux. Il mettait le couvert tandis qu'elle surveillait la cuisine et préparait les plats. Ils desservaient et faisaient la vaisselle ensemble. C'était elle qui mettait des fleurs dans un petit vase au milieu de la table. Elle avait un goût très sûr. Parfois, elle ne rapportait que des feuilles de formes et de couleurs différentes et les assemblait en bouquet précieux. Un jour elle avait dit : « C'est pas juste. Il y a des fleurs qu'on ne cueille pas parce qu'on ne les trouve pas jolies. Toutes les fleurs sont jolies ! » Et elle avait réuni des hampes roses d'oseille sauvage avec des houppettes jaunes de pissenlit.

Aujourd'hui, dans la salle, il n'y a plus d'autres fleurs que les bruyères blanches. Elles sont toujours posées sur le bahut. Jamais Ellynn ne lui a dit que c'était elle qui les lui avait données. Mais elle ne lui a jamais demandé comment il les avait eues, incapable d'une telle rouerie. Jamais, de son côté, il n'a fait allusion à l'origine du bouquet. C'était un secret partagé grâce au silence, un secret... dans le secret, car chacun savait que l'autre attachait un intérêt particulier à ces bruyères blanches. Ellynn vérifiait souvent l'état des pommes de terre crues dans lesquelles on avait piqué leurs tiges, et les changeait dès que les tubercules commençaient à se dessécher.

Il lui avait raconté la légende de la veuve inconsolable qu'il tenait du Baron. Et elle ne s'en lassait pas. Elle redemandait à l'entendre. Quand il décrivait le chevalier, beau, courageux, amoureux, courbé sur son cheval, galopant vers la terre lointaine où il pourrait cueillir la bruyère blanche désirée par la dame de ses pensées, on aurait dit qu'elle le voyait. Elle ouvrait des yeux extasiés. Et lorsque, par des effets savants de progression dans l'imminence de la catastrophe, il en arrivait à la chute du haut des falaises, chaque fois, elle poussait un cri de surprise et de désolation.

Il fallait qu'il demeurât conforme à sa version initiale, car s'il s'en écartait, elle le rappelait à l'ordre. « Mais non, ce n'était pas comme ça ! » Sûrement elle aurait pu se raconter l'histoire aussi bien qu'Aubry, peut-être mieux, mais les histoires que nous aimons, la parole des autres nous les rend plus attrayantes que notre mémoire. Et Aubry éprouvait le plaisir du baladin lorsque celui-ci sentait l'auditoire vibrer à ses récits pathétiques en jouant de sa diction et de ses gestes. Son public à lui était restreint, mais de quelle qualité ! Pour le satisfaire, il avait composé son propre cycle de romans chevaleresques dont il ne disait pas, bien entendu, qu'il était l'inventeur. Il ne pouvait qu'être le narrateur d'aventures réelles nées de l'incroyable vécu, de l'incroyable crédible, beaucoup plus fascinant que le fantastique irréel. La dame et le chevalier avaient existé. Il était venu là sur le bord de la falaise pour cueillir la fleur précieuse au péril de sa vie. Et il était tombé à cet endroit, on avait retrouvé son corps parmi les galets. Il tenait à la main une bruyère blanche. On l'avait enterré avec elle, et la dame ne s'était jamais consolée. Quand Ellynn regardait le bouquet sur le bahut, elle revoyait tout cela, le revivait. Aubry l'accompagnait.

L'émerveillement par l'incroyable vécu, est-ce qu'ils ne l'avaient pas connu tous les deux à Mount Auburn comme les personnages d'une histoire qu'il ne raconterait à personne ? Mais ne l'avait-il pas connu, lui seul ? Car pour Ellynn, tout avait été naturel. Tout lui avait paru normal. Ce n'était pas une belle histoire de l'impossible. C'était un moment de sa vie. Elle avait été heureuse chez lui comme elle avait été malheureuse chez sa mère. Pour elle, l'impossible à vivre n'était apparu que lorsqu'il avait décidé de la mettre en pension. Elle lui avait demandé de garder sa poupée au coin de la cheminée, comme une chose toute simple en même temps que sacramentelle. Elle était prête à lui pardonner. Le pardon faisait partie, lui aussi, du merveilleux des histoires qu'il racontait, le pardon qui était, comme disait un chevalier, « l'honneur de l'amour ». Il lui avait expliqué ce que cela voulait dire. Oui, elle lui aurait pardonné.

Mais il avait manqué à son serment. Elle était revenue vers lui. Elle allait se jeter dans ses bras. Et elle l'avait trouvé avec celle qui, déjà une fois, l'avait fait partir de la maison. Il lui avait menti, parce qu'il ne lui avait pas dit qu'elle reviendrait, et cette femme était dans la salle en train de préparer le déjeuner à sa place. Et il avait retiré la poupée. Il l'avait cachée. C'était par cet acte-là qu'il l'avait vraiment, définitivement chassée de sa maison. Il n'était plus un de ces chevaliers qu'il aimait à lui faire aimer et qui préféraient mourir plutôt que d'être infidèles.

Ah, que ces soirées cessent où tout lui rappelle l'inexplicable bonheur et les explications du dénouement. Demain, il verra Martha pour lui demander de s'occuper de Mount Auburn et il espère qu'elle l'invitera à dîner. Après-demain, il aidera un fermier à charger sur la benne de son tracteur les caisses qu'un camionneur viendra prendre à Kilcrohane pour les expédier par bateau en Angleterre. Ensuite il s'offrira une dernière sortie au pub d'Ahakista. Le jour d'après, Mr et Mrs Murphy ont prévu une réception d'adieu chez eux avec ses meilleurs amis : Martha, bien sûr, et Pat, Lilian, l'instituteur, plusieurs fermiers et Miss Cardish, une vieille demoiselle amie des bêtes qui recueillera l'un des deux chats, l'autre étant adopté par Mrs Murphy.

Puis ce sera le dernier soir. Il le passera dans sa maison pour les ultimes rangements, car il sera obligé de partir très tôt le matin suivant, en raison de l'heure de l'avion. Il laissera sa voiture dans un garage à Cork. Elle est chargée de trop de souvenirs. Pat a reçu mission de la vendre.

*

Quand, le lendemain, il arrive chez Martha, il distingue aussitôt quatre couverts sur la table : « Tiens, se dit-il, Jerry aurait-il pris un abonnement ? » Martha, derrière le sourire de l'accueil, cache mal sa tristesse.

Elle l'invite à s'asseoir dehors. Le vent s'est

assoupi dans les roseurs dorées du couchant, et l'eau du lac semble accueillir une coulée de miel.

— Profitez de vos derniers moments de soleil en Irlande !

Il se veut optimiste :

— Je le reverrai, votre soleil. Nous le reverrons ensemble !

— Quand ?

— Je ne sais pas. Mais je reviendrai, j'en suis sûr. C'est pourquoi je garde la maison. Je ne veux ni la vendre, ni la louer. Et je désirais justement vous demander de vous en occuper.

— Ça veut dire quoi, s'en occuper ?

— La défendre contre les rats et les souris, contre les moisissures et la rouille, surveiller comment elle supporte les pluies et les vents, la faire réparer si elle en a besoin, l'aérer par beau temps pour que les meubles respirent, lui dire bonjour, enfin, lui faire comprendre qu'elle n'est pas abandonnée.

— Vous savez bien que j'accepte, Aubry. Je m'occuperai de votre maison. Je m'occuperai de vos chiens. Je m'occuperai d'Ellynn !

Son ton monte. Elle s'arrête soudain. Et, tournant la tête vers Aubry, sourdement :

— Mais qui s'occupera de moi ?

— Que voulez-vous dire ?

Pris au dépourvu, il n'a su réagir qu'en posant cette question à laquelle il pourrait répondre lui-même.

— J'aurai encore une maison voisine, je n'aurai plus de voisin. Qui va me donner tout ce que vous m'avez donné, qui va me conseiller, qui va m'aider à bien élever Ellynn ?

— Le moment le plus difficile est passé.

— Vous dites cela pour me rassurer.

— Non, je le crois vraiment.

Alors Martha, dans un éclat :

— Eh bien, pour moi, il faut que vous le sachiez, c'est le moment le plus difficile. Je vais me retrouver toute seule. Toute seule ! Vous entendez, toute seule ! Mais vous vous en moquez, vous avez d'autres soucis ! La fille vous a assez occupé comme ça ! Vous n'allez pas encore vous occuper de la mère !

Martha se lève et rentre dans sa maison. Aubry reste dehors.

Pas n'importe qui, cette Martha ! Faite d'élans et de retraits, comme Ellynn. L'apparence abrupte, et très subtile en profondeur. De celles qu'il appelle « les incultes raffinées », race de femmes attrayantes et dangereuses, car très instinctivement possessives.

La présence d'Ellynn à Mount Auburn l'avait tellement comblé qu'il en avait perdu le besoin d'une autre compagnie. D'ailleurs, s'il avait eu avec Martha des relations intimes, son expérience avec Ellynn aurait sûrement échoué, ne fût-ce que parce qu'Ellynn, exclusive comme sa mère, n'aurait pas supporté le partage. Il s'en souvient : chaque fois qu'il parlait avec Martha, Ellynn était aux aguets. Et, le jour de la baignade, elle avait été jalouse de sa mère qui l'avait entraîné loin du bord. Et Martha elle-même avait été irritée lorsqu'il avait obéi au rappel d'Ellynn. Il serait volontiers demeuré près de ce corps qui s'offrait alors à ses yeux sans fausse pudeur. Il essaie de se ressouvenir de Martha dénudée. Et c'est la voix de Martha elle-même qui le tire de sa rêverie.

Le dîner est prêt, il peut venir. La présence des enfants ne permet pas de dire des choses trop personnelles. Un repas, tête à tête, aurait été malaisé. Martha a retrouvé son calme. Il l'observe quand elle se lève pour faire le service. Elle a une démarche souple, elle se tient très droite, elle rend hiératiques les gestes de la ménagère. Cette femme énergique l'émeut par la fragilité qu'il a peu à peu découverte en elle, derrière la volonté de faire face. Elle le trouble, lorsque soudain elle s'exprime avec une véhémence qu'elle ne peut contenir. Il se dégage, de ces pulsions affectives, une séduction sensuelle à laquelle il n'a pas échappé. Ellynn est maintenant éloignée, perdue. Martha est « à portée de la main ». Cette expression qui s'est imposée suffit à lui suggérer tout ce que sa conduite aurait de léger, d'occasionnel, d'inacceptable s'il cédait à son désir. Après le repas, Martha couche les enfants. Aubry sent qu'il lui faut partir :

— Martha, nous resterons liés par la maison de Mount Auburn. Grâce à vous, je l'habiterai encore un peu.

Elle a compris la volonté de réserve d'Aubry. Et, très maîtresse d'elle-même, évite tout sentimentalisme :

— Nous nous reverrons après-demain chez Mr Murphy, n'est-ce pas ?

Elle n'accompagne pas Aubry au-delà du seuil de sa maison. Elle lui serre la main avec vigueur, sans équivoque, en amie chaleureuse et referme tout doucement la porte.

Presque déçu, il pense : « Ellynn a de qui tenir ! »

Le pub de Durrus, deux fois par semaine, accueille musiciens et chanteurs. Avant qu'Ellynn n'habite chez lui, il y est venu souvent. Le patron s'étonne de ne pas l'avoir vu depuis longtemps et lui dit avec un petit clin d'œil : « Vous aviez sans doute trouvé de quoi mieux occuper vos soirées ! » Aubry demande un « irish coffee » et va s'asseoir tandis que se remplit la salle. Près de lui, un homme et une femme âgés ont la parole haute et gaie. Des couples jeunes bavardent à voix presque basse ou demeurent silencieux, épaule contre épaule. Un homme seul avec d'épais favoris grisonnants baisse la tête comme si elle était trop lourde pour ses épaules. Aubry se demande quel poids l'emplit.

Le violoniste s'installe sur une chaise, on pourrait le voir sur un siège de tracteur. Il propose d'ouvrir la soirée à qui voudra. Le silence se fait, mais personne ne se présente. Alors, il entonne un air très populaire, et la salle reprend le refrain. Le courant passe. Dès que les applaudissements ont cessé, un homme se lève et commence à chanter, sans même s'entendre avec le musicien qui le rattrape en cours de route. C'est un air connu, facétieux — les boniments d'un amoureux matamore — et la salle s'amuse et rit. Lui succède une toute jeune fille qui interprète une berceuse. Puis se présente une femme d'allure un peu empruntée, inélégante, l'air d'une madone peinte par un naïf. Elle chante d'une voix rauque où passe le tremblement du cœur. Elle chante l'amour impossible du marin toujours naviguant et de son épouse toujours l'attendant, jusqu'au moment où elle n'a plus rien à attendre. Elle chante, les yeux fermés, le visage tendu vers le large. Elle chante comme si elle était seule au monde, et pourtant comme si elle portait toute la peine du monde. Le public retient sa respiration, à moins qu'il ne respire avec la chanteuse. Quand la femme se tait, il reste d'abord silencieux. Il n'ose pas applaudir. Puis les mains claquent tandis que les sentiments vont au bout de leur émoi. Alors le musicien, exprimant à coup sûr le désir de tous, fait une pause. Aubry en profite pour partir. Il veut conserver, comme une dernière sonorité de l'âme irlandaise, cette complainte de ceux qui continuent à vivre après qu'ils ont perdu leurs aimés.

Chez Mr et Mrs Murphy, Aubry retrouve, comme au pub, chaleur, familiarité et bonne humeur accompagnées de nostalgie. L'amitié, ce soir, est fêtée, mais l'ombre de la séparation plane sur elle. On bavarde de choses et d'autres comme si l'on devait se revoir le lendemain, comme si le surlendemain commun n'était pas déjà refusé. Quand Mr Murphy s'est assuré que tous les invités sont présents, il prend la parole. Ce qu'il dit est aussi simple que ce qu'il éprouve :

— Vous nous quittez, cher Aubry, nous aurions

voulu que vous restiez. Nous garderons de vous le meilleur souvenir. Vous avez été serviable avec tous, et généreux. Vos amis en témoigneront. Nous espérons que vous ne nous oublierez pas et que vous reviendrez bientôt. Slainte !

Il lève son verre, et tout le monde en fait autant, silencieusement. Aubry répond :

— Chers amis, j'ai dit un jour à quelqu'un qui se trouve parmi vous : Mount Auburn est un endroit que j'aime assez pour désirer y mourir. Il me faut aller vivre ailleurs. Mais j'espère bien y revenir pour satisfaire mon désir.

L'humour du propos final d'Aubry, après la gravité de son introduction, crée une détente et, cette fois-ci, on entend un brouhaha tandis que les verres brillent, portés à bout de bras, dans un concert de « slainte ! ».

Martha est toute pâle. Bien sûr, elle ne bronche pas. On ne saura pas que c'est elle ce « quelqu'un parmi vous ». Et personne ne cherchera à le savoir, du moins visiblement. Quand la soirée se termine, plusieurs invités, en prenant congé, informent discrètement Aubry qu'ils lui ont apporté un paquet déposé dans le vestibule. Lilian a donné à Aubry un cake qu'elle a fait elle-même, Pat, un galet éclaté sur un noyau de cristal, l'instituteur un recueil de ballades, Miss Cardish deux pots de confiture de framboises de son jardin. Il ne reste plus dans le salon que Martha. Mr Murphy va chercher une bouteille de poïtin sans étiquette.

— Il vient d'une ferme de la montagne. Il a le goût de notre vieille terre pleine de pluies, de pierres et d'amitié que vous avez aimée.

Mr Murphy est très ému. On croirait qu'il récite

une ballade — mais c'est ainsi qu'elles naissent. Et il donne l'accolade à Aubry :

— Nous vous promettons, mon épouse et moi, d'aider Martha à élever Ellynn.

Cette promesse qui lui est faite, comme s'il avait encore droit de regard sur Ellynn, étreint Aubry qui, s'adressant aux trois :

— Vous l'embrasserez pour moi, vous l'embrasserez très fort.

Puis, après un temps :

— Mais vous ne lui direz pas que c'est de ma part ! — autre pause — sauf si vous pensez que cela pourrait lui faire plaisir.

Chacun a compris le sens de ces précautions.

Aubry rappelle à Mr Murphy que Martha détiendra les clefs de sa maison et en sera la gardienne :

— Alors, vous pouvez être tranquille ! dit Mr Murphy.

Aubry sort en compagnie de Martha. Il a été convenu qu'il la ramènerait en auto jusqu'à Mount Auburn et que, de là, elle regagnerait à pied sa maison. Ils demeurent silencieux pendant une partie du trajet. Il songe à « la tranquillité » qu'elle lui assurera quant à sa maison. La seule vraie tranquillité serait pour lui qu'Ellynn ne fût pas infidèle à cette maison. Pendant ce temps, Martha songe que c'est le dernier moment qu'elle passe avec Aubry, et cette pensée même l'empêche de trouver les mots qu'elle voudrait lui dire. Il rompt le silence le premier afin de parler de questions pratiques. Il se demande comment les chiens la suivront chez elle :

— Pour commencer, ne leur donnez surtout pas à manger à Mount Auburn. Sinon, ils y resteront. Attendez qu'ils aient faim. Et mettez-les en laisse tous les deux ensemble pour les emmener. Ils obéissent facilement quand on les soumet au même régime. Et quand ils seront chez vous, détachez-les pour leur donner une bonne pâtée. Ils retourneront sans doute à Mount Auburn, mais quand ils n'y trouveront plus rien à manger, ils reviendront spontanément chez vous.

Il parle de cela très froidement. Pourtant l'idée des chiens couchés devant sa maison vide lui est intolérable. Les voici arrivés. Ils descendent aussitôt de la voiture. « Il se soucie de ses chiens, se dit Martha. Mais pas de ce que j'éprouverai, moi, en allant les chercher après son départ. » Justement Aubry y pense, et alors :

— Martha, c'est à vous seule que j'ai fait la confidence sur Mount Auburn, l'endroit où j'aimerais mourir, parce que je savais que vous, vous pouviez comprendre tout ce que cela voulait dire.

— Merci, Aubry.

Ils sont sur le seuil de la maison. Aubry ouvre sa porte, fait signe à Martha d'entrer. Elle a une hésitation et passe devant lui dans le noir. Il allume une bougie, l'approche de la cheminée. Martha découvre la poupée qui a retrouvé sa place habituelle sur la petite chaise d'Ellynn. Le foulard dont Aubry l'a revêtue laisse apparaître un peu de son corps dénudé, décoloré, tragique. Ses yeux de verre béants semblent fixer ceux qui la regardent. La flamme de la bougie y projette des lueurs. Martha, comme fascinée, murmure d'une voix blanche :

— Vous m'aviez dit qu'Ellynn l'avait prise !

— Oui, mais je l'ai retrouvée. Elle l'avait simplement cachée.

Martha reste muette, les yeux rivés à ceux de la

poupée. Aubry continue, le bougeoir à la main, avec une sourde intensité :

— Si elle désire la reprendre, il faudra qu'elle vienne la chercher. Je veux que la poupée l'attende ici, n'est-ce pas Martha ?

Il a accentué « je veux » en captant le regard de Martha.

— Oui, Aubry, elle l'attendra ici. Je vous le promets.

— Et les vieilles bruyères blanches, ne les jetez pas au feu. Laissez-les mourir toutes seules dans le vase où elles se trouvent.

— Oui, Aubry, je n'y toucherai pas.

Ainsi Aubry a demandé à Martha d'entrer chez lui pour lui faire ces recommandations. Et Martha n'a plus qu'une envie : partir. Elle se rapproche de la porte. Il la rejoint dans l'embrasure, l'arrête en lui posant la main sur l'épaule, et prononce avec une grave douceur :

— Je me souviendrai de vous, Martha.

Va-t-elle lui dire : « Oui, à cause d'Ellynn » ? Et lui, va-t-il la devancer en disant : « À cause de vous » ? Bien sûr, ni l'un ni l'autre ne prononcera la phrase. Elle, parce qu'elle a peur de la réalité. Lui, parce que c'est vrai qu'il se souviendra de Martha en dehors d'Ellynn. Mais à quoi bon le lui dire au moment des adieux ? Que les choses demeurent ce qu'elles sont. Et puis, c'est vrai aussi qu'il désire jusqu'au bout que, dans son histoire irlandaise, il n'y ait qu'Ellynn et surtout pas sa mère. Que cela n'empêche pas la reconnaissance de s'exprimer :

— Martha, je suis heureux que ma maison devienne un peu la vôtre.

Martha pense : sa maison était devenue tout à fait celle d'Ellynn pendant qu'il l'habitait. Elle ne devient un peu la mienne que parce qu'il la quitte. Elle ne répond rien. Elle se sépare d'Aubry, gagne le chemin et marche d'un pas rapide, sans se retourner. Aubry la rejoint, en courant, muni d'une torche électrique. Il se met à côté d'elle sans lui parler. Ils avancent ainsi pendant plusieurs minutes précédés du faisceau lumineux où les insectes dansent. Et soudain, Martha :

— Vous permettez que je vous prenne le bras ?

Aubry, en guise de réponse, place le bras de Martha sous le sien. Et ils marchent, appuyés l'un contre l'autre. Ils ne vont pas vite, ils font durer le temps de ce dernier temps. Ils ne se disent rien. Mais Martha serre très fort le bras d'Aubry, et il se sent bien contre ce grand corps chaud et confiant qui lui dit de cette simple façon son attirance et son renoncement.

Voici la maison. Les deux corps se séparent comme à regret. Alors, Aubry prend la main de Martha et la porte à sa bouche, répétant la phrase qu'il a déjà prononcée :

— Martha, je me souviendrai de vous.

Elle est toute droite en face de lui. Les lèvres s'attardent sur la main qu'elles caressent doucement. Elle reçoit ce baiser sans un mouvement pour se pencher vers Aubry, sans chercher à s'emparer de l'instant, alors qu'il pourrait encore basculer vers autre chose. Et elle recule en le regardant intensément. Elle ouvre la porte et la referme, avec grande précaution, parce qu'une porte fermée en silence, ce n'est plus une matière qui sépare, ce n'est qu'un moment qui s'achève.

*

Sa dernière journée, Aubry la consacre à sa maison et à son entourage. Au lieu de se désintéresser de ce qu'il quitte, il lui donne toute son attention. Il replace dans le mur de clôture des pierres qu'un orage avait bousculées. Il vérifie l'état des gouttières qui souvent s'engorgent de feuilles et d'herbes, il s'assure que l'eau venue directement de la montagne a un débit normal, que la provision de tourbe dans la grange est bien rangée. Il arrache les mauvaises herbes qui ont poussé dans le jardin d'Ellynn et coupe les fleurs fanées. Il remet en ligne les galets blancs dont elle a entouré ses massifs. Elle les avait rapportés d'une minuscule plage où ils s'étaient accumulés, comme si la mer avait choisi de les déposer là et pas ailleurs. Naturellement Ellynn lui avait demandé pourquoi. Il avait expliqué l'influence des courants qui portent des pierres d'un certain poids, venues d'un point particulier de la côte, vers des plages bien orientées pour les recevoir. Elle lui avait demandé alors : « Mais pourquoi il y a des courants ? » Elle voulait toujours remonter vers l'origine des choses pour savoir, pour comprendre. Ce n'était pas une enfant à qui l'on pouvait dire : « Fais cela parce que c'est la règle. » Il fallait toujours tout justifier. Et il n'avait pas su justifier comme il l'aurait fallu son envoi en pension. Et c'était elle qui avait découvert la raison qu'il lui avait cachée : il voulait vivre avec une autre qu'elle à Mount Auburn.

Ah, ce ressassement, quoi qu'il fasse, ce rappel incessant de ce qu'il voudrait oublier ! Mais non, il ne le veut pas, il veut surtout ne pas oublier, ne rien oublier, il veut savoir se souvenir, non pour souffrir mais quitte à en souffrir. Le temps viendra du souvenir précieux qui ne fait plus mal. Ce temps viendra, hélas, et c'est tant mieux s'il vient. Mais comme c'est triste de le désirer !

Veillant son frère aîné, mort à vingt-quatre ans, il avait compris, avec un peu de honte, que le mieux qui puisse arriver lorsqu'on pleure un mort qu'on aime, c'est d'avoir moins de chagrin plus tard... Mais comment peut-il comparer le « plus tard » de sa vie avec Ellynn à cet après d'une mort qui endolorit sa jeunesse ?

Tous ses gestes de ménager, de jardinier, aujourd'hui, prouvent-ils que la vie continuera là sans lui, signifient-ils qu'il le désire ? Non, il avoue, à travers eux, son besoin de conserver les choses telles qu'elles sont. Il farde la mort d'un lieu. Les chiens circulent autour de la maison, ils ne s'en écartent pas. Peut-être sont-ils plus attentifs que les autres jours ? Il s'est appliqué à remplir ses caisses sans remue-ménage afin que ni eux ni les chats ne soient alarmés. Il va rentrer pour son dernier repas, ou plutôt pour le dernier repas qu'il leur donnera, car lui, il n'a pas faim, et surtout il ne supporterait pas de s'asseoir tout seul à table avec, dans le dos, ces bruyères desséchées, devant lui, ce cadavre de poupée. Et le feu mourant.

Mais il n'écourtera pas le moment qu'il a l'habitude de passer chaque soir dans la salle avec ses quatre amis rassasiés. Il leur fera cadeau de ce simulacre. N'est-ce pas, cette fois-ci, une façon de farder la mort d'un temps ? Il a allumé une bougie, une seule, il a glissé deux briques de tourbe dans la braise, simplement pour que le feu survive. Il s'est assis dans un fauteuil, au coin de l'âtre, et il a mis de la musique comme les autres jours. Il a choisi un concerto de Bach qui, par sa rigueur, ne favorise pas la complaisance à l'émotion.

À travers la porte grande ouverte, il entend la respiration de la mer. Sous une pleine lune sans nuage, la baie brille comme un taffetas moiré que cerne le liséré blanc des vagues, et les landes luisantes semblent ruisseler jusqu'aux rivages clairs. Toutes les huit secondes, la lueur immuable et fugace du Fastnet Rock blondit le seuil de la pièce. Soudain, les chiens se lèvent, aboient, se précipitent dehors. Aubry, surpris, se dresse et va voir. Dick et Moby font fête à une silhouette qui s'avance, sans lumière, un homme apparemment. Cet homme, c'est Martha en tenue de travail. Elle tient quelque chose à la main.

— Aubry, pardonnez-moi, je n'ai pas pu m'empêcher de venir.

Il arrête aussitôt la musique.

— Ah, je trouble votre soirée! Je voulais vous faire le cadeau que je vous avais promis, des bruyères blanches. Celles que vous avez cueillies sans attendre les miennes sont mortes, alors j'ai voulu que vous partiez avec celles-ci.

Elle sort d'un sac un gros bouquet. Elle a réussi, au prix de quelle patience, à réunir en les serrant très fort les têtes blanches des bruyères qu'elle a entourées de leur mince feuillage. On croirait, non pas une boule de neige, mais des flocons de neige, comme une source de flocons au cœur des ombres vertes. Elle le tient toujours à la main. Il ne le possède encore que des yeux.

— Martha, qu'il est beau votre bouquet !

— Vous ne m'en voulez pas trop d'être venue ?

— Martha, vous en vouloir !

Elle donne un rapide baiser aux flocons et tend le bouquet à Aubry qui le prend avec précaution, l'élève vers son visage et y applique à son tour ses lèvres, longuement. Il pose les fleurs sur la table et indique à Martha le fauteuil de l'autre côté de la cheminée. Assis au coin de l'âtre qui n'offre plus qu'une faible lueur de braise enveloppée de beaucoup de cendres, on dirait qu'ils ne savent pas comment sortir des ombres du silence. La poupée, sur sa petite chaise, semble participer à l'engourdissement des choses dans le clair-obscur du temps et de l'espace où les lèvres se figent. Les chiens heureusement viennent vers Martha, posent leurs museaux sur ses genoux. Ils ont besoin d'être rassurés et l'expriment à leur manière. C'est le déclic qui remet tout en marche. Aubry, avec le sourire :

— Ils sont contents que vous soyez là. Ils devaient trouver cette soirée bien triste ! Ils ne sont pas les seuls à être contents.

Sans quitter son siège, il tend un bras vers Martha qui fait le même geste. Il prend la main offerte et la garde serrée dans la sienne :

— Vous avez eu raison de venir.

Alors Martha, délivrée, métamorphosée par ces mots, se penche vers la main d'Aubry, qu'elle embrasse, se lève d'un bond et déclare :

— Une cheminée sans feu, ce n'est pas encourageant pour bavarder. Et puis une seule bougie, c'est lugubre ! Vous ne trouvez pas ?

— Si, je trouve...

— Eh bien, laissez-moi faire.

Elle allume les autres bougeoirs et la lampe à pétrole. Puis elle ramasse les cendres dans un seau, dégage les braises, dispose des brindilles, puis des branches, les enflamme.

— C'est plus gai tout de même ! Vous m'avez dit de vous occuper de votre maison, qu'il ne fallait pas qu'elle se sente abandonnée, et vous l'abandonniez avant de partir !

Aubry l'écoute, la regarde, très naturellement, comme si, chez lui, elle était chez elle, comme si la vie de tous les jours recommençait. Et le voici qui se lève, à son tour, selon ses habitudes pour conduire les chiens à la grange. Quand il revient, Martha parle aux bruyères en les mettant dans un vase :

— Il ne faut pas vous oublier, mes pauvres petites !

La volonté de faire les choses, l'entrain à les faire, l'agilité du corps, la familiarité avec les plantes, tout cela il le reconnaît.

— Et maintenant, je m'installe, dit Martha qui s'assied sur le sol au pied du fauteuil d'Aubry en s'appuyant contre ses genoux.

Le visage éclairé par la flamme redevient pensif, ombreux malgré la lumière. Aubry pose la main sur les cheveux de Martha, les effleure. Il perçoit la pression de la nuque détendue. Ses doigts s'arrêtent au nœud de cuir que, lentement, ils défont. La chevelure soudain s'éploie sur ses genoux. Il y enfouit sa main et l'abandonne à de si vives douceurs offertes. Aucun mot n'est prononcé. Il retrouve la sensation de plénitude hors du temps jaillie de l'instant heureux non prémédité mais sans doute inconsciemment désiré.

Martha se retourne vers lui, la tête en arrière, et

son regard lui dit : « Je suis heureuse avec vous. » Comme il se souvient de ce regard, et de cette façon de faire confiance, d'être câline sans un geste, de l'être par un appel du cœur qui a tout de même besoin de sentir le corps de l'autre pour s'en savoir protégée !

Mais au-delà de tout ce que ce visage lui rappelle, quelle découverte, celle de cette bouche charnue, qu'il n'a encore jamais vue d'aussi près, entrouverte à tant de mots possibles, et qui n'avive en lui que le désir de la mieux connaître comme une délivrance d'Ellynn, comme une chance de s'évader d'elle, de ne rien déflorer tout en restant au cœur des ressemblances !

De la nuque, la main d'Aubry descend sur le cou de Martha, se glisse à l'abri de la chevelure entre son corsage et sa peau, caresse la douceur musclée du dos. Martha a un frémissement. Aubry accentue sa caresse, de l'autre main envahit le décolleté. Elle se lève d'un bond :

— Non, ne croyez pas que je sois venue pour ça !

Alors Aubry se lève aussi, se plaque contre Martha :

— Non, vous n'êtes pas venue pour ça ! Je le sais. Mais...

Sa phrase s'achève par une étreinte à laquelle Martha ne se dérobe pas. Ensuite, le silence se fait où tout est écrit. Comme si elle voulait offrir son corps aussi simplement qu'un bouquet, elle commence à se dévêtir devant le feu, Aubry ne détourne pas la tête. Il ferme les yeux. Quand il les rouvre, elle est là, debout, toute nue, qui se détache sur les clartés du foyer. Elle n'a pas besoin de lui tendre les bras. Son corps n'est qu'un mouvement vers lui, sans bouger. Tout son corps est dans son regard. Ah, ce regard !...

Le jour se lève quand Martha retourne à son destin. Elle a habité Mount Auburn. Elle a habité Aubry. Elle aimera mieux Ellynn. Aubry a fermé ses valises dans la pénombre. Il y a placé les bruyères blanches de Martha. Les chats dorment près du feu qui rougeoie. Il marche tout doucement afin de ne pas les réveiller. Il part comme un voleur, comme un amant, avec son butin, le corps comblé de richesses et de chagrins. Il a pris soin de placer sa voiture plus bas sur la pente pour qu'elle démarre sans le bruit du moteur qui alerterait les chiens. Il part comme on s'évade, comme on s'enfuit, mais il laisse la porte ouverte, comme quelqu'un qui va revenir, qui ne sort que pour aller au jardin. Il s'arrête, il regarde le paysage. Il se retourne encore. Les premiers rayons du soleil raniment des bruyères blanches fanées, les braises vives mettent du rose aux joues d'une poupée morte.

Kilcrohane
1982-1984

ŒUVRES DE ROBERT MALLET

Aux Éditions Gallimard

Poésie

LES SIGNES DE L'ADDITION

LAPIDÉ LAPIDAIRE

MAHAFALIENNES

LE POÈME DU SABLIER

LA ROSE EN SES REMOUS

QUAND LE MIROIR S'ÉTONNE

SILEX ÉCLATÉ (Grand prix de Poésie de l'Académie française)

L'ESPACE D'UNE FENÊTRE

LE FORGERON ME L'AVAIT DIT

L'OMBRE CHAUDE

PRESQU'ÎLES PRESQU'AMOURS

QUAND LE MIROIR S'ÉTONNE *suivi de* SILEX ÉCLATÉ *et de* L'ESPACE D'UNE FENÊTRE (Poésie/Gallimard)

CETTE PLUME QUI TOURNOIE

Roman

RÉGION INHABITÉE

Théâtre

L'ÉQUIPAGE AU COMPLET

Essais et critique

UNE MORT AMBIGUË (Prix de la Critique)

ENTRETIENS AVEC PAUL LÉAUTAUD

JARDINS ET PARADIS

Réflexions

APOSTILLES

Préfaces et notes pour :

CORRESPONDANCE CLAUDEL-GIDE

CORRESPONDANCE SUARÈS-CLAUDEL

CORRESPONDANCE VALÉRY-GIDE

CORRESPONDANCE JAMMES-GIDE

Chez d'autres éditeurs

LES POÈMES DU FEU *(L'Ancre d'or)*

AMOUR, MOT DE PASSE *(Seghers)*

L'ÉGOÏSTE CLÉ *(Robert Laffont)*

DE TOUTES LES DOULEURS *(Robert Laffont)*

FRANCIS JAMMES, SA VIE, SON ŒUVRE *(Mercure de France)*

ÉLOGE DE JEAN LURÇAT *(Manuel Bruker)*

SATIRE EN TROIS TEMPS, CINQ MOUVEMENTS *(l'Avant-Scène)*

MOTS PRINCIERS, avec un frontispice de Jean BERTHOLLE *(Pierre Fanlac)*

COLLECTION FOLIO

Dernières parutions

2765.	Didier Daeninckx	*En marge.*
2766.	Sylvie Germain	*Immensités.*
2767.	Witold Gombrowicz	*Journal I (1953-1958).*
2768.	Witold Gombrowicz	*Journal II (1959-1969).*
2769.	Gustaw Herling	*Un monde à part.*
2770.	Hermann Hesse	*Fiançailles.*
2771.	Arto Paasilinna	*Le fils du dieu de l'Orage.*
2772.	Gilbert Sinoué	*La fille du Nil.*
2773.	Charles Williams	*Bye-bye, bayou !*
2774.	Avraham B. Yehoshua	*Monsieur Mani.*
2775.	Anonyme	*Les Mille et Une Nuits III (contes choisis).*
2776.	Jean-Jacques Rousseau	*Les Confessions.*
2777.	Pascal	*Les Pensées.*
2778.	Lesage	*Gil Blas.*
2779.	Victor Hugo	*Les Misérables I.*
2780.	Victor Hugo	*Les Misérables II.*
2781.	Dostoïevski	*Les Démons (Les Possédés).*
2782.	Guy de Maupassant	*Boule de suif* et autres nouvelles.
2783.	Guy de Maupassant	*La Maison Tellier. Une partie de campagne* et autres nouvelles.
2784.	Witold Gombrowicz	*La pornographie.*
2785.	Marcel Aymé	*Le vaurien.*
2786.	Louis-Ferdinand Céline	*Entretiens avec le Professeur Y.*
2787.	Didier Daeninckx	*Le bourreau et son double.*
2788.	Guy Debord	*La Société du Spectacle.*

2789. William Faulkner — *Les larrons.*
2790. Élisabeth Gille — *Le crabe sur la banquette arrière.*
2791. Louis Martin-Chauffier — *L'homme et la bête.*
2792. Kenzaburô Ôé — *Dites-nous comment survivre à notre folie.*
2793. Jacques Réda — *L'herbe des talus.*
2794. Roger Vrigny — *Accident de parcours.*
2795. Blaise Cendrars — *Le Lotissement du ciel.*
2796. Alexandre Pouchkine — *Eugène Onéguine.*
2797. Pierre Assouline — *Simenon.*
2798. Frédéric H. Fajardie — *Bleu de méthylène.*
2799. Diane de Margerie — *La volière* suivi de *Duplicités.*
2800. François Nourissier — *Mauvais genre.*
2801. Jean d'Ormesson — *La Douane de mer.*
2802. Amos Oz — *Un juste repos.*
2803. Philip Roth — *Tromperie.*
2804. Jean-Paul Sartre — *L'engrenage.*
2805. Jean-Paul Sartre — *Les jeux sont faits.*
2806. Charles Sorel — *Histoire comique de Francion.*
2807. Chico Buarque — *Embrouille.*
2808. Ya Ding — *La jeune fille Tong.*
2809. Hervé Guibert — *Le Paradis.*
2810. Martín Luis Guzmán — *L'ombre du Caudillo.*
2811. Peter Handke — *Essai sur la fatigue.*
2812. Philippe Labro — *Un début à Paris.*
2813. Michel Mohrt — *L'ours des Adirondacks.*
2814. N. Scott Momaday — *La maison de l'aube.*
2815. Banana Yoshimoto — *Kitchen.*
2816. Virginia Woolf — *Vers le phare.*
2817. Honoré de Balzac — *Sarrasine.*
2818. Alexandre Dumas — *Vingt ans après.*
2819. Christian Bobin — *L'inespérée.*
2820. Christian Bobin — *Isabelle Bruges.*
2821. Louis Calaferte — *C'est la guerre.*
2822. Louis Calaferte — *Rosa mystica.*
2823. Jean-Paul Demure — *Découpe sombre.*
2824. Lawrence Durrell — *L'ombre infinie de César.*
2825. Mircea Eliade — *Les dix-neuf roses.*
2826. Roger Grenier — *Le Pierrot noir.*
2827. David McNeil — *Tous les bars de Zanzibar.*

2828.	René Frégni	*Le voleur d'innocence.*
2829.	Louvet de Couvray	*Les Amours du chevalier de Faublas.*
2830.	James Joyce	*Ulysse.*
2831.	François-Régis Bastide	*L'homme au désir d'amour lointain.*
2832.	Thomas Bernhard	*L'origine.*
2833.	Daniel Boulanger	*Les noces du merle.*
2834.	Michel del Castillo	*Rue des Archives.*
2835.	Pierre Drieu la Rochelle	*Une femme à sa fenêtre.*
2836.	Joseph Kessel	*Dames de Californie.*
2837.	Patrick Mosconi	*La nuit apache.*
2838.	Marguerite Yourcenar	*Conte bleu.*
2839.	Pascal Quignard	*Le sexe et l'effroi.*
2840.	Guy de Maupassant	*L'Inutile Beauté.*
2841.	Kôbô Abé	*Rendez-vous secret.*
2842.	Nicolas Bouvier	*Le poisson-scorpion.*
2843.	Patrick Chamoiseau	*Chemin-d'école.*
2844.	Patrick Chamoiseau	*Antan d'enfance.*
2845.	Philippe Djian	*Assassins.*
2846.	Lawrence Durrell	*Le Carrousel sicilien.*
2847.	Jean-Marie Laclavetine	*Le rouge et le blanc.*
2848.	D.H. Lawrence	*Kangourou.*
2849.	Francine Prose	*Les petits miracles.*
2850.	Jean-Jacques Sempé	*Insondables mystères.*

Impression Bussière Camedan Imprimeries
à Saint-Amand (Cher),
le 15 juillet 1996.
Dépôt légal : juillet 1996.
1er dépôt légal dans la collection : décembre 1989.
Numéro d'imprimeur : 1/1642.
ISBN 2-07-038205-2./Imprimé en France.

196
204
209
261/262

78371